THE HATE U GIVE

黑暗中的星光

ANGIE THOMAS

［美］安吉·托马斯　著

戚悦　译

北京联合出版公司
Beijing United Publishing Co.,Ltd.

图书在版编目（ＣＩＰ）数据

黑暗中的星光 ／（美）安吉·托马斯著 ； 戚悦译
. -- 北京 ： 北京联合出版公司，2017.12（2023.3 重印）
ISBN 978-7-5596-0935-9

Ⅰ．①黑… Ⅱ．①安… ②戚… Ⅲ．①长篇小说－美国－现代
Ⅳ．① I712.45

中国版本图书馆 CIP 数据核字（2017）第 217656 号

著作权合同登记 图字：01-2017-6179

黑暗中的星光

作　　者：［美］安吉·托马斯
译　　者：戚　悦
出 品 人：赵红仕
责任编辑：夏应鹏
封面设计：吴黛君

北京联合出版公司出版
（北京市西城区德外大街83号楼9层 100088）
北京新华先锋出版科技有限公司发行
三河市宏达印刷有限公司印刷　新华书店经销
字数201千字　620毫米×889毫米　1/16　24印张
2017年12月第1版　2023年3月第2次印刷
ISBN 978-7-5596-0935-9
定价：59.00元

献给我的祖母，
是她让我在黑暗中看到光明。

目 录
contents

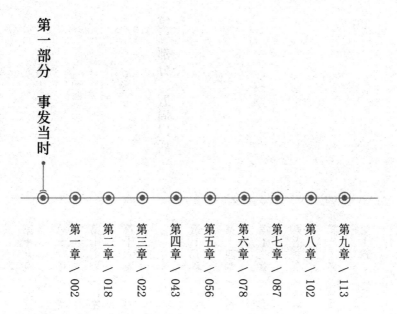

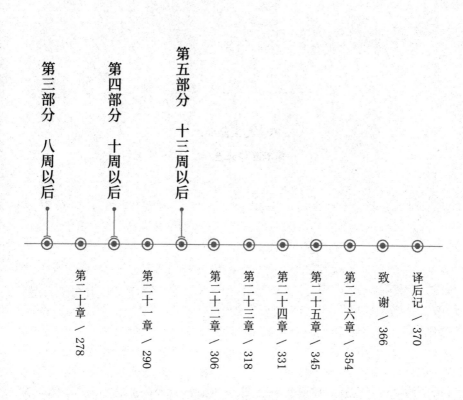

不论发生什么，
都不要停止生活。

第一部分

☆ 事发当时

第一章

我实在不该来。

我甚至觉得自己跟眼前的派对格格不入。之所以这样讲，绝不是为了显得高人一等，或者自命清高，而是总有一些场合让我感到浑身不自在，无论如何应对，都免不了尴尬。大达的春假[1]派对就是这样的场合。

我从一具具大汗淋漓、扭动摇摆的肉体之间侧身挤过，艰难地跟着肯尼娅前行，她的蓬松卷发垂在肩头，伴随着步伐起伏而上下摆动。屋里弥漫着一股烟雾，闻起来像是大麻，音乐放得震天响，就连地板都在微微颤抖。某个说唱歌手高声呼喊，让大家一起来跳当前最流行的嘻哈舞蹈，嘴里不时发出一连串"嘿、嘿"的声音打着节奏，人们热情洋溢地响应他的号召，尽情演绎着各自的风格，场面一片混乱。肯尼娅高举酒杯，晃动腰肢穿过人群。震耳欲聋的音乐嘈杂和令人作呕的大麻的臭

---

[1] 春假（spring break）：每年的三四月之间，学校放假，假期为一周或两周，这是源于20世纪30年代美国的学校放假传统。——译者注

味两面夹击，此情此景，要是我还能稳稳地端着饮料穿过屋子，那可真是个奇迹了。

终于，我们从手舞足蹈的人群中挣脱出来。大达的房子里拥挤不堪，就连墙边都站满了人。以前我总是听说所有人都会来参加他的春假派对——所有人，除了我——可是，天哪，我还是没想到竟然有这么多人！姑娘们的头发都染了色、烫着卷，或披散下来，或精心修剪。相比之下，我的马尾辫实在太普通了，显得有些土里土气的。小伙子们穿着最时髦的球鞋和松松垮垮的短裤，在姑娘们身边蹭来蹭去，贴得那么近，眼看就该需要安全套了。外婆常说，春天会带来爱情。花园高地的春天未必能带来爱情，但是却肯定为冬天准备好了呱呱坠地的新生儿。我看，绝对有不少姑娘会在大达的派对之夜怀上孩子。大达总是在春假的周五举办派对，好让众人用周六来恢复理智、用周日来忏悔自己的过错。

"思妲尔，别老是黏着我，快去跳舞！"肯尼娅说，"大家已经在议论纷纷了，说你像个大小姐一样，整天端着架子，瞧不起人。"

"我怎么不知道花园高地还有这么多心理专家？"我还以为他们对我的了解仅限于"在那家杂货店里干活的大麦弗的女儿"呢。我举起杯子喝了一口，紧接着又一股脑儿地全吐了回去。虽然早就知道这里头肯定不只是夏威夷鸡尾酒，可没想到竟然这么烈，根本无法下咽。他们还管这玩意儿叫什么鸡尾酒啊，干脆叫纯酒精得了。我把杯子放在咖啡桌上，"我真受不了这些人，自以为是，明明不了解我，还装出一副什么都懂的样子。"

"好啦，我就那么一说嘛。上了那所学校之后，你就表现得好像谁都不认识了。"

自从爸妈把我送到威廉姆森学校以来，这话我已经听了六年，耳朵都快磨出茧子了。"随你怎么说。"我咕哝着。

"而且，你也用不着穿成……"她翘着鼻子，不以为然地打量着我，从我的运动鞋看到我的超大帽衫，"那样吧。那不是我哥哥的帽衫吗？"

是我们的哥哥。我和肯尼娅有一个共同的哥哥，名叫赛文。但是，我和她并没有血缘关系。她妈妈是赛文的妈妈，而我爸爸是赛文的爸爸。很奇怪吧。"对，是他的。"

"果然。你也知道别人都是怎么说的，穿成这样，他们还以为咱俩是一对同性恋呢！"

"难道我还会在乎别人的看法吗？"

"不会！这就是问题所在！"

"随便啦。"要是早知道跟她来参加这个派对意味着她要开启《改头换面》[1] 之"思妲尔再造"模式的话，我肯定会选择待在家里看《新鲜王子妙事多》[2] 的重播。我的乔丹 [3] 球鞋很舒服，而且还是新款的。这可比别人的闲话更有说服力。至于身上的帽衫嘛，确实很大，可我就喜欢这样穿。再说了，如果我把领口拽到鼻子上，还能用来挡住大麻的味道呢。

"好吧，反正我不会整晚都给你当保姆，所以，你最好自己去找点儿乐子。"肯尼娅说着，用目光环顾着房间。说实话，肯尼娅可以去当模特。她拥有完美无瑕的深褐色皮肤——我觉得她好像从来都没有长过青春痘——和棕色的凤眼，天生的长睫毛十分浓密。她的身高也很完美，正适合做模特，不过她的体形要比秀台上的那些牙签稍微壮实一点。同一套衣服，她从来都不穿两次。她的老爸金会确保这一点，频繁地给她买新衣服。

---

[1]《改头换面》（*Extreme Makeover*）：美国广播公司（ABC）的一个整形服务型真人秀电视节目，自愿报名参加的嘉宾可以在好莱坞接受全面的美容化妆，在专家的指点下改变服装造型。

[2]《新鲜王子妙事多》（*Fresh Prince*）：又译为《贝莱尔的新鲜王子》，是美国的一部连续情景喜剧，最初于 1990 年至 1996 年间在全国广播公司（NBC）播出，共六季，全长 148 集，后多次在电视上重播。

[3] 乔丹（Jordan）：美国体育运动品牌耐克旗下的一个产品线，以美国篮球明星迈克尔·乔丹（Michael Jordan，1963 — ）命名。

在花园高地，我差不多只跟肯尼娅一个人玩，因为如果你上学的地方在四十五分钟车程以外，而放学后还得去家里的杂货店帮忙干活，那么你是很难交到朋友的。跟肯尼娅来往还算容易，因为我们都是赛文的妹妹。不过，有时候她也会变得很麻烦，总是跟别人起冲突，动不动就张口威胁，说自己的老爸会让对方吃不了兜着走。当然，这话说得没错，但我希望她不要为了甩出这张王牌而到处寻衅滋事。其实，我也有王牌。人人都知道，不能得罪我爸爸大麦弗，更不能欺负他的孩子们。可是，我并没有利用这一点去惹是生非呀。

比如在大达的派对上，肯尼娅就始终凶神恶煞地盯着丹妮莎·艾伦。我对丹妮莎不太了解，不过我记得她和肯尼娅从四年级起就互相看不顺眼。今晚，丹妮莎在屋子中央跟某个小伙子跳舞，没有注意到肯尼娅。可是，不管我们走到哪儿，肯尼娅的视线都紧紧地锁定在丹妮莎身上，对她怒目而视。恶意的眼神总有一股无形的力量，早晚会令当事人发现，最后只能引发一场混战，不是你踹了别人的屁股，就是你的屁股被别人踹。

"噢！我真受不了她！"肯尼娅气呼呼地说，"几天之前，我们在餐厅里排队，她就站在我后面胡说八道。虽然没提我的名字，但我知道她在谈论我，说我企图勾引德文特。"

"怎么可能？"我随口应道。

"就是嘛，我对他一点兴趣都没有。"

"我懂。"说实话，我根本就不知道德文特是谁，"那你当时是怎么办的？"

"还能怎么办？我立刻转身问她是不是对我有意见。结果她还跟我耍花招，娇滴滴地说：'我根本就没有在谈论你。'呸！放屁！唉，你真是走运，能上那所白人学校，不必跟这种贱货打交道。"

这都是什么鬼话？不到五分钟前，我还因为上了威廉姆森学校而变得傲慢自大。这会儿又成了走运？"相信我，我的学校里也有贱货。犯贱是宇宙通病。"

"走着瞧，今晚咱们可要好好修理修理她。"肯尼娅的眼珠子都快瞪出来了，丹妮莎终于有所察觉，直勾勾地看向这里。"来啊，臭丫头，"肯尼娅蛮横地说，仿佛丹妮莎能听见似的，"走着瞧！"

"等等。咱们？你之所以拖我来参加派对，就是为了这个？好让你能有个摔跤队友？"

她毫不掩饰，而且厚颜无耻地露出挑衅的神情，"反正你又没有别的事情可做，也没有别人会跟你出门玩！本小姐可是为了你好。"

"肯尼娅，你真要这样？你明知道我有朋友的，不是吗？"

她非常用力地翻了个白眼，在好几秒钟之内都只能看到她的眼白，"你学校里那些趾高气扬的白人小姐不算数。"

"她们没有趾高气扬，而且她们当然算数。"起码我是这么想的。我和玛雅关系很好，只是不确定海丽最近是怎么回事，"要我说实话吗？如果你觉得拽我来打架就是帮我融入社交生活，那还是得了吧。唉，你怎么总是爱惹麻烦呢？"

"思妲尔，拜托。"她把"拜托"两个字拉得很长——简直太长了，"听我说，咱们就这么办，先等她离开德文特，然后……"

手机贴着大腿振动，我扫了一眼屏幕。因为我不接电话，所以克里斯改成发短信了。

咱们能谈一谈吗？

这不是我的本意，没想到事情会变成这样。

当然。他的本意是要让事情往截然不同的方向发展，而这就是问题所在。我把手机放回口袋。现在还没想好要如何回答他，以后再说吧。

"肯尼娅！"有人高喊。

一个浅棕肤色、长发笔直的大块头女孩儿穿过人群，朝我们走来。在她身后，还有一个高高的男孩儿，顶着挑染着金色的黑色爆炸头。他们俩都拥抱了肯尼娅，说她看起来非常漂亮，而对我却视若无睹，仿佛我根本就不存在一样。

"怎么不早说你会来？"那个女孩儿说着，把拇指塞进嘴里，显得有点龅牙，"你可以跟我们一起开车来。"

"那可不行，姐们儿。我得去接思妲尔，"肯尼娅说，"我们俩一起走过来的。"

这时，他们才发现眼皮底下还有我这么个人，就站在距离肯尼娅不足半英尺的地方。爆炸头小子眯起眼睛，迅速地打量着我。他微微皱了皱眉头，虽然只有转瞬即逝的一秒，但我还是注意到了。"你不是在那家杂货店里干活的大麦弗的女儿吗？"

瞧见没？人们总是这样，就好像那是写在我出生证明上的姓名一样。"对，就是我。"

"哎呀！"那个女孩儿说，"难怪我觉得你很眼熟呢。三年级时，咱俩一起上过布里吉斯老师的课，我就坐在你后面。"

"噢。"我知道自己此刻应该记起她是谁，但实在想不出来了。也许肯尼娅是对的——我真的谁都不认识了。虽然他们的面孔都显得很熟悉，可是当你在店里结账装袋的时候，实在没法了解他们的名字和故事。不过，我可以撒谎，"对，我记得你。"

"姐们儿，别骗人啦，"爆炸头小子说，"你根本就不认识她。"

"你为什么总是说谎？"[1]肯尼娅和那个姑娘一起唱道。爆炸头小子也加入其中，三人哄然大笑。

"好啦，比安卡、强斯，友善一点，"肯尼娅说，"这可是思妲尔的第一个派对呢。她爸妈管得特别严，哪儿都不许去。"

我瞪了她一眼，"我参加过不少派对，肯尼娅。"

---

[1] 你为什么总是说谎：出自同名歌曲《你为什么总是说谎》（*Why You Always Lying*），最初由一位名叫尼古拉斯·弗雷泽的黑人青年上传至网络，后来出现了多种版本的翻唱，成为红极一时的热门歌曲。

"你们俩在咱这儿的派对上见过她吗？"肯尼娅问他们。

"没有！"

"就是嘛。还有，别急着反驳，那些蹩脚的白人小屁孩儿举办的郊区派对可不能算数。"

强斯和比安卡窃笑起来。唉，真希望能躲进这件帽衫里不露脸。

"我敢打赌，他们肯定在派对上弄一些摇头丸之类的破玩意儿，"强斯对我说，"白人小子们就是喜欢嗑药丸。"

"而且还听泰勒·斯威夫特[1]的歌。"比安卡咬着拇指补充道。

好吧，这话确实有几分道理，但我绝不会承认的。"不，其实他们的派对很酷，"我说，"有一回，一个男孩儿还在他的生日派对上放了杰·科尔[2]的音乐呢。"

"哇，真的假的？"强斯问，"太棒了！姐们儿，下次一定得邀请我。我要跟这伙白人小子搞派对。"

"总之，"肯尼娅大声说，"我们刚才正在商量着要去找丹妮莎算账。这个贱货正在那边跟德文特跳舞呢。"

"她实在太会耍花招了！"比安卡说，"她在背后嚼舌根，讲你的坏话，你也知道吧？上周在唐纳德先生的课上艾丽娅跟我说——"

强斯翻了个白眼，"哼！狗屁唐纳德先生。"

"你只是不满意他把你赶出教室。"肯尼娅说。

"废话！"

"反正，艾丽娅告诉我——"比安卡继续说。

当他们谈及我完全不认识的同学和老师时，我又一次陷入了迷茫之中，完全插不上话。不过倒也无关紧要，反正我是透明人。

---

[1] 泰勒·斯威夫特（Taylor Swift）：美国白人唱作歌手，当代最著名的流行女艺人之一。

[2] 杰·科尔（J. Cole）：本名杰梅因·科尔（Jermaine Cole，1985— ），美国黑人嘻哈艺术家、说唱歌手。

在花园高地，我时常会产生这种感觉。

他们正在抱怨着丹妮莎和老师们，肯尼娅忽然说要再拿一杯酒，于是三人就径直离开了。

转瞬之间，我仿佛成了在伊甸园里刚吃完禁果的夏娃[1]——仿佛突然意识到自己是赤身裸体的。我独自待在一个根本就不该来参加的派对上，几乎谁都不认识。就在刚才，唯一相识的伙伴也弃我而去了。

为了让我来，肯尼娅苦苦哀求了好几周。我早就知道自己会很不自在，但是每次我告诉肯尼娅"不行"的时候，她都会说我表现得"太傲慢，不愿屈尊来参加一场花园高地的派对"。这种鬼话实在令人厌烦至极，于是我便决定用行动来证明她想错了。可问题是，除非黑耶稣[2]显灵，否则爸妈是不会让我来的。如果他们发现我在这儿，那只有黑耶稣能拯救我了。

人们看我的眼神仿佛在说："那个小妞是谁？自己站在墙边，像个傻子似的。"我把双手抄在口袋里。只要我不动声色地装酷，应该就没问题。不过，讽刺的是，在威廉姆森，我完全不必"装酷"——我本身就很酷，因为学校里只有那么几个黑人孩子，屈指可数。而在花园高地，我却必须要很努力才不会被人笑话，这可比在首发日抢购复刻版乔丹球鞋要困难多了。

想想也真是滑稽，跟白人孩子交往的时候，黑皮肤是一个酷炫的标志，但同时又是一道刺眼的疤痕。

"思姐尔！"一个熟悉的声音喊道。

---

[1] 夏娃（Eve）：圣经人物，是上帝创造的第一个女人，住在伊甸园中，因受到魔鬼的诱惑而偷食智慧树上的禁果，于是明白事理、知道廉耻，方才发现自己是赤身裸体的，便用无花果的叶子编织衣裙加以遮挡。

[2] 黑耶稣（Black Jesus）：指黑皮肤的耶稣。耶稣在传统绘画作品中的形象通常是白人，但圣经中并未提及耶稣的肤色，所以在黑人文化中，便流传着黑皮肤耶稣的形象，信仰黑耶稣也是反抗种族歧视的一种方式。

人潮向两边涌动，让出一条路来，仿佛他是棕色皮肤的摩西[1]。小伙子们纷纷跟他打招呼，姑娘们全都伸长脖子向他张望。他对我露出微笑，脸上泛起酒窝，为故作成熟的外表增添了几分孩子气。

卡里尔是个很好的人，除此之外，没有其他说法可以形容。我们俩是光着屁股一起长大的，曾经在同一个浴缸里洗澡。他长了一个"小鸡鸡"，而我却没有，为此，我们俩经常咯咯傻笑。当然啦，那都是年幼无知的玩闹而已。他拥抱了我，身上散发着肥皂和婴儿爽身粉的味道。"丫头，怎么样？有一阵子没见了。"他放开我，"你连条短信都不发，最近在干什么？"

"学校和篮球队的事情很多，"我说，"不过我还是经常在店里帮忙。倒是你，好久没露面了。"

酒窝瞬间消失了。他抬手擦了擦鼻子，这是他撒谎前的一贯动作，"我很忙。"显然是没闲着。崭新的乔丹球鞋，雪白的T恤，还有闪闪发光的钻石耳钉。如果在花园高地长大，那么你就会明白"忙"的真正含义。

见鬼！但愿他说的"忙"不是那个意思。否则，我都不知道是该踹他一脚还是该给他一拳。

不过，卡里尔用浅褐色的眼珠目不转睛地看着我，那神情令人感到心安。我觉得自己仿佛又回到了十岁，站在圣殿教堂的地下室里，趁着上暑期圣经学校的时候，对他献出了初吻。突然，我回过神来，想起自己现在穿着一件不合身的帽衫，看起来一塌糊涂……而且我其实已经有男朋友了。也许我不会马上回复克里斯的电话或短信，但他仍然是我的恋人，而我也想保持这个状态。

"你外婆怎么样？"我问，"还有卡梅伦，他如何了？"

[1] 摩西（Moses）：圣经人物，曾经是埃及王子，后来成为宗教领袖和立法者，制定《摩西五经》，被认为是重要的先知。

"都好。只是，外婆病了。"卡里尔从自己的杯子里抿了一口，"大夫说是癌症。"

"天哪，怎么会这样？"

"唉，是啊。她正在做化疗，不过一心只想着要买顶假发。"他虚弱地笑了笑，没有露出酒窝，"她会没事的。"

这句话不像是一个预言，更像是一声祈祷。"你妈妈在帮忙照看卡梅伦吗？"

"善良的思妲尔，总是想挖掘人们身上美好的一面。你明知道她不可能帮忙的。"

"喂，我只是问问嘛。前几天她来过店里，看上去气色不错。"

"暂时而已，"卡里尔说，"她号称正在努力戒毒，可还不是老一套。戒掉几周以后，就忍不住再吸上一口，结果又会前功尽弃。不过，就像刚才说的，我很好，卡梅伦很好，外婆也很好。"他耸了耸肩，"这就够了，其他的都不重要。"

"是啊。"我嘴上答应着，心里却记得自己曾经陪着卡里尔在他家的门廊上等他妈妈回家，夜复一夜。不管他是否承认，她对他来说都很重要。音乐变了，德雷克[1]的说唱声从音响里传来。我伴随着节奏点头，轻声跟着念歌词。舞池里的所有人都一起高喊"我们出身底层，如今来到这里"[2]。在花园高地的某些日子里，我们确实像是身处底层，可是大家却依然感到庆幸，因为底层之下还有地狱。

卡里尔看着我，一抹微笑爬上嘴角。他摇了摇头，"真不敢相信，你居然还喜欢娘娘腔的德雷克。"

我瞪了他一眼，"不许说我未来老公的坏话！"

---

[1] 德雷克（Drake）：全名奥布里·德雷克·格拉哈姆（Aubrey Drake Graham，1986— ），加拿大黑人说唱歌手、唱作人、演员。

[2] "我们出身底层"二句：出自德雷克的歌曲《出身底层》（*Started from the Bottom*）。

"你老公太土了！'宝贝，你就是我的一切，我只想要你。'"卡里尔故意哼哼唧唧地唱道。我用肩膀推了他一下，他放声大笑，酒水从杯沿上泼洒出来，"他不就是这么唱的嘛！"

我冲他竖起中指，他噘起嘴唇，发出亲吻的声音。虽然数月未见，我们的关系却迅速恢复了正常，毫无隔阂，仿佛昨日才刚刚分别一样。

卡里尔从咖啡桌上拽了一张纸巾，擦掉乔丹球鞋上的酒水。那双三代复刻版球鞋是几年前发行的，但是看起来却崭新如初。就算在购物网站上找到肯出手的好卖家，也得花上三百美元。克里斯就买过一双。我脚上的这双很便宜，只花了一百五十块，可那是因为我穿儿童尺寸。多亏了有一双小脚，我才能和克里斯穿情侣运动鞋。没错，我们俩就是这么幼稚，可彼此都觉得很棒。如果他能别再干蠢事，我们肯定会相处得很好。"我喜欢你这双球鞋。"我告诉卡里尔。

"谢谢。"他用纸巾使劲儿地摩擦着鞋子。我皱起眉头。伴随着每一下摩擦，那双鞋子仿佛都在冲我哀号。说真的，不好好清洁运动鞋简直相当于杀生。

"卡里尔，"我说，差点儿就忍不住要把纸巾夺过来，"听我的，要么轻抹，要么轻拍，不要摩擦。"

他抬头看着我，傻笑起来，"遵命，运动鞋女王。"感谢黑耶稣，他手上的动作变成了轻拍，"考虑到是你害我把酒水洒到鞋子上的，应该让你来清洁才对。"

"那你得交钱，六十美元。"

"六十？"他高呼着直起身体。

"当然！如果是冰底[1]的鞋子，还得涨到八十呢。"透明的鞋底可不好弄干净，"清洁工具都不便宜，再说，既然买得起这种鞋，你肯定是赚大钱了。"

---

[1] 冰底（icy sole）：一种透明的鞋底材料。

卡里尔喝了一口酒，对我的话充耳不闻，喃喃地说："见鬼，这玩意儿真辣。"然后把杯子放在咖啡桌上，"对了，告诉你老爸，我最近要去找他。有些事需要跟他谈一谈。"

"什么事？"

"大人的事。"

"哎哟，你都成大人了。"

"比你大五个月两周零三天，"他眨了眨眼，"我可不会忘。"

舞池中央传来一阵骚动。争吵声盖过了音乐声，脏话满天飞。

起初，我还以为肯尼娅终于实施计划，去找丹妮莎算账了，但随即又发现，那些咒骂的嗓音都很低沉。

砰！一声枪响，我赶紧蹲下身。

砰！第二声枪响。人群向门口逃窜，结果引发了更多的争吵与混战。空间有限，大家不可能同时挤出去。

卡里尔抓住我的手，"快走！"

屋里的人太多了，留着卷发的姑娘比比皆是，我实在看不到肯尼娅在哪里，"可是，肯尼娅——"

"别管她了，咱们走！"

他拽着我向外跑，把挡在前面的人们都推到一旁，途中不知踩了多少双鞋子。单凭这一点，我们俩就有可能成为子弹攻击的对象。我用目光在一张张惊慌失措的面孔中搜寻肯尼娅，但是却一无所获。我不想看到有谁中了枪，也不想知道是谁开的枪。因为，如果你什么都不清楚，自然也就无法告密了。

汽车在外面飞驰，大家纷纷冲进夜色里，朝着没有枪响的方向狂奔。卡里尔带我来到一盏昏暗的路灯下，那里停着一辆雪佛兰黑斑羚[1]。他把我从驾驶座这边推进车里，我爬到副驾驶座上。伴随着一声尖啸，黑

[1] 雪佛兰黑斑羚（Chevy Impala）：美国通用汽车公司雪佛兰分部生产的一款轿车。

斑羚疾驰而去，将混乱留在了后视镜里。

"总是这样，"他嘟囔着说，"就不能安安稳稳地开一场没人中枪的派对。"

他的口气跟我爸妈简直一模一样。这就是他们不让我出门的原因，就像肯尼娅说的，"哪儿都不许去"。至少在花园高地不能乱逛。

我给肯尼娅发了一条短信，但愿她没事。我估计那些子弹应该不是冲她去的，可是枪子儿毕竟不长眼。

肯尼娅很快就回复了。

我很好。

我看见那个贱货了，正要收拾她。

你在哪儿？

这个臭丫头在搞什么？我们大家刚刚才为了逃命跑出来，现在她又准备跟人开打？我才懒得理她。

卡里尔的黑斑羚很漂亮，不像有些小子的汽车那样花里胡哨。上车之前，我没看到夸张的轮圈，而且前排座位的皮革还有朴素的裂痕。不过，车里的颜色全是腻歪的柠檬绿，所以这辆车在一定程度上也被改造过了。

我拽了拽座位上的裂痕，"你觉得是谁中枪了？"

卡里尔从车门的置物槽里拿出一把发刷，"可能是个勋爵枭王[1]吧，"说着，他刷了刷侧面的头发，"我到的时候，还看见有几名花园信徒进屋了。这种情况下，难免出事儿。"

我点了点头。在过去的两个月里，由于什么愚蠢的领地之争，害得整个花园高地都像硝烟四起的战场一样。我一生下来就是个"女王"，因为那时候爸爸还是个"枭王"。不过，当他退出帮派以后，我的尊贵

---

[1] 勋爵枭王（King Lord）：与"花园信徒"（Garden Disciple）都是对不同派别的黑帮及其成员的称呼。

地位也就随之消失了。尽管我曾经身处其中，但还是无法理解他们为何要争夺那些根本就不属于任何人的街道。

卡里尔把发刷放回门槽里，调高音量，一首被我爸放过无数遍的说唱老歌轰然响起。我皱起眉头，"为什么你总是听这种老货？"

"喂，别瞎说！图派克[1]的话都是真理。"

"对，二十年前。"

"不，现在也是。听听这个。"他抬手指着我，这个动作表示他要开启卡里尔说教模式了，"派克说，'暴徒生涯'代表'你们给予孩子们的仇恨早晚会干翻所有人'。"

我挑起眉毛，"什么？"

"仔细听！'你们给予孩子们的仇恨早晚会干翻所有人。'[2]把首字母连起来，就是'暴徒生涯'。意思是说，我们在年轻时被社会所灌输的东西，最终会在我们长大成人后反咬社会一口。懂了吗？"

---

[1] 图派克（Tupac）：本名图派克·夏库尔（Tupac Shakur，1971—1996），美国黑人说唱歌手、演员、诗人，在一场飞车射击中被枪杀身亡。

[2] 英文原文为"The Hate U Give Little Infants Fucks Everybody"，将每个单词的首字母串联在一起，就是"THUG LIFE"，本意为"暴徒生涯"。图派克本人的腹部上文有"THUG LIFE"的字样，有一个以他为首的说唱团体名为"THUG LIFE"，该团体发行的唯一一张专辑也题为"THUG LIFE"。此外，图派克还曾与他的继父木图卢·沙库尔（Mutulu Shakur，1950— ，美国黑人民族主义者）于1992年共同起草了一份《暴徒生涯法则》，黑帮成员必须遵守其中的20多项规定，包括不得告密、不得伤害儿童、不得伤害孕妇、不得在学校闹事、不得骚扰无辜平民等。这些规定提高了黑帮的道德感，同时也避免了帮派暴力波及无辜者。实际上，在黑人文化中，"暴徒"一词有很丰富的含义，如《暴徒生涯法则》的第一项是新成员加入帮派前的须知：第一，将会赚大钱；第二，将会进监狱；第三，有可能会死。这也从客观角度上说明了何为"暴徒"。而很多黑人青年之所以成为"暴徒"，是严酷的社会环境使然。因此，图派克在谈到"暴徒生涯"时，为其赋予了崭新的含义，他认为"暴徒"并非指罪犯，而是指那些出身贫寒、一无所有，拼尽全力克服障碍，并最终获得成功的人。

"哇，懂了。"

"瞧见没？早就告诉过你了，他总是能抓住要害。"他跟随节奏点头，嘴里念着歌词。而我却在思忖：为了"干翻所有人"，他正在做什么？虽然我觉得心中已经有了答案，但又希望自己想错了。我要听他亲口承认。

"这段时间，你都在忙些什么？"我问，"几个月前，爸爸说你不在店里打工了。从那以后，我就再也没见过你。"

他贴近方向盘，"你想让我带你去哪儿？你家还是杂货店？"

"卡里尔——"

"你家还是杂货店？"

"如果你在卖那玩意儿的话——"

"思妲尔，管好你自己。不用替我操心。我在做我应该做的事情。"

"胡说！你也知道，要是有什么困难，我爸可以帮你的。"

他在撒谎前擦了擦鼻子，"我不需要任何人帮忙，懂吗？而且你老爸给我的那份小零活儿薪水太低了，根本解决不了问题。成天在灯泡和食品之间挑挑拣拣，我早就烦了。"

"我还以为你外婆在工作。"

"先前是。当她刚查出得病的时候，那些混蛋信誓旦旦地说一定会让她留在医院里继续工作。两个月后，她干不动了。在做化疗期间，谁还能拖得动那么大的垃圾桶？于是，他们就立马解雇了她。"他摇了摇头，"好笑吧？医院解雇她，因为她生病了。"

车里陷入一片沉默，只有图派克在问："你信仰什么？"我不知道。

手机又振动了，估计不是克里斯请求原谅，就是肯尼娅要我帮忙修理丹妮莎。然而，屏幕上显示的却是我哥哥的短信，通篇都是大写字母。我也不知道他为何要这样做。也许他觉得这样能令我胆怯吧。说真的，看着这堆大写字母，实在叫人心烦。

你在哪里？

你和肯尼娅最好没去那场派对。

我听说有人中枪了。

比保护欲旺盛的父母还要糟糕的是保护欲旺盛的哥哥。在赛文面前，就连黑耶稣都不能拯救我了。

卡里尔看了我一眼，"是赛文吗？"

"你怎么知道？"

"每当他跟你说话的时候，你都会露出想揍人的神情。还记得那次在你的生日派对上，他不停地告诉你应该许什么愿吗？"

"结果我一拳打在了他的嘴上。"

"然后娜塔莎就冲你发火了，因为你让她的'男朋友'闭嘴。"卡里尔笑着说。

我翻了个白眼，"她对赛文的迷恋太夸张了。很多时候，我觉得她之所以过来，只是为了见他。"

"不，她之所以去，其实是因为你有哈利·波特的电影。还记得咱们以前自称什么吗？'兜帽[1] 三剑客'。关系比——"

"伏地魔[2] 的鼻腔还要紧密。那时候咱们好傻。"

"对啊！"他说。

我们笑了，但却有些失落。如今，"兜帽三剑客"少了一个人——娜塔莎。

卡里尔盯着前方的马路，"转眼都过去六年了。"

突如其来的鸣笛声吓了我们一跳，警车的蓝色灯光在后视镜里闪烁。

---

[1] 兜帽：在哈利·波特系列小说中，巫师们常常穿带有兜帽的斗篷。

[2] 伏地魔（Voldemort）：哈利·波特系列小说中的反派人物，书中描写他的鼻子"像蛇的一样"，只有两条缝。在电影中，伏地魔几乎没有鼻梁，只有两道细长的鼻孔。

第二章

在我十二岁的时候，爸妈跟我有过两场谈话。

一场是老生常谈的性启蒙。不过，我并没有得到通常的那套说辞。我妈妈丽莎是一位注册护士，她详细地告诉我身体会有哪些变化，还有哪些变化是到长大之后才会发生的。那时候，我严重怀疑她说的那些都不会出现在我身上。其他女孩儿在六年级或初一就开始发育了，而我的前胸却跟后背一样平坦。

另一场谈话讲的是如果被警察拦住，应该怎么办。

妈妈坐立不安，说我太小，提这些还为时尚早。可爸爸却说我已经不小了，完全有可能被拘捕或者挨枪子儿。

"小星星[1]，他们让你做什么，你就做什么。"他说，"一定要把你的双手始终放在他们能看见的地方。不要有任何突然的举动。只有当他们跟你说话时，你才能开口。"

---

[1] 小星星：思妲尔（Starr）名字的英文发音与"星星"的英文发音相似，因此，她的父亲亲昵地称她为"小星星"。

我知道这番告诫肯定事关重大。在我认识的所有人当中，爸爸是最爱唠叨的，如果他说要保持安静，那我必须保持安静。

但愿有人对卡里尔讲过这些话。

他低声抱怨，骂骂咧咧地调小了图派克的音量，将黑斑羚停在路边。我们在康乃馨街上，大部分房子都是废弃的，半数的路灯也损坏了。周围没有别人，只有我们和警察。

卡里尔关掉引擎，"不知道这个蠢货想干吗。"

那位警官停下车，打开车头灯。我在刺目的灯光中不停眨眼。

我又记起爸爸说的另一句话：如果你跟某个人在一起，那你最好祈祷他身上什么都没有，否则你们俩就全完蛋了。

"卡里尔，你没在车上藏东西吧？"我问。

他从后视镜里看着警察，"没。"

警官靠近驾驶座车门，敲了敲窗户。卡里尔放下车窗。警官举起手电筒，直直地照在我们脸上，仿佛非要把我们的眼睛闪瞎似的。

"驾照、行车证、保险单。"

卡里尔打破了一条规则——他没有按照警察的要求做，"你为什么让我们停车？"

"驾照、行车证、保险单。"

"我说，你为什么让我们停车？"

"卡里尔，"我恳求道，"照他说的做吧。"

卡里尔不满地抱怨着，掏出钱包。警官用手电筒的灯光追随着他的一举一动。

我的心脏大声跳动，但爸爸的教导还在脑海中回响：好好看看警察的面孔。最好能记住对方的警徽编号。

手电筒照向卡里尔的双手，我趁机辨认出警徽上的数字——115。他是一个白人，年纪在三十五岁到四十岁之间，留着棕色的寸头，嘴唇上方有一道窄窄的伤疤。

卡里尔把驾照和文件递给了警官。

115 检查了一下，"你们俩今晚从哪儿来？"

"不关你的事，"卡里尔说，"你为什么让我停车？"

"你的汽车尾灯坏了。"

"所以你要给我开罚单还是怎么的？"卡里尔问。

"你说呢？下车，机灵鬼。"

"老兄，你就直接把罚单给我得了——"

"下车！举起手来，放在我能看见的地方。"

卡里尔举着手下了车。115 拽住他的胳膊，将他压在后座车门上。

我好不容易才说出声来，"他不是故意——"

"把手放在仪表板上！"警官冲我吼叫，"不许动！"

我立刻听话照做，双手在剧烈颤抖，根本无法保持静止不动。

他对卡里尔进行搜身检查，"好吧，贫嘴小子，看看今天会在你身上有何发现。"

"你不会有任何发现的。"卡里尔说。

115 又来回地搜了两遍，最终一无所获。

"待在这儿，"他命令卡里尔，"还有你，"他透过窗户看着我，"不许动。"

我连点头的力气都没有了。

警官向自己的巡逻警车走去。

爸妈并没有教我惧怕警察，只是让我学会与其周旋。他们告诉我，当警察背对着你的时候，千万不要动，这才是明智的做法。

卡里尔动了。他走向自己的车门。

突然的举动是不明智的。

卡里尔动了。他打开驾驶座车门。

"思妲尔，你还好——"

砰！

一下。卡里尔的身体猛然抽搐。鲜血从他的后背飞溅而出。他抓住车门来保持平衡。

砰!

两下。卡里尔剧烈喘息。

砰!

三下。卡里尔看着我,面露惊恐。

他坠落在地。

我又一次回到了十岁,看着娜塔莎在面前倒下。

震耳欲聋的尖叫声从我的内脏里冲出来,在喉咙里爆炸,用尽了全身的每一寸力量。

本能告诫我不要动,但剩余的一切都在说快去看看卡里尔。我跳出黑斑羚,跑到另一边。卡里尔盯着天空,仿佛渴望看见上帝。他张着嘴巴,似乎想要放声大喊。我用一个人的力量,发出了两个人的喊叫。

"不、不、不。"这是我唯一能说的话,好像我是个一岁的孩子,只会讲这个字。我不知道自己是如何瘫倒在他身旁的。妈妈曾经告诉我,如果有人中枪,要尽力止血,可是眼前的血太多了。太多太多。

"不、不、不。"

卡里尔不动了。他不说话了。甚至都不看我了。他的身体僵硬了,他去了。我希望他能看见上帝。

还有别人在尖叫。

我眨掉眼中的泪水。115 冲我大喊,用刚才杀害我朋友的手枪指着我。

我举起双手。

第三章

他们把卡里尔的尸体留在马路上，就像陈列在公众面前的展览品一样。警车和急救车的灯光沿着康乃馨街边闪烁。人们站在一旁，试图打探发生了什么事情。

"见鬼，哥们儿，"有人嚷嚷着，"他们杀人了！"

警方让围观群众离开，但无人听从。

医务人员对卡里尔无能为力，于是他们便将我塞进一辆救护车的后部，仿佛我需要帮助似的。明亮的灯光聚焦在我身上，人们翘首张望，争相一睹究竟。

我并没感到自己有什么与众不同，只觉得恶心想吐。

警察彻底搜查了卡里尔的汽车。我想让他们停下来。请盖上他的尸体。请闭上他的眼睛。请合上他的嘴巴。离开他的车。别碰他的发刷。可是却一个字也说不出来。

115坐在人行道上，将脸埋在手心里。其他警官拍着他的肩膀，告诉他会没事的。

他们终于用一张白布单盖住了卡里尔。他不能呼吸。我也不能呼吸。

我不能。

呼吸。

我喘气。

再喘气。

再喘气。

"思妲尔？"

长睫毛的棕色眼睛出现在面前，看起来很像我的眼睛。

我无法对警察说太多的话，只是勉强将爸爸妈妈的名字和电话号码告诉了他们。

"好了，"爸爸说，"来，咱们走。"

我张口欲答，却发出了一声呜咽。

爸爸被推到一旁，妈妈扑上来抱住我。她轻轻地抚摸着我的后背，用安慰的语气说着谎言，"没事了，宝贝。没事了。"

我们就这样待了很长时间。最后，在爸爸的帮助下，我们离开了救护车。他用胳膊紧紧地搂住我，就像一道屏障，抵挡了好奇的目光，领着我走向他停在街边的塔荷[1]。

他开车回家。一盏路灯闪过，照亮了他那紧绷的下巴，光秃秃的头皮上青筋凸起。

妈妈穿着印有小黄鸭图案的外科手术服，她今晚在急救室加班了。坐在车里，她抬手擦了几次眼睛，也许是想到卡里尔的惨状，抑或想到我也有可能那样躺在街上。

我的胃拧作一团。那么多鲜血从他的体内流出来。有些沾在了我的手上、赛文的帽衫上、我的运动鞋上。一小时前，我们还有说有笑、打

---

[1] 塔荷（Tahoe）：美国通用汽车公司雪佛兰分部生产的一款运动型多功能汽车（SUV）。

打闹闹。而现在，他的血……

一股热流涌入口中，肚子里翻江倒海。我捂住嘴。

妈妈从后视镜里瞧见了，"麦弗里克，停车！"

汽车还没有完全刹住，我就跨过后排座位，一把推开了车门。那感觉就像是身体里的一切都在争先恐后地往外冲，而我却什么都不能做，只能听之任之。

妈妈跳下车，跑到我身边。她将我的长发拢起，用力摩擦我的后背。

"唉，我的宝贝。"她说。

等我们到家以后，她帮我脱掉衣服。赛文的帽衫和我的乔丹球鞋消失在一个黑色的垃圾袋里，我再也没见过它们。

我坐在一缸热气腾腾的清水里，使劲儿揉搓双手，洗去卡里尔的鲜血。爸爸将我抱到床上，妈妈用手指轻柔地梳理我的头发，哄我入眠。

我一次次从噩梦中惊醒，妈妈总是立即出言提醒，让我保持平稳呼吸。小的时候，我常常犯哮喘，那时她也会这样做。我觉得，她好像整晚都待在我的房间里，因为每次醒来，我都会看到她坐在床边。

不过这一次，她消失了。霓虹蓝的墙壁明亮耀眼，钟表显示现在是早晨五点。我的身体已经习惯了在五点醒来，无论今天是周一还是周六。

我盯着天花板上的夜光星星，试图回忆昨晚。拥挤的派对在脑海中闪过，接着是那场混乱的争斗，最后115让我和卡里尔停车。枪声在耳畔回荡。一声，两声，三声。

我躺在床上。卡里尔躺在停尸房里。

当初，娜塔莎的人生终点也是停尸房。虽然已经过了六年，但那天发生的一切依然历历在目。我正在杂货店里拖地，为自己的第一双乔丹球鞋攒钱，忽然，娜塔莎跑了进来。她又矮又胖（她妈妈告诉她，那是婴儿肥），皮肤黝黑，满头整齐的小辫子总是像刚辫好的一样。我特别羡慕她的辫子。

"思妲尔，榆林街的消防栓爆啦！"她说。

也就是说，我们有免费的水上乐园了。我记得自己看着爸爸，用眼神无声地恳求。他说只要我保证一小时内回来，就可以去。

我觉得自己从未见过水喷得那么高，社区里的每个人几乎都来了，在水花中快乐地玩闹。一开始，只有我注意到了那辆车。

一只胳膊从后车窗里伸出来，手中握着一把格洛克手枪[1]。人们四散逃窜，但我没有动。我的双脚就像长在了人行道上一样，寸步难移。娜塔莎兴高采烈地玩着水，突然——

砰！砰！砰！

我扑倒在路边的蔷薇丛中。等我起身时，有人大喊："快叫急救车！"起初，我以为是自己中枪了，因为我的衬衫上有血。结果却发现，那只是蔷薇花刺扎出来的小伤口而已。真正中枪的是娜塔莎。她的鲜血混在水里，化作一条红色的小河，顺着街道流淌。

她的神情非常恐惧。那时候，我们才十岁，根本不知道死了以后会发生什么。唉，其实现在我也不知道，而她却被迫早早地迎接了死亡，尽管她并不愿意。

我知道她不愿意，正如卡里尔不愿意一样。

我的房门开了一条缝，妈妈向里张望。她努力挤出一个微笑，"看看谁起床了。"

她坐在床边。虽然我并没有发烧，但她还是抬手摸了摸我的额头。她经常照顾生病的孩子，这已经成为她的下意识动作了，"你觉得怎么样，贪吃侠？"

"贪吃侠"是我的绰号。爸妈说，断奶以后，我总是吃个不停，嘴里一直在咀嚼食物。后来我失去了巨大的胃口，却没有失去这个绰号。"很累。"我说，声音有些低沉，"我想待在床上。"

"我知道，宝贝，但是我不想让你独自一人留在这里。"

---

[1] 格洛克手枪（Glock）：奥地利武器制造公司格洛克生产的一系列半自动手枪。

　　而我只想独自一人。她注视着我，那眼神像是看到了曾经的我——扎着马尾辫的龅牙小姑娘，身穿印着飞天小女警[1]图案的衣服。这感觉很奇怪，却又很温暖，仿佛一张柔软的毛毯将我裹住。

　　"我爱你。"她说。

　　"我也爱你。"

　　她站起身来，伸出了手，"来吧，吃点儿东西。"

　　我们慢慢走到厨房。走廊的墙壁上有一幅画，黑耶稣吊在画中的十字架上，旁边是一张马尔科姆·艾克斯[2]手拿猎枪的照片。对此，外婆一直深感不满，至今还时常抱怨，认为不该将这两张图片挂在一起。

　　我们住在外婆的老房子里。我的舅舅卡洛斯让外婆搬到位于市郊的大房子里与他同住，于是她便把原来的房子给了我爸妈。卡洛斯舅舅总是不放心外婆独自住在花园高地，尤其是入室盗窃和当街抢劫的案件越来越多地发生在老年人身上。外婆觉得自己还没老。她拒绝离开，说这里是她的家，没有任何暴徒能把她赶走，就算有人闯进来偷她的电视机也没用。在那之后，过了大约一个月，卡洛斯舅舅宣称他和帕姆舅妈需要外婆帮忙照顾孩子。按照外婆的说法，帕姆舅妈"根本就不会为那些可怜的小宝贝做顿像样的饭"，于是外婆终于答应搬家了。不过，我们的房子还没有完全失去外婆风格的痕迹，干花草的香味在空气中弥漫，墙上贴着印花壁纸，几乎每间屋里都有粉红色的物品。

　　爸爸和赛文正在厨房里交谈，可是当我们一走进去，他们就立刻不说话了。

---

[1] 飞天小女警（Powerpuff Girl）：美国动画片《飞天小女警》（*The Powerpuff Girls*）中的卡通人物。

[2] 马尔科姆·艾克斯（Malcolm X, 1925—1965）：非裔美国人，著名的人权主义者，信奉伊斯兰教，遭暗杀身亡。支持他的人认为他勇敢地提倡黑人权利，揭发白人对黑人犯下的罪行；反对他的人斥责他宣扬种族主义和暴力。他被称为历史上最有影响力的非裔美国人之一。

"早啊，宝贝姑娘。"爸爸从桌边站起身来，亲了亲我的额头，"睡得还好吗？"

"还好。"我撒谎说。他把我领到座位上，赛文默默地在一旁看着。

妈妈打开冰箱，冰箱门上贴满了外卖菜单和水果形状的磁铁。"好啦，贪吃侠，"她说，"你想要火鸡培根还是普通培根？"

"普通的。"我很惊讶居然还有的选，家里从来不吃猪肉。我们不是穆斯林，更像是"基督穆斯林"。还在外婆肚子里的时候，妈妈就成了圣殿教堂的教会成员。爸爸信仰黑耶稣，不过相对于"十诫"[1] 而言，他更愿意遵循黑豹党[2] 的"十点纲领"[3]。在某些方面，他赞同"伊斯兰民族"[4]，但是对于他们有可能杀害了马尔科姆·艾克斯这一点，他始终无法释怀。

"我的家里竟然有猪肉。"爸爸嘟嘟囔囔地在我身旁坐下，赛文在他对面幸灾乐祸地窃笑。赛文和爸爸看起来就像警方在长期失踪案中展示的一组年龄递增照片[5]。加上我弟弟塞卡尼，他们就是同一个人在八岁、十七岁和三十六岁时的模样。三人都是深棕色皮肤，身形瘦削，眉

---

[1] 十诫（Ten Commandments）：又称"摩西十诫"，是一系列涉及伦理道德和敬奉上帝的圣经原则，在犹太教、基督教和伊斯兰教中扮演着基础性的角色。

[2] 黑豹党（Black Panther Party）：一个黑人民族主义的左翼激进团体，在 1966 年至 1982 年期间活跃于美国。

[3] 十点纲领（Ten-Point Program）：最初发表于 1967 年 5 月 15 日，是黑豹党的一系列指导方针，表明了他们的理想，包括要求得到自由，要求法庭公正地对待黑人，要求停止警察暴力和谋杀黑人的罪行等。

[4] 伊斯兰民族（Nation of Islam）：一场非裔美国人的政治宗教运动，始于 1930 年，其目标是改善非裔美国人在美国的精神、心理、社会、经济状况。马尔科姆·艾克斯曾是"伊斯兰民族"组织的主要领导之一，但后来对该组织颇为失望，他在 1964 年转而成为一名逊尼派穆斯林。1965 年，他被"伊斯兰民族"组织的三名成员暗杀。

[5] 年龄递增照片（age-progression picture）：在处理多年未破的失踪案时，警方会根据失踪者失踪当时的照片，用电脑技术合成失踪者现在的照片，以便进行寻找。

毛浓密，漂亮的眼睫毛就像姑娘一样。赛文留着长长的脏辫[1]，足以给光头的爸爸和短发的塞卡尼各分一脑袋头发了。

至于我，就好像上帝将我爸妈的肤色在颜料桶里混合，最终给了我咖啡色的皮肤。我继承了爸爸的长睫毛，还有那讨厌的浓眉。除此以外，我基本像妈妈，有着大大的褐色眼睛和宽宽的额头。

妈妈端着培根从赛文身后经过，抬手捏了捏他的肩膀，"谢谢你昨晚陪着弟弟，好让我们能——"她的声音戛然而止，但是大家对于剩下的话已经心知肚明。她清了清嗓子，"谢谢。"

"没事。正好我也得离开那栋房子。"

"金留下过夜了？"爸爸问。

"更像是搬进去了。伊艾莎说他们可以组建家庭——"

"喂，"爸爸说，"那是你妈妈，孩子。别像个大人似的直呼其名。"

"那栋房子里需要有个大人。"妈妈说。她拿出平底煎锅，朝走廊里大喊，"塞卡尼，我只说一遍。如果你还想去卡洛斯舅舅家过周末，那就赶紧起床！我可不会为了等你而上班迟到。"我估计她应该要加一天班，以此来弥补昨晚的请假。

"老爸，你也知道接下来会发生什么，"赛文说，"他打她，她把他赶出去，然后他再回来，说已经改过自新了。唯一的区别是，这一次，我不会让他碰我一根手指头。"

"你随时都可以搬来跟我们同住。"爸爸说。

"我知道，但我不能丢下肯尼娅和丽瑞克不管。那个白痴发起疯来，连她们俩都打，根本不在乎是不是自己的亲生女儿。"

"好吧。"爸爸说，"不要顶撞他。如果他对你动手，就让我出面去解决。"

---

[1] 脏辫（dreads）：通过缠结或编结形成的像绳索一样的发辫，是一种十分常见的黑人发型。

赛文点了点头，接着看向我。他张开嘴，停顿了一下，说："昨晚的事情，我很难过，思妲尔。"

终于有人承认笼罩在厨房上空的乌云了，从某种程度上来讲，就像是承认了我的存在一样。

"谢谢。"我说，尽管这么说很古怪。我不值得同情，卡里尔的家人才值得。

屋里只剩下培根在煎锅上发出的滋滋啦啦、噼噼啪啪的声音。仿佛我的额头上贴着一个"易碎"的标签，与其冒险说一些可能会伤害我的话，他们宁愿什么都不说。

然而，沉默才是最糟糕的。

"我借了你的帽衫来穿，赛文。"我喃喃地说。

虽然只是随口一讲，但也比一言不发要好，"就是蓝色的那件。妈妈已经把它扔了。卡利尔的血……"我吞咽了一下，"他的血沾在那件衣服上了。"

"噢……"

整整一分钟，大家都没说话。

妈妈转向煎锅，"实在太没道理了。那孩子——"她用沙哑的声音说，"只是个孩子而已。"

爸爸摇了摇头，"他没有伤害任何人，不该有这个结局。"

"他们为什么要对他开枪？"赛文问，"他对警察造成生命威胁了吗？还是怎么的？"

"没有。"我平静地说。

我盯着桌子，能感觉到他们又一次齐刷刷地望向我。

"他什么都没做，"我说，"我们什么都没做。卡里尔甚至没有枪。"

爸爸缓缓地叹了一口气，"这里的人们要是发现了真相，肯定会失去理智的。"

"街坊邻居已经在推特[1]上议论纷纷了，"赛文说，"昨晚我就看到了。"

"他们提到你妹妹了吗？"妈妈问。

"没有。只写了一些'卡里尔安息''警察去死'之类的内容。我觉得他们应该不知道细节。"

"当细节曝光以后，我会怎么样？"我问。

"宝贝，什么意思？"妈妈问。

"除了那个警察以外，当时只有我在场。你们也见过类似的事情，最终都成了轰动全国的新闻。人们会收到死亡威胁，遭到警方镇压，等等。"

"我不会让这种事情发生在你身上的，"爸爸说，"我们都不会。"他看向妈妈和赛文，"别告诉任何人思妲尔当时在场。"

"塞卡尼呢？"赛文问。

"不行。"妈妈说，"最好也别让他知道，暂时先保密。"

这种情况我已经见过许多次了：一个黑人仅仅因为肤色问题就被杀害，于是激起民愤、引发动乱。我也曾在推特上用过"安息"的标签，在汤博乐[2]上转发过照片，在街上签过各种各样的请愿书。以前，我总是说，如果我亲眼看到这种事情发生，一定会大声疾呼，让全世界都知道真相。

现在，我果然成了证人，却害怕得不敢出声。

我想待在家里看《新鲜王子妙事多》，那是我从小到大最喜欢的电视剧。我觉得自己对每一集的台词都烂熟于心，可以一字不差地背出来。

---

[1] 推特（Twitter）：在线新闻及社交网络服务，用户可以上传 140 字以内的信息并进行互动，类似中国的微博。

[2] 汤博乐（Tumblr）：微博客及社交网站，允许用户在简短的博客中上传多媒体等内容，成立于 2007 年，在 2013 年被雅虎收购。

没错，这部电视剧很搞笑，但是有些部分却像是把我的人生搬上了屏幕一样。我甚至对主题曲都颇有感触。一群黑帮成员在我居住的社区里为非作歹，杀了娜塔莎。爸妈吓坏了，虽然他们没有把我送到一个有钱的社区里跟舅舅、舅妈住在一起，但是却让我去上了一所贵族私立学校。[1]

我只希望自己在威廉姆森能像威尔[2]在贝莱尔一样应付自如。

我也有点想待在家里给克里斯回电话。经过昨晚的事情之后，还对他生气似乎显得很傻。或者，我可以打电话给海丽和玛雅，也就是肯尼娅声称不算我朋友的姑娘们。我大概明白肯尼娅那样讲的原因——我从不邀请她们来我家。何苦呢？她们住在豪华的别墅里，可我家的房子只是个小小的陋室而已。

七年级时，我曾错误地邀请她们来家里过夜。妈妈打算让我们做美甲，痛痛快快地玩个通宵，吃好多好多比萨。那将会是一个很棒的周末，就像我们以前在海丽家度过的周末一样。现在我们有时还会去海丽家。当时，我还邀请了肯尼娅，这样我就终于能同时跟她们三个一起玩了。

海丽没有来。我无意中听到爸妈说，她爸爸不想让她在"贫民窟"里过夜。那天晚上，玛雅来了，但最后却让父母来把她接走了。街角发生了一场飞车射击，此起彼伏的枪声吓坏了她。

于是，那时我才明白，威廉姆森是一个世界，而花园高地则是另一个世界。二者是不能相融在一起的。

不过，今天我想做什么并不重要，因为爸妈已经替我安排好了。妈妈让我跟爸爸一起去杂货店。赛文在出门打工之前，穿着百思买[3]的工

---

[1] 在《新鲜王子妙事多》的同名主题曲中有这样一段歌词："当一群家伙开始在我居住的街区里为非作歹，我卷入了一场小争斗，妈妈吓坏了，她说：'你要搬到贝莱尔去，跟你的舅舅和舅妈同住。'"

[2] 威尔（Will）：指《新鲜王子妙事多》的主人公威尔·史密斯，他原本是一名生活在西费城的少年，后来被送到贝莱尔去跟有钱的舅舅和舅妈同住。

[3] 百思买（Best Buy）：一家销售电子产品的美国公司。

作服和卡其裤来到我的房间里拥抱我。

"爱你。"他说。

瞧，这就是为什么我讨厌有人死亡。人们会做一些平时不会做的事情。就连妈妈都怀着深切的同情，更长久、更用力地拥抱我。而另一边，塞卡尼却从我的盘子上抢走培根，偷看我的手机，并且在出门之前故意踩在我的脚上。我倒是更喜欢这样的待遇。

我端了一碗狗粮和剩下的培根，去屋外找我们家的斗牛梗[1]"砖块"。爸爸之所以给它起这个名字，是因为它总是像砖块一样沉。一瞧见我，它就兴奋地活蹦乱跳，想要挣脱狗链。等我走近以后，它便一头扑到我腿上，差点儿把我撞倒。

"下去！"我说。它立刻蜷缩在草地上，抬起头来，用圆圆的眼睛盯着我，嘴里发出像小狗一样的哀鸣声。这是砖块的道歉方式。

我知道斗牛梗可能会非常凶猛，但多数时候，砖块都只是个宝宝而已。大宝宝。不过，如果有人试图闯进我们家的话，那他们遇见的就不会是宝宝版的砖块了。

我蹲下身去喂砖块，倒满它的水碗，而爸爸则在花园里摘羽衣甘蓝[2]，并剪下那些花朵大如手掌的玫瑰。每天晚上，爸爸都会在这里用上好几个小时来培育、耕种、跟植物讲话。他说，只有良好的沟通交流才能打造出生机勃勃的花园。

大约三十分钟后，我们驾车行驶在路上，开着车窗。收音机里，马文·盖伊[3]在问"发生了什么"。虽然太阳正透过云朵向下张望，但天色依然很暗，街上几乎没有人。在如此寂静的清晨，很容易就能听到高速公

---

[1] 斗牛梗（pit bull）：犬类的一种，起初被用于农场放牧和狩猎，后来被人们训练成斗狗，在斗狗场上英勇好战。

[2] 羽衣甘蓝（collard greens）：一种蔬菜，也可作花坛装饰。

[3] 马文·盖伊（Marvin Gaye，1939—1984）：美国黑人唱作人，被其父亲枪杀身亡。

路上传来十八个轮子[1]的隆隆响声。

爸爸跟着马文的歌声轻轻哼唱,可是一到说唱口技[2]的部分就跑调。他穿着湖人队[3]的运动衫,里面没穿长袖,露出了胳膊上的文身。一张我自己的婴儿照正在冲我微笑,这张照片被永久地铭刻在他的手臂上,下面写着"为之生,为之死"。赛文和塞卡尼在他的另一条手臂上,下面也写着相同的字。最简单的话,最深沉的爱。

"你想谈谈昨晚的事吗?"他问。

"不想。"

"好吧。等你愿意的时候再说。"

又是一句最简单的爱语。

我们拐上金盏花大道,花园高地从这里开始渐渐苏醒。几位包着印花头巾的女士从自助洗衣店里走出来,胳膊上挎着装满衣服的大篮子。鲁宾先生打开锁着自家饭店的铁链,他的侄子蒂姆是店里的厨师,此刻正靠在墙上,揉着没睡醒的眼睛。伊薇特女士打着哈欠走向自己的美容店。"佳酿酒铺"亮着灯,当然,那里的灯光从不熄灭。

爸爸把车停在卡特杂货店前,这是我们家的商店。在我九岁时,爸爸买下了这家店铺,前任店主怀亚特先生去沙滩上看美女了(这是怀亚特先生自己说的)。爸爸出狱以后,只有怀亚特先生愿意雇他干活。后来,他说自己只愿意让爸爸来经营这家店铺,别人都不值得信赖。

跟花园高地东边的沃尔玛相比,我们家的杂货店很小。刷成白色的铁制的门窗防护栏,令整家商店看起来就像监狱一样。

隔壁理发店的路易斯先生双臂交叉地站在门前,挺着肥嘟嘟的大肚

[1] 十八个轮子(eighteen-wheelers):指挂拖车的卡车。
[2] 说唱口技(beatboxing):一种人声打击乐的形式,与嘻哈文化密切相关,包括用口、唇、舌和声音模拟电子鼓乐、擦转唱片和其他乐器的声音。
[3] 湖人队(Lakers):指洛杉矶湖人队(Los Angeles Lakers),是一支美国职业篮球队,属于加利福尼亚州洛杉矶,是美国男子职业篮球联盟(NBA)的成员。

子，眯起眼睛盯着爸爸。

爸爸叹了一口气，"又来了。"

我们下了车。路易斯先生的手艺很好，他剪出来的许多发型在花园高地都堪称最佳——比如塞卡尼的高顶渐变头[1]——可是路易斯先生自己却留着一脑袋杂乱无章的圆蓬式卷发。他的肚子太大了，低头时都看不见双脚，自从他的妻子去世以后，就没有人告诉他裤子提得太高或者袜子不配对了。今天，他脚上的袜子一只是条形花纹的，而另一只却是菱形图案的。

"以前杂货店总是在五点五十五准时开门，"他说，"五点五十五！"

现在是 6:05。

爸爸打开前门，"我知道，路易斯先生，但是我告诉过你了，我经营这家店的方式跟怀亚特不一样。"

"显而易见。首先，你把他挂的照片都拿下来了——哪个大傻子会把金博士[2]的照片换成无名小卒——"

"休伊·牛顿[3]不是无名小卒。"

"反正他不是金博士！而且，你还雇一些暴徒在这里工作。我听说那个叫卡里尔的小子昨晚被杀了，他很可能在卖那种玩意儿。"路易斯先生用目光打量着爸爸，从篮球运动衫看到胳膊上的文身，"真不知道他是跟谁学的。"

爸爸绷紧了下颌，"思妲尔，帮路易斯先生打开咖啡机。"

好让他赶紧离开这儿，我在心里替爸爸补全了剩下的话。

---

[1] 高顶渐变头（high-top fade）：一种两侧很短、头顶很长的发型。

[2] 金博士（Dr. King）：指马丁·路德·金（Martin Luther King Jr.，1929—1968），美国浸礼会黑人牧师，民权运动的领导者之一，因通过基于基督教信仰的非暴力抵抗的方式来推动人权发展而闻名，遭暗杀身亡。

[3] 休伊·牛顿（Huey Newton，1942—1989）：非裔美国人，政治运动家和革命家，是黑豹党的创始人之一，遭枪杀身亡。

我打开了自助服务桌上的咖啡机，休伊·牛顿从照片里俯瞰着我，争取黑人权利的拳头高举在空中。

本来，我应该换掉滤网，把新的咖啡和水倒进去。不过，由于刚才路易斯先生谈论卡里尔的那番话，他只能喝隔夜的咖啡了。

他一瘸一拐地从货架间穿过，拿了一个焦糖面包、一个苹果和一袋猪头肉火腿。他把焦糖面包递给我，"加热一下，丫头。当心别热过头。"

我把面包放进微波炉里，一直等到塑料包装爆开为止，刚拿出来，路易斯先生就咬了一口。

"烫死我了！"他一边咀嚼一边吹气，"你加热的时间太长了，丫头。我的嘴巴都要着火了！"

当路易斯先生离开时，爸爸冲我眨了眨眼睛。

老顾客陆陆续续地走进店里，比如杰克逊夫人，总是坚持要在爸爸的店里买蔬菜，别的地方都不行。四个眼睛通红的小伙子穿着松松垮垮的短裤，几乎买走了店里所有的薯片。爸爸告诉他们大清早的不要抽大麻，结果他们笑得前仰后合，其中一个在离开的时候还卷起了一支新的大麻烟。十一点左右，卢克斯夫人来为自己的桥牌社聚会买了一些玫瑰和零食。她显得睡眼惺忪，门牙是镀金的，一头假发也金光闪闪。

"我说，你们店里应该进一些彩票，"她说，爸爸正在结账，而我则在一旁帮忙装袋，"今晚的大奖有三亿美元呢！"

爸爸微微一笑，"真的吗？卢克斯夫人，如果有这么多钱，你会做什么？"

"呸，你应该问我，如果有这么多钱，还有什么不会做？天知道，我会搭第一班飞机离开这里。"

爸爸哈哈大笑，"是吗？那谁来为我们做红丝绒蛋糕[1]呀？"

"别人呗，反正到时候我肯定要走。"她指着摆在我们身后的香烟，

---

[1] 红丝绒蛋糕（red velvet cake）：一种顶部覆盖着白色奶油的红色或棕红色蛋糕。

"亲爱的，给我拿一包新港烟。"

那是奶奶最喜欢的牌子。在我恳求爸爸戒烟之前，也曾经是他的最爱。我拿起一包新港烟递给卢克斯夫人。

她盯着我看了一会儿，拍了拍我的后背。我没有说话，静静地等待着同情的到来。"亲爱的，我听说罗莎莉的外孙出事了，"她说，"我很难过，孩子。你们俩以前是朋友，对吗？"

"以前"这两个字很刺耳，但我只是回答，"是的，夫人。"

"唉！"她摇了摇头，"愿主仁慈。我听说的时候，心都要碎了。本来我昨晚想去看看罗莎莉，可是她家的房子里已经挤满了人。可怜的罗莎莉，吃了那么多苦头，如今又要白发人送黑发人。芭芭拉说罗莎莉还不知道该怎么支付葬礼的费用呢。我们打算募集一些捐款。麦弗里克，你看，能帮帮忙吗？"

"噢，好。你们需要什么，尽管开口，我一定尽力。"

她咧嘴一笑，露出两颗金牙，"孩子，看到上帝对你的改变，真叫人欣慰。你妈妈肯定会感到非常自豪的。"

爸爸沉重地点了点头。奶奶已经去世十年了，说长不长，说短不短。虽然爸爸不会每天都哭泣，但是如果有人提起她，他还是会变得情绪低落。

"再瞧瞧这姑娘，"卢克斯夫人看着我说，"跟丽莎就像一个模子里刻出来的一样。麦弗里克，你可得小心，咱这儿的那些臭小子肯定会抢着追她的。"

"哼，该小心的是他们才对。你也知道，我可不吃那一套。要我说，在四十岁之前，她都不能出去约会。"

我想起了克里斯和他的短信，伸手摸进口袋。糟糕，手机落在家里了。不用说，爸爸完全不知道克里斯的事情。我们俩已经交往一年了。赛文知道，因为他在学校里见过克里斯。妈妈也发现了，因为每当我去卡洛斯舅舅家的时候，克里斯都会来找我，自称是我的朋友。有一天，她和卡洛斯舅舅走进房间，看到我们俩正在接吻，他们便故意调侃，说朋友之间不会这样互相亲吻。我从未见过克里斯的脸红成那样。

对于我跟克里斯约会的事情，妈妈和赛文都没什么意见，只不过照赛文的意思，我最好能成为一名修女。然而，我不敢告诉爸爸。不仅仅是因为他还不想让我约会，最大的问题是，克里斯是个白人。

起初，我以为妈妈会不高兴，但她只是说：“别说是白人，就算你跟斑点人约会都不要紧，只要他不是罪犯，而且对你好，那就行了。”不过，爸爸却成天抱怨哈莉·贝瑞[1]“表现得好像没法跟同胞相处似的”，痛斥她乱来。在他眼里，黑人跟白人在一起就是不对的。我不想让他那样看待我。

幸好，妈妈还没有告诉他。她不愿意卷入争吵之中。那是我的男朋友，所以，我有责任亲口告诉爸爸。

卢克斯夫人离开了。几秒钟后，门铃又响了。肯尼娅昂首阔步地走进店里。她的鞋子很漂亮——耐克火箭炮系列[2]滑板鞋，我的收藏品里还没有。肯尼娅总是穿着很酷的运动鞋。

她去货架上拿了自己经常买的东西，“嗨，思妲尔。嗨，麦弗里克叔叔。”

“嗨，肯尼娅。”爸爸应道，尽管他并不是她叔叔，而是她哥哥的爸爸，“你好吗？”

她拿着一大袋辣味粟米棒和一瓶雪碧回来了，“嗯。我妈想知道，我哥是不是跟你们一起过夜了。”

又来了，她管赛文叫“我哥”，好像那是她一个人的哥哥一样。这一点真的非常讨厌。

---

[1] 哈莉·贝瑞（Halle Berry）：美国黑人女演员，是迄今为止唯一一名荣膺奥斯卡最佳女主角的黑人女性。她曾有过三任丈夫，其中两位都是白人。
[2] 火箭炮系列（Bazooka Joe）：这款鞋子的色彩灵感来源于美国的火箭炮牌泡泡糖，因而得名。

"告诉你妈妈，晚些时候我会给她打电话的。"爸爸说。

"好。"肯尼娅付完钱，冲我使了个眼色，轻轻地歪了歪脑袋。

"我去扫地。"我告诉爸爸。

肯尼娅跟着我。我抓起扫帚，来到店里另一边的农产品货架前。地上撒了一些葡萄，肯定是那几个眼睛通红的臭小子在买之前挑挑拣拣弄出来的。我还没有动手扫地，肯尼娅就开口说话了。

"我听说卡里尔的事情了，"她说，"我很难过，思妲尔。你还好吗？"

我勉强点了点头，"我……只是无法相信，你明白吗？虽然我跟他好久不见了，可是……"

"依然叫人心痛。"肯尼娅替我说出了心里话。

"嗯。"

糟糕，我感到眼泪快要涌出来了。我不能哭，不能哭，不能哭……

"刚才，我还希望走进来时能看到他在这儿，"她轻柔地说，"就像以前一样。穿着那条特别丑的围裙帮忙装袋。"

"绿色的那条。"我喃喃地说。

"对。嘴里还一个劲儿地说女人们就喜欢穿制服的男人。"

我死死地盯着地板。如果我现在哭了，那就停不下来了。

肯尼娅打开那袋粟米棒，递到我面前。这是表示安慰的食物。

我伸手拿了一点，"谢谢。"

"没事。"

我们嚼着粟米棒。卡里尔本该在这里跟我们一起。

"呃，对了，"我说，我的声音很粗哑，"你和丹妮莎昨晚怎么样了？"

"姐们儿，"听起来她仿佛忍耐了好几个小时，就等着此刻一吐为快，"在场面变得混乱之前，德文特过来找我要手机号了。"

"我还以为他是丹妮莎的男朋友。"

"德文特不是那种会死心塌地的人。总之，丹妮莎走过来找事儿，可是枪响了。最后我们跑到了同一条街上，我照着她的屁股就是一拳。

太搞笑了！你真应该亲眼瞧瞧！"

我宁愿看她们打架，也不愿见到115警官。或者卡里尔盯着天空。或者鲜血。我的胃又拧作一团。

肯尼娅伸出手，在我面前挥了一下，"嘿，你还好吗？"

我回过神来，眨了眨眼睛，卡里尔和警察都消失了，"嗯，我没事。"

"确定？你刚才好安静。"

"真的没事。"

她没再追问，讲起了对付丹妮莎的第二回合计划，我心不在焉地听着。

爸爸在前面喊我。等我应声来到收银台时，他给了我二十块钱，"到鲁宾饭店里给我买点牛肋骨，还要——"

"土豆沙拉和炒秋葵。"我说。每到周六，他都会吃这些。

他亲了亲我的面颊，"还是你懂老爸。你自己想吃什么就买什么，宝贝。"

肯尼娅跟我一起走出杂货店。我们俩等着一辆车开过，音乐放得震天响，司机斜靠在椅背上，只能瞧见他的鼻子在跟随歌曲上下晃动。然后，我们穿过马路，来到鲁宾饭店。

香喷喷的烟雾伴随着一首蓝调歌曲飘到了人行道上。店里的墙壁上挂满了照片，都是曾经在这儿吃过饭的民权领袖、政客和名人，比如詹姆斯·布朗[1]和接受心脏搭桥手术前的比尔·克林顿[2]。还有一张照片是鲁宾先生年轻时跟金博士的合影。

一层防弹玻璃挺立在顾客和收银员之间。在队伍中排了几分钟后，我热得用手扇来扇去。数月之前，那台窗机空调就坏了，熊熊燃烧的火

---

[1] 詹姆斯·布朗（James Brown，1993—2006）：美国黑人唱作人，放克（funk）音乐的创始者，20世纪流行音乐和舞蹈的重要人物，常被称作"灵魂乐教父"。

[2] 比尔·克林顿（Bill Clinton，1946— ）：美国第42届总统（1993年至2001年在任），于2010年接受心脏搭桥手术，术后接受医生的建议，成为素食主义者。

炉将店里烤得闷热异常。

排到我们的时候，鲁宾先生面带微笑，隔着防弹玻璃露出了一口参差不齐的牙齿。不知用了什么方法，他居然能记住所有人的名字。"嗨，鲁宾先生，"我说，"我爸爸还是老样子。"

他在小本子上写下来，"好的。牛肉、土豆沙拉、秋葵。你们俩要烤鸡翅和炸薯条？给你的那份多放酱料，是不是，思姐尔？"

厉害的是，他还能记住每个人通常会点什么。"没错，先生。"我们俩说。

"好。你们俩都乖乖的没惹祸吧？"

"是的，先生。"肯尼娅若无其事地撒谎。

"那么店里免费赠送一块蛋糕，怎么样？作为品行良好的奖赏。"

我们欢呼着谢过他。不过，就算鲁宾先生知道肯尼娅跟人争斗，也还是会送她蛋糕。他就是这么好。如果孩子们拿着成绩单进店，他还会免费请客吃饭。如果成绩不错，他会复印一张，贴在"明星墙"上。如果成绩不好，只要孩子们努力了，并且保证下一次会更好，那么他依然会免去一顿饭钱。

"大约需要十五分钟。"他说。

这句话的意思是，坐下来等着叫号。我们在几个白人小伙子旁边找到一张空桌。在花园高地，很少有白人，当你见到白人的时候，通常就是在鲁宾饭店。那些男人盯着挂在天花板一角的电视看新闻。

我嚼着肯尼娅的辣味粟米条。要是能浇上芝士酱，肯定会更好吃。"新闻上有关于卡里尔的报道吗？"

她忙着玩手机，"少来，问得就跟我看新闻似的。不过，我好像在推特上看到了一些消息。"

我静静地等着。新闻详细介绍了一场高速公路上的连环车祸，还有在公园里发现的一个装着五只狗崽的垃圾袋，中间有一则简短的报道，说当局正在调查一桩涉及警官的枪击案。他们甚至没有提到卡里尔的名字。狗屁新闻。

我们拿到了吃的，返回杂货店。过马路时，一辆灰色的宝马停在面前，音乐的重低音隆隆作响，仿佛这辆车的心跳一样。驾驶座的车窗放了下来，烟雾从车里飘出，一个三百磅[1]的男性版肯尼娅冲我们微笑，"这么巧呀，女王们。"

肯尼娅倾身靠近车窗，亲吻了他的脸颊，"嗨，爸爸。"

"嗨，小星星，"他说，"不跟伯伯打个招呼吗？"

我想说，你才不是我伯伯，你对我来说连个屁都不算。如果你再碰我哥哥的话，我——"嗨，金。"最后，我嘟囔着说。

他的微笑消失了，仿佛听到了我内心的想法。他吸了一口雪茄，从嘴角吐出烟雾。他的左眼下方文了两滴眼泪。那是他夺走的两条生命。至少两条。

"我看到你们去了鲁宾家的馆子，来，"他掏出两卷厚厚的钞票，"我请客。"

肯尼娅轻松地接过其中一卷，可我不会碰那些脏钱，"不用了，谢谢。"

"拿着吧，女王。"金眨了眨眼睛，"教父请客。"

"不用了。"爸爸说。

他走向我们。爸爸靠在车窗上，与金对视，他们做了一套男人间的握手动作，流程之复杂，令人不禁纳闷他们是如何记住的。

"大麦弗，"肯尼娅的爸爸咧着嘴说，"最近怎么样啊，枭王？"

"别那样叫我。"爸爸的声音不大，样子也不生气，就跟我告诉别人不要在我的汉堡里放洋葱或蛋黄酱一样。爸爸曾经告诉我，金的父母给他起的名字就跟他后来加入的黑帮一样[2]，这就是为什么名字很重

---

[1] 三百磅：约为 136 千克。

[2] 英文名字"金"写作"King"，也有"王，首领"的含义。在本书中，金（King）加入了名为"勋爵枭王"（King Lords）的黑帮，成了一名"枭王"（King）。

要——它会定义一个人。刚生下来，金就成了一名勋爵枭王。

"我只是想给自己的教女一些零花钱罢了，"金说，"听说她的小伙伴出事了，这世道真他妈的乱。"

"是啊，你也知道，"爸爸说，"条子都是先开枪，后问话的。"

"没错。有时候，他们比咱们更人渣，"金咯咯地笑了，"对了，麻烦你件事儿。我马上会收到一包货，需要找地方存放，伊艾莎的房子被盯得太紧了。"

"我已经告诉过你了，这里不欢迎那种鬼东西。"

金摸了摸小胡子，"噢，好吧。我看，有的人一旦罢手不干，就忘了自己是打哪儿来的，也忘了要不是我出钱，他根本就不会拥有一家舒服的小商店——"

"要不是我，你还在蹲大牢。三年，州监狱，那些破事儿你都忘了？我跟你互不相欠。"爸爸靠近车窗，"不过，如果你再碰赛文一下，咱俩倒是得好好算算这笔账。既然你已经搬进去跟他妈妈住在一起了，就记住我的话。"

金龇着牙齿，响亮地吸了一声，"肯尼娅，上车。"

"可是，爸爸——"

"老子让你上车！"

肯尼娅对我咕哝了一句"拜拜"，然后绕到副驾驶座那边跳上了车。

"行啊，大麦弗。咱俩的关系就这样了？"金说。

爸爸直起腰来，"没错。"

"好。那你可要规规矩矩的，千万别出格。否则，很难讲我会干出什么事来。"

宝马呼啸而去。

第四章

那天晚上，娜塔莎劝我跟她去找消防栓，卡里尔让我跟他去开车兜风。

我努力挤出一个微笑，颤抖着嘴唇告诉他们，我不能出门。他们不停地求我，我一直拒绝。

黑暗笼罩下来。我想警告他们，但是却发不出声音。转瞬之间，阴影便将他们彻底吞没，然后又向我袭来。我踉跄着后退，却发现身后也是一片迷雾。

我醒了。钟表的数字在夜色中闪烁着：11:05。

我大口大口地吸气，浑身都是汗，背心和篮球短裤贴在黏糊糊的皮肤上。警笛在附近尖叫，砖块和其他狗报以此起彼伏的咆哮。

坐在床边，我抹了一把脸，仿佛这样就能擦去噩梦。倘若入眠就意味着再次见到他们，那么我没法再睡觉了。

喉咙里就像铺了一层砂纸，干渴得疼痛难耐。当双脚触碰到冰冷的地板时，我起了一身的鸡皮疙瘩。爸爸总是在春天和夏天把空调温度开得很低，让整栋房子变得像冷藏室一样。我们都冻得打哆嗦，他却很享受，说:"冷一点不要紧。"骗人。

我拖着疲惫的脚步来到走廊。离厨房还有一半距离的时候,听见妈妈说:"他们为什么不能再等一等?她刚刚亲眼看到自己最好的一个朋友死了,用不着马上就重温一遍吧!"

我停住了。厨房里的灯光照在走廊上。

"我们必须得调查,丽莎,"另一个声音说。那是妈妈的哥哥,卡洛斯舅舅,"我们跟大家一样,都想知道真相。"

"你的意思是,你们都想为那头蠢猪犯下的罪行找借口开脱吧,"爸爸说,"调查个屁。"

"麦弗里克,你不要颠倒黑白。"卡洛斯舅舅说。

"一个十六岁的黑人男孩儿死了,因为一名白人警察杀了他。这还有什么好说的?"

"嘘!"妈妈说,"轻点儿。思妲尔的睡眠非常不好。"

卡洛斯舅舅说了些什么,但声音太小,听不清楚。我向前靠近了一步。

"这跟黑人还是白人没关系。"他说。

"放屁,"爸爸说,"如果这里是河谷山庄,而他的名字叫里奇 [1],那我们就不会有这场交谈了。"

"我听说他是个毒贩子。"卡洛斯舅舅说。

"那就能开枪打死他吗?"爸爸问。

"我没这么说,但是这可以解释布莱恩当时的决定,如果他感觉自己的生命遭到了威胁,那么选择开枪也是有道理的。"

一个"不"字堵在我的喉咙里,挣扎着想要破口而出。那天晚上,卡里尔没有构成任何威胁。

那个警察凭什么觉得他贩毒?

等等。布莱恩,那是115的名字吗?

---

[1] 里奇(Richie):一个典型的白人名字。

"噢，所以你认识他，"爸爸讥讽道，"我一点都不惊讶。"

"没错，他是我的同事，而且是个好人，不管你信不信。我敢肯定，他心里也很难受。谁知道他当时是怎么想的呢？"

"你自己说了他是怎么想的。他觉得卡里尔贩毒，"爸爸说，"觉得卡里尔是个暴徒。但是，他为什么会那样想？怎么，光用两只眼睛看着卡里尔就知道了？给个说法啊，大侦探？"

一片沉默。

"思妲尔到底为什么会跟毒贩子待在一辆车里？"卡洛斯舅舅问，"丽莎，我一直都在劝你，应该让她和塞卡尼搬出去。这里已经被污染了。"

"我在考虑。"

"我们哪儿都不会去。"爸爸说。

"麦弗里克，她已经见过两个朋友在眼前被杀了，"妈妈说，"两个！而她只有十六岁。"

"其中一个就死在应该保护她的警察手里！怎么，你觉得如果住在他们隔壁，结果就会不一样了吗？"

"为什么你总是抓住种族问题不放？"卡洛斯舅舅问，"其他种族杀害我们的时候还不如我们自相残杀的时候多。"

"拜托，伙计。如果我杀了人，我会进监狱。但如果警察杀了我，他只要暂时停职就行。说不定连停职都用不着。"

"你知道吗？跟你说这些根本毫无意义。"卡洛斯舅舅说，"你能不能至少考虑一下，让思妲尔跟负责这个案子的警探谈一谈？"

"也许我们应该先给她找一个律师，卡洛斯。"妈妈说。

"现在还没必要。"他说。

"那个警察也没必要扣下扳机，"爸爸说，"你真以为我们会让他们跟我们的女儿谈话，然后随意扭曲她的证词，就因为她没有律师，是吗？"

"没有人会扭曲她的证词！我告诉你，我们也想让真相大白。"

"噢，咱们都知道真相是什么，可我们想要的不是真相，"爸爸说，"我们想要公正。"

卡洛斯舅舅叹了一口气，"丽莎，她越早跟警探沟通越好。这个过程很简单，她只要回答一些问题就行。仅此而已。现在还没必要花钱请律师。"

"说实话，卡洛斯，我们不想让任何人知道思姐尔当时在场，"妈妈说，"她吓坏了，我也是。谁知道接下来会发生什么？"

"我懂，但是我向你保证，她一定会受到保护的。就算你不相信警察体制，能否至少相信我呢？"

"我不知道，"爸爸说，"能吗？"

"麦弗里克，你到底有完没完？我对你快要忍无可忍了——"

"那你可以从我的房子里滚出去。"

"要不是我和我妈妈，这里根本就不会是你的房子！"

"你们俩都给我闭嘴！"妈妈说。

我调整重心，换了条腿支撑身体，结果害得地板嘎吱作响，那动静就像发出警报一样。妈妈的目光在厨房门口扫了一圈，然后径直投向站在走廊里的我，"宝贝，你怎么起来了？"

我别无选择，只好走进厨房。他们三个围坐在桌边，我爸妈穿着睡衣，卡洛斯舅舅穿着帽衫和运动裤。

"嘿，小丫头，"他说，"我们没把你吵醒吧？"

"没有，"说着，我坐在妈妈身边，"我刚才已经醒了，因为噩梦。"

他们都显得非常同情，尽管我并不是为了同情才这样说的。其实，我有点讨厌同情。

"舅舅，你怎么来了？"我问卡洛斯舅舅。

"塞卡尼闹肚子，求我带他回家。"

"你舅舅正准备要走。"爸爸补充道。

卡洛斯舅舅的下巴微微抽搐起来。自从他当上警探以后，脸庞变得更圆了。用外婆的话来说，他跟妈妈一样，有着"淡黄"的肤色，当他生气的时候，整张脸都会变成深红色，比如现在。

"小丫头，卡里尔的事情，我很难过。"他说，"我只是在告诉你爸妈，警探们希望你能去一趟警局，回答几个问题。"

"但是如果你不愿意的话，就不用去。"爸爸说。

"你——"卡洛斯舅舅开口道。

"拜托，你俩别吵了。"妈妈说，她看着我，"贪吃侠，你想跟警察谈一谈吗？"

我艰难地咽了一下口水。我希望自己能做出肯定的回答，但是我不知道该怎么办。一方面，要跟我谈话的是警察，并不是随随便便的人。

但另一方面，正是警察杀害了卡里尔。

不过，卡洛斯舅舅也是一名警察，而他绝对不会害我。

"如果我去，会帮助卡里尔伸张正义吗？"我问。

卡洛斯舅舅点了点头，"会的。"

"115 会去吗？"

"谁？"

"就是那名警官。115 是他的警徽编号，"我说，"我记得。"

"噢，不，他不会去的。我答应你，会没事的。"

卡洛斯舅舅的承诺就是保证，有时甚至比我爸妈的承诺都更加有力。他说到做到，从不含糊其词。

"好，"我说，"我去。"

"谢谢你。"卡洛斯舅舅走过来，在我的额头上亲了两下，就像以前给我掖被子时一样，"丽莎，周一放学后带她过来就行，不会花很长时间的。"

妈妈站起来拥抱了他，"谢谢你。"她陪着他穿过走廊，朝前门走去，"注意安全，好吗？到家以后就给我发个短信。"

"遵命，女士。你现在说话就像咱妈一样。"他揶揄道。

"随你怎么说。你最好别忘了给我发短信——"

"好，好，放心吧。晚安。"

妈妈回到厨房，整理了一下身上的睡袍，"贪吃侠，我和你爸爸打算明天上午去看看罗莎莉女士，就不去教堂了。如果你愿意的话，可以跟我们一起。"

"对，"爸爸说，"而且不会有什么舅舅强迫你去。"

妈妈迅速地瞪了他一眼，然后转向我，"思姐尔，你想去吗？"

说实话，跟罗莎莉女士见面，肯定比跟警察见面更困难。可是，为了卡里尔，我必须要去看看他外婆。也许她还不知道我是这件枪击案的目击证人。如果她知道，而且想了解当时的情况，那么她比任何人都有资格发问。

"嗯，我会去的。"

"咱们最好在那些警探问话之前，先给她找个律师。"爸爸说。

"麦弗里克，"妈妈叹了口气，"既然卡洛斯觉得现在还没必要，那我相信他的判断。再说，我会全程陪着她的。"

"真是走运，居然有人相信他的判断。"爸爸说，"还有，你真的在考虑搬家吗？咱们不是讨论过了。"

"麦弗里克，今晚我不想跟你谈这些。"

"如果我们搬走了，还怎么改变这里——"

"麦、弗、里、克！"她一字一顿地说。当妈妈把一个名字分开念的时候，你最好祈祷她叫的不是你，"我说过今晚不想谈这些。"她怒目而视，等待他的反击。什么动静都没有。"努力睡一会儿，宝贝。"说着，她亲了亲我的脸颊，然后朝他们的房间走去。

爸爸打开冰箱，"要吃葡萄吗？"

"嗯。为什么你和卡洛斯舅舅总是吵架？"

"因为他是个麻烦精。"他拿了一碗白葡萄回到桌边坐下，"不过说真的，他从来都不喜欢我，觉得我对你妈妈造成了不好的影响。可是，当我见到丽莎的时候，她就是个疯丫头，跟那些天主教学校的姑娘一样。"

"我敢打赌，他对妈妈的保护欲比赛文对我的还强，是吗？"

"噢，是啊，"他说，"卡洛斯表现得就像是丽莎的老爸一样。当我被关进监狱时，他让你们都搬去跟他住在一起，切断了我打来的所有电话，甚至还带丽莎去见了一名负责离婚诉讼的律师，"他咧着嘴笑了，"结果还是没甩掉我。"

当爸爸入狱时，我才三岁，等他出狱时，我已经六岁了。虽然许多记忆中都有他的身影，但是许多初次的记忆却跟他无关。第一天上学，第一次掉牙，第一回骑上没有辅助轮的自行车。在这些回忆中，卡洛斯舅舅的面孔取代了爸爸。我觉得这才是他们经常吵架的真正原因。

爸爸用手指敲击着红木桌面，打出"咚、咚、咚"的节奏。"过段时间，那些噩梦就会消失的，"他说，"一开始最难熬。"

当初娜塔莎出事时就是这样，"爸爸，你见过多少人死去？"

"足够多。最叫人难受的是我表弟安德烈，"他的手指仿佛在本能地摸索着小臂上的文身——一个戴着皇冠的字母"A"，"一场贩毒交易变成了行凶抢劫，他的头部中枪两次，就在我面前。实际上，那件事就发生在你出生前几个月。这就是为什么我会给你起名叫'思妲尔'。"他露出了一丝微笑，"对我来说，你就是黑夜中的光芒。"

爸爸咯吱咯吱地吃着葡萄，"不要对周一的面谈感到害怕，你只要对警察说出真相就行，别让他们把无中生有的话强加于你。上帝给了你独立思考的头脑，不需要他们来指手画脚。记住，不管他们说什么，你都没有错，错的是那个警察。"

有个问题一直困扰着我。本来我想问问卡洛斯舅舅，却说不出口。面对爸爸就不一样了。卡洛斯舅舅能想办法履行梦幻的承诺，而爸爸会告诉我真实的世界。"爸爸，你觉得警察真的会还卡里尔一个公道吗？"我问。

咚、咚、咚。咚……咚……咚。现实在厨房里投下一道阴影——我们这些人会成为网络上热议的对象，却很少会得到正义。然而，我觉得，我们都在等待。等待一次希望，等待一次公正的结果。

也许就是这一次。

"我不知道，"爸爸说，"我想，我们只能边走边看。"

周日上午，我们驱车来到了一栋黄色的小房子前。明艳的鲜花在门廊下盛开，我曾经跟卡里尔一起坐在那个门廊上。

我和爸妈下了车。爸爸端着一个平底锅，锡箔纸下盖着妈妈做的千层面。塞卡尼声称自己还是觉得不舒服，所以就待在家里了。赛文陪着他。不过，我才不信这套生病的说辞——每年春假结束后，塞卡尼总是浑身不舒坦。

走在通往罗莎莉女士家的门前小径上，往昔的回忆如潮水般涌来。我曾在这片水泥地上跌倒过许多次，四肢都留下了像文身一样的疤痕。有一回，我站在滑板车上，卡里尔把我推了下来，因为我不肯让给他玩。当我爬起来时，膝盖上掉了一大块皮。我从未哭喊得那么大声过。

我们也在这条小径上玩过跳房子和跳绳。起初，卡里尔总是不愿意玩，说那些都是女孩子的游戏。不过，只要我和娜塔莎说，谁赢了谁就能得到一个冰杯——在塑料纸杯里装满冻成冰块的"酷爱[1]"——或者一袋"现在和以后[2]"，那么他就一定会妥协。罗莎莉女士是这片社区里有名的"糖果夫人"。

我在罗莎莉女士家度过的岁月几乎跟在自己家一样久。妈妈和罗莎莉女士的小女儿塔米是从小一起长大的好闺蜜。妈妈怀我的时候才上高四[3]，外婆把她赶出家门，是罗莎莉女士收留了她。从那以后，她就住在罗莎莉女士的家里，直到她跟我爸终于有了自己的住处为止。妈妈说，罗莎莉女士是最支持她的人之一。在她的高中毕业典礼上，罗莎莉

---

[1] 酷爱（Kool-Aid）：一种多口味混合饮料的牌子。

[2] 现在和以后（Now and Later）：一种水果口味的、类似太妃糖的糖果牌子。

[3] 高四（senior）：美国高中通常需要上四年，即高一、高二、高三和高四。

女士激动得泪流满面，仿佛台上是自己的亲生女儿一样。

三年后，罗莎莉女士在怀亚特的店里看到了我和妈妈——又过了很久，我们才买下了那家商店。她问我妈妈大学上得怎么样，妈妈告诉她，爸爸在监狱里，由于付不起托儿所的钱，外婆又不肯帮忙，认为谁的孩子就应该由谁来照顾，所以妈妈正在考虑退学。罗莎莉女士让妈妈第二天就把我送到她家去，而且不许提钱的事儿。在妈妈上学期间，她一直悉心照顾我，后来还帮忙照看塞卡尼。

妈妈敲了敲门，纱屏嘎吱作响。塔米女士前来应门，她包着头巾，身穿 T 恤和运动裤，打开门锁，回头朝屋里高喊："妈，麦弗里克、丽莎和思姐尔来了。"

起居室看上去没有变样，以前我和卡里尔常常在这里玩捉迷藏。沙发和躺椅上还有一层塑料膜。在夏天里，如果你穿着短裤坐得太久，塑料膜就会沾在腿上。

"嗨，塔米，"妈妈说，她们紧紧地抱在一起，"你怎么样？"

"还能撑得住，"塔米女士拥抱了爸爸，然后是我，"但心里很难受。好不容易回一趟家，居然是出于这种理由。"

看着塔米女士的感觉很奇怪。她长得很像卡里尔的妈妈布伦达——如果布伦达女士不吸毒的话——而且跟卡里尔也非常相像。他们都有着浅褐色的眼珠和酒窝。有一回，卡里尔说希望塔米女士是他的妈妈，那样一来，他就可以跟她一起在纽约生活了。当时，我开玩笑说，她才没时间管他。我好后悔，真希望自己没有那样说。

"塔米，千层面该放在哪儿？"爸爸问她。

"冰箱里，如果还有地方的话。"她说，他径直朝厨房走去，"妈妈说昨天一直都有朋友来送吃的。昨晚我到这儿的时候，还有人送。看上去仿佛整个社区的人都来过了。"

"这就是花园高地表示支持的方式，"妈妈说，"如果大家在别的方面无能为力，那起码会做些吃的。"

"是啊，"塔米女士抬手朝沙发示意了一下，"你们都坐吧。"

我和妈妈刚刚坐下，爸爸也回来了。塔米女士坐在罗莎莉女士的躺椅上，对我露出了一个忧伤的微笑，"思妲尔，好久不见，你都成大姑娘了。你和卡里尔都长大了——"

她的声音戛然而止。妈妈伸出手，拍了拍她的膝盖。塔米女士深深地吸了一口气，又一次对我露出了微笑，"见到你真好，孩子。"

"塔米，我们知道，罗莎莉女士肯定会说自己身体很好，"爸爸说，"但实际情况呢？"

"也就是走一步看一步了，幸好现在化疗还有用。我希望能说服她搬来跟我一起住，那样我就可以确保她按处方好好吃药了。"她用鼻子叹了一口气，"我都不知道妈妈过得这么艰难，我甚至不知道她失去了工作。你们也明白，她就是这样，从来不会开口要人帮忙。"

"布伦达女士呢？"我问。我必须问。如果卡里尔还在，他肯定会关心妈妈的。

"我不知道，思妲尔。布伦达她……说来复杂。自从得到这个消息之后，我们就再也没见过她，不知道她在哪儿。就算我们真的找到她……我也不知道该怎么办。"

"我可以帮忙在附近找一家戒毒所，"妈妈说，"她必须得戒毒。"

塔米女士点了点头，"这就是问题所在。我觉得……我觉得这件事要么会令她痛下决心，要么会将她逼上绝路。我希望是前者。"

卡梅伦握着外婆的手走进起居室，仿佛她是身穿便服的女王。她看上去瘦了，但是对于一个经历化疗与痛苦的人来说，还是比较壮实。包裹的头巾增添了她的威严，就像一位非洲部落的女王，而我们是前来觐见的臣民。

我们都站起身来。

妈妈拥抱了卡梅伦，在他那圆嘟嘟的小脸蛋上亲了一下。卡里尔总是叫他"花栗鼠"，但却坚决不许别人说自己的弟弟胖。

爸爸跟卡梅伦击掌、拥抱，"怎么样，小伙子？你还好吗？"

"是的，先生。"

罗莎莉女士的脸上绽放出一个大大的微笑，她伸出手，我向前一步，投进了温暖的怀中，这是我从没有血缘关系的人那里得到的最真挚动情的拥抱。而且，其中没有同情，只有源源不断的爱意与力量。我觉得，她知道我需要这些。

"我的宝贝，"她说，松开手细细地打量着我，泪水涌入眼眶，"长大了。"

她也拥抱了我的父母。塔米女士把躺椅让给她。罗莎莉女士拍了拍沙发上离她最近的一端，于是我便坐在了那里。她拉着我的手，用拇指沿着手背抚摸着我。

"嗯，"她说，"嗯！"

仿佛我的手在讲故事，而她在回答。她倾听了一会儿，然后说，"你能来，我真的很高兴。我一直想跟你说说话。"

"是的，女士。"我说了自己应该说的话。

"你是那孩子在世界上最好的朋友。"

这一回，我无法说自己应该说的话了，"罗莎莉女士，我们不像以前那样亲近——"

"我不管，宝贝，"她说，"卡里尔没有第二个像你一样的朋友了，我心里清楚。"

我艰难地吞咽了一下，"是的，女士。"

"警方告诉我，出事的时候，你跟他在一起。"

所以她知道了。"是的，女士。"

我仿佛站在一道铁轨上，看着列车呼啸而来。我绷紧全身，等待着即将到来的冲击，等待她发问的那一刻。

然而，列车忽然改道了。"麦弗里克，他本来想跟你谈一谈的。他需要你的帮助。"

爸爸直起腰来，"是吗？"

"嗯。他在卖毒品。"

我感到身体被抽空了。虽然我多少猜到了一些，但是当事实摆在面前的时候……

依然令人心痛。

我想大声责骂卡里尔。他明知道正是毒品把妈妈从他身边夺走，怎么还能去卖毒品？他知道自己也在夺走别人的母亲吗？

他明不明白，就算他死了，有些人也只会把他当作一个罪有应得的毒贩子？

而他其实远不止如此。

"但是他想罢手，"罗莎莉女士说，"他告诉我：'外婆，我不能一直这样。麦弗里克先生说过，这样下去只有两个结果，进坟墓或者进监狱，但不管是哪一个，我都不愿意。'他尊敬你，麦弗里克。非常尊敬。你就是他从未拥有过的父亲。"

我说不出是什么感觉，但爸爸仿佛也被抽空了身体。他点了点头，目光黯淡。妈妈抚摸着他的后背。

"我也曾试过跟他讲道理，"罗莎莉女士说，"但这片社区让年轻人对长辈的话充耳不闻，金钱蒙蔽了他们的双眼。卡里尔四处瞎混，用来路不明的钞票支付账单、买运动鞋之类的东西。但我知道，他还记得你多年来的教导，麦弗里克，这给了我莫大的信心。

"我一直在想，如果他能多活一天，也许——"罗莎莉女士捂住了颤抖的嘴唇。塔米女士站起身来，想安慰她，但她说，"我没事，塔米。"她看着我，"我很欣慰当时他不是独自面对死亡，但我更欣慰的是，在他身边的那个人是你。我只要知道这些就行了，不需要细节，别的什么都不用。有你陪他走完最后一刻，就足够了。"

我跟爸爸一样，说不出话来，只能点头。

但是，当我与卡里尔的外婆紧握双手时，我能看到她眼中的痛苦。

他的弟弟也失去了笑容。那么，就算人们最终认为他是个暴徒，并且对他满不在乎，那又怎么样？我们在乎。

无论别人怎么想，反正对我们来说，重要的是卡里尔这个人，而不是他做了什么。

妈妈斜过身子，隔着我把一个信封放在了罗莎莉女士的大腿上，"我们想让你收下。"

罗莎莉女士打开信封，我看到里面有厚厚的一沓钱，"这是什么？你们知道的，我不能收。"

"你当然能收，"爸爸说，"我们永远都不会忘记，你为了我们夫妻俩，辛辛苦苦地照顾思妲尔和塞卡尼。我们绝不会让你白白付出。"

"而且，我们也知道，你们还得支付葬礼的费用，"妈妈说，"希望这些钱能有所帮助。另外，我们也正在社区里募捐，所以，你完全不用担心。"

罗莎莉女士从眼角擦去热泪，"将来，我会一分不差地还给你们的。"

"我们说过让你还了吗？"爸爸问，"你只要把心思放在身体上，好好休息就行，明白吗？要是你真的把钱还给我们，不管多少，我们一定会立马给你送回来。上帝做证。"

接下来便是更多的泪水与拥抱。罗莎莉女士给了我一个冰杯在路上吃，晶莹剔透的冰块顶部闪烁着红色的糖汁。她总是把冰杯做得特别甜。

离开时，我想起以前卡里尔总是跑出来送我，太阳照耀在他的身上，勾勒出发辫的轮廓。他那闪烁的眼睛就像日光一样明亮。他敲一敲窗户，我摇下车窗，他咧着嘴微笑，露出一口参差不齐的龅牙，"再见，小鳄鱼。"

以前，我也会咯咯地笑着，同样露出自己的龅牙。而如今，我却泪流满面。当另一个人永远离开的时候，道别实在令人心碎。想象着他站在车窗外，我努力绽放出一个微笑，"再见了，大鳄鱼。"

第五章

周一，也就是应该跟警探见面的日子，我站在床边熨烫衣服，突然莫名其妙地痛哭起来，手中的熨斗冒着热气。趁我还没有把马球衫[1]上的威廉姆森校徽烧毁，妈妈赶紧把熨斗拿走了。

她抚摸着我的肩膀，"哭出来吧，贪吃侠。"

我们在厨房里吃了一顿安静的早饭。赛文没来，他在他妈妈的房子里过了夜。我用叉子戳着面前的松饼。一想到要去警察局见那么多警察，我就觉得胃在翻涌，呕吐感阵阵袭来。越吃越难受。

吃完早饭，我们像往常一样来到起居室，手拉着手，站在一张镶嵌着边框的"十点纲领"的海报底下，由爸爸带领大家进行祈祷。

"尊敬的黑耶稣，今天也请您照顾我的孩子们，"他说，"保佑他们平安无事，引导他们远离过错，帮助他们分辨善恶，给予他们应有的智慧。

---

[1] 马球衫（polo）：原本是贵族打马球的时候所穿的服装。因为它舒适，广为大众喜爱，演变成一般的短袖休闲上衣。在美国，私立学校与公立学校不同，常常有统一着装的规定，一般春夏季的校服上衣就是印有校徽图案的马球衫。

"请您帮助赛文解决他妈妈家里的问题，让他知道，他永远都可以回来。感谢您让塞卡尼奇迹般地突然康复，尤其是在他发现今天学校的伙食是比萨之后，立马就好起来了。"我偷偷地瞄了一眼塞卡尼，发现他的眼睛和嘴巴都张得大大的。我窃笑着闭上了眼睛，"请您与丽莎同在，让她能在诊所里救助您的子民。请您帮助我的宝贝女儿克服困难，给予她内心的安宁，帮助她在今天下午说出真相。最后，请您让罗莎莉女士、卡梅伦、塔米和布伦达都坚强起来，度过这个艰难的时期。我以您的宝贵之名真诚祈祷，阿门。"

"阿门。"我们其他人都跟着说。

"爸爸，你为什么要在黑耶稣面前那样说我？"塞卡尼抱怨道。

"就算不说，他也全都知道。"爸爸说着，抬手把塞卡尼眼角的脏东西抹去，然后调正了他的马球衫衣领，"臭小子，我这是在帮你的忙，替你请求黑耶稣的宽恕。"

爸爸给了我一个拥抱，"你会好好的吧？"

我在他的胸口点了点头，"嗯。"

我可以在他的怀抱里待上一整天——这是少数几个令我心安的港湾之一，在这里，115 的可怕面孔不会突然浮现，我也可以忘记与警探见面的事情——但是，妈妈说我们必须赶在上班高峰期前离开。

别误会，我能开车。十六岁生日过后一周，我就拿到了驾照。但是我没有车，除非自己买。我告诉爸妈，学校和篮球队的事情让我没有时间打工，结果他们说那我也没时间开车。郁闷。

路上顺利的话，四十五分钟能到学校，慢一点就会花上一小时。塞卡尼没有戴耳机，因为妈妈不会在高速公路上骂人。她跟着收音机里的福音歌曲哼唱，轻轻地说："请给我力量吧，主。请给我力量。"

我们下了高速公路，驶进河谷山庄，经过一片片大门紧锁的社区。卡洛斯舅舅就住在其中一个社区里。对我来说，把社区围起来，安上大门，实在是很奇怪。说真的，他们是想把人们关在外面还是想把人们关在里面？如果在花园高地安上一扇大门，那也许二者皆有吧。

我们学校也有一扇大门，里面是崭新的校园，现代化的建筑上有许多窗户，金盏花沿着教学楼间的过道绽放。

妈妈驾车驶上通往低年级部[1]的车道，"塞卡尼，你带平板电脑了吗？"

"带了，长官。"

"午餐卡？"

"带了，长官。"

"运动短裤？你最好是带了干净的那条。"

"带了，妈妈。我马上就九岁了，你能不能给我一点信任啊？"

她微微一笑，"好吧，大小伙子。愿意给我一个吻吗？"

塞卡尼倾身靠近前排座位，亲了亲她的脸颊，"爱你。"

"我也爱你。别忘了，今天是赛文来接你回家。"

他跑向自己的几个朋友，很快就融入其他身穿卡其裤和马球衫的孩子们之中。于是，我们便转而驶向通往高年级部的车道。

"好了，贪吃侠，"妈妈说，"放学以后，赛文会把你带到诊所，然后我就陪你去警察局。你真的决定了吗？"

不知道，但是卡洛斯舅舅承诺说会没事的。"我决定了。"

"好。如果你觉得没法在学校里熬过一整天，那就打电话给我。"

等等，也就是说，我本来可以待在家里？"那一开始为什么还要让我来学校？"

"因为你需要走出家门，走出那片社区。我想让你至少努力尝试一下，思姐尔。我要说的话听起来可能很刻薄，但是卡里尔死了并不意味着你就要放弃生活。明白吗，宝贝？"

---

[1] 低年级部（lower school）：在美国，有些私立学校会按照学生年龄分为低年级部（5岁到9或10岁）、中年级部（9岁到13或14岁）和高年级部（13或14岁到16或18岁），每个部中年龄相仿的学生组成一个班级。基本相当于小学、初中和高中。

"嗯。"我知道她说得对,但这种感觉很糟糕。

我们来到了车道队列的最前头。"我就不用问你有没有把脏乎乎的运动短裤当成新的带来了吧?"她说。

我笑了,"不用。拜拜,妈妈。"

"拜拜,宝贝。"

我下了车。在至少七小时以内,我不必谈论 115,也不必去想卡里尔。我只需要在正常的威廉姆森学校里做正常的思妲尔,度过正常的一天,就可以了。也就是说,我要拨动大脑里的开关,变成威廉姆森版的思妲尔。威廉姆森版的思妲尔不用俚语,就算她的白人朋友们会学着说唱歌手讲俚语,她也不会讲。俚语令他们显得很酷,却只能令她显得很土。如果有人惹自己生气,威廉姆森版的思妲尔只能保持沉默,这样就不会有人觉得她是"暴躁的黑人姑娘"了。威廉姆森版的思妲尔亲切可爱,什么白眼、斜眼,统统都没有。威廉姆森版的思妲尔非常和善,从不与人争执。总之,威廉姆森版的思妲尔不会给任何人借口去叫她"贫民窟的丫头"。

我受不了自己这样做,却还是做了。

我把背包甩到肩头。跟往常一样,背包的颜色和我脚上的乔丹球鞋配套,那是一双蓝黑相间的 11 代球鞋,跟乔丹本人在《空中大灌篮》[1] 里穿的一样。我在店里工作了整整一个月,才攒够钱买下这双鞋。我讨厌穿得跟别人一样,不过《新鲜王子妙事多》教了我一些小诀窍。威尔总是把校服外套里外反着穿,这样他就可以显得与众不同。我不能把校服反着穿,但是我可以保证自己的运动鞋很酷,而且让背包始终跟鞋子配套。

我走进学校,在中庭里用目光寻找玛雅、海丽或者克里斯。我没有看到他们,但我看到有一半的孩子都在春假里晒黑了。幸好我生来就是

---

[1]《空中大灌篮》(*Space Jam*):1996 年上映的美国真人动画体育喜剧片,由篮球明星迈克尔·乔丹主演。

黑皮肤。忽然，有人捂住了我的眼睛。

"玛雅，我知道是你。"

她窃笑着拿开双手。我一点都不高，但玛雅却必须踮着脚尖才能捂住我的眼睛。就这个小丫头，还想在校篮球队里打中锋呢。她在头顶绾了一个发髻，也许是觉得这样就能显得高一些吧，其实才不是呢。

"'不回短信小姐'，最近怎么样？"她说。我们做了一套握手的动作，虽然不如爸爸和金的那套动作复杂，但是对我们而言已经不错了，"我都开始怀疑你是不是被外星人绑架了。"

"啊？"

她举起手机，屏幕上有一道长长的新裂缝，就像对角线一样。玛雅总是会不小心把手机摔在地上。"你有两天没给我发短信了，思姐尔。"她说，"这可不好。"

"噢，"自从卡里尔被……自从那件意外发生以后，我几乎没看过手机，"抱歉。我在店里干活呢，你也知道，有时候会忙得不可开交。春假过得怎么样？"

"还行吧。"她嚼着软糖说，"我们去台北看曾外祖父和曾外祖母了。我戴着棒球帽，穿着篮球短裤，结果整整一周只能听到：'你为什么穿得像个男孩子一样？''你为什么要做男孩子的运动？'等等。最糟糕的是，当他们看到瑞恩的照片时，居然问他是不是个搞说唱的！"

我笑了，从她手里拿走几块软糖。玛雅的男朋友瑞恩刚好是高三班仅有的另一个黑人孩子，大家都期待我们俩会走到一起。因为只有我们两个是黑人，所以就得按照挪亚方舟[1]的狗屁模式来配对，好延续我们年级的黑人血脉。最近，我对这种瞎扯淡的说法知道得一清二楚。

---

[1] 挪亚方舟（Noah's Ark）：根据圣经旧约《创世记》记载，上帝选中了挪亚一家，令他们在七天之内造一只舟，并带着成双成对的各类飞禽走兽搭上方舟。七日一到，上帝便降下大雨，毁灭陆地上的一切生灵，因而只能靠方舟上的生灵来延续后代。

我们朝学校餐厅走去。自动贩卖机旁的那张桌子是我们的地盘，此刻已经快坐满了。海丽坐在桌子边，跟一头卷发、面带酒窝的卢克激烈地讨论着。我觉得他俩正处于暧昧阶段。从六年级起，他们就开始喜欢对方，如果这份好感能撑过初中的尴尬时期，那就应该停止玩闹，认真对待了。

还有两个篮球队里的姑娘也在：副队长杰丝和中锋布丽特。在布丽特面前，玛雅就像是只小蚂蚁一样。同一个球队的队员总是坐在一起，确实显得有些模式化，但实际上这是自然相处的结果。不然，还有谁会听我们抱怨肿胀的膝盖呢？又有谁会理解在比赛结束后诞生于大巴车上的内部玩笑呢？

克里斯手下的男篮队员坐在旁边的桌子周围起哄，怂恿海丽和卢克继续吵。克里斯还没来。我松了一口气，同时却又有点失望。

卢克看到了我和玛雅，便朝我们伸出双臂，"谢天谢地！总算有两个理智的人来结束这场讨论了。"

我坐在杰丝旁边，她把脑袋枕在我的肩膀上，"他们已经吵了十五分钟。"

可怜的姑娘。我拍了拍她的头发。我一直偷偷地暗恋着杰丝的精灵头[1]。我的脖子不够长，不适合这种发型，但她的头发非常完美，每一根发丝的位置都恰到好处。如果我不是异性恋的话，一定会因为她的头发而跟她约会的，而她也会因为我的肩膀跟我约会。

"这回又是为什么吵？"我问。

"果酱馅饼。"布丽特说。

海丽转向我们，指着卢克说："这个蠢货居然说果酱馅饼在微波炉里加热以后更好吃。"

"不会吧！"我说。如果平常在花园高地遇到类似的情况，我会大

[1] 精灵头（pixie cut）：一种细碎的短发发型，因具有可爱的精灵气质而得名。

大咧咧地发出类似呕吐的声音，但在这里不行。玛雅说："真的假的？"

"太恶心了，对吧？"海丽说。

"老天爷啊！"卢克说，"我只是想问你借一块钱买微波炉里的馅饼而已！"

"我可不能让你浪费我的钱，怎么能在微波炉里毁掉一块完美的果酱馅饼呢？"

"馅饼本来就应该加热！"他争辩道。

"其实，我同意卢克的观点，"杰丝说，"加热以后的果酱馅饼要好吃十倍。"

我把肩膀挪开，她的脑袋便无处依靠了，"咱俩不能再做朋友了。"

她先是惊讶地张大了嘴，然后又委屈地噘起嘴来。

"好吧，好吧。"我说，她咧着嘴开心地笑了，又把脑袋枕在了我的肩膀上。这丫头，真是奇怪。几个月后，她就要毕业了，不知到时候离了我的肩膀她该怎么活。

"任何加热果酱馅饼的人都应该受到指控。"海丽说。

"并且被关进监狱。"我说。

"还要强迫他们吃生的果酱馅饼，直到他们心服口服为止。"玛雅补充道。

"这就是法律。"海丽总结道，一巴掌拍在桌子上，仿佛这件事就此尘埃落定了。

"你们这些家伙有问题，"卢克说着，从桌子上跳下来。他对海丽的头发找碴儿，"我觉得那些染发剂都渗进你的脑子里去了。"

她反手打了他一下，他赶紧溜走。她在蜂蜜般金黄的头发间挑染了蓝色的发丝，并且剪成了齐肩的长度。五年级时，她在数学考试中用剪子给自己剪头发，没别的原因，就是一时兴起。也就是在那一刻，我才知道，她对考试什么的根本就不在乎。

"我喜欢这种蓝色，海丽，"我说，"还有这个新发型。"

"没错，"玛雅咧着嘴笑了，"很有乔·乔纳斯[1]的风范。"

海丽学着摇滚巨星的模样猛然甩头，目光炯炯有神，我和玛雅捂着嘴窃笑起来。

有一个视频深埋在"油管"[2]里，拍的是我们三个在海丽的卧室里跟着"乔纳斯兄弟"的音乐对口型，还假装弹吉他和打鼓。海丽决定由她扮演乔，我扮演尼克，玛雅扮演凯文。我很想当乔，因为在这三个人里，我最喜欢他。但是海丽说她要当乔，我就只好让着她了。

我经常让着她，现在也依然如此。这大概就是威廉姆森版的思妲尔吧。

"我一定得找到那个视频。"杰丝说。

"不要！"海丽说着，从桌子上滑下来，"那个视频绝对不能被翻出来。"她坐到我们俩中间，"绝对、不行！可惜我把那个账号的密码忘了，否则一定会立马把视频删掉。"

"噢，上传视频的那个账号叫什么名字？"杰丝问，"'乔氏兄弟粉丝'？等等，不对，我猜是'乔粉'，上初中时，大家都喜欢搞简写。"

我幸灾乐祸地笑了，"很接近了。"

海丽瞪着我，"思妲尔！"

玛雅和布丽特开怀大笑。

在威廉姆森，恰是这样的时刻会让我感到一切正常。尽管我给自己设定了许多条条框框，但是我依然能找到自己的伙伴、自己的桌子。

"那好吧，"海丽说，"我知道该怎么办了，玛雅·乔纳斯和尼克的思妲尔姑娘——"

"对了，海丽，"趁她还没把我以前的账户名说出来，我赶紧打断

---

[1] 乔·乔纳斯（Joe Jonas，1989— ）：美国歌手、演员，是流行摇滚乐队"乔纳斯兄弟"（Jonas Brothers）的三名成员之一，另外两名成员是他的兄弟凯文·乔纳斯（Kevin Jonas，1987— ）和尼克·乔纳斯（Nick Jonas，1992— ）。乔·乔纳斯曾挑染过蓝色的头发。

[2] 油管（YouTube）：世界上最大的视频网站。

了她。她得意扬扬地笑了，"春假过得怎么样？"

海丽收起笑容，翻了个白眼，"噢，过得简直是太好了。爸爸和全世界最亲爱的后妈硬拖着我和雷米到巴哈马[1]的别墅去，说是为了'促进家庭和睦'。"

砰。那种正常的感觉轰然崩塌。我突然想起自己跟这里的大多数孩子都截然不同。不会有人硬拖着我和哥哥弟弟去巴哈马——如果可以，我们巴不得能在那里游泳玩耍。对我们来说，所谓家庭旅行，就是在带有游泳池的本地旅馆里度过一个周末而已。

"我爸妈也差不多，"布丽特说，"连续三年带我们去那个无聊的哈利·波特主题公园，现在我看见黄油啤酒[2]就恶心，更别提那些拿着魔杖拍摄的全家福了。"

天哪！谁会因为去哈利·波特主题公园而抱怨？又有谁会不喜欢黄油啤酒或魔杖呢？

我希望她们不要问起我的假期。她们去了台北、巴哈马和哈利·波特主题公园，而我却待在贫民窟里，亲眼看到自己的朋友被警察杀害。

"我觉得巴哈马还不算太糟，"海丽说，"他们俩本想搞些家庭活动，但到头来我们还是一直做自己的事情。"

"你说的是一直给我发短信吧。"玛雅说。

"那也依然是我自己的事情。"

"每天都发，从早到晚，"玛雅补充说，"完全不顾时差。"

"少来，小矮人。我知道你可喜欢跟我聊天了。"

"噢，"我说，"真好。"

可是，说实话，一点都不好。春假期间，海丽从没给我发过短信。最近，

---

[1] 巴哈马（Bahamas）：一个位于大西洋西岸的联邦制岛国，地处美国佛罗里达州以东，由700多座岛屿和2000多个珊瑚礁组成。
[2] 黄油啤酒（Butter Beer）：哈利·波特系列小说中的一种颇受男女巫师喜爱的饮料。

她几乎完全不给我发短信了，一周大概能有一次，以前可是天天都发的。我们两个之间发生了变化，但谁都不愿承认。在威廉姆森的时候，我们表现得很正常，就像现在一样。然而，一旦离开这里，我们就不再是最好的朋友了，只是……我也不知道是为什么。

而且，她还在汤博乐上取消了对我的关注。

她完全不知道我已经发现了。有一回，我发了一张埃米特·提尔[1]的照片，那是一名十四岁的黑人男孩儿，在1955年被杀害了，就因为他曾经朝一个白人姑娘吹过口哨。他那残缺的尸体看起来已经没有人样了。海丽看到后，立刻给我发了短信，情绪十分崩溃。当时我以为，她之所以这么激动，是无法相信居然有人会对一个孩子做出这种事情。然而，我想错了。她是无法相信我居然会转发一张如此可怕的照片。

不久以后，她就不再点赞或转发我的博客内容了。我仔细地浏览了一遍关注者名单，发现海丽已经取消了对我的关注。要知道，我住在四十五分钟车程以外的地方，而汤博乐本该是我们巩固友谊的神圣基地。取消对我的关注，就相当于说："我不喜欢你了。"

也许是我太敏感了，或者是情况发生了变化，又或许是我变了。但不管怎样，眼下我们还是会假装一切都好。

预备铃响了。每周一，我和海丽、玛雅的第一堂课都是大学预修[2]英语。路上，她们俩激烈地讨论着全国大学生体育协会[3]的淘汰赛和四

---

[1] 埃米特·提尔（Emmett Till, 1941—1955）：非裔美国人，于1955年受私刑而死。这桩谋杀案的手段极其残忍，而且凶手最终被无罪开释，因而引起了人们对非裔美国人遭受暴力迫害的广泛关注。

[2] 大学预修（AP）：北美的一种课程安排，为高中生提供大学水平的课程和考试。

[3] 全国大学生体育协会（NCAA）：美国的一个非营利性协会，管理着来自1281个机构的运动员，还负责组织北美地区许多大学的体育课程和项目，为参与大学体育竞技的学生运动员提供帮助。

强赛，最后吵得不可开交。海丽是圣母大学[1]队的铁杆粉丝，而玛雅却一味地讨厌圣母大学队。我没有参与这场争论。相比之下，我更关注美国男子职业篮球联盟[2]。

我们转过走廊拐角，看到克里斯站在我们班门口，双手插在口袋里，脖子上挂着一副耳机。他直直地看向我，抬起手来挡在门口。

海丽看看他，又看看我，来回地看了好几遍，"你们俩之间出什么事了吗？"

紧抿的嘴唇出卖了我的内心，"嗯，算是吧。"

"那个大蠢货。"海丽说。这句话令我想起了我们为什么是朋友——她从不过问细节。无论是以何种方式，只要有人伤害了我，都会被她直接列入黑名单。从五年级开始便一直如此，玛雅是两年后才出现的。那时候，我们俩都是"爱哭鬼"，遇到一点点小事就会放声大哭，我是因为娜塔莎，而海丽则是因为妈妈患癌症去世。我们相互支持，共同面对汹涌的悲伤。

正因如此，我们俩之间的这种古怪气氛才显得不合情理。"你打算怎么办，思妲尔？"她问。

我不知道。在卡里尔出事之前，我本想对克里斯不理不睬，让这场冷战比90年代的蓝调失恋金曲还要铿锵有力。但是在卡里尔出事以后，我变得更像是一首泰勒·斯威夫特的情歌。（绝无偏见，我很喜欢霉霉[3]，但是在开启"愤怒女友"模式的时候，她不如90年代的蓝调音乐管用。）我对克里斯很生气，但是我想念他，也想念我们。我是如此需要他，甚至愿意忘记他所做的事情。这真的很可怕。一个跟我交往只有一年的人对我来说竟然有这么重要吗？不过，克里斯……他是与众不同的。

---

[1] 圣母大学(University of Notre Dame)：美国天主教研究型大学，位于印第安纳州。

[2] 美国男子职业篮球联盟（NBA）：北美地区最主要的男子职业篮球联盟，其球员是全世界平均年薪最高的运动员。

[3] 霉霉：歌迷对泰勒·斯威夫特的爱称，在英文中也经常称其为"Tay-Tay"（泰泰）。

你猜怎么着？我决定用碧昂斯[1]的态度来对待他。虽然不如90年代的蓝调失恋金曲那么猛烈，但起码比泰勒·斯威夫特的情歌要强硬。就这么办。我告诉海丽和玛雅："我来对付他。"

她们立刻分散到左右两边，陪我朝教室门口走去，仿佛是我的保镖。

克里斯对我们鞠了一躬，"女士们。"

"走开！"玛雅命令道。这场面实在有点好笑，克里斯明明比她高出那么多，她却丝毫不甘示弱。

他用清澈的蓝眼睛注视着我。经过一个假期，他晒黑了。以前，我总是说他太苍白了，看起来就像棉花糖一样。他讨厌我把他比作吃的，我说他活该，谁让他先叫我"焦糖"呢。于是，他就乖乖地闭嘴了。

糟糕！他也穿着《空中大灌篮》里的乔丹11代球鞋。我忘记了，我们本来决定要在假期回来的第一天一起穿的。这双鞋穿在他脚上真好看。乔丹球鞋是我的软肋，实在难以抵抗。

"我只是想跟我的女朋友谈一谈。"他宣称。

"我不知道你说的是谁。"我说，用完美的碧昂斯态度来反驳他。

他从鼻子里发出一声叹息，"求你，思妲尔，咱们能不能至少谈一下？"

那句"求你"让我一下子回到了泰勒·斯威夫特的情歌中。我朝海丽和玛雅点了点头。

"你要是让她伤心，我可饶不了你。"海丽警告道，然后便跟玛雅一起走进教室。

克里斯和我离开门口。我靠在储物柜上，交叉双臂，"说吧。"

他的耳机里传来重低音乐器的声响，很可能是他自己录的一段说唱口技，"我对那件事感到很抱歉，我应该提前跟你谈一谈的。"

我歪着脑袋，"咱们确实谈过了，就在一周之前。你不记得了？"

---

[1] 碧昂斯（Beyoncé）：指碧昂斯·吉赛尔·诺斯‐卡特（Beyoncé Giselle Knowles-Carter，1981— ），美国黑人唱作人、女演员。

"我知道,我知道。我听见你说的话了。我只是想做好准备,万一——"

"万一你能巧妙地找对办法,让我改变主意?"

"不是!"他举起双手,表示投降,"思妲尔,你明知道我不会——那不是——对不起,好吗?是我做得太过分了。"

这话真是轻描淡写。在大达派对的前一天,我和克里斯待在他那大得离谱的房间里。他的父母有一栋大别墅,整个三楼就是他自己的套房,这是作为空巢老人的幼子所专享的特权。我努力不去想他一个人住着跟我们家房子一样大的一层楼,而且还雇着跟我外貌相似的帮佣。

亲昵的爱抚对我们俩来说已经不是新鲜事儿了,当克里斯把手滑进我的内裤时,我并没有多想。然后他开始做一些小动作,而我真的什么都没想,脑子里一片空白。说实话,我的思绪已经神游天外了。就在我快要到达那个时刻之前,他忽然停住了,从口袋里掏出一个安全套。他挑起眉毛看着我,无声地等待我邀请他继续下去。

而我只能想到那些背着婴儿在花园高地四处游荡的姑娘们。有没有安全套,都一样,世事难料。

我对克里斯大发雷霆。他明知道我没有做好准备,我们已经谈过这件事了,可他居然有一个安全套?他说他是想负责任,但如果我说我没有准备好,那就是没有准备好。

我跑出他家,怒火和欲火都在燃烧,那真是最糟糕的离开方式了。

不过,也许妈妈是对的。她曾经说过,只要你跟男人走到了那一步,便会激活所有的感觉,心里一直惦记着,无法忘却。我和克里斯走得很远,以至于我现在已经了解他身体的每个细节了。那可爱的鼻孔会在叹息时微微张开,那顺滑的棕色头发会在我的指间流淌,那温柔的嘴唇总是被舌头滋润得闪闪发光,那脖子上的五点雀斑是最佳的亲吻位置。

不只如此,我还记得这家伙几乎每天晚上都跟我在电话上聊些有的没的。他喜欢逗我笑。是的,有时候他会令我发火,我也会惹他生气,但我们在一起还是有意义的。有很多意义。

糟糕，糟糕，糟糕！我的强硬外壳在渐渐瓦解，"克里斯……"

他摆好架势，唱起了一段再熟悉不过的鼓点前奏，"嘣嚓……嘣嚓、嘣嚓、嘣嚓。"

我指着他，"你敢！"

"'接下来的这个故事，讲述了我的生活为何天翻地覆。我想花上一分钟，坐在这里告诉你，我是怎样成了贝莱尔镇上的王子。'[1]"

他用说唱口技模拟着各种乐器，同时靠拍打胸脯和快速跺脚的方式来敲出节奏。大家从我们身边经过，笑得前仰后合。有一个男生意味深长地吹着口哨，还有人大喊："扭起来，布莱恩特！"

我忍不住露出了微笑。

《新鲜王子妙事多》不只是我自己的节目，更是我们的节目。高二时，他在汤博乐上关注了我，我也关注了他。我们在学校里见过，但并没有说过话。某个周六，我转发了一组《新鲜王子妙事多》的动态图片和视频截图。他给我点赞，并且转发了每一张图片。接下来的周一早上，他在学校餐厅里替我付了果酱馅饼和葡萄汁的钱，说："最初的薇薇舅妈[2] 是最好的薇薇舅妈。"

那就是我们俩的开始。

克里斯看懂了《新鲜王子妙事多》，而这个电视剧则帮助他读懂了我。有一回，我们聊起来，觉得威尔非常帅气，因为他在新世界里还能依然如故。我不小心说出希望自己在学校里也能像威尔一样，克里斯反问："有何不可，新鲜公主？"

---

[1] 这一段出自《新鲜王子妙事多》的同名主题曲歌词。

[2] 薇薇舅妈（Aunt Viv）：《新鲜王子妙事多》里的人物，是主人公威尔的舅妈，本名为"薇薇安"，被威尔称为"薇薇舅妈"。在前三季里，该角色由美国黑人女演员简妮特·休伯特（Janet Hubert, 1956— ）扮演，在后三季换成了美国黑人女演员达芙妮·麦斯威尔·里德（Daphne Maxwell Reid, 1948— ）。

从那以后，跟他在一起时，我就不必苦恼要做哪个思妲尔了。不论是花园高地的思妲尔还是威廉姆森的思妲尔，他都喜欢。不过，我对他还是有所保留的，有些事情我不能提起，比如娜塔莎。一旦你发现有些人是多么脆弱，那就相当于瞧见了他们赤身裸体的模样——你便再也无法像以前那样看待他们了。

我喜欢他现在看我的眼神，仿佛是看着他生命中最美好的存在之一。而他也是我生命中最美好的存在之一。

我不能撒谎。的确，那些有钱的白人姑娘经常会投来锋利的目光，好像在问："他为什么要跟她约会？"有时候，我也会问自己同样的问题。但是，克里斯却满不在乎。如果遇到这种情况，他会在拥挤的走廊上当众表演说唱口技，逗我开心，让我也忘记那些不怀好意的眼神。

他开始唱第二段歌词，一边摇晃肩膀一边注视着我。要问最糟糕的部分是什么？那就是这个大蠢货心里清楚，这一招奏效了，"在西费城出生长大——来嘛，宝贝，跟我一起唱。"

他拉起我的手。

115 用手电筒的灯光追随着卡里尔手上的动作。

他命令卡里尔下车，举起手来。

他朝我大吼，让我把手放在仪表板上。

我跪在街道中央，双手举在空中，身边是死去的朋友。一名警察用枪指着我，他跟克里斯一样，都是白人。

跟克里斯一样，都是白人。

我畏缩着抽回了手。

克里斯皱起眉头，"思妲尔，你还好吗？"

卡里尔打开车门，"思妲尔，你还好吗——"

砰！

血。好多好多血。

上课铃响了，将我拉回到正常的威廉姆森，而我却不是正常的思妲尔。

克里斯低下头，与我四目相对，我的泪水模糊了他的面容，"思姐尔？"

没错，只是几滴眼泪罢了，但我觉得自己的内心仿佛暴露无遗。我转身朝教室走去，克里斯抓住了我的胳膊。我甩开他的手，猛然回头看向他。

他投降地举起双手，"对不起，我只是……"

我擦干眼泪，走进教室，克里斯就跟在我身后。海丽和玛雅恶狠狠地瞪着他，我在海丽前面的座位坐下了。

她紧紧地握住我的肩膀，"别理那个混蛋。"

今天，学校里没有人提起卡里尔，不可否认，这让我感到如释重负，尽管这是我不愿意承认的，因为那实在无异于对卡里尔进行了竖起中指的轻蔑唾骂。

篮球赛季已经结束了，下课后没有训练任务，所以，大家离开学校的时候，我也得走。这也许是我生平第一次盼着不要放学。一旦放学，我跟警察见面的时间就快要到来了。

我和海丽挽着胳膊穿过停车场。玛雅有专门的司机来接。海丽有自己的车，而我有一个开车的哥哥，最终总是我们俩一起走出去。

"你真的确定不用我去对着克里斯的屁股踹上一脚吗？"海丽问。

我把"安全套门事件"告诉了她和玛雅，她们认为克里斯应该被永久放逐，不能再碰我。

"嗯，"我第一百次回答道，"你太暴力啦，海丽。"

"事关朋友的时候，也许是吧。不过说真的，他为什么要那样做？天哪，男生就是管不住下半身。"

我哼了一声，"莫非你之所以不跟卢克在一起，就是因为这个？"

她用胳膊肘轻轻地碰了我一下，"闭嘴。"

我笑了，"你为什么不承认你喜欢他？"

"你凭什么觉得我喜欢他？"

"不会吧，海丽？"

"别跑题，思妲尔。现在说的不是我，而是你和你那个色狼男友。"

"他不是色狼。"我说。

"那是什么？"

"流氓罢了。"

"还不是一样！"

我努力板着脸，她也使劲儿憋着，但我们俩很快就忍不住放声大笑。唉，这就是正常的思妲尔和海丽，感觉真好。令我不禁怀疑，先前所感受到的关系变化也许只是错觉而已。

我们在半途中分开了，她朝自己的车走去，我朝赛文的车走去。"踹屁股的承诺依然有效，你好好考虑一下吧！"她冲我喊道。

"拜拜，海丽！"

我快步离开，用双手摩擦着胳膊。空气里冷飕飕的，一点都不像是春天。几英尺外，赛文扶着车顶，正在跟他的女朋友蕾拉聊天。他对这辆野马 [1] 爱不释手，碰它的时候比碰蕾拉的时候都多。然而，她显然不在乎，只是兴致盎然地玩弄着垂在他脸颊旁边、没有被扎进马尾的脏辫。我真想翻个白眼。有些姑娘实在太夸张了。她就不能玩自己头上的那堆卷发吗？

不过，说实话，我对蕾拉没有意见。她跟赛文一样是怪才，明明非常聪明，上哈佛都绰绰有余，却被困在小地方无法动弹。而且，她的性格也很温柔。蕾拉是高四仅有的四个黑人女孩儿之一，如果赛文只想跟黑人姑娘约会的话，那么他的确是挑了最棒的一个。

我走到他们面前，清了清嗓子，"咳咳。"

赛文依然目不转睛地盯着蕾拉，"你去签字，把塞卡尼领出来。"

---

[1] 野马（Mustang）：即福特野马，为福特公司生产的一款轿车。

"不行，"我撒谎说，"妈妈没有把我放到接送人名单上。"

"少来，快去。"

我交叉双臂，"我才不要跨过半个校园去找他，然后再跨过半个校园走回来。咱们可以在离开的时候一起去接他。"

他斜眼瞪我，但我太累了，实在不想走，而且天气又冷。于是，赛文吻别了蕾拉，绕到驾驶座那边。"搞得好像这段路很长似的。"他喃喃地说。

"搞得好像咱们不能开车去接他似的。"我说着，跳上了车。

他发动汽车，从赛文的播放器基座音响里传来了克里斯制作的坎耶 [1] 和我的另一个未来老公杰·科尔的歌曲串烧，非常好听。他驾车穿过停车场，来到塞卡尼的低年级部。赛文在接送名单上签了字，把塞卡尼从课外项目中解救出来，然后我们就离开了。

"我好饿。"刚出停车场还不到五分钟，塞卡尼就呻吟起来。

"他们没在课后项目上给你加餐吗？"赛文问。

"那又怎么样？我还是好饿。"

"贪吃的小屁孩！"赛文说，塞卡尼踹了一脚他的椅背。赛文笑了，"好吧，好吧！反正妈妈也让我带吃的去诊所，我给你也买一点就是了。"他从后视镜里看着塞卡尼，"你觉得——"

赛文僵住了。他关掉克里斯的串烧歌曲，放慢车速。

"你干吗把音乐关了？"塞卡尼问。

"闭嘴。"赛文咬牙切齿地说。

我们在红灯前停下了。一辆河谷山庄的巡逻警车停在我们旁边。

赛文挺起腰来，死死地盯着前方，双手紧握方向盘。他的眼睛稍微动了一下，仿佛想要看看那辆警车。他艰难地吞咽着口水。

---

[1] 坎耶（Kanye）：指坎耶·维斯特（Kanye West, 1977— ），美国黑人说唱歌手、唱作人、时尚设计师。

"快啊，信号灯，"他低声祈祷，"快点啊。"

我也直视前方，盼着信号灯赶紧变色。

终于，绿灯出现了，赛文让那辆警车先走。直到我们上了高速公路，他的肩膀才放松下来，而我却依然浑身紧绷。

我们在妈妈喜欢的那家中餐馆前停下车买吃的，她想让我在跟警探见面之前先吃饭。花园高地的孩子们都在街道上玩耍，塞卡尼把脸贴在我这边的车窗上，渴望地看着他们。但是，他不会去找他们。上一回，他跟几个邻居家的小孩一起玩，结果他们管他叫"白人小子"。就因为他在威廉姆森上学。

黑耶稣在诊所一侧的壁画上迎接我们。他的发辫跟赛文的脏辫很像，他张开双臂，占满了整面外墙，身后有朵朵绵软的白云。在他的头上，写着一行字，提醒我们：耶稣爱你。

赛文从黑耶稣身旁经过，驾车朝诊所后方的停车场驶去。他按下密码，打开大门，把车停在妈妈那辆佳美[1]旁边。我用托盘端着汽水，赛文拎着吃的，而塞卡尼两手空空，因为他从来都不拿东西。

我按响后门的电子蜂鸣器，朝摄像头挥了挥手。门开了，走廊里飘来一股消毒水的气味，两侧的墙壁雪白，闪闪发光的白瓷砖倒映着我们的影子。穿过走廊，来到候诊室，几个人正在盯着天花板上的老电视看新闻或捧着破旧的杂志闲读，从我小时候起，那些杂志就一直放在候诊室的架子上。当一个头发蓬松的男人看到我们拿着食物时，便坐直身体，使劲儿闻了起来，仿佛这是带给他吃的。

"你们带什么好东西来啦？"服务台的费莉西亚女士一边问一边伸长脖子张望。

妈妈穿着黄色的外科手术服，从另一条过道里走来，前头有一个眼泪汪汪的男孩儿和他的母亲。那个男孩儿吮吸着棒棒糖，这是打针后的

---

[1] 佳美（Camry）：日本丰田汽车公司生产的一款轿车。

奖励。

"我的孩子们来了，"妈妈一看到我们便说，"还有好吃的。来吧，咱们到后面去。"

"给我留一点儿！"费莉西亚女士在我们身后喊道，妈妈对她做了一个"嘘"的动作。

我们在休息室的桌子上把食物摆出来，妈妈从橱柜里拿了几个纸盘子和塑料餐具，那是她专为这样的日子准备的。我们做完饭前祈祷，便开吃了。

妈妈坐在料理台[1]上，"嗯！太满足了。谢谢你，赛文。我今天只吃了一袋粟米棒。"

"中午没吃饭？"塞卡尼问道，嘴里塞满了炒饭。

妈妈用叉子指着他，"我是怎么跟你说的？把饭咽下去再说话。我在午休时间开了个会，所以没有吃饭。好了，你们呢？今天在学校怎么样？"

塞卡尼总是要滔滔不绝地讲很久，各种鸡毛蒜皮的琐事都要翻出来过一遍。赛文说"挺好"，我也简短地说"还行"。

妈妈喝了一口汽水，"有什么事发生吗？"

当男朋友碰我的时候，我吓坏了，但是——"没有，没事。"

费莉西亚女士出现在门口，"丽莎，抱歉打扰你，不过前面出了点问题。"

"现在是我的休息时间，费莉西亚。"

"你以为我不知道吗？但是她非得要见你。是布伦达。"

卡里尔的妈妈。

妈妈放下盘子，看着我说："待在这儿别动。"

---

[1] 料理台：美国诊所的休息室是供诊所工作人员吃饭、喝茶的地方，有餐桌、料理台、冰箱和橱柜等，类似公共厨房。

不过，我没有听话，而是跟着她来到候诊室。布伦达女士坐在椅子上，把脸埋在手里。她的头发乱糟糟的，白衬衣肮脏不堪，几乎成了棕色。她的胳膊和腿上有许多溃疡和伤疤，由于皮肤颜色很浅，所以显得更加醒目。

妈妈跪在她面前，"嘿，布伦达。"

布伦达女士拿开手，眼睛通红。我忽然想起小时候卡里尔说过他的妈妈已经变成了一条龙，他宣称有朝一日自己会做一名勇敢的骑士，将妈妈变回原样。

他怎么可能卖毒品呢？这实在讲不通。他那受伤的心灵也不会允许他那样做啊！

"我的孩子，"他妈妈哭了起来，"丽莎，我的孩子。"

妈妈捧起布伦达女士的双手，轻轻地摩擦着，毫不在意那黑乎乎的污垢，"我明白，布伦达。"

"他们杀了我的孩子。"

"我知道。"

"他们杀了他。"

"我知道。"

"主啊！"费莉西亚站在门口叹息道。在她身旁，赛文用胳膊搂着塞卡尼。候诊室里的一些病人纷纷摇头。

"但是，布伦达，你必须要彻底戒毒，"妈妈说，"那是卡里尔的愿望。"

"我不能。我的孩子已经不在了。"

"不，你能。你还有卡梅伦，他需要你。你的妈妈需要你。"

卡里尔也曾需要你，我在心里说。他曾为你守候、为你落泪，可那时候你在哪里？你现在哭泣还有什么用？已经太晚了。

但是她依然在哭泣，摇晃着身体，痛哭流涕。

"我和塔米会帮你的，布伦达，"妈妈说，"但这一次你必须下定决心。"

"我不想再这样生活了。"

"我知道。"妈妈朝费莉西亚女士招了招手，示意她过来，然后把自己的手机递给了她，"翻翻我的通信录，找到塔米·哈里斯的号码。给她打电话，就说她姐姐在这儿。布伦达，你上一次吃东西是什么时候？"

"我不知道，我不知道——我的孩子。"

妈妈站起身来，抚摸着布伦达的肩膀，"我去给你拿些吃的。"

我又跟着妈妈回到了休息室。她脚步很快，但却径直从吃的旁边经过，走向橱柜。她背朝我靠在料理台上，垂下头，一言不发。

我刚才想在候诊室里说的话，此刻全都冒了出来，"她何必那么难过？以前，她根本就不关心卡里尔。你知道卡里尔为她伤心了多少次吗？生日、圣诞节，各种各样的节日，他都是在眼泪中度过的。事到如今，她还有什么好哭的？"

"思妲尔，别说了。"

"她从来就没有像个母亲一样对待他！现在倒好，一眨眼的工夫，他就成了她的孩子？放屁！"

妈妈一掌拍在料理台上，我吓了一跳。"闭嘴！"她尖叫道。她转过身来，脸上满是泪痕，"那不是她的什么小伙伴。那是她的儿子，你听到了吗？她的儿子！"她的声音变得十分沙哑，"那个男孩儿是她怀胎十月生下来的，你没有资格对她指手画脚。"

我张口结舌，"我——"

妈妈闭上眼睛，按摩着额头，"对不起，宝贝。给她弄一盘吃的，好吗？给她弄一盘吃的。"

我乖乖照做，把每样吃的都拿了一些，装在纸盘子里，然后给布伦达女士送去。她伸手接过时，嘴里喃喃地说着什么，好像是"谢谢"。

她透过鲜红的迷雾看着我，就像卡里尔的眼睛在注视着我，我忽然意识到，妈妈是对的。无论如何，布伦达女士都是卡里尔的妈妈。

第六章

　　我和妈妈在下午四点半准时到达了警察局。

　　警察们正在打电话、打字或闲坐着无所事事。眼前的情景很寻常，就像《法律与秩序》[1]中的画面一样，但是我却紧张得无法呼吸。我数着数："一、二、三、四……"数到"十二"的时候，再也数不下去了，因为我只能看到他们插在腰间皮套上的手枪。

　　他们有这么多人，而我们只有两个。

　　妈妈攥紧我的手，"呼吸。"

　　我这才回过神来，发现自己不知何时已经抓住了她的手。

　　我深深地吸气、呼气，再吸气、再呼气。她伴随着每一次深呼吸点头，说："就是这样。你很安全，我们会没事的。"

　　卡洛斯舅舅走了过来，跟妈妈一起领我来到他的桌边坐下。周围好像有无数双眼睛朝这里张望，我的肺部在渐渐收紧。卡洛斯舅舅递给我

---

[1]《法律与秩序》（*Law & Order*）：一部反映警察工作和法律制度的美国电视连续剧，1990年开播，2010年结束，共20季456集。

一瓶冰水，妈妈打开瓶盖，把它贴在我的唇边。

我慢慢地喝了一口，扫视着卡洛斯舅舅的桌子，以此来躲避警官们好奇的目光。他在桌上摆了许多相框，我和塞卡尼的照片跟他自己孩子的照片几乎一样多。

"我要带她回家，"妈妈告诉他，"我不能让她今天就经历这一切，她还没有准备好。"

"我理解，但是她早晚都要跟警方沟通，丽莎。她对这场调查来讲至关重要。"

妈妈叹了一口气，"卡洛斯——"

"我明白，"他说，声音明显压低了，"相信我，我真的明白。只可惜，如果我们想让这场调查公正地进行，那么她就必须接受警探的问话。就算不是今天，也是以后的某一天。"

以后的某一天，又要承受这种等待的煎熬和忐忑。

我不愿再经历一遍了。

"我想今天就跟他们谈，"我喃喃地说，"我想赶快了结这件事。"

他们看着我，仿佛这才记起我还在这儿。

卡洛斯舅舅跪在我面前，"小丫头，你确定吗？"

我急忙点了点头，趁着自己还没丧失勇气。

"好吧，"妈妈说，"但是我要跟她一起进去。"

"完全可以。"卡洛斯舅舅说。

"我不在乎是否可以，"她看着我，"我不能让她独自面对。"

这句话比我得到的所有拥抱都更加美好。

卡洛斯舅舅搂着我，带我们来到一个小房间，里面只有一张桌子和几把椅子，除此之外别无他物。一台看不见的空调正在大声嗡鸣，将冰凉的冷气吹进屋里。

"那么，"卡洛斯舅舅说，"我就在外面守着，好吗？"

"好。"我说。

跟往常一样，他在我的额头上亲了两下。妈妈握着我的手，用温暖的掌心无声地告诉我——我是你的后盾。

我们坐在桌边，当两名警探走进房间时，妈妈依然紧握着我的手。其中一名警探是白人男子，一头黑发油光闪闪，另外一名警探是拉美裔女人，留着短短的寸头，唇边有许多皱纹。他们俩的腰间都别着手枪。

要把双手始终放在他们能看见的地方。

不要有任何突然的举动。

只有当他们跟你说话时，你才能开口。

"嗨，思妲尔，卡特女士，你们好。"那个女人说着，伸出手来，"我是戈麦兹警探，这是我的搭档，威尔克斯警探。"

我松开妈妈的手，跟两位警探握手，"您好。"我的声音已经变了。无论是否在威廉姆森，只要周围有"其他"人，就总是如此——我的说话方式听起来很陌生，不像原来的自己。我会小心翼翼地选择每一个字词，确保准确发音，绝不能让别人觉得我是个贫民窟的姑娘。

"很高兴见到你们。"威尔克斯说。

"考虑到眼下的情况，我没法说很高兴。"妈妈说。

威尔克斯的脸庞和脖子变得通红。

"他的意思是，我们对二位早有耳闻，"戈麦兹说，"卡洛斯总是滔滔不绝地夸耀自己的美好家庭，我们觉得仿佛已经认识你们很久了。"

她在竭力恭维。

"请坐吧。"戈麦兹指着一把椅子，她和威尔克斯坐在我们对面，"首先要说明一下，你们正在被录音，不过，这样做只是为了方便记录思妲尔的陈述，并无他意。"

"好的。"我说。又来了，那种陌生造作的声音，一点都不像我。

戈麦兹警探说出日期、时间和房间内人员的姓名，并且提醒我们正在被录音，威尔克斯在笔记本上潦草地写了下来。妈妈抚摸着我的后背。有一段时间，屋里只能听到铅笔与纸张摩擦的声音。

"好了，"戈麦兹在椅子上调整坐姿，露出微笑，嘴边的皱纹加深了，"不要紧张，思妲尔。你没有做错任何事情。我们只是想知道发生了什么。"

我知道我没有做错任何事情，我心想，但是说出口来的却是："好的，女士。"

"你今年十六岁，对吗？"

"是的，女士。"

"你跟卡里尔认识多久了？"

"三岁起，我就认识他了。他的外婆曾经照顾过我。"

"哇，"她说，像幼儿园老师一样拖着长腔，"这么久了。你能给我讲一讲发生意外的那天晚上吗？"

"您是说，他被杀的那天晚上吗？"

见鬼。

戈麦兹的笑容黯淡下来，嘴边的皱纹也不那么深了，但是她说："没错，就是发生意外的那天晚上。你愿意从何说起都可以。"

我看向妈妈，她点了点头。

"我的朋友肯尼娅和我去参加了一场室内派对，是由一个名叫'达利乌斯'的人在自己家里举办的。"我说。

咚、咚、咚。我敲着桌子。

停下来。不要有任何突然的举动。

我把双手平放在桌面上，保持在他们能看见的地方。

"每年春假，他都会举办一场派对，"我说，"卡里尔看见了我，走过来跟我打招呼。"

"你知道他为什么会在那场派对上吗？"戈麦兹问。

这不是废话吗？大家为什么要去派对？因为要参加派对啊。"我觉得应该是出于娱乐目的吧，"我说，"我和他聊天，谈了谈生活中的事情。"

"什么类型的事情？"她提问。

"他的外婆患了癌症。我之前一直不知道，那天晚上才听他说的。"

"明白了。"戈麦兹说，"后来发生了什么？"

"派对上出现了一场争斗，于是我们就开他的车一起离开了。"

"卡里尔跟那场争斗有关吗？"

我扬起眉毛，"没。"

该死！要用正规得体的语言回答才行。

我坐直身体，"我是说，没有，女士。当争斗发生的时候，我们正在聊天。"

"好，那么你们两个离开以后，去了哪里？"

"他提出要送我回家或者去我父亲的杂货店。我们还没决定好要去哪儿，115 就让我们停车了。"

"谁？"她问。

"就是那个警官，这是他的警徽编号，"我说，"我记住了。"

威尔克斯在笔记本上潦草地记录着。

"明白了。"戈麦兹说，"你能描述一下之后发生的事情吗？"

我觉得自己永远都不会忘记当时发生的一切，但是要大声说出来是不一样的，也是很困难的。

我的眼睛刺痛起来。我眨了眨眼，盯着桌子。

妈妈抚摸着我的后背，"抬起头来，思妲尔。"

爸妈要求我和哥哥弟弟在跟人说话的时候一定要看着对方的眼睛，他们认为眼睛里传达出来的信息比嘴上说的要多，而且这是双向的——如果我们看着对方的眼睛说实话，那么对方也没有理由怀疑我们。

我看着戈麦兹。

"卡里尔把车停在路边，关掉了引擎，"我说，"115 打开自己的车灯，然后走到卡里尔的车窗前，问他要驾照和行车证。"

"卡里尔照做了吗？"戈麦兹问。

"卡里尔先问那个警官为什么让我们停车，然后就出示了驾照和行车证。"

"在这个过程中，卡里尔显得愤怒吗？"

"烦恼，不是愤怒。"我说，"他觉得警察在骚扰他。"

"这是他跟你说的吗？"

"不是，但我能看得出来。当时我自己也有同样的感觉。"

糟糕。

戈麦兹靠近了一些，牙齿上沾着褐色的口红，呼吸里飘来咖啡的气味，"为什么？"

呼吸。

屋里一点都不热，是你太紧张了。

"因为我们没有做错任何事情，"我说，"卡里尔没有超速，也没有违规驾驶。他似乎没有理由让我们停车。"

"明白了。然后发生了什么？"

"那个警官强迫卡里尔下车。"

"强迫？"她说。

"是的，女士。他把卡里尔拽出去了。"

"因为卡里尔不愿下车，对吗？"

妈妈的喉咙里发出声音，仿佛要说些什么，但还是忍住了。她抿起嘴唇，用手掌在我的背上一圈圈地抚摸。

我记起爸爸说的话——"别让他们把无中生有的话强加于你。"

"不对，女士。"我对戈麦兹说，"他自己正在下车，但那名警官却把他拽出去了。"

她又一次说"明白了"，但是却好像并不相信。"接下来发生了什么？"她问。

"那个警官对卡里尔搜了三次身。"

"三次？"

对，我数了。"是的，女士。他什么都没找到。然后，他让卡里尔在他检查驾照和行车证的时候待在原地。"

"不过，卡里尔并没有待在原地，对吗？"她说。

"可他也并没有朝自己开枪。"

该死。你这个大嘴巴。

两位警探面面相觑，屋里陷入了沉默。

四面墙壁正在渐渐逼近，肺部的压迫感又回来了。我把衣领从脖子周围拽开。

"我觉得今天可以到此为止了。"妈妈说着，拉住我的手，站起身来。

"可是，卡特夫人，我们还没结束呢。"

"我不在乎——"

"妈妈，"我说，她低头看着我，"没关系，我能行。"

她看我的眼神跟我和哥哥弟弟让她忍无可忍的时候很相似。她坐了下来，但是依然紧紧地握我的手。

"好，"戈麦兹说，"那么，他对卡里尔进行搜身，然后说要检查他的驾照和行车证。接下来呢？"

"卡里尔打开驾驶座车门——"

砰！

砰！

砰！

血。

眼泪在脸上肆虐，我抬起胳膊擦了一下，"那个警官朝他开枪了。"

"那你——"戈麦兹刚一开口，妈妈就朝她竖起一根手指。

"请你给她点儿时间缓缓，行吗？"她说。这句话听起来不像是问话，倒像是命令。

戈麦兹没再说话。威尔克斯在笔记本上又写了些什么。

妈妈为我擦去泪水，"等你想说的时候再说。"

我把喉咙里的哽咽吞下去，点了点头。

"好，"戈麦兹说，深深地吸了一口气，"那你知道卡里尔为什么要开门吗，思妲尔？"

"我觉得他想问我是否还好。"

"你觉得？"

我又不会读心术。"是的，女士。他开口问了，但是没有问完，因为那个警官从背后朝他开枪了。"

咸咸的泪水流到唇上。

戈麦兹隔着桌子倾身向前，"我们都想知道真相，思妲尔。我们感激你的配合。我理解，现在回忆这件事情对你来说很艰难。"

我又一次抬起胳膊擦脸，"嗯。"

"好。"她露出了微笑，用温柔而同情的语调说，"那么，你知道卡里尔贩毒吗？"

等等。

什么？

泪水瞬间止住了。真的，我的眼睛立刻就干了。我还没来得及说话，妈妈就开口了，"这跟卡里尔的死有什么关系？"

"只是个问题罢了，"戈麦兹说，"思妲尔，你知道吗？"

什么同情、微笑、理解，统统都是假的。这个女人在给我下套。

调查还是开脱？

我知道她的问题的答案。当我在派对上见到卡里尔的时候，我就知道了。他以前从来都不穿新鞋子。至于珠宝，他在美容用品店里买的那种 99 美分的链子根本就不算数。而且，罗莎莉女士也证实了我的猜想。

可是，这跟他被杀有什么关系？难道这就意味着开枪是正当的吗？

戈麦兹歪着脑袋，"思妲尔？请你回答问题，好吗？"

我绝不能让他们白白杀害我的朋友。

我挺起腰杆，直视着戈麦兹的眼睛，说，"我从未见过他贩毒或吸毒。"

"但是你知道他贩毒吗？"她问。

"他从未对我说过他贩毒，"我说。这是实话，卡里尔没有对我坦白地承认过。

"从你了解的情况来看,他贩毒吗?"

"只听过传闻。"这也是实话。

她叹了一口气,"明白了。你知道他跟一个名叫'勋爵枭王'的团伙有关吗?"

"不知道。"

"那'花园信徒'呢?"

"不知道。"

"你在那场派对上喝酒了吗?"她问。

我看过《法律与秩序》,知道这是怎么回事。她想让我的证词失去效力,"不,我没有喝。"

"卡里尔呢?"

"喂,等一等,"妈妈说,"你们这是在审判卡里尔和思妲尔,还是在调查那个杀害思妲尔的警察?"

威尔克斯从笔记本上抬起头来。

"我——我不明白你的意思,卡特夫人。"戈麦兹结结巴巴地说。

"你还没有问我的孩子关于那名警察的事情,"妈妈说,"你一直在问卡里尔的情况,就好像他的死亡是咎由自取一样。正如我女儿说的,他没有朝自己开枪。"

"我们只是想了解事情的全貌,卡特夫人。仅此而已。"

"115杀害了他,"我说,"而他并没有做错任何事情。你们还要什么全貌?"

十五分钟后,我跟妈妈一起离开了警察局。我们俩都心知肚明:

什么调查,全是狗屁。

第七章

卡里尔的葬礼在周五。明天。正是他死去一周的日子。

我在学校里，努力不去想他在棺材里会是什么模样，会有多少人去参加葬礼，但还是忍不住想……他在棺材里会是什么样，如果其他人知道他死的时候跟我在一起……他在棺材里会是什么样。

我无法不去想。

在周一的晚间新闻中，那桩枪击案的报道终于给出了卡里尔的名字，但却带着一个头衔——卡里尔·哈里斯，涉嫌贩毒者。电视上没有提及他当时手无寸铁，只说有一名"身份不明的目击证人"已经得到询问，而警方仍在进行调查。

我分明将所有实情都告诉了警方，到底还有什么好"调查"的？

体育馆里，大家都换上了蓝色的短裤和金色的威廉姆森T恤，不过还没开始上课。为了消磨时间，几个女生向几个男生发起挑战，展开了一场小型篮球赛。他们在体育馆一头进行比拼，地板在奔跑的脚步下吱吱作响。在防守的男生面前，女生都娇滴滴地打情骂俏，高喊着"走开啦！"一副典型的威廉姆森做派。

海丽、玛雅和我坐在体育馆另一头的看台上。场内有一些男生好像在跳舞，试图为学校的舞会做准备。之所以说是"好像"，因为那实在无法称得上是"跳舞"。只有玛雅的男朋友瑞恩做的动作还算可以，但也只是在瞎晃罢了。他是个肩宽背阔、身形魁梧的橄榄球中后卫，外表显得有点滑稽。不过，好处在于，作为班里的唯一一个黑人男生，即便看上去傻乎乎的，也依然很酷。

克里斯坐在看台底部，用手机播放着他自己做的歌曲串烧，给那群男生当伴奏。他回头看了我一眼。

我有两个绝不会让他靠近我的保镖——一边是玛雅，正在为瑞恩加油鼓劲；另一边是海丽，看着卢克笑得前仰后合，还掏出手机给他录像。她们俩依然对克里斯余怒未消。

其实，我已经不生气了。他只是犯了一个错误，而我原谅了他，因为他不顾同学的嘲笑，当众为我表演了《新鲜王子妙事多》的主题曲。

但是，在他与我牵手的一瞬间，我猛然想起了那天晚上的可怕情景，仿佛这才一下子真真切切地意识到，克里斯是白人，跟 115 一样。我知道，此刻自己正坐在关系最好的白人闺蜜身旁，然而，如果交上一个白人男朋友，那就好像是对卡里尔、爸爸、赛文和我生命中所有黑皮肤的男人响亮地说了一声"去你的"。

克里斯没有让我们停车，没有朝卡里尔开枪，但是我跟他约会是不是在背叛真正的自己？

我需要静下心来想一想。

"噢，天哪，真是叫人恶心。"海丽说。她已经停止录像，开始关注体育馆另一头的篮球赛了，"他们根本就没有好好打。"

的确。布丽吉特·霍洛威试着投篮，结果非但没中，而且球还从架子旁边飞了出去。要么是这丫头的手眼协调能力太差，要么就是她故意失手，因为现在杰克逊·洛诺兹正在教她如何投篮。基本上，他整个人都贴着她，而且还没穿上衣。

"真不知道究竟哪一点更糟，"海丽说，"是面对女生故意放水，还是女生任凭他们故意放水。"

"篮球面前，人人平等。对不对，海丽？"玛雅眨了眨眼。

"没错！等等，"她怀疑地看着玛雅，"小矮人，你这是在取笑我还是认真的？"

"都有吧。"说着，我用胳膊肘撑住身体，向后靠去。我的肚子从上衣底下露出来，里头装满了食物。我们刚吃过午饭，今天的学校餐厅有炸鸡，这也是威廉姆森的拿手好菜之一。"这甚至都不是一场真正的比赛，海丽。"我告诉她。

"就是嘛。"玛雅拍了拍我的腹部，"预产期是什么时候呀？"

"跟你一样。"

"哇！那咱们可以把食物宝宝当作姐妹俩一起抚养长大。"

"对啊，多好。我要给我这个起名叫'费尔南多'。"我说。

"为什么是'费尔南多'？"玛雅问。

"不知道。可能是它的发音听起来挺像食物宝宝的名字吧，尤其是当你在'尔'这个字上卷舌的时候。"

"我卷不动。"她试了一下，结果伴随着飞溅的唾沫发出了一种古怪的声音。我不禁开怀大笑。

海丽指着那场比赛，"快看！都是让那套'球打得像姑娘一样'[1]的思维方式害的，男人总是小瞧女人，可我们明明跟他们一样擅长运动。"

唉，天哪！她还真的不高兴了。

"把球投进去！"她冲那几个女生喊道。

玛雅与我对视了一眼，她的目光中闪烁着狡黠，仿佛瞬间回到了初中时代。

---

[1] 球打得像姑娘一样：在西方的球类运动中，这句话经常被用来嘲讽对手打得不好。

"别害怕，投个三分球！"玛雅大喊。

"全力以赴，投入比赛。"我说，"全力以赴，投入比赛。"

"别害怕，投个三分球。"玛雅唱道。

"全力以赴，投入比赛。"我也唱道。

我们突然唱起了《歌舞青春》[1] 里的《全力以赴，投入比赛》，这个旋律肯定会在我脑海中盘旋好几天。我们爱上这个系列电影的时候，差不多就是迷上"乔纳斯兄弟"的时候。当年，爸妈的钱全都被我们拿去贡献给迪士尼[2] 了。

此刻，我们已经唱得很大声了。海丽对我们怒目而视，气呼呼地哼了一声。

"走，"她站起身来，把我和玛雅也拽了起来，"全力以赴，投入这场比赛。"

我心想，噢，所以你能在女权主义的愤怒中把我拽去打篮球，却不能关注我的汤博乐，就因为上面有埃米特·提尔的照片？我不知道自己为何这么耿耿于怀，说到底，那只是汤博乐罢了。

然而，那毕竟是汤博乐啊。

"嘿！"海丽说，"我们也想上去比画比画。"

"不，我们不想。"玛雅嘟囔着说，海丽用胳膊肘轻轻推了她一下。

我也不想，但海丽总是做决定的人，而我和玛雅只能服从。原本并非如此，但有时候事情会不知不觉地发生变化。某一天，你会突然发现，

---

[1]《歌舞青春》（*High School Musical*）：美国青少年浪漫喜剧音乐电影，共有三部，分别于 2006 年、2007 年和 2008 年在电视上播出。《全力以赴，投入比赛》是第一部《歌舞青春》中的插曲，其中有如下歌词："把球投进去。别害怕，投个三分球。全力以赴，投入比赛。"

[2] 迪士尼（Disney）：指华特·迪士尼公司（The Walt Disney Company），是世界上第二大传媒娱乐企业，旗下有迪士尼频道。《歌舞青春》就是在迪士尼频道上播出的，而摇滚乐队"乔纳斯兄弟"也是借迪士尼频道走红的。

在你和你的朋友们之间有一个领导者，而这个人并不是你。

"来吧，姑娘们。"杰克逊朝我们招手示意，"场上永远都有美女的位置。我们会尽量不伤到你们的。"

海丽看着我，我看着她，我们俩都露出了从五年级起就熟练掌握的冰块脸——嘴唇微张，目光冷淡，时刻准备着用翻白眼来表达内心的不屑。

"那好吧，"我说，"咱们走。"

"三对三，"当我们各就各位后，海丽说道，"女生对男生。半场[1]。先拿到 20 分的一队就算赢。抱歉，各位淑女，这一场就由我和我的姐们儿来露两手，行吗？"

布丽吉特狠狠地瞪了海丽一眼，然后便和她的朋友们走到场外。

舞会练习结束了，那群男生朝这边走来，克里斯也在其中。他对先前在场上打比赛的泰勒耳语了几句，然后便代替他上场了。

杰克逊把篮球扔给海丽。我在负责防守我的加勒特身旁奔跑，海丽向我传球。无论发生什么，当海丽、玛雅和我一起打球时，总会产生奇妙的节奏、技巧和化学反应。

加勒特正在防守我，但克里斯跑了过来，用胳膊肘将他推到一旁。加勒特大喊："布莱恩特，你这是干吗？"

"我来守她。"克里斯说。

他摆出防御姿势，与我四目相对，而我的手上正在运球。

"嗨。"他说。

"嗨。"

我胸前传球[2]给玛雅，她身旁无人，可以跳投[3]。

---

[1] 半场（half court）：篮球术语，表示只在半边球场进行比赛。

[2] 胸前传球（chest-pass）：篮球术语，指持球者用双手从胸前把球传给队友。

[3] 跳投（jump shot）：篮球术语，与"立定投"相对，指双脚离开地面，在跳跃的过程中投篮。

中了。

二比零。

"好样的，杨！"梅耶丝教练说，她刚从办公室里走出来。只要嗅到一丝比赛的气息，她就立马开启教练模式。她总是令我想起真人秀电视节目中的健身教练，个子娇小，但肌肉发达，而且嗓门特别大。

加勒特带球来到了底线[1]附近。

克里斯快速奔跑，想要摆脱防守。我吃得太撑了，竭尽全力才能跟上他。我们屁股对屁股，都死死地盯着加勒特，而后者正在犹豫不决，不知该传球给谁。我们的胳膊互相摩擦，我体内有某种熟悉的东西苏醒了，所有感觉都为克里斯而沉迷。他那穿着运动短裤的双腿看起来如此矫健，身上散发着"老香料"[2]的味道，即便是在轻微的摩擦中，他的皮肤也显得十分柔软。

"我想你。"他说。

没必要撒谎，"我也想你。"

篮球朝他飞来，克里斯接住了。现在，轮到我采取防守姿势了。当他运球时，我们又一次四目相对。我的视线下移，他那有点潮湿的嘴唇仿佛在索吻。看吧，这就是为什么我从来都没法跟他一起打球。我总是会分心。

"能不能至少跟我谈一谈？"克里斯问。

"防守，卡特！"教练高喊。

我回过神来，试图夺球，可惜速度不够快。他绕过我，抬手朝篮筐做了一个假动作，实则把球传给了杰克逊，而后者正站在三分线[3]处，

---

[1] 底线（baseline）：篮球术语，指篮球场两端的边线。

[2] 老香料（Old Spice）：美国保洁公司旗下的品牌，主要生产男性专用的洗发露、沐浴露、香体剂和肥皂等。

[3] 三分线（three-point line）：篮球术语，指篮球场上划出的一道半圆形弧线，篮架的落脚点即半圆的圆心。在这条线之外、球场之内投出的球即称为"三分球"。

无人防守。

"格兰特！"教练大叫着提醒海丽。

海丽立马行动，趁杰克逊出手之际，她的指尖擦过篮球，改变了它的方向。

篮球在空中飞过，我跑过去抓住了它。

克里斯就在身后，是唯一挡在我和篮筐之间的人。让我再说得清楚一些——我的屁股抵在他的胯上，我的后背顶着他的前胸。我与他来回碰撞，试图想办法投篮。实际情况比这番描述显得更加下流，我明白为什么布丽吉特会投不中球了。

"思妲尔！"海丽喊道。

她站在三分线处，无人防守。我击地传球^[1]给她。

她投篮，中了。

五比零。

"拜托，"玛雅嘲讽道，"你们男生就只有这点儿能耐吗？"

教练在场外鼓掌，"干得漂亮，干得漂亮！"

杰克逊站在底线处，把球传给了克里斯，克里斯又胸前传球给他。

"我不明白，"克里斯说，"那天你在学校走廊里像是吓坏了，为什么？"

加勒特传球给克里斯。我做出防守姿势，眼睛盯着球。不要看克里斯。不能看克里斯。否则，我的眼睛会出卖我。

"跟我谈一谈吧。"他说。

我又一次试图夺球，可惜依然不走运。

"好好打比赛。"我说。

克里斯往左晃，然后又迅速改变方向，朝右边去了。我努力阻止他，

---

[1] 击地传球（bounce-pass）：篮球术语，指持球者将球经过击地后传给队友。

但是圆鼓鼓的胃部拖慢了前进的速度。他来到篮架底下，上篮[1]得分。打得不错。

五比二。

"怎么回事，思妲尔！"海丽喊着，拿回球，传给了我，"打起精神来！干脆把球当作炸鸡[2]。我敢打赌，那样你就会死死地盯住它了。"

这。

他妈的。

都是。

什么。

狗屁？

眼前的世界天旋地转。我拿着球，望向海丽，看到她在场上慢慢地跑开，蓝色的发丝在身后飞扬。

我无法相信她居然说……不可能。不可能。

篮球从我手中滑落，掉在地上。我走下球场，沉重地呼吸着，眼睛像灼伤般刺痛。

女生更衣室里还弥漫着赛后的汗水味儿。在我们输掉比赛的时候，这里是我舒缓压力的地方，我可以随意大哭或放声咒骂。

我从房间的一头走到另一头。

海丽和玛雅气喘吁吁地跑进来。"你怎么了？"海丽问。

"我？"我的声音在储物柜间回荡，"你那句话是什么意思？"

"听着！那只是闹着玩儿罢了。"

---

[1] 上篮（lay-up）：篮球术语，指进攻到篮下的位置跳起，把篮球抬到接近篮筐的位置，再单手投进。

[2] 炸鸡（fried chicken）：在美国，心怀成见的人经常把炸鸡跟非裔美国人（黑人）联系起来。原因有很多，最流行的说法是，在美国内战时期，黑人奴隶不得饲养其他动物，只能养鸡，所以他们喜欢吃炸鸡。种族歧视者经常利用这一点来攻击黑人。

"用炸鸡来取笑人也算是闹着玩儿？真的吗？"我问。

"今天是学校的炸鸡日！"她说，"刚才在看台上，你和玛雅还开玩笑呢。你到底想说什么？"

我继续来回地踱步。

她瞪大了眼睛，"噢，我的天哪！你觉得我那是种族歧视？"

我看着她，"你对场上唯一的黑人女生说了一番关于炸鸡的评论。你觉得呢？"

"我靠，思姐尔！搞什么？咱们一起经历了那么多，到头来你竟然觉得我是个种族主义者？真的吗？"

"就算你不是种族主义者，也一样会说种族歧视的话！"

"思姐尔，是不是还有别的事情发生？"玛雅说。

"为什么人人都要这样问我？"我大声说。

"因为你最近表现得很古怪！"海丽也不甘示弱地吼道。她看着我问："这是不是跟你们社区里那桩警察朝毒贩开枪的案子有关？"

"什——什么？"

"我在新闻上看到了，"她说，"我知道你对这类事情很上心——"

这类事情？什么叫"这类事情"？

"而且，他们说那个毒贩的名字叫'卡里尔'。"说着，她跟玛雅交换了一下眼神。

"我们一直想问，那是不是以前经常去参加你的生日派对的那个卡里尔，"玛雅说，"但我们不知道该如何开口。"

毒贩。她们就是这样看待他的，根本不在乎他现在只是涉嫌贩毒而已。"毒贩"总是比"涉嫌"更引人注目。

如果大家知道当时我也在那辆车里，那我会成为什么？跟毒贩在一起的贫民窟黑帮少女？老师们会怎么想？朋友们呢？也许整个世界对我的态度都会改变。

"我——"

我闭上眼睛。卡里尔望着天空。

"思妲尔，管好你自己。"他说。

我艰难地吞咽了一下，小声说，"我不认识这个卡里尔。"

这种背叛比跟白人男孩儿约会还要糟糕。我否认了卡里尔，抹去了我们分享的每一次欢笑、每一个拥抱、每一滴泪水和在一起的分分秒秒。我的脑海中有一百万个"对不起"同时响起，我希望这份歉意能抵达卡里尔所在的地方，无论他身在何处。可是，我知道，就算真的说一百万声"对不起"，也无济于事。

但我只能这样回答，我必须这样回答。

"那到底是怎么了？"海丽问，"是不是娜塔莎的忌日之类的？"

我抬起头，盯着天花板，快速地眨眼，免得落下泪来。在威廉姆森，除了我的哥哥弟弟和老师们之外，只有海丽和玛雅知道娜塔莎的事情。我不想让所有人都同情我。

"还有几周就到妈妈的忌日了，"海丽说，"这些天我也情绪不好。我明白你的烦恼，但是，说我有种族歧视？思妲尔，你怎么能？"

我更加快速地眨眼。上帝啊，我正在推开她，推开克里斯。唉，我值得拥有他们吗？我不愿谈论娜塔莎，而且就在刚才还否认了卡里尔。被杀害的人有可能是我，而不是他们。我侥幸活了下来，却不敢回忆他们，但我本该是他们最好的朋友啊！

我捂住嘴，却止不住啜泣。哭声越来越大，在墙壁间回响。一声接一声，一声又一声。玛雅和海丽抚摸着我的后背和肩膀。

梅耶尔教练跑了进来，"卡特——"

海丽看向她，说："娜塔莎。"

教练沉重地点了点头，"卡特，去见见劳伦斯女士吧。"

什么？不。她要让我去看学校的心理医生？所有老师都知道可怜的思妲尔在十岁时亲眼看到朋友死去。我曾经整日哭泣，而老师们就总是说："去见见劳伦斯女士吧。"我擦了擦泪水，"教练，我没事——"

"不，你有事。"她从口袋里掏出办公楼大厅的门禁卡，递给我，"去跟她聊聊，会让你好受一些。"

不，那不会。但我知道什么会让我好受一些。

我接过门禁卡，从储物柜里抓起背包，回到体育馆。当我迅速朝门口走去时，同学们都盯着我看。克里斯高声喊我，我赶紧加快了脚步。

他们也许听到我哭了。真是太棒了。还有什么比"暴躁的黑人姑娘"更糟？恐怕就是"脆弱的黑人姑娘"了。

等到达办公楼时，我已经彻底地擦干了眼角和脸庞上的泪水。

"下午好，卡特小姐。"学校校长戴维斯博士说。我进门的时候，他正要离开，因此并未停下脚步等待我的回答。他怎么会记住所有学生的名字呢？还是说只记住了那些跟他一样是黑人的学生？我现在不愿想这种问题。

他的秘书林赛夫人用微笑迎接了我，询问是否能帮上忙。

"我想打电话找人来接我，"我说，"我觉得身体不舒服。"

我打给了卡洛斯舅舅。爸妈会问东问西的，除非我少了一条腿，否则他们不会把我从学校里接出去。而面对卡洛斯舅舅，我只需要说肚子疼，他就会来接我。

女生问题。单凭这一点，就可以终结卡洛斯舅舅的一切盘问。

幸运的是，他现在正好处于午休时间。他在接送人名单上签了字，我装模作样地捂着肚子。当我们离开学校时，他问我要不要吃酸奶冰激凌，我说要，于是不大一会儿，我们便走进了距离威廉姆森不远的一处商场。这个新开的小型购物中心名叫"达人天堂"，里面全都是你在花园高地闻所未闻的店铺。在酸奶冰激凌贩卖机的一侧有一家"印度都市时尚店"，另一侧则是"衣冠靓狗"，专门售卖给狗穿的衣服。衣服，给狗穿的。要是我给砖块穿上亚麻衬衫和牛仔裤，那也太傻了吧？

郑重地说一句——白人对他们养的狗实在太疯狂了。

我们把纸杯里装满酸奶冰激凌。在自助配料机前，卡洛斯舅舅开始了他的酸奶冰激凌说唱："我在买酸奶冰激凌，凌凌凌。酸奶冰激凌，凌凌凌。"

他特别喜欢唱这几句，听起来很可爱。我们坐在角落的位置上，这里有柠檬绿的桌子和亮粉色的椅子，是典型的酸奶冰激凌吧的装潢风格。

卡洛斯舅舅朝我的纸杯中瞄了一眼，"你真的用'嘎吱船长'[1]毁了这么棒的酸奶冰激凌？"

"还说我呢，"我不甘示弱，"卡洛斯舅舅，你居然放了奥利奥？不会吧？而且还不是金装奥利奥，要知道，那才是迄今为止最好的奥利奥。你这个只是普通的奥利奥而已。肯定很难吃。"

他津津有味地吃了一大勺，说："你真怪。"

"你才怪。"

"肚子疼？"他说。

坏了！我都把这件事给忘了。我赶紧捂着腹部呻吟起来，"是啊，今天疼得特别厉害。"

很快，我就知道自己跟奥斯卡奖是无缘了。卡洛斯舅舅投来了严厉的侦探目光，我又哀号起来，这回听上去稍微可信一点儿了。他微微挑起眉毛。

他的手机在外套口袋里响起来。他把一勺酸奶冰激凌塞进嘴里，掏出手机看了看。"是你妈妈给我回电话了。"他含着勺子说，然后用脸颊和肩膀夹住手机，"喂，丽莎。你收到我的短信了？"

糟糕。

"她身体不舒服，"卡洛斯舅舅说，"你知道的，女生问题。"

妈妈在大喊大叫，但听不清楚具体内容。坏了，坏了。

卡洛斯舅舅的脖子僵住了，缓慢地做了一次深呼吸。每当妈妈冲他

---

[1] 嘎吱船长（Cap'n Crunch）：百事可乐公司旗下的品牌，主要生产早餐麦片。

大声讲话的时候，他都会变成一个小男孩儿，但其实他才是家中长子。

"好，好，我听见了，"他说，"来，你跟她讲。"

惨了，惨了，惨了。

他将那个先前是手机、现在是炸弹的玩意儿递给我，我刚开口就迎来了一连串问题的猛烈爆发，"喂？"

"肚子疼？思妲尔？真的假的？"她说。

"疼得很厉害，妈妈。"我一边呻吟一边努力撒谎。

"得了吧，臭丫头。当年我生你之前还在上课，"她说，"我花了那么多钱让你在威廉姆森上学，结果你就因为肚子疼而请假。"

我差点儿就要指出自己也好好学习，拿到奖学金了，但最终还是没说话。她简直是史上第一个能在通话过程中把对方打趴下的人。

"发生什么事了吗？"她问。

"没有。"

"是因为卡里尔吗？"她问。

我叹了一口气，明天的这个时候我就要看到他躺在棺材里了。

"思妲尔？"她说。

"没事。"

背景里传来费莉西亚女士喊她的声音。"听着，我得挂了，"她说，"卡洛斯会带你回家的。把门锁好，待在屋里，别让任何人进去，听明白了吗？"

对于花园高地的孩子来讲，这可不是僵尸世界的生存指南，而是独自在家的行为准则，"我不能让赛文和塞卡尼进门吗？太棒了！"

"哎哟，某人还能开玩笑呢，这下肚子不疼了吧？以后再聊，我得走了。爱你。"

妈妈变脸的速度实在太快了，先是冲我发火、大吼大叫，接着又说爱我，前后还不到五分钟呢。我告诉她我也爱她，然后便把手机还给了卡洛斯舅舅。

"好啦，小丫头，"他说，"说实话吧，到底怎么回事？"

我往嘴里塞了一些酸奶冰激凌，它已经开始融化了，"我说了，肚子疼。"

"少来。咱们可得说清楚：你每年只有一张'卡洛斯舅舅，把我从学校里接出去'的万能卡，而你刚才已经用掉了。"

"你在十二月接过我一次，还记得吗？"也是因为肚子疼。不过，当时我并没有撒谎，那天疼得非常厉害。

"好吧，每个公历年一次。"他纠正道，我笑了，"但是你应该给我一点更充足的理由。说说吧。"

我用勺子将冰激凌上的麦片推来推去，"卡里尔的葬礼在明天。"

"嗯。"

"我不知道自己是否应该去。"

"什么？为什么？"

"因为，"我说，"在那场派对之前，我有好几个月都没见过他了。"

"你还是应该去，"他说，"否则你会后悔的。其实，我也想去，只是不知道这样做是否妥当，毕竟……"

一片沉默。

"舅舅，你跟那个警察真的是朋友吗？"我问。

"谈不上朋友，也就是同事吧。"

"但你们之间是直呼名字[1]的关系，对吗？"

"嗯。"他说。

我盯着面前的纸杯。从某些方面来讲，卡洛斯舅舅是我的第一个父亲。当年，爸爸进监狱以后，我渐渐长大，开始明白"妈妈"和"爸爸"不只是称呼，而是有意义的。每周我都跟爸爸通电话，但他不想让我和

---

[1]直呼名字：在美国，只有关系较为亲近的人才会直呼名字，否则就要以姓氏相称，以示尊重。

赛文踏足监狱，所以我没有去看过他。

但是，我经常能见到卡洛斯舅舅。对我来说，他不只是舅舅而已。我曾经问过，能不能叫他爸爸。他说不能，因为我已经有一个爸爸了，但做我的舅舅是他所经历过的最幸福的事情。从那以后，在我的心目中，"舅舅"跟"爸爸"便几乎具有了同样的意义。

我的舅舅跟那个警察是直呼名字的关系。

"小丫头，我不知道该怎么说，"他的声音很粗哑，"我希望能——唉，发生了这种事，我很难过。真的。"

"他们为什么不把那个警察抓起来？"

"这种案子很复杂。"

"一点都不复杂，"我说，"他杀了卡里尔。"

"我知道，我知道，"说着，他抹了一把脸，"我知道。"

"如果换作是你，你会杀了他吗？"

他看着我，"思妲尔——我没法回答。"

"你可以回答。"

"不，我不能。我也愿意相信自己不会，但是如果身处其中，感受到那位警官所感受的一切，很难讲到底——"

"当时，他还用枪指着我。"我突然脱口而出。

"什么？"

我的眼睛刺痛无比。"当我们等待救援人员出现的时候，"我说，一字一句都在颤抖，"他始终用枪指着我，直到有其他人来了为止。就好像我也是个威胁一样。可是，拿枪的人是他，不是我。"

卡洛斯舅舅呆呆地看了我许久。

"小丫头，"他拉起我的手，紧紧握住，坐到我身边来。他用胳膊搂着我，我把脸埋在他的肋骨上，泪水夺眶而出，浸湿了他的衬衣。

"对不起。对不起。对不起。"伴随着每一声歉意，他一下下地亲吻我的头发，"但我知道这远远不够。"

第八章

葬礼的举办不是为了逝者，而是为了生者。

我觉得卡里尔根本就不在乎大家唱了什么赞美诗，或者牧师是如何发言的。他只能静静地躺在棺材里。无论发生什么，都无法改变这一事实。

我和家人在葬礼开始前半小时就出门了，但圣殿教堂的停车场已经满满当当。卡里尔的同学们站在教堂外面，身上的 T 恤印着"安息吧，卡里尔"的字样和他的照片。昨天，一个男生想卖给我们几件，但妈妈说我们今天用不着——T 恤是在大街上穿的，不是在教堂里穿的。

于是，我们便身着正式的西装和裙子下了车。爸妈牵着手，走在我和哥哥弟弟前面。小时候，我们经常来圣殿教堂，但是妈妈厌倦了这里的人，他们总是显得特别清高，好像自己拉出来的屎尿都是香的，所以我们现在都是去河谷山庄的"多元化"教堂做礼拜了。许多人都去那儿，由一个弹吉他的白人小伙领着做祈祷。噢，对了，而且仪式的时间还特别短，不到一小时就能结束。

回到圣殿教堂，就像是上了高中以后又回到以前的小学一样。小时候，它看起来很大，可是等到回来以后，又发现其实很小。狭窄的正厅里挤满了人，地上铺着蔓越莓红的地毯，摆着两把紫红色的高背木椅。有一回，妈妈见我调皮捣蛋，便带我来到这里，让我坐在其中一把椅子上不许动，直到礼拜仪式结束为止。不过，我没有听话照做，而是吓得落荒而逃。因为椅子上方悬挂着一幅牧师的画像，我发誓，当时他就在那里居高临下地盯着我，令人毛骨悚然。如今，过去了这么多年，那幅诡异的画像依然还在。

大家排成了两队，一队在参加葬礼的宾客名单上签字，另一队则等待着走进圣堂——去看卡里尔。

我无意间瞥见放置在圣堂中央的白色棺材，却赶紧移开目光，不敢多看。最后我还是要见一见他的，但现在——我不知道，我想等到别无选择的时候再走上前去。

埃尔德里奇牧师站在圣堂门口迎接众人，他穿着一件印有金色十字架的白色长袍，对每个人都露出微笑。我不知道他们为何要把他画得那么恐怖，他分明是一个面目和善的长者。

妈妈回头看了一眼我、赛文和塞卡尼，仿佛在检查我们的仪表着装，然后她便和爸爸一起走向埃尔德里奇牧师。"上午好，牧师。"她说。

"丽莎！见到你真好。"他亲了亲妈妈的脸颊，握了握爸爸的手，"麦弗里克，很高兴见到你。我们很想念你们来这里做礼拜的日子。"

"那还用说。"爸爸嘟囔着。这就是我们离开圣殿教堂的另一个原因：爸爸讨厌他们总是索要大量捐款。不过，他现在连我们的多元化教堂都不去。

"这肯定是孩子们了。"说着，埃尔德里奇牧师跟赛文和塞卡尼握了握手，在我的脸颊上轻轻地亲了亲。我只觉得有一抹毛茸茸的胡须在皮肤上扎了一下，"好久不见，你们真是长大了。我记得当初最小的那个还是裹在襁褓里的小不点儿呢。丽莎，你妈妈身体怎么样？"

"她身体不错，也很想念这里，但是对她来说，路途有点远。"

我偷偷摸摸地瞄了妈妈一眼。外婆之所以不再来圣殿教堂，是因为她和威尔逊修女为了兰金执事[1]而闹得不愉快。结果，外婆在教会野餐上气冲冲地离去，手里还攥着香蕉布丁。不过，我只知道这些，后来怎么样就不清楚了。

"我们理解，"埃尔德里奇牧师说，"请告诉她，我们始终在为她祈祷。"他看向我，脸上露出了我十分熟悉的表情——怜悯，"罗莎莉女士告诉我，出事的时候，你跟卡里尔在一起。我明白，你目睹了这一切，心里肯定很难受，但愿你能早日好起来。"

"谢谢。"这种感觉很奇怪，仿佛我偷走了本来属于卡里尔家人的同情。

妈妈拉起我的手，"我们要先去找几个座位了。很高兴与您交谈，牧师。"

爸爸用胳膊搂着我，我们三个一起走进了圣堂。

我的双腿在颤抖，阵阵呕吐感如浪潮般席卷而来，可我们甚至还没有走到队伍前头。大家两人一组走向棺材，所以我根本无法看到卡里尔。

很快，我们前面只有六个人了，四个。我一直闭着眼睛，直到还剩下最后两个人。接着，就轮到我们了。

爸爸妈妈领着我上前。"宝贝，睁开眼睛。"妈妈说。

我睁开双眼。棺材里躺着的不像是卡里尔，更像是一具人体模型。由于化妆的缘故，他的皮肤更黑了，嘴唇更红了。要是卡里尔知道有人在他脸上化妆的话，肯定会大发雷霆的。他穿着一套白色的西装，身上挂着金色的十字架垂饰。

真正的卡里尔有酒窝，他的人体模型没有。

妈妈擦去眼中的泪水。爸爸摇了摇头。赛文和塞卡尼呆呆地盯着。

那不是卡里尔，我告诉自己，就像当年躺在棺材里的不是娜塔莎

---

[1] 执事（Deacon）：对基督教教会中的一种职位的称呼，这种人负责协助一些仪式和事务的进行。

一样。

娜塔莎的人体模型穿着缀有粉色和黄色小花的白裙子，脸上也化了妆。妈妈告诉我："你看，她就像睡着了一样。"然而，当我捏紧她的手时，她却没有睁开眼睛。

我尖叫着要她醒来，爸爸只能将我从圣堂里抱走。

此刻，我跟着家人默默地离开了圣堂，好让下一组人也能看到卡里尔的人体模型。引座员正要将我们领向后排，但是有一位留着拧发[1]的女士却示意他将我们带到朋友座席的第一排[2]，就在她前面。我不知道她是谁，但既然她能如此发号施令，恐怕不是一般人。如果她觉得我们家应该坐在第一排，那她肯定对我有所了解。

坐定以后，我把注意力放在了眼前的鲜花上。红白玫瑰拼成了一个巨大的心形，马蹄百合构成了一个字母"K"，周围点缀着橙色和绿色的花草，这是他最喜欢的两种颜色。

接着，我看向葬礼手册。里面全是卡里尔的照片，从头发卷曲的小宝宝到几周前我不认识的朋友们在一起的少年。中间穿插着许多年前他跟我一起拍的照片，还有一张是我们俩跟娜塔莎的合照。我们三个都面带微笑，在镜头前比画着剪刀手耍酷。"兜帽三剑客"，关系比伏地魔的鼻腔还要紧密。如今，却只剩下我一人了。

我合上手册。

"请诸位起立。"埃尔德里奇牧师的声音在圣堂里回响，风琴开始演奏，所有人都站起身来。

"耶稣说过，'你们不要忧愁[3]，'"他边说边沿着过道走了下来，"'你们要相信上帝，也要相信我。'"

---

[1] 拧发（twits）：常见的黑人发型之一，把头发分成数个部分，将每部分的发丝拧在一起。
[2] 第一排：在教堂举办的葬礼中，一般会让至亲的家人和最好的朋友坐在第一排。
[3] 你们不要忧愁：出自圣经新约《约翰福音》，下文牧师所引用的话也出自其中。

罗莎莉女士跟在牧师身后。卡梅伦走在她旁边，紧紧地攥着她的手，胖乎乎的脸颊上满是泪水。他才九岁，只比塞卡尼大一岁。如果当时被子弹击中的人是我，那么现在哭泣的就是我的弟弟了。

卡里尔的姨妈塔米握着罗莎莉女士的另一只手。布伦达女士在他们身后痛哭，她穿着一条原本属于我妈妈的黑裙子，头发梳成一条马尾辫。有两个男孩儿扶着她，我想那应该是卡里尔的堂弟吧。看着这个场面比看着那副棺材还令人难受。

"'在我父上帝的家里，有许多房间；若非如此，我又怎么会说，我去是为你们准备住处的呢？'"埃尔德里奇牧师说，"'我去为你们准备好住处以后，必定会回来接你们，让你们与我同在。'"

在娜塔莎的葬礼上，她的妈妈看到她在棺材里的模样时晕了过去。不知为何，卡里尔的妈妈和外婆却没有那样。

"今天，我想说明一点，"等到大家都坐下之后，埃尔德里奇牧师说，"无论如何，这都是一次回归故里的庆祝。泪水也许会在漫漫长夜中流淌，但是有多少人能明白那种喜悦！"话音未落，人们就高呼起来。

唱诗班唱起了欢快的歌曲，几乎人人都在拍手称颂耶稣。妈妈也挥舞双手，跟着大家一起唱。教堂里甚至展开了一场"赞美庆典"[1]，人们围着圣堂旋转，跳起了被我和赛文称为"圣灵两步舞"的舞蹈，他们的脚步像詹姆斯·布朗一样移动，弯曲的胳膊上下摇晃，仿佛是许多鸡翅膀在扇动。

但是，如果卡里尔没有庆祝，那他们怎么能庆祝？既然一开始耶稣让卡里尔中了枪，那为什么还要称颂耶稣？

我用双手捂住脸，只希望自己能彻底淹没在鼓声、号声和喊叫声中。这一切实在太没有道理了。

在手舞足蹈的称颂赞美过后，卡里尔的几个同学——就是在停车场

---

[1] 赞美庆典（praise break）：在宗教仪式中，众人集体唱歌、跳舞来赞美上帝。

里穿着 T 恤的那些孩子——做了一番演讲。他们把卡里尔将要在几个月后穿上的毕业服给了他的家人，然后一边哭泣一边讲述着我从未听过的趣闻逸事。然而，我才是坐在朋友座席第一排的人。我真是个彻头彻尾的假冒者。

接下来，那位留着拧发的女士走上了布道台。她身着黑色的西装上衣和铅笔裙，看起来更像是要去职场，而不是来教堂。她在外套里面也穿了一件"安息吧，卡里尔"的 T 恤。

"上午好，"她说，大家纷纷回应着，"我的名字叫爱普瑞尔·奥芙拉，我在'正义至上'工作。我们是花园高地的一个小组织，主要呼吁对警察的执法过错问责。

"今天，我们聚在这里与卡里尔道别，大家都知道他是如何丧生的，这一残酷事实令我们的心情无比沉重。在葬礼开始之前，我刚刚得知，虽然已有一名可信证人提供证词，但警方无意逮捕杀害这位年轻人的那个警官。"

"什么？"我说，人们在圣堂周围议论纷纷。我把一切都告诉了他们，而他们竟然不打算逮捕 115 ？

"他们不想让你们知道的是，"奥芙拉女士说，"卡里尔在被杀害的时候根本就手无寸铁。"

这下，大家炸开了锅。有几个人愤怒地叫嚷起来，其中一个不顾身在教堂，居然壮着胆子大声咒骂"狗屁警察"。

"我们不会放弃的，直到卡里尔获得正义为止。"奥芙拉提高嗓门，压过众人的说话声，"我恳请诸位在葬礼结束以后，跟我们和卡里尔的家人一起，进行一场从教堂到墓地的和平游行。到时候，行进路线刚好会经过警察局。卡里尔已经不能说话了，但是我们可以团结起来，替他发声。谢谢。"

众人都为她起立鼓掌。当她回到座位上时，看了我一眼。既然罗莎莉女士把当时我跟卡里尔在一起的事情告诉了牧师，那么很可能也告诉了这位女士。她肯定想跟我谈一谈。

埃尔德里奇牧师开始为卡里尔祷告，好让他升入天堂。我这样讲，不是说卡里尔不能上天堂——实际上我不知道他能不能——但是埃尔德里奇牧师要确保他能到达那里。牧师的嘴里念个不停，那副满头大汗、气喘吁吁的样子让我感到厌倦，不愿多看一眼。

将要结束时，他说："如果有人想要跟遗体告别，那么现在——"

话音戛然而止，他盯着教堂后方。圣堂周围响起了窃窃私语的声音。

妈妈扭头看去，"这是怎么回事？"

金和他的一帮小弟戴着大头巾、身穿灰色衣服站在后面。金搂着一个女人，她裹着一条紧身黑裙，裙摆很短，几乎遮不住大腿。她头上的波浪卷太多了——真的，都垂到屁股了——脸上还画着浓妆。

赛文默默地转回身来。换作是我，也不愿见到自己的妈妈是那副模样。

不过，他们怎么会在这儿？勋爵枭王们只会参加勋爵枭王的葬礼。

埃尔德里奇牧师清了清嗓子："正如我说的，如果有人想要跟遗体告别，那么现在就是时候了。"

金率领众小弟沿着过道大摇大摆地走了过来，所有人都注视着他们。伊艾莎得意扬扬地走在他身旁，完全没有意识到自己显得多么不堪入目。她朝我爸妈瞥了一眼，咯咯地窃笑起来，我实在受不了她。不仅因为她对待赛文的态度，而且还因为她每次出现，我爸妈之间都会陷入一种无言的紧张状态。比如现在。妈妈挪动身子，把贴着爸爸的肩膀移开，爸爸绷紧了下巴。伊艾莎是暗藏在他们婚姻中的致命弱点，只有像我一样观察了十六年，才能捕捉到这些微妙的蛛丝马迹。

金、伊艾莎等人走到棺材前，金从一个小弟手中接过了一方叠好的灰色头巾，放在卡里尔胸前。

我的心跳仿佛停止了。

卡里尔也是个勋爵枭王？

罗莎莉女士猛然起身，"你会下地狱的！"

她走向棺材，从卡里尔身上一把抓起方巾，朝金冲去，但爸爸在半路上拦住了她。"滚，你这个魔鬼！"她尖叫道，"带走你的垃圾！"

她把方巾扔在了金的后脑勺上。

他停住脚步，慢慢地转过身来。

"行啊，臭——"

"好了！"爸爸说，"金，伙计，你还是走吧！离开这里，好吗？"

"老太婆，"伊艾莎怒骂道，"你真是不要脸！我家男人还主动提出帮你出钱办葬礼，你就这样对待他？"

"那种脏钱，还是让他自个儿留着吧！"罗莎莉女士说，"你也赶紧滚蛋。来到上帝的圣殿里，你竟敢穿得像妓女一样！"

赛文摇了摇头。我这个哥哥是爸爸在"空窗期"跟伊艾莎生的孩子，这件事也不是什么秘密。当初，爸爸跟妈妈大吵一架，离家出走。虽然那时候伊艾莎已经是金的女朋友了，但金还让她"去勾引麦弗里克"，只是没想到，最后会有了跟我老爸长得一模一样的赛文。我知道，这里头的关系实在乱得一塌糊涂。

妈妈从我身后伸出手，在赛文的背上轻轻抚摸。有几次，当赛文不在的时候，妈妈以为我和塞卡尼听不到，曾对爸爸说过："我依然无法相信你居然跟那个臭婊子上了床。"不过，她绝不会当着赛文的面这么说。只要赛文在，一切都不重要了。她对赛文的爱远胜过对伊艾莎的恨。

勋爵枭王们离开了，众人七嘴八舌地议论起来。

爸爸领着罗莎莉女士回到座位上。她气得浑身发抖。

我看着棺材里的那具人体模型。爸爸给我们讲过那么多关于黑帮的恐怖故事，结果卡里尔还是成了一名勋爵枭王？这怎么可能？别说真的加入帮派，就连想都不应该想啊！

而且，这也实在讲不通。他的车里全是绿色，那是花园信徒的代表色，不是勋爵枭王的。而且，他没有参与大达派对上的那场争斗。

但是，那条方巾又是怎么回事呢？爸爸曾经说过，那是勋爵桌王的传统——他们会将叠好的方巾放在遗体上，以这种方式为倒下的伙伴加冕，就好像死者代替他们升入天堂一样。卡里尔肯定是加入了勋爵桌王，所以才能得到表示敬意的方巾吧。

我知道自己本来可以劝他回头的，但却抛弃了他。什么朋友座席，我甚至不配来参加他的葬礼！

在仪式结束之前，爸爸一直陪着罗莎莉女士，后来还搀扶着她，随其余家属一起跟着棺材走出教堂。塔米姨妈招手示意我们也过去。

"谢谢你来这儿，"她对我说，"我希望你能知道，你对卡里尔来说非常重要。"

我想告诉她，卡里尔对我来说也非常重要，但喉咙里却一阵发紧，讲不出话来。

我们和家属一起跟在棺材后面，过道两旁的每一个人都眼含泪水。为了卡里尔。他真的躺在那副棺材里，再也不会起来了。

我没有告诉过任何人，其实卡里尔是我的初恋。他在不知不觉间令我有了小鹿乱撞的心情，后来他迷上了伊玛尼·安德森——一个高中女生，她根本就不会正眼瞧一下当时才上四年级的卡里尔——我也因此体会到了心碎的感觉。在他面前，我生平第一次开始关注自己的外表，担心自己不够好看。

撇开初恋不谈，他还是我最好的朋友之一，无论我们是天天见面还是一年才见一次。时间跟我们一起经历过的点点滴滴是无法相比的。而如今，他躺在了棺材里，就像娜塔莎一样。

我不禁呜咽起来，滚烫的泪水淌过脸颊。我走在过道上，人人都听到了这一声响亮的啜泣，看到了这一副丑陋的哭相。

"他们离开了我。"我伤心地说。

妈妈用胳膊搂着我，把我的脑袋压在她的肩头，"我知道，宝贝，但是我们还在。我们哪儿都不去。"

暖风拂来，我知道，我们已经在教堂外面了。闹哄哄的声音令我抬头张望。原来，这里的人比教堂中还要多，他们手持印着卡里尔照片的海报和写有"为卡里尔伸张正义"字样的标牌。卡里尔的同学们也拿着一些海报，写着"下一个是谁？"和"欺人太甚！"。一排竖着天线的新闻直播车停在街道对面。

我又一次把脸埋在妈妈的肩膀上。熟悉或不熟悉的人们拍着我的后背，告诉我会没事的。

当爸爸抚摸我的后背时，不用出声，我就知道是他。"亲爱的，我们打算留下来参加游行，"他告诉妈妈，"我想让赛文和塞卡尼也一起去。"

"好，我带思妲尔回家。等会儿你们怎么回来？"

"我们可以走到店里，反正也得开门做生意。"他亲了亲我的头发，"我爱你，宝贝姑娘。回家好好休息一下吧。"

高跟鞋的声音由远及近，接着有人说："科特先生，卡特夫人，你们好。我是在'正义至上'工作的爱普瑞尔·奥芙拉。"

妈妈紧张起来，把我搂得更紧了，"有什么事吗？"

奥芙拉女士压低声音说："卡里尔的外婆告诉我，出事的时候，跟卡里尔在一起的人就是思妲尔。我知道她向警方提供了证词，我佩服她的勇敢。现在形势艰难，迈出这一步肯定需要很大的力量。"

"是啊。"爸爸说。

我把头从妈妈的肩膀上挪开。奥芙拉女士调整身体重心，不安地摆弄着手指。而爸爸妈妈则表情严肃地看着她。

"我们的目标一致，"她说，"都想为卡里尔伸张正义。"

"不好意思，奥芙拉女士，"妈妈说，"虽然我很想为卡里尔伸张正义，但是也想让我的女儿拥有平静和隐私。"

妈妈望向街对面的那排新闻直播车，奥芙拉女士回头看了一眼。

"噢！"她说，"噢，不。不不不。我们不是——我不是——我没想让思妲尔在公众面前曝光。其实，恰恰相反。我想保护她的隐私。"

妈妈松了一口气，"原来如此。"

"思妲尔为此次事件提供了一个非常独特的视角，这是许多同类案件都没有的。我想确保她的合法权利能够得到保护，确保她的声音可以被大家听到，但同时又要让她不被——"

"不被利用？"爸爸问，"不被操纵？"

"没错。这件案子将会吸引全国媒体的关注，但我不想让她受到伤害。"她给我们每个人都递了一张名片，"而且，我不仅是一名呼吁者，还是一名律师。'正义至上'并不是哈里斯家族的法律代表——这个工作有其他人在做。我们只是团结一致，为他们提供精神上的支持。然而，我本人有能力，也有意愿在此案中成为思妲尔的法律代表。等你准备好了，就打电话给我。请节哀。"

她消失在人群中。

等我准备好了，就打电话给她，是吗？我觉得自己可能永远都无法为接下来将要发生的事情做好准备。

第九章

我的哥哥弟弟带回家一个消息——爸爸要在店里过夜。

他还特地嘱咐——待在屋里别出去。

我们家的房子周围有一道铁丝网，赛文给院门上了一挂大锁，那是我们以前去外地时才拿出来用的。我把砖块带进屋里，它不知该如何自处，一会儿原地转圈，一会儿又上蹿下跳。起初，妈妈并没有说什么，直到它爬上了起居室里那套漂亮的沙发。

"喂！"她指着它，"快把你的大屁股从我的家具上挪开！你疯了吗？"

砖块低声哀鸣，急忙跑到我身边。

太阳西沉。当我们正对着土豆炖牛肉做饭前祷告时，第一轮枪声骤然响起。

我们睁开眼睛，塞卡尼畏畏缩缩。我已经对枪声习惯了，但是这次的动静比以往要更加响亮、更为迅疾，一声未平、一声又起。

"机关枪。"赛文说，话音刚落，又一轮枪声紧随其后。

"带着你们的晚饭到小房间去，"妈妈说着，从桌边站起身来，"坐在地板上吃。子弹不长眼，千万要小心。"

赛文也站了起来，"妈，我可以——"

"赛文，去小房间。"她说。

"但是——"

"赛、文！"她把他的名字分开念了，"宝贝，我要把屋里的灯关了，明白吗？快，到小房间去。"

他妥协了，"好吧。"爸爸不在家的时候，赛文就自然而然地表现得好像家里的男主人一样。而妈妈总是一字一顿地喊着他的名字，让他乖乖地回归儿子的身份。

我抓起自己的盘子和妈妈的盘子，朝小房间走去，那是家中唯一一个没有外墙的房间。砖块紧跟着我，但其实它是跟着我手上的食物。妈妈关掉了房子里的灯，走廊里一片漆黑。

小房间里有一台老式大屏电视，那是爸爸最珍贵的收藏品。我们围坐在在电视前，赛文打开新闻频道，照亮了小房间。

至少有一百人聚集在玉兰大道上。他们挥舞标牌，为伸张正义而呼喊，争取黑人权利的拳头高举在空中。

妈妈拿着手机走进房间，"好吧，珀尔夫人，只要你没事就行。但是，如果你觉得一个人待在家里不舒服，就随时联系我，我们这里有足够多的房间。晚些时候我再打给你。"

珀尔夫人是住在街对面的一位独居老人，妈妈时常前去探望，她说珀尔夫人需要知道还有人在关心着自己。

妈妈坐在我身边，塞卡尼枕着她的大腿。砖块也学着塞卡尼的样子，把脑袋放在我的大腿上，舔着我的手。

"他们是在为卡里尔的死而生气吗？"塞卡尼问。

妈妈用十指梳理着他的高顶渐变头，"是的，宝贝。我们都很生气。"

但是，真正令他们感到愤怒的是卡里尔当时手无寸铁的事实。奥芙拉女士刚在葬礼上发表了讲话，大家就上街抗议，这绝非巧合。

警察用催泪弹来回答民众的振臂高呼，白色的烟雾迅速蔓延。新闻报道的镜头切换到奔跑、尖叫的人群之中。

"该死！"赛文说。

塞卡尼把脸埋在妈妈的大腿上。我给砖块喂了一块炖肉，只觉得胃里一阵痉挛，什么都不想吃。

屋外警笛大作。新闻画面显示，本地警察分局有三辆巡逻警车正在熊熊燃烧，距离我们大约只有五分钟的车程。高速公路附近的一家加油站遭到抢劫，印度老板满身血迹、脚步蹒跚，说自己跟卡里尔的死亡没有丝毫关系。一队警察守在东边的沃尔玛门口。

我的家园成了战场。

克里斯发短信问我是否还好，我立刻感到十分后悔，觉得自己不该回避他、用碧昂斯的态度对待他，等等。我很想道歉，但是就算在短信里写上"对不起"外加全世界的所有表情，也不如面对面地亲口向他倾诉。不过，我还是给他回了一条，告诉他我没事。

玛雅和海丽都打来电话，关切地询问杂货店和房子是否安然无恙，我和家人是否平安无事，谁都没再提起那段关于炸鸡的插曲。这种感觉很奇怪，以前我们三个从来不会谈论花园高地，我总是害怕她们会管这里叫"贫民窟"。

我心里清楚，花园高地就是个贫民窟，事实如此。但这就好像我九岁时跟赛文打架的情形一样。他出言挑衅，叫我"短腿矮冬瓜"。如今想来，那不过是个蹩脚的绰号罢了，可当时却令我恼羞成怒——我知道自己个子矮，其他孩子都比我高。只要我愿意，我可以说自己矮，然而，同样的话从赛文嘴里说出来，就成了让人难过的真相。

只要我愿意，我可以说花园高地是贫民窟，但别人这样说不行。

妈妈也拿着手机忙活，联系街坊邻里，看他们是否安好，同时也接到了许多关心我们的电话。住在街道尽头的琼斯女士说她和自己的四个孩子也像我们一样躲在了家中的小房间里。隔壁的查尔斯先生说，如果停了电，我们可以用他的发电机。

卡洛斯舅舅也打给我们了。外婆接过电话，告诉妈妈赶紧把我们带到舅舅家去，就好像我们能冒着枪林弹雨跑出花园高地一样。爸爸打来电话，说店里一切都好。可是，每当新闻上提到有店铺遭到袭击时，我还是会提心吊胆。

现在，报道中不仅提及卡里尔的名字，还放出了他的照片。至于我，他们只说是"目击证人"，有时也说是"十六岁的黑人女性证人"。

警察局长出现在电视屏幕上，说了我担心他会说的话："经过对证词和证据的充分考虑，我们认为眼下还没有理由逮捕该警官。"

妈妈和赛文看了我一眼，但没有说话，因为塞卡尼也在。其实，他们什么都不必说。这一切都是我的错。暴乱、枪击、催泪弹，这一切的一切，归根结底都是我的错。我忘记告诉警方，卡里尔是举着双手下车的。我没有提到那名警官也曾用枪指着我。是我没有把事情说清楚，现在他们不打算逮捕那个警察了。

然而，尽管这都是我的错，但新闻上却将卡里尔的死亡描述得好像是他咎由自取一样。

"有多方报道称，在死者的车里发现了一支枪，"节目主播说，"而且，死者还涉嫌贩毒及参与黑帮组织。以上消息尚未得到官方证实。"

关于枪的传闻是假的。当我问卡里尔车里是否有东西时，他说没有。

他没说自己是否在贩毒，而且甚至丝毫未提黑帮的事情。

况且，这些很重要吗？他不该死。

塞卡尼和砖块几乎同时开始沉沉地呼吸，进入了梦乡。伴随着直升机、机关枪和警笛的声音，我实在没法睡觉。妈妈和赛文也一直没有合眼。大约凌晨四点，外面终于安静下来，爸爸打着哈欠回到家中，显得筋疲力尽。

"他们没去金盏花大道，"他坐在厨房的餐桌旁，狼吞虎咽地吃了两口炖肉，"好像基本都待在东边，也就是他被杀害的地方附近。至少暂时如此。"

"暂时如此。"妈妈重复道。

爸爸抬手抹了一把脸，"是啊，恐怕没有办法能阻止他们朝这边来。唉，虽然我非常理解这些人的心情，但是如果真的闹到西边来，就麻烦了。"

"我们不能待在这儿了，麦弗里克。"她说，声音在颤抖，仿佛她这段时间始终在忍耐，现在终于一吐为快了，"情况不会好起来的，只会越来越糟。"

爸爸抬起胳膊，握住她的手，将她拉到自己的大腿上坐下，用双臂抱住她，轻轻地亲吻她的后脑勺。

"我们会没事的。"

他让我和赛文回屋休息。不知为何，我很快就睡着了。

娜塔莎又一次跑进杂货店，"思妲尔，快来！"

她的辫子上沾满泥土，胖乎乎的脸颊凹陷下去，鲜血浸满了衣服。

我踉跄着后退，她冲到我面前，抓起我的手。她的手就像在棺材里的时候一样冰凉。

"快来。"她用力拽我，"快来啊！"

她把我朝门口拖去，我的双脚不听使唤地动了起来。

"停下来，"我说，"娜塔莎，停下来！"

一只手从门口伸进来，握着一把格洛克手枪。

砰！

我突然惊醒。

赛文正在用拳头砸我的房门。他从来不会正常地发短信，也不会正常地叫人起床，"咱们十点出发。"

我的心脏在胸腔里猛烈跳动，仿佛快要跳出来了。你没事的，我提醒自己，只是赛文那个大蠢货在敲门罢了。"出去干吗？"我问他。

"去花园打篮球啊。今天是这个月的最后一个周六，对吧？咱们不是一向如此吗？"

"但是——那些暴乱呢？"

"老爸不是说了嘛，都在东边呢。咱们这儿没事。而且，新闻上也说今天上午没什么动静。"

如果有人知道我就是目击证人，该怎么办？如果他们知道那个警察没有被捕都是我的错，该怎么办？如果我们碰见知道我是谁的警察，又该怎么办？

"不会有事的。"赛文说，他仿佛猜透了我的心思，"我保证。别赖床了，赶紧起来，我还等着在球场上好好虐你一把呢！"

假如一个人能既可爱又混蛋，那肯定就是赛文了。我下了床，换上篮球短裤和勒布朗[1]运动衫，还有乔丹离开公牛队[2]之前穿的那种13代球鞋，再将头发梳成一条马尾辫。赛文正在前门等我，用双手旋转着篮球。

我一把抢了过来，"少装模作样，你又不会。"

"走着瞧。"

我喊了几嗓子，让爸爸妈妈知道我们一会儿就回来，然后便跟赛文出门了。

起初，花园高地看起来没什么变化，但是走出两三个街区以后，就有至少五辆警车呼啸而过。汽车尾气在空气中弥漫开来，令一切都变得模模糊糊，而且还臭气熏天。

我们来到玫瑰花园。几个勋爵枭王坐在街对面的一辆灰色凯雷德[3]里，一个年轻的勋爵枭王坐在公园的转盘上。只要我们不去招惹他们，

---

[1] 勒布朗（LeBron）：美国体育运动品牌耐克旗下的一个产品线，以美国篮球明星勒布朗·詹姆斯（LeBron James，1984— ）命名。

[2] 公牛队（Bulls）：指芝加哥公牛队（Chicago Bulls），是一支美国职业篮球队，属于伊利诺伊州芝加哥，是美国男子职业篮球联盟（NBA）的成员。

[3] 凯雷德（Escalade）：美国通用汽车公司凯迪拉克分部生产的一款奢侈版运动型多功能汽车（SUV）。

他们就不会找我们的麻烦。

玫瑰花园占据了一整个街区，周围有高高的铁丝网环绕。我实在搞不懂这道铁丝网到底在保护什么——是篮球场上的杂乱涂鸦、锈迹斑斑的游乐设施、情侣鬼混的肮脏长凳，还是散落在草坪上的空酒瓶、烟屁股和各种垃圾呢？

篮球场就在面前，但公园入口在街区的另一头。我把球抛给赛文，开始爬铁丝网。以前我经常从顶上直接跳下去，但有一回摔倒在地，扭伤了膝盖，以后就不敢这么做了。

等我爬过来以后，赛文便把球又抛给我，也跟着爬了过来。小时候，我和卡里尔、娜塔莎曾在放学后抄近路穿过公园。我们在滑梯之间上蹿下跳，在转盘上转到头晕眼花，还比赛看谁荡秋千荡得最高。

我把球递给赛文，竭力忘掉那些令人心碎的画面，"三十分定胜负？"

"四十分。"他说，我看他能拿到二十分就算走运了。他跟爸爸一样，都不会打球。

果不其然，赛文开始用手掌运球，本来应该用指尖才对。然后，这个傻子还耍帅投起了三分球。

当然，球碰到篮筐，弹开了。我抓住球，看着他，"太弱啦！你明知道那么烂的投球是进不了的。"

"随你怎么说，开始吧。"

比赛开始才五分钟，我就已经十比二遥遥领先了，而且那两分还是我让给他的。我做了一个向左的假动作，实则从右边迅速带球过人，出手投了个三分球，干脆利落地得分。这场比赛我赢定了。

赛文用双手比了个字母 T 的姿势，他喘得比我都厉害，而我才是那个曾经得过哮喘病的人，"暂停。喝口水。"

我抬起胳膊擦了擦额头，太阳已经在球场上闪耀了，"不如你直接认输吧，怎么样？"

"那可不行！我很厉害的，只是需要调整好角度而已。"

"角度？这是打篮球，赛文，不是玩自拍。"

"喂！"有个男生喊道。

我们应声转过身去，我的呼吸变得急促起来，"糟了。"

对方有两个人，看起来也就是十三四岁的模样，都穿着绿色的凯尔特人[1]的运动衫。毫无疑问，是花园信徒。他们穿过球场，朝我们径直走来。

高个子的男孩儿朝赛文迈了一步，"伙计，你是枭王吗？"

我甚至都不想正眼瞧一下这个蠢货。他的声音又细又尖。爸爸说除了年龄之外，还有一个技巧能够分辨帮派里的老江湖和小菜鸟。老江湖从不惹是生非，只会解决事端。而小菜鸟却总是招惹麻烦。

"不，我是中立的。"赛文说。

"金不是你老爸吗？"矮个子问道。

"当然不是，他只是跟我妈在一起鬼混罢了。"

"我管你是不是，"高个子亮出一把小折刀，"把身上的东西都交出来。运动鞋、手机，所有值钱的东西统统给我。"

花园高地有一条规矩——事不关己，高高挂起。坐在凯雷德里的勋爵枭王明明目睹了一切，但因为我们声称不是他们的人，所以他们便视而不见，当我们不存在。

可是，坐在转盘上的那个小伙子却跑过来，把两个花园信徒向后推了一下。他掀起上衣，露出自己的武器，"有问题吗？"

他们俩倒退着。"对，有问题。"矮个子说。

"你确定？据我所知，玫瑰花园可是枭王的地盘。"他看向那辆凯雷德，里面的勋爵枭王朝我们点了点头，以这种简单的方式询问是否一切顺利。我们也点头回应。

---

[1] 凯尔特人（Celtics）：指波士顿凯尔特人（Boston Celtics），是一支美国职业篮球队，属于马萨诸塞州波士顿，是美国男子职业篮球联盟（NBA）的成员。

"行，"高个子的花园信徒说，"我们记住你了。"

于是，两个花园信徒便朝来时的方向原路离开了。

年轻的勋爵枭王跟赛文击掌打招呼。"你没事吧，哥们儿？"他问。

"没事，谢了，文特。"

说实话，他长得很讨人喜欢。喂，有男朋友不代表我就不能欣赏帅哥了，克里斯还对着妮琪·米娜[1]、碧昂斯和艾波·罗斯[2]流口水呢，我见到帅哥多看两眼也很正常嘛。

顺便说一句——我的男朋友明显有自己固定喜欢的类型[3]。

这个文特小子跟我年纪相仿，个子比我稍微高一些，留着圆蓬头，脸上有淡淡的胡须痕迹。他的嘴唇也很好看，饱满而柔软。

我盯着他的嘴唇看了太久，他伸出舌头舔了舔，微微一笑，"我得确保你和小美女平安无事。"

这句话破坏了我对他的第一印象，我不喜欢陌生人随便给我起绰号。"我们很好。"我说。

"不管怎样，那俩花园信徒也算是救了你，"他对赛文说，"小美女在球场上把你虐得好惨啊。"

"少来，"赛文说，"这是我妹妹，思妲尔。"

"噢，对，"那个小伙子说，"你就是在大麦弗的店里干活的姑娘，对吗？"

我早就说过了，这就是大家对我的印象，"嗯，是我。"

"思妲尔，这是德文特，"赛文说，"他是金的手下。"

"德文特？"原来肯尼娅就是为了他才跟别人打架的。

"没错，是我。"他从头到脚打量着我，又舔了舔嘴唇，"你听说

---

[1] 妮琪·米娜（Nicki Minaj，1982— ）：美国黑人说唱歌手、唱作人、模特。

[2] 艾波·罗斯（Amber Rose，1983— ）：美国黑人说唱歌手、模特、演员。

[3] 这里提到的三位女明星都是黑人，肤色跟思妲尔一样都是咖啡色。

过我？"

这个舔嘴唇的动作一点都不可爱。"对，我听说过你。还有，如果你觉得嘴唇很干的话，可以买一支唇膏，别老是舔来舔去的。"

"喂，你什么意思？"

"她的意思是，谢谢你帮我们解围，"赛文赶紧解释道，尽管这根本就不是我想说的，"我们很感激。"

"没事。那些蠢货之所以在这附近瞎晃，就是因为暴乱发生在他们那边的地盘上。麻烦太多，他们不愿意掺和。"

"对了，你这么早在花园里干什么？"赛文问。

他把双手抄在口袋里，耸了耸肩，"还能干什么，等生意呗。"

他是个贩毒小弟。唉，肯尼娅真是会挑。她就喜欢贩毒的黑帮成员，所以才动不动就惹祸上身。没办法，毕竟金是她的老爸。

"我听说你弟弟的事情了，"赛文说，"节哀顺变，哥们儿。戴尔文是个好小伙。"

德文特闷闷不乐地踢着球场上的石子，"谢谢。妈妈很难过，所以我才来了这里，不想在家里待着。"

戴尔文？德文特？我歪着脑袋问："你妈妈用'乔德西[1]'那个老组合的成员给你们起名吗？"我爸妈很喜欢"乔德西"，因此我多少了解一些。

"没错，怎么了？"

"只是单纯问一问罢了，没别的意思。"

一辆白色塔荷尖叫着停在了铁丝网的另一边。那是老爸的车。

车窗降了下来。他穿着背心，脸上还有被枕头压出来的横七竖八的

---

[1] 乔德西（Jodeci）：一支美国蓝调音乐四重唱组合，成员的艺名分别是：摇摆德文特（Devante Swing，1969— ）、戴尔文先生（Mr. Dalvin，1971— ）、凯西（K-Ci，1969— ）和乔乔（JoJo，1972— ）。

123

痕迹。我对老爸十分了解，一心祈祷他不要下车，因为他的两条腿肯定是皮肤干裂、灰不溜秋的，在脚上套着袜子的同时还趿拉着耐克的拖鞋。

"你们俩是怎么想的，居然一声不吭地跑了出来？"他大喊。

街对面的勋爵枭王爆发出一阵大笑，德文特对着拳头咳嗽了一声，仿佛在强忍笑意。我和赛文东张西望，就是不敢看爸爸。

"怎么，你们俩还想假装听不见我说话吗？我跟你们说话的时候，就赶紧回答！"

那几个勋爵枭王边笑边高声起哄。

"老爸，我们只是来打球而已。"赛文说。

"我不管。外面出了这么多事，你们还到处乱跑？上车！"

"麻烦，"我低声说，"真丢人。"

"你说什么？"他咆哮道。

那伙勋爵枭王发出的动静更响了，我只想找个地缝钻进去。

"没什么。"我说。

"不，明明有什么。听着，不许爬铁丝网，老老实实地绕到入口那边去。动作快点，可别让我等你们。"

他开车扬长而去。

讨厌！

我抓起篮球，跟赛文一起穿过公园。上一回我跑得这么快，还是教练让我们做魔鬼训练的时候。我们来到入口的时候，爸爸正好停下车。我爬进后座，赛文则跳上了副驾驶座。

爸爸发动汽车。"太胡闹了！"他说，"到处都是暴乱，人人自危，就差把国民警卫队[1]给招来了，而你们俩却只想着打球。"

"你为什么非要像刚才那样让我们难堪？"赛文气愤地说。

---

[1] 国民警卫队（National Guard）：指美国国民警卫队（National Guard of the United States），属于美国武装力量的预备役部队，由各州国民警卫队组成。

幸好我坐在后座。爸爸甚至都不看路了，朝着赛文大吼："你是不是以为自己长大了，翅膀硬了？"

赛文直勾勾地盯着前方，仿佛气得快要冒烟了。

爸爸又看向路面，"你居然敢跟我这样说话，就因为几个勋爵枭王笑话你吗？怎么，你现在也开始当枭王了？"

赛文没有回答。

"我在跟你说话，小子！"

"不是。"他咬牙切齿地说。

"那你为何要在乎他们想什么？你整天都盼着长大，恨不能立马变成一个大男人，可是，你要知道，真正的男子汉根本就不会在乎别人的看法。"

他把车停在我们家的车道上。沿着小径才走了一半，我就瞧见妈妈站在纱门后面，身穿睡裙，双臂交叉，赤裸的脚板在地上不耐烦地拍打着。

"进来！"她喊道。

当我们进屋时，她领先一步朝起居室走去。现在的问题不是她是否会发火，而是她何时会发火。

我和赛文乖乖地坐在她心爱的那套沙发上。

"你们去哪儿了？"她问，"最好别撒谎。"

"篮球场。"我盯着脚上的乔丹球鞋喃喃地说。

妈妈弯下腰来凑到我跟前，把手放在耳朵旁边，"你说什么？我听不清。"

"大声说，丫头。"爸爸说。

"篮球场。"我更加响亮地重复了一遍。

"篮球场。"妈妈直起腰来，哈哈大笑，"她说是篮球场。"她的笑声止住了，每个字都震耳欲聋，"我在这里提心吊胆，急得团团转，而你们却跑到什么破烂篮球场上瞎胡闹！"

有人在门口咯咯窃笑。

"塞卡尼，回你自己的房间去！"妈妈呵斥道，连看都没看一眼。塞卡尼的脚步声匆匆地消失在走廊上。

"出门前我大声喊着告诉你们了。"我说。

"噢，她喊了。"爸爸讥讽道，"亲爱的，你听到有人喊话了吗？反正我是没听到。"

妈妈龇着牙齿吸了一下，"我也没有。伸手要钱的时候，倒是肯把我们叫起来，跑到一片危险的战争地带，却反而不能亲自来说一声，你可真行啊。"

"都是我的错，"赛文说，"我想让她出去透透气，做一些正常的事情。"

"孩子，眼下根本就没有什么正常的事情！"妈妈说，"你们都知道外面发生了什么，居然还敢这样溜出去？是疯了吗？"

"我看是傻了。"爸爸补充道。

我依然盯着自己的鞋子。

"把你们的手机都给我上交。"妈妈说。

"什么？"我尖叫道，"这不公平！我明明喊了，都告诉你们——"

"思姐尔·阿玛拉！"她咬牙切齿地说。因为我的名字是个单音节的词 [1]，所以她必须得把中间的名字 [2] 也带上，才能分开念，"你不交试试。"

我张口欲辩，但她抢先说道，"你还敢说！我告诉你，再说一句，我就把你那些乔丹鞋也通通没收！"

太郁闷了。真的。爸爸在一旁盯着我们，就像是她的警犬一样，就等着我们犯下失误。他们向来都是这样分工合作的。第一回合由妈妈出

---

[1] 主人公的名字思姐尔（Starr）在英文中是单音节的词，无法像其他多音节的词一样按照音节拆开来念。

[2] 中间的名字（middle name）：在许多西方文化中，人们完整的名字可能包含一个或多个名字，常用的名字放在最前面，姓氏放在最后，而二者之间便是中间的名字。

126

马，如果不成功，再换爸爸上场给予致命一击。最好还是不要跟爸爸针锋相对。

我和赛文乖乖地把手机递给妈妈。

"这就对了，"她说着，将手机传给爸爸，"既然你们这么想要做'正常的'事情，那就赶紧去收拾东西，咱们今天要去卡洛斯舅舅家。"

"不，这小子不行。"爸爸示意赛文起身，"他得跟我去店里。"

妈妈看着我，朝走廊摆了摆头，"去，赶紧洗个澡，浑身都是外面那股臭味儿。"我正要离开时，她又喊道，"还有，去卡洛斯舅舅家不许穿得太少！"

噢，她真是烦人。你瞧，只因为克里斯跟卡洛斯舅舅住在同一条街上，她就这样讲。还好她没在爸爸面前多说其他的，不然我就惨了。

砖块在卧室门口迎接我，它跳到我的腿上，伸出舌头舔我的脸。我的房间角落里摆着大约四十个鞋盒，它把所有鞋盒都碰翻了，弄得满地都是。

我在它的耳后挠了挠，"笨狗狗。"

我想带上砖块一起，可是卡洛斯舅舅的社区里不允许养斗牛梗。它坐在床上，看着我收拾行李。其实，我只需要泳衣和凉鞋就行，但由于暴乱的缘故，妈妈有可能会决定整个周末都待在那里。于是，我便装了几件衣服，再拿起上学的书包，一个肩膀背一个，"来吧，砖块。"

它跟着我来到院子里的老位置，我给它拴上狗链。当我给砖块放满食物和水的时候，爸爸正蹲在玫瑰花丛中检查花瓣。他一直都按时浇水，但不知为何，那些花儿却显得非常干枯。

"拜托，别这样，"他对玫瑰花说，"振作起来。"

妈妈和塞卡尼在她的佳美车里等着，结果，我坐到了副驾驶座上。虽然这么说很幼稚，但是我现在不想跟妈妈挨得这么近。可惜，如果不坐在她身边，就只能坐在"放屁先生"塞卡尼身边了。我直直地盯着前方，但是透过眼角的余光能瞥见她正在看我。她发出了一点声音，仿佛想要开口说话，但最终只是叹了一口气。

很好，我也不想跟她说话。我知道自己是个小气鬼，但我不在乎。

我们朝高速公路驶去，路上经过了雪松果园，我们以前就住在这片住宅区的救济房里。接着，我们来到了玉兰大道，花园高地的多数商户都位于这里，是一条最为繁华的街道。在以往的周六上午，住在附近的小伙子们都会把自己的汽车开出来炫耀，沿着街道兜风或彼此追逐。

今天，整条街都封住了。人群在路中央游行，他们高举写着标语的牌子和印有卡里尔照片的海报，大声呐喊着，"为卡里尔伸张正义！"

我应该跟他们站在一起振臂高呼，但是，明知道自己正是导致他们上街抗议的原因之一，我哪还有脸加入这支游行的队伍呢？

"这一切都不是你的错，明白吗？"妈妈说。

她怎么会知道我在想什么？"嗯。"

"我是说真的，宝贝。这不是你的错。你已经把所有事情都做对了。"

"但有时候光是做对并不够，不是吗？"

她握住我的手，尽管我很烦躁，但还是没有挣脱。我们就这样坐着，沉默了许久。

跟工作日相比，周六上午的高速公路十分畅通。塞卡尼戴上耳机，玩起了平板电脑上的游戏。收音机里放着九十年代的蓝调歌曲，妈妈轻声哼唱。等到唱得起劲了，她便开始兴高采烈地跟着热情的歌手一起嚷嚷，"来吧，姐们儿！来吧！"

突然，她说："你刚出生的时候没有呼吸。"

我第一次听说这件事，"真的吗？"

"嗯。我怀上你的时候才十八岁，自己都还是个孩子，但我觉得我已经长大了。虽然心里怕得要死，却不敢向任何人承认。你外婆认为我绝对不可能成为一个好家长。疯丫头丽莎怎么可能当妈妈呢？

"我决定证明她是错的。我戒烟、戒酒，每次孕检都按时去，遵照医生的嘱咐正确饮食，吃维生素片，整整九个月一直如此。哈，我甚至把耳机贴在肚子上，播放莫扎特的音乐。结果呢，你连一个月的钢琴课都没上完。"

我笑了，"抱歉。"

"没事。就像我刚才说的，所有事情我都做对了。我记得在产房里，他们把你拽出来，我等着你哭，但是你没有。大家跑来跑去，我和你爸爸不停地问怎么了，出什么差错了。最后，护士说，你没有呼吸。

"我吓坏了，你爸爸也没法让我冷静下来，其实他自己都六神无主了。经过我人生中最漫长的一分钟以后，你哭了。我觉得当时我哭得比你都厉害。我知道肯定是我做错了什么，才会这样。但是，有一位护士拉着我的手，"妈妈又一次握住我的手，"看着我的眼睛说：'有时候就算你把所有事情都做对了，结果也依然会出错。但关键是，仍然不要停止，永远做对的事情。'"

在剩下的路途中，她一直紧紧握着我的手。

以前我总是觉得，在卡洛斯舅舅的社区里，太阳闪耀得更加明亮，但今天确实如此——这里没有烟雾蔓延，空气显得更加清新。所有房子都是两层楼，孩子们在宽敞的庭院中玩耍。街边有卖柠檬汁和旧货的货摊，还有许多慢跑锻炼的人。尽管如此，这里依然显得十分宁静。

我们经过了玛雅的房子，跟卡洛斯舅舅家只有几街之隔。我想给她发短信，看看能否去找她玩，但却没有手机。

"今天不许去拜访你的小伙伴，"妈妈又一次读懂了我的心思，"你被禁足了。"

我张大了嘴。

"但是她可以到卡洛斯舅舅家来看你。"

她用眼角瞄了瞄我，脸上露出淡淡的微笑。这个时候，我本该拥抱她，谢谢她，称赞她是世界上最棒的妈妈。

但不可能。我说，"噢，随便了。"然后靠回椅背上。

她大笑起来，"你真是太固执了！"

"不，我没有！"

"你有，"她说，"就跟你爸爸一样。"

我们刚在卡洛斯舅舅家的车道上停住，塞卡尼就迫不及待地跳下了车。表弟丹尼尔和其他男孩子一起从人行道上朝他挥手，他们都骑着自行车。

"一会儿见，妈妈。"塞卡尼说着，迫不及待地跑向车库。卡洛斯舅舅正从车库里走出来，与他擦肩而过。塞卡尼抓起自己的自行车，那是他的圣诞礼物，但是一直都放在卡洛斯舅舅家，因为妈妈不让他在花园高地骑自行车乱逛。他跨上自行车，沿着车道骑了出去。

妈妈下了车，在他身后高喊，"别去太远的地方！"

我跳下车，卡洛斯舅舅用完美的卡洛斯舅舅式拥抱迎接了我，那拥抱不会太用力，但却很坚定，在短短数秒之间便传达出他有多么爱我。

他在我的头上亲了两下，问，"你怎么样，小丫头？"

"还好。"我抽了抽鼻子，空气中飘着淡淡的烟雾，却非常好闻，"你们在烤肉吗？"

"刚刚热好烤架，准备放上一些汉堡和鸡肉当午饭。"

"但愿最后别弄得我们食物中毒。"妈妈挖苦道。

"哎呀，瞧瞧，有人想当喜剧演员呢，"他说，"你会把你说的每一个字和我做的每一样食物都吃下去，亲爱的妹妹，因为我要大显身手了。美食频道[1] 都请不动我这样的大腕。"他装模作样地扯开领口。

天哪，有时候他真是显得老土。

帕姆舅妈在照看露台上的烤架，小表妹艾娃抱着帕姆舅妈的腿，吮吸着自己的拇指。她一瞧见我，就立刻朝我跑来，"星星姐姐！"

---

[1] 美食频道（Food Network）：美国有线电视频道，主要播放有关食物和烹饪的节目。

她的两条辫子在空中飞舞。她扑进我的双臂中，我抱起她转圈，她开心得咯咯直笑，"我的全世界第一可爱小宝贝今天过得怎么样？"

"很好！"她把皱巴巴、湿漉漉的拇指塞回嘴里，"嗨，丽丽姑妈。"

"嗨，宝贝。你过得好吗？"

艾娃一个劲儿地点头，显得十分兴奋。

帕姆舅妈让卡洛斯舅舅处理烤架，自己走过来跟妈妈打招呼、拥抱。她有着深棕色的皮肤和大波浪的卷发。外婆之所以喜欢她，是因为她来自一个"好人家"。她的妈妈是一名律师，她的爸爸是一家医院的首位黑人外科主任，如今帕姆舅妈也在同一家医院工作，担任外科医生。我发誓，这绝对是现实版的赫克斯特布尔家族[1]。

我把艾娃放下，帕姆舅妈紧紧地拥抱了我，"你还好吗，亲爱的？"

"还好。"

她说她理解，但其实没有人真的理解。

外婆从后门冲出来，张开双臂，"我的姑娘们！"

这是第一个不寻常的迹象。她拥抱了我和妈妈，并且亲吻了我们的面颊。外婆从来不亲我们，也不让我们亲她。她说她怎么知道我们的嘴都碰过哪些地方。她用双手捧着我的脸，说，"感谢上帝饶你一命，哈利路亚！"

我的脑中警铃大作。这实在不像是外婆的一贯作风，完全不像。尽管她为了"上帝饶我一命"而感到欣慰和高兴，也是在情理之中的。

她抓住我和妈妈的手腕，拽着我们朝游泳池边的躺椅走去，"你们俩都过来跟我谈谈。"

"但是我正要跟帕姆——"

外婆看着妈妈，声色俱厉地说，"闭嘴，坐下，跟我谈谈，别废话。"

---

[1] 赫克斯特布尔家族（Huxtables）：出自美国情景喜剧《考斯比一家》，该美剧主要讲述了赫克斯特布尔家族的故事，这是一个上层中产阶级的非裔美国人家族。

这才是平时的外婆。她靠在一个躺椅上，夸张地用手给自己扇着风。她是一名退休的戏剧课老师，不管干什么都像在表演一样。我和妈妈在同一张躺椅的边缘坐了下来。

"怎么了？"妈妈问。

"你们——"她刚开口，就挂上了一个虚假的微笑，因为艾娃正拿着洋娃娃和梳子摇摇晃晃地走来。艾娃把那两样东西都递给我，然后去玩其他的玩具了。

我拿起梳子，给洋娃娃梳头发。那个小丫头已经把我训练出来了，她什么都不必说，我就知道该干吗。

等到艾娃走出听力所及的范围之后，外婆说，"你们什么时候能带我回自己的房子去住？"

"出什么事了？"妈妈问。

"小声点儿！"好笑的是，她的声音可一点都不小，"昨天上午，我从冰箱里拿出鲶鱼来，准备当晚餐。我想把它煎了，配上油炸球、薯条之类的东西吃。然后，我就去办事了。"

"办什么事？"我捣乱地问。

外婆恶狠狠地瞪了我一眼，那模样就像是三十年后的妈妈，跟现在的妈妈相比，只不过脸上多了几道皱纹，头上还有几缕染发时漏掉的白头发（要是她知道我这么说，肯定会抽我屁股的）。

"我是成年人了，小屁孩儿，"她说，"别问我干什么。总之，我回到家来，结果那个臭丫头竟然在我的鲶鱼上盖满玉米片，把它给烤了！"

"玉米片？"我说着，给洋娃娃梳了个中分。

"没错！还说什么，'这样吃更健康。'如果我想要健康，那就去吃蔬菜沙拉了！"

妈妈捂住嘴，唇角翘了起来，"我还以为你跟帕姆相处得不错呢。"

"本来是不错，可是她乱碰我的食物，那就不行了。来这儿以后，我遇到过许多事情，但是这一件，"她竖起一根手指，"太过分了。我宁可跟你和那个有前科的臭小子住在一起，也不愿在这里待着了。"

妈妈站起来，亲吻了外婆的额头，"你会没事的。"

外婆不耐烦地挥了挥手，让她离开。等到妈妈走了以后，她看着我，"小丫头，你还好吗？卡洛斯说，那个男孩儿被杀的时候，你跟他一起在车上。"

"嗯，我没事，外婆。"

"好孩子。就算现在有事，以后也会没事的。咱们很坚强，一定能撑过去。"

我点了点头，但我并不相信。至少我不相信自己。

前门的门铃响了，我说，"我去开。"然后放下艾娃的洋娃娃，走进屋里。

糟糕，门外是克里斯。我想跟他道歉，但是需要时间酝酿啊。

不过，奇怪的是，他正在来回踱步，就像我们准备考试或大型比赛的时候一样。看来，他跟我说话也觉得很紧张。

我打开门，靠在门框上，"嗨。"

"嗨。"他露出微笑，尽管发生了那么多事，但我还是报以微笑。

"我正在清洗我爸爸的一辆车，看到你们来了，"他说。怪不得他穿着背心、短裤和拖鞋，"你还好吗？我知道你在短信里回答过了，说你没事，但我还是想确认一下。"

"我没事。"我说。

"你爸爸的商店也没事吧？"他问。

"没事。"

"那就好。"

四目相对，沉默。

他叹了一口气，"听着，如果是安全套的事情，那我向你保证再也不买了。"

"再也不买了？"

"呃，只有当你同意的时候才会买。"他赶紧补充道，"而且什么时候都行，不必非得是近期。实际上，你可以不跟我睡觉，或者接吻。唉，如果你不想碰我的话，我——"

"克里斯，克里斯。"说着，我抬起手，让他放松，同时还偷偷地强忍着笑意，"没关系。我明白你的意思了。"

"好。"

"嗯。"

又是一番四目相对的沉默。

"其实，我很抱歉，"我告诉他，把身体的重心从一只脚换到另一只脚上，"我不该跟你冷战。这不是因为安全套的事情。"

"噢……"他皱起眉头，"那是因为什么？"

我叹了一口气，"我不想说。"

"所以，你能对我发火，可是却不能告诉我原因？"

"原因跟你无关。"

"既然你是跟我冷战，那当然与我有关。"他说。

"你不会理解的。"

"也许你可以让我自己判断吧？"他说，"我给你打电话，发短信，做了该做的一切，可是你却不能告诉我为什么要冷战？这太扯了吧，思姐尔。"

我瞪了他一眼，心里有一种强烈的感觉，现在我看起来应该跟妈妈和刚才的外婆一样，仿佛在说"真不敢相信你会这么说"。

"我告诉你，你不会理解的，所以别再提了。"

"不。"他交叠双臂，"我大老远跑到这儿来——"

"大老远？老兄，大老远？一条街也叫大老远？"

花园高地版的思姐尔在我的声音里上线了。

"没错，一条街，"他说，"可是你知道吗？我完全不必来。不过我还是来了。而你甚至都不能告诉我发生了什么！"

"你是白人,行了吗?"我大喊道,"你是白人!"

沉默。

"我是白人?"他说,好像他第一次听到这种说法似的,"这有什么关系?"

"当然有关系!你是白人,我是黑人。而且你很有钱。"

"这无关紧要!"他说,"我不在乎那些东西,思妲尔。我在乎的是你。"

"可那些东西就是我的一部分!"

"好,那又怎么样?这根本就不是什么大事啊。天哪,不会吧?这就是你生气的理由吗?就因为这个,你才跟我冷战吗?"

我盯着他,我知道,我真的知道,我现在的样子活脱脱就是一个年轻版的丽莎·贾内·卡特。当我或者哥哥弟弟"自作聪明"(用她的话来说)的时候,她也会像这样微微张开嘴,收回下巴,挑起眉毛。该死,我甚至还把手叉在了腰上。

克里斯后退了一小步,就跟我和哥哥弟弟的通常反应一样,"只是……只是这对我来说无关紧要,知道吗?我没别的意思。"

"所以,我说了,你不会理解的。难道不是吗?"

唉,假如刚才还只是神情动作表现得像妈妈,那么此刻,我完全就是在用她的典型口气讲话,仿佛在说"你看吧,我早就告诉过你了"。

"嗯,我想我确实不理解。"他说。

又一阵沉默。

克里斯把手放进口袋里,"也许你可以帮我理解,是吗?我不知道。但我知道,如果我的生命里没有你,那比放弃说唱口技和篮球还要痛苦。你也知道,我有多么喜欢说唱口技和篮球,思妲尔。"

我揶揄地说,"你这是在写歌词吗?"

他咬着下嘴唇,耸了耸肩。我笑了,他也笑了。

"写得不太好,是吧?"他问。

"太差啦。"

我们又一次沉默了，但这回的沉默是温馨的。他握住了我的手。

我依然不知道跟克里斯约会是否算背叛真正的自己，但我实在是太想念他了。妈妈觉得到卡洛斯舅舅家来就是正常的事情，但克里斯才是我真正想要的正常。在他的身边，我可以不用选择要做哪一个思妲尔；在他的身边，没有人会对我施以同情或者谈论"卡里尔是个毒贩"；在他的身边，一切都很正常，就像从前一样。

所以，我不能告诉克里斯我就是那桩案子的目击证人。

我反握住他的手，突然觉得很安心。没有恐惧的畏缩，也没有闪回的记忆。

"来吧，"我说，"卡洛斯舅舅应该已经烤好汉堡了。"

我们手拉着手走进后院，他在微笑，意外的是，我也在微笑。

第十章

我们在卡洛斯舅舅家过了夜，因为太阳刚下山，暴乱就又开始了。不知为何，家里的杂货铺竟然奇迹般地幸免于难，我们真应该去教堂感谢上帝。但是，我和妈妈实在太累了，连不到一小时的礼拜仪式都坚持不下来。塞卡尼想在卡洛斯舅舅家多待一天，于是周日上午只有我和妈妈两个人返回了花园高地。

我们一下高速公路，就瞧见了警方设立的路障。只有一条车道没有被巡逻警车堵住，警官们需要跟司机交谈之后才会放行。

突然，仿佛有人攥住了我的心脏，并用力地扭曲它，"我们——"我艰难地吞咽着口水，"我们能绕过他们吗？"

"恐怕不行。他们很可能在社区周围都设置了路障。"妈妈扫了我一眼，皱起眉头，"贪吃侠？你还好吗？"

我抓紧自己这一侧的车门把手。他们可以轻易地举起枪，让我们变得像卡里尔一样。我们体内的鲜血会在街道上流淌，引得众人驻足围观。我们张大了嘴，盯着天空，用绝望的目光寻找上帝的身影。

"嘿，"妈妈捧起我的脸颊，"嘿，看着我。"

　　我努力看向她，但眼中却充满了泪水。我讨厌这种软弱的感觉。卡里尔失去了生命，而我也失去了某些东西，这让我非常气恼。

　　"没事的，"妈妈说，"咱们会平安过去的，好吗？如果你觉得不舒服，就闭上眼睛。"

　　我闭上了双眼。

　　要把双手始终放在他们能看见的地方。

　　不要有任何突然的举动。

　　只有当他们跟你说话时，你才能开口。

　　时间被拉得很长，一秒钟就像一小时一样。警官让妈妈出示驾照和保险单，我在心里默默恳求黑耶稣让我们赶紧回家，希望她翻钱包的时候不会有一把枪指着她。

　　终于，我们驾车离开了。"你瞧，宝贝，"她说，"一切安好。"

　　从前，妈妈的话语总是充满力量。如果她说一切安好，那么一切就是安好。但是，在你目睹过两个渐渐停止呼吸的朋友之后，那些安抚的言语却变得如此苍白无力，再也没有任何意义。

　　我一直紧紧地抓着车门把手，直到我们在家中的车道上停下来。

　　爸爸正好从屋里出来，敲了敲我这一侧的窗户。妈妈替我把车窗降下来。"我的姑娘们回来啦！"他露出了微笑，紧接着又眉头紧锁，"怎么了？出什么事了？"

　　"亲爱的，你这是要去什么地方吗？"妈妈问，暗示他一会儿再谈。

　　"是啊，我得去仓库备货。"他拍了拍我的肩膀，"喂，想不想跟老爸一起出去玩啊？我会给你买个超大桶冰激凌作为嘉奖，够吃一个月的，怎么样？"

　　虽然我并不想吃，但还是笑了，爸爸就是这么好玩。"我不需要那么多的冰激凌。"

　　"我又没说你需要冰激凌嘛。等咱们回家以后，可以一起看你喜欢的那个哈利·波特电影。"

"不要!"

"为什么?"他问。

"爸爸,跟你一起看哈利·波特电影实在太烦了。从头到尾你都在说,"我故意压低声音,"'为什么他们不一枪毙了那个伏地魔?'"

"哎呀,在电影和书里,从来就没人想过要开枪打死他,这也太不合情理了吧。"

"如果不是那样,"妈妈说,"你又会发表那套高论,说什么'哈利·波特系列讲的是黑帮故事'了。"

"本来就是!"他说。

好吧,那的确是个不错的理论。爸爸声称霍格沃茨[1]的各个学院其实都是帮派团体。它们各有自己的代表色、自己的藏身处,而且总是互相竞争,就像黑帮一样。哈利、罗恩[2]和赫敏从来不会出卖彼此,就像黑帮成员一样。食死徒[3]甚至还有统一的文身图案。再瞧瞧伏地魔,他们都不敢叫他的名字,只能称其为"神秘人",仿佛是给他起了个街头绰号似的。所以,在哈利·波特系列故事里,到处都着黑帮的踪迹。

"你们心里清楚,就是这么回事儿,"爸爸说,"虽然身在英国,但那不代表他们就不能组成黑帮了。"他看着我,"你到底要不要跟老爸一起出去玩啊?"

---

[1] 霍格沃茨(Hogwarts):哈利·波特系列作品中的一所魔法学校,专门培养巫师。该学校分为四个学院,分别是格兰芬多、赫奇帕奇、拉文克劳和斯莱特林,每个学院都有自己的代表色、院徽和宿舍。四个学院的学生相互竞争,他们的优秀表现会为学院加分,违规行为会令学院失分,学年结束的时候学校会评出得分最高的学院予以嘉奖。

[2] 罗恩(Ron):跟后文提到的赫敏(Hermione)一样,都是哈利·波特系列作品中的主要人物之一,是主人公哈利·波特最好的朋友。

[3] 食死徒(Death Eaters):哈利·波特系列作品中的一个组织,是伏地魔的追随者,他们的左臂上印有骷髅头和蛇组成的"黑魔标记",状似文身。

我一向都喜欢跟他出去玩。

我们驾车在街道间穿梭，图派克的说唱歌声在低音炮中回荡。他在歌词里谈到要昂首挺胸，爸爸一边哼唱，一边扫了我一眼，仿佛是要把图派克说的话转达给我。

"我知道你已厌倦不堪，亲爱的，"他抬起我的下巴，"但是依然要昂首挺胸。"[1]

他跟着音乐中的和声一起高唱，讲述着一切都会好起来的，我不知道自己是否想放声大哭，因为这首歌词真的像是在安慰我；抑或开怀大笑，因为爸爸唱得实在太难听了。

爸爸说："这是个非常深刻的伙计。非常深刻。现在都没有这样的说唱歌手了。"

"你暴露年龄了，爸爸。"

"跟那有什么关系，这是事实。如今的说唱歌手只关心金钱、女人和衣服。"

"暴露年龄了。"我嘟囔着。

"没错，派克也在歌词中提到了这些东西，但是他还关心黑人地位的提高。"爸爸说，"比如他把'黑鬼[2]'这个词拿来，赋予了全新的含义——'永远不要忽略目标的实现[3]'。而且，他说'暴徒生涯'的意思是——"

"'你们给予孩子们的仇恨早晚会……翻所有人。'"我注意了一下自己的用语，省掉了那个不雅的词，毕竟这是在跟爸爸说话。

"你知道这个？"

[1] "我知道"等句：出自图派克的歌曲《昂首挺胸》（*Keep Ya Head Up*）。
[2] 黑鬼（nigga）：这是对黑人的蔑称，如果其他种族的人这样称呼黑人，是极为不礼貌的，只有在黑人之间才能互相这样称呼，表示"伙计、兄弟"的意思。
[3] "永远"句：英文原文为"Never Ignorant Getting Goals Accomplished"，将每个单词的首字母串联在一起，就是"NIGGA"，本意为"黑鬼"。

"嗯。卡里尔跟我说过他对这句话的理解。当时，我们也正在听图派克的歌，就在……你知道的。"

"好吧，那你觉得这句话是什么意思呢？"

"你不知道吗？"我问。

"我知道，但我想听听你是怎么想的。"

又来了，他总是喜欢向我提问。"卡里尔说，这句话讲的是我们在年轻时被社会所强行灌输的东西，日后最终会反咬社会一口。"我说，"但我觉得这句话不只是在谈年轻人，而是在说我们。"

"我们指谁？"他问。

"黑人，少数民族，穷人。也就是所有身处社会底层的人。"

"被压迫的人。"爸爸说。

"嗯。我们是处境悲惨的人，但也是他们最害怕的人。这就是为什么政府会把黑豹党当成靶子，对吗？因为他们害怕黑豹党。"

"没错。"爸爸说，"黑豹党教育黑人，赋予他们力量。其实，赋予被压迫者力量的策略早在黑豹党之前就已经有了。你说一个。"

来真的了？他总是让我思考。这个问题只花了我一秒钟的时间。"1831年奴隶起义"[1]，我说，"奈特·特纳教育其他奴隶，并赋予他们力量，最后形成了史上最大的一场奴隶反抗运动。"

"不错，不错，你说得对。"他跟我轻轻击拳，"那么，在当今社会，他们给予'孩子'的仇恨是什么？"

"种族主义？"

"太笼统了，还要说得再具体一些。想想卡里尔和他的处境，在他死前是什么样子的。"

---

[1]1831年奴隶起义（the slave rebellion of 1831）：指特纳起义，是1831年8月21日在美国弗吉尼亚州爆发的由非裔美国人奈特·特纳（Nat Turner，1800—1831）领导的反奴隶制起义。

"他贩毒，"这么说令我很痛苦，"而且很可能是一名黑帮成员。"

"他为什么会贩毒？为什么我们的社区里有这么多人都在贩毒？"

我记起卡里尔说的话——他厌倦了在灯泡和食品之间挑挑拣拣。"他们需要钱，"我说，"而且他们没有多少渠道能赚钱。"

"是啊。缺乏机会。"爸爸说，"美国的公司不会把工作带入我们的社区，而且他们也不肯痛痛快快地雇佣我们。唉，就算你有高中学历，用处也不大，因为我们黑人社区里的许多学校都没有能力好好培养学生。所以，当你妈妈说要把你和你的兄弟送到威廉姆森上学时，我同意了。我们的学校没法像威廉姆森那样用丰富的资源来教育你们。在我们这里，找几包毒品比找一所好学校要容易多了。

"好了，再想想这个，"他说，"毒品到底是如何进入黑人社区的呢？宝贝，这可是一个数十亿美元的庞大产业，我们的社区里到处都是毒品，但我认识的人里并没有开着私人飞机上天的大富豪。你认识这样的人吗？"

"不认识。"

"是啊。毒品从某个地方涌来，破坏着我们的社区。"他说，"有的人像布伦达一样，觉得自己需要依靠吸食毒品来生活，有的人像卡里尔一样，觉得自己需要依靠贩卖毒品来生存。如果千千万万的布伦达们不戒毒，就找不到工作，而没有工作，就没钱戒毒。当千千万万的卡里尔由于贩毒被捕时，要么会在监狱这个同样价值数十亿美元的庞大产业中度过大部分人生，要么就只能艰难地寻找工作，四处碰壁，最终很可能又开始贩毒。孩子，这就是他们给予我们的仇恨——一个对我们极为不利的体制。这就是'暴徒生涯'。"

"我明白，但是卡里尔不必非得贩毒吧，"我说，"你就金盆洗手了啊。"

"我确实金盆洗手了，但是你没有处在他的位置，就难以理解并评判他。陷入这种生活比置身其外要容易得多，尤其是在他的处境之中，就更是如此了。好了，还有一个问题。"

142

"不会吧？"天哪，他都把我的思绪弄乱了。

"当然会，"他故意用尖尖的声音模仿我，我才没有那样说话呢，"说了这么多，你觉得'暴徒生涯'的理论如何应用于解释抗议和暴乱这些现象？"

这回，我思考了足足有一分钟。"人人都很愤怒，这不仅因为115没有被起诉，"我说，"还因为他不是第一个做了这种事情还逍遥法外的人。如果这样的情况不改变，人们就会一直去抗议、发动暴乱。所以，我觉得这个体制依然在给予仇恨，而这份仇恨依然在干翻所有人，对吗？"

爸爸笑了起来，又一次跟我击拳表示赞同，"好姑娘，要注意用词，不过你说得很对。除非情况发生改变，否则我们依然会被干翻。这就是关键所在。必须改变。"

我的喉咙里仿佛形成了一个肿块，沉重的真相迎面袭来，"这就是为什么人们要大声呐喊，对吗？因为如果我们什么都不说，就什么都不会改变。"

"没错，我们不能沉默。"

"所以我不能沉默。"

爸爸僵住了，他看向我。

我看到了他眼中的挣扎。对于他来说，我比一场运动显然更加重要。我是他的孩子，永远都是。保持沉默意味着我没有危险，而他当然想让我平平安安地生活。

可是，这不仅关乎我和卡里尔，更关乎"我们"，大写的"我们"——所有那些虽然不认识我和卡里尔，但却跟我们肤色相同、相貌相似、感受一致，体会着相同痛苦的民众。我的沉默最终是无法帮助"我们"的。

爸爸收回目光，望着前方的道路，点了点头，"对，不能沉默。"

仓库之旅简直就是噩梦一场。

到处都有人推着大型平板卡车，这些卡车本来就十分沉重，堆满货物以后推起来更是难上加难。等我们离开的时候，我觉得仿佛是黑耶稣把我从地狱深处拽了出来。不过，爸爸确实给我买了冰激凌。

采购货物仅仅是第一步。接下来，我们要在店里卸货，将商品摆到架子上，然后我们（划掉重写，应该是"我"）还得把价签贴在一袋袋薯片、饼干和糖果上。唉，在答应跟爸爸出来玩之前，我就应该想到会有这样的结果。当我忙着干活的时候，他就在办公室里支付账单。

我正在往一袋薯条上贴价签，忽然，有人敲了敲前门。

"我们关门了。"我喊道，连头都没抬。我们已经在门口挂上歇业的牌子了，难道这人不会自己看吗？

显然是不会。敲门声又一次响起。

爸爸出现在办公室门口，"我们现在不营业！"

敲门的人依然锲而不舍。

爸爸转身消失在办公室里，拿着格洛克手枪回来了。他是重罪犯，按理说不该持枪，但他却声称，严格来讲这不算是亲自持枪，只是把枪放在办公室里而已。

他看着门外的人，"你想干什么？"

"我饿了，"那人说，"能买点儿东西吃吗？"

爸爸打开锁，敞开门，"给你五分钟时间。"

"谢谢。"说着，德文特走了进来。他的圆蓬头乱作一团，整个人看起来十分慌张，我不是指他的发型，而是指他的眼睛。那双眼睛又红又肿，疯狂地四下张望。当他从我身边经过的时候，甚至都没有朝我点头打个招呼。

爸爸带着手枪，站在收银台后面等待。

德文特扫了一眼外面，然后看向膨化食品，"玉米饼、粟米棒，还是玉米——"他的声音拖得很长，又向外望了一眼。这时，他发现我正在盯着他，于是又看向货架，"玉米片。"

"你的五分钟所剩不多了。"爸爸说。

"该死，伙计，好吧！"德文特抓起一包玉米片，"我能再拿点儿喝的吗？"

"抓紧时间。"

德文特朝冰柜走去。我来到收银台旁，跟爸爸站在一起。显然是出什么事了。德文特一直伸长脖子向外张望，至少三个五分钟都过去了，谁也不会花这么长时间在可口可乐、百事可乐和菲戈[1]汽水之间做选择吧。

"好了，文特，"爸爸示意他到收银台前，"你是打算壮着胆子抢劫我的店铺，还是在逃避别人的追踪？"

"哪有，我怎么会抢劫你的店铺！"他掏出一卷钱，放在收银台上，"我有钱。而且，我是个枭王，用不着逃避任何人。"

"不对，你明明就是在店里躲躲藏藏。"我说。

他盯着我，但是爸爸告诉他，"她说得对。你的确在躲避什么人，是枭王还是信徒？"

"不会是花园里那两个信徒来找你麻烦了吧？"我问。

"别多管闲事，管好你自己就行了。"他厉声说。

"你跑到我爸爸的店里来东躲西藏，那这就是我的事。"

"别吵！"爸爸说，"说真的，你到底在躲避什么人？"

德文特盯着自己脚上那双破损不堪的帆布鞋，就算我把全套清洁工具都用上，也不可能拯救那双脏兮兮的鞋子了。"金。"他喃喃地说。

"枭王还是金？"爸爸问。

"金。"德文特提高声音重复了一遍，"他想让我收拾掉那些杀害我弟弟的家伙，但我不想背上杀人的罪名。"

"嗯，我听说戴尔文的事情了，"爸爸说，"我很难过。当时究竟

---

[1] 菲戈（Faygo）：一家美国饮料公司，总部位于密歇根州底特律。

发生了什么？"

"我们在大达的派对上，几个花园信徒过去找他的茬，其中一个懦夫在背后冲他开枪了。"

噢，天哪！我和卡里尔参加的也是这场派对，正是那些枪声才让我们离开的。

"大麦弗，你是怎么退出帮派的？"德文特问。

爸爸捋了捋自己的山羊胡子，仔细地打量着德文特。"用了困难的办法，"最终，他说道，"我爸爸曾经是一名勋爵枭王。阿多尼斯·卡特，一个地地道道的老江湖。"

"哟！"德文特说，"大多尼是你老爸？"

"没错，他是这个城市有史以来最大的毒贩。"

"哇，太拽了。"德文特瞬间变成一个狂热粉丝，"我听说警察为了抓他而日夜忙活，累得要死。当年他可赚了好多钱啊。"

我听说爷爷一直忙着赚大钱，所以没空陪爸爸。爸爸有很多小时候的照片，在画面中，他穿着貂皮外套，摆弄着昂贵的玩具，展示着闪闪发光的珠宝，但是多尼爷爷的身影却从未出现过。

"也许吧，"爸爸说，"我不太清楚那些事情。在我八岁的时候，他就进监狱了。从那以后再也没出来。我是他的独生子，人人都期待着我会走他的老路。

"十二岁时，我就成了一名勋爵枭王。唉，那是当时唯一能活下去的办法。总有人因为老爸来找我的麻烦，但如果我是勋爵枭王的话，背后就会有很多同伴支持我、保护我。黑帮生活成了我的一切，只要一声令下，我愿意为之奉献生命。"

他看了我一眼，"然后，我成了一名父亲，这才意识到根本不值得为什么狗屁黑帮献身。我想收手不干了。可是你也知道这一行的规矩，想脱离帮派并不是嘴上说说那么简单。金是老大，他跟我关系很铁，但是他不能让我这样离开。我自己也是，因为赚钱很多，所以很难下定决心金盆洗手。"

"是啊，金说你是他见过的最有能耐的毒贩之一。"德文特说。

爸爸耸了耸肩，"这一点随我老爸。不过，之所以说我有能耐，其实是因为我从来没被抓住过。有一天，我和金去提货，结果却被逮住了。警察想知道那些武器属于谁。当时金已经犯过两项重罪了，再被指控就意味着终身监禁。我没有前科，所以就揽下了罪名，被判了几年，对金表现得忠心耿耿。

"那是我生命中最艰难的三年。在成长的过程中，我总是埋怨老爸抛下我进了监狱。可结果呢，我跟他待在了同一所监狱里，苦苦地思念着自己的孩子。"

德文特皱起眉头，"你跟你老爸待在同一所监狱里？"

爸爸点了点头，"从小到大，我听到人们说起他的时候都像是在谈论一位真正的枭王，你明白什么意思吗？仿佛他是一个传奇。然而，他只是个风烛残年的老人罢了，满心后悔没能尽到父亲的责任。他对我说过的最真实的一句话是：'不要重蹈我的覆辙。'"爸爸又一次看向我，"可我还是重蹈了他的覆辙。我错过了孩子上学的第一天，错过了许许多多的第一次，让孩子想管其他人叫'爸爸'，因为我总是不在。"

我移开目光。原来，他知道我和卡洛斯舅舅的关系有多么亲密。

"我已经跟勋爵枭王、毒品之类的东西彻底断绝关系了，"爸爸说，"因为我揽下了罪名，所以金同意让我离开帮派。这样说来，那三年也算是值了。"

德文特的眼睛变得黯淡了，就像他谈到弟弟的时候一样，"必须得进监狱才能罢手不干？"

"我只是个特例，不是惯例，"爸爸说，"大家都说这是一辈子的事情，确实如此。要么死在帮派里，要么为帮派而死。你想退出吗？"

"我不想进监狱。"

"他没问你那个，"我说，"他问你是否想退出？"

德文特沉默了许久，然后抬起头来看着爸爸，"我只是想活着，老兄。"

爸爸捋着山羊胡子，叹了一口气，"好吧，我会帮你的。不过丑话说在前头，如果你胆敢再回头贩毒或吸毒，那你最好祈祷金能赶快把你领走，因为一旦被我逮住，决不轻饶。你上学吗？"

"上。"

"成绩如何？"爸爸问。

他耸了耸肩。

"这是什么意思？"爸爸模仿德文特的样子耸了耸肩，"你知道自己都得多少分，所以告诉我，成绩如何？"

"我的意思是，我能拿到 A 或者 B 什么的，"德文特说，"我又不是白痴。"

"行，不错。我们也要确保你能继续上学。"

"老兄，我不能再回花园高中了，"德文特说，"那里到处都是勋爵枭王，回去就死定了。"

"我没说让你去那儿上学，会有办法解决的，这段时间你可以先在店里干活。你最近都在家过夜吗？"

"没有。金让他的小弟守在那里监视我。"

"果然如此，"爸爸咕哝着说，"这个我也会想出办法解决的。思姐尔，你教教他怎么贴价签。"

"就这样？你真的要雇他吗？"我问。

"思姐尔，这是谁的商店？"

"你的，可是——"

"那就行了。教他贴价签。"

德文特窃笑起来，我真想照着他的喉咙给一拳。

"跟我来。"我嘟囔着。

我们盘腿坐在膨化食品的过道上，爸爸锁好前门，回到了自己的办公室。我抓起一袋辣味粟米棒，把一张九十九美分的价签贴了上去。

"你应该教我怎么做。"德文特说。

"这不是正在教吗！好好看着。"

我又抓起另一袋。他凑到我的肩膀上方，靠得太近了，气息都吹在我的耳朵和脖子上。我扭开头，看着他，"你能离我远点儿吗？"

"你到底对我有什么意见？"他问，"昨天我一出现你就摆出这个态度，我又没招惹你。"

我把价签贴在一袋玉米片上，"对，但你招惹了丹妮莎，还有肯尼娅。谁知道你还招惹过花园高地的多少姑娘！"

"等等，我没招惹过肯尼娅啊。"

"你问她要过手机号，不是吗？尽管你正在跟丹妮莎交往。"

"我没有跟丹妮莎交往，我只是在那场派对上跟她跳舞而已。"他说，"明明是她非要表现得像是我的女朋友一样，还因为我跟肯尼娅说话而发火。如果不是跟她们俩纠缠的话，我本来可以——"他吞咽了一下口水，"我本来可以救戴尔文的。当我冲过去的时候，他已经倒在地板上了，鲜血直流。我什么都没法做，只能抱着他。"

我仿佛看到自己也坐在血泊之中，"而且，还得努力告诉他一切都会好起来的，尽管你心里清楚——"

"绝不可能会好起来的。"

我们都沉默了。

这一刻忽然变得似曾相识。我看到自己像现在一样盘腿坐在地板上，但身边的人不是德文特，而是卡里尔，我正在教他如何贴价签。

在卡里尔死前，我们没能帮助他，也许我们可以帮助德文特。

我递给德文特一包薯条，"我只会解释一遍这个价签枪[1]的用法，你最好集中注意力仔细听。"

---

[1] 价签枪（price gun）：一种常用于零售商店的工具，可以将价签贴在商品上。因外形和操作方式与手枪相似，故而得名。

他咧着嘴笑了，"我的注意力全给你，小美女。"

后来，在我本应熟睡的时候，妈妈在走廊里对爸爸说："所以，他正在躲避金，而你觉得他该藏在这儿？"

她在说德文特。显然，爸爸没能"想出办法解决"，只好决定让德文特跟我们待在一起。几小时前，爸爸把我们俩送回家里，然后又折返去保护店铺免遭暴乱者的袭击。此刻，他刚刚到家。他说我们家是唯一一个金不会来寻找德文特的地方。

"我必须得做点儿什么。"爸爸说。

"我明白，而且我知道你觉得这是在弥补卡里尔——"

"不是那样的。"

"是的，"她温柔地说，"我都懂，亲爱的。在卡里尔的事情上，我自己也感到十分懊悔。但是这件事不一样，对我们家来说太危险了。"

"这只是权宜之计，暂时如此。德文特不能留在花园高地了，这片社区对他没有好处。"

"等等，对他没有好处，难道对咱们的孩子就有好处吗？"

"别这样，丽莎。现在很晚了，我不想谈这些。我整晚都待在店里，连眼都没合过。"

"那我呢？我也整晚没睡觉，一直提心吊胆！担心你在店里会出事，担心咱们的孩子在这片社区里会出事。"

"他们过得很好！他们又没有去蹚黑帮那滩浑水。"

妈妈嗤之以鼻，"是啊，真是太好了，好到我得开将近一个小时的车送他们去上一所体面的学校。上帝禁止塞卡尼在外面玩耍，我必须带他到我哥哥家，只有在那里，我才不用担心他会像他姐姐的好朋友那样被人开枪打死！"

这种感觉真的很糟糕，我都不知道她是在说卡里尔，还是在说娜塔莎。

"行，就算搬家，"爸爸说，"然后呢？咱们跟那些背信弃义、抛弃这片社区的小人又有什么两样？咱们明明可以改变这里的现状，却为了一己之利而逃跑？难道你就想这样教育咱们的孩子吗？"

"我只是想让我的孩子享受人生！我明白，麦弗里克，你想帮助自己的同胞，我也想啊。所以我才会每天在诊所里全力以赴地救治病人，忙得焦头烂额、不可开交。可是，搬出这里并不意味着你就丧失了真心，也不意味着你就无法帮助这个社区了。你必须要想清楚，究竟哪一个才是更重要的，是你的家人，还是花园高地？反正，我已经做出了选择。"

"你在说什么？"

"我在说，我会为了自己的孩子们做应该做的事情。"

脚步声传来，紧接着一扇门关闭了。

我几乎整晚都没有合眼，翻来覆去地想着这番谈话对他们的意义，对我们的意义。没错，他们之前也讨论过搬家的事情，但是从未像卡里尔死后这样激烈地争吵过。

如果他们闹到离婚的地步，那么115从我身边夺走的东西便又多了一样。

第十一章

周一早上，刚踏进威廉姆森，我就嗅到了不寻常的气息。大家都非常安静。确切地说，是三三两两地挤作一团，在走廊上和院子里窃窃私语，就像在篮球赛前偷偷讨论战略战术一样。

我还没反应过来，海丽和玛雅先瞧见了我。"你收到短信了吗？"海丽问。

她一上来就没头没脑地说了这句话，既没有打招呼，也没有做铺垫。我到现在还没有手机，所以只能反问："什么短信？"

她把自己的手机给我看，屏幕上显示了一个短信群，群里大约有一百多人。海丽的哥哥雷米发了第一条信息。

今天第一节课去抗议吧。

然后，留着卷发、面带酒窝的卢克回答：

行啊，那就一天都不用上课了。我来。

雷米回复道：

本来就是为了不上课，蠢货。

仿佛有人在我的心脏上按下了暂停键，"他们要为卡里尔抗议？"

"对，"海丽兴高采烈地说，"而且时机也特别完美，正好我还完全没开始英语的复习。雷米总算是想出一个逃课的好主意了。我是说，虽然为一个毒贩子的死亡而抗议很扯淡，但是——"

闻听此言，所有威廉姆森的条条框框都被抛在了脑后，花园高地的思妲尔出现了，"这他妈的跟贩毒有什么关系？"

她们俩的嘴巴张成了圆圆的 O 型。"就是，我的意思是……如果他是一名毒贩子的话，"海丽说，"那就能解释为何……"

"解释为何他什么都没做就被杀了？所以他被杀了是一件完全应该的好事吗？你不是要为此而抗议吗？"

"我们是要抗议！天哪，别这么咄咄逼人，思妲尔，"她说，"我还以为你会到处传播这件事呢，毕竟你最近对汤博乐这么痴迷。"

"你猜怎么着？"我当真就要气得冒烟了，"离我远点儿。祝你在小抗议中玩得开心。"

我真想跟身边经过的每一个人打架，用弗洛伊德·梅威瑟尔[1]的方式。他们都为了能放一天假而欢呼雀跃，可卡里尔呢？卡里尔在坟墓里，他片刻也不能离开。我也是分分秒秒都不得安宁。

在教室里，我把背包扔到地板上，在自己的座位上一屁股坐下。当海丽和玛雅进来时，我恶狠狠地瞪了她们一眼，无声地警告她们不要跟我说话。

我彻底打破了所有威廉姆森版思妲尔设立的条条框框，连一点儿渣都没有剩下。

克里斯在上课铃响之前走进教室，脖子上挂着耳机。他走到我身旁的过道上，捏住我的鼻子学猪叫："呼噜噜，呼噜噜。"他总是觉得这

---

[1] 弗洛伊德·梅威瑟尔（Floyd Mayweather, 1977— ）：美国前职业拳击手，现为拳击赛经纪人。他被公认为最优秀的拳击手，在职业生涯的十九年间未曾被打败过。

样很有趣。放在平时，我会报以大笑，并且抬手拍他一下，可今天……是的，我哪有那个心情。我没笑，只是抬手拍了他一下，而且用力很大。

他叫了一声，"痛！"然后伸手在我面前摆了摆，"你怎么了？"

我没有回答。如果我开口的话，肯定会当场爆炸的。

他蹲在我的课桌旁边，摇着我的大腿，"思妲尔，你还好吗？"

我们的老师——光头、矮胖的沃伦先生——清了清嗓子，"布莱恩特先生，我的课堂可不是相亲的地方。赶紧找个位置坐下。"

克里斯钻到隔壁的座位上。"她怎么了？"他轻声问海丽。

海丽装傻充愣，"不知道。"

沃伦先生让我们拿出笔记本电脑，开始上英国文学课。不到五分钟，就有人高喊："为卡里尔伸张正义！"

"为卡里尔伸张正义，"其他人也跟着重复，"为卡里尔伸张正义！"

沃伦先生让他们不要喧哗，但是他们的声音却越来越大，还用拳头敲打课桌。

我想呕吐，想尖叫，想放声大哭。

同学们朝门口蜂拥而去，玛雅是最后一个离开的。她回头望了我一眼，然后又看向示意她快跟上的海丽。最终，玛雅还是跟着海丽走了。

我觉得我已经受够了，再也不会跟在海丽身后，事事都听她指挥了。

走廊上，为卡里尔爆发的抗议声就像警笛一样刺耳。跟海丽不同的是，他们当中有些人可能并不在乎他是不是一名毒贩。他们也许甚至像我一样心烦意乱。但是，我知道雷米为什么发起这场抗议，所以我坐在原位没动。

不知为何，克里斯也坐在原位没动。他的课桌摩擦着地板，离我的课桌越来越近，最后碰到了一起。他用拇指擦去我的泪水。

"你认识他，对吗？"他说。

我点了点头。

"噢，"沃伦老师说，"我很难过，思妲尔。你不必——你可以给父母打电话，明白吗？"

我擦了擦脸颊。我不想因为自己无法处理这些状况而令妈妈大惊小怪，我更不想做一个无法面对现实的人。"先生，您能继续上课吗？"我问，"转移注意力会好一些。"

他露出了一个悲伤的微笑，然后满足我的要求，继续上课了。

在接下来的一天中，有时我和克里斯是班上仅有的学生，有时会有一两个人加入我们之中。人们会特意走过来告诉我，他们觉得卡里尔的死亡非常糟糕，但是雷米发起抗议的真正理由也同样很糟糕。比如，有一个高二女生在走廊上找到我，解释说她支持这次抗议的内容，但是在听说了他们究竟为何而抗议之后，却决定还是回到课堂上。

他们表现得仿佛我是黑人种族的官方代表一样，而他们都欠我一个解释。不过，我觉得我能理解。如果我没有参加抗议，那么我只是在表明自己的态度，但是如果他们没有参加抗议，就会显得像是种族歧视者似的。

午饭时，我和克里斯径直走向了自动贩卖机旁的餐桌。桌边只有一个人，就是留着完美精灵头的杰丝，她正在一边吃芝士薯条，一边看手机。

"嗨？"我颇感困惑，没想到她居然在这里。

"吃饭吗？"她点了点头，"坐吧，你也看到了，这里有好多空位。"

我坐在她身旁，克里斯坐在我的另一边。我和杰丝一起打篮球三年了，她把脑袋枕在我的肩膀上也有两年了，但是我只能愧疚地承认，我对她的了解并不多。我只知道她是一名高四生，她的父母都是律师，她平时在一家书店里打工。但我不知道她何以会对这场抗议视而不见。

我猜应该是我盯着她看了太久，因为她忽然开口了，"我不会利用死去的人来逃课。"

如果我不是异性恋的话，单凭这句话，我就一定会跟她约会的。这一回，我把自己的脑袋枕在了她的肩膀上。

她拍了拍我的头发，说："有时候白人会干一些很蠢的破事儿。"

杰丝是白人。

赛文和蕾拉端着托盘来找我们。赛文朝我伸出拳头，我跟他碰了一下。

"嗨，赛文，"杰丝说着，也跟他碰了碰拳。我都不知道他们俩关系这么好，"看来咱们都是在抗议这场'逃课'抗议喽？"

"没错，"赛文说，"抗议这场'逃课'抗议。"

放学后，我和赛文去接塞卡尼，他一直喋喋不休地讲着教室窗外的新闻摄像机。没办法，谁叫他是塞卡尼呢！塞卡尼来到这个世界上就是为了寻找镜头的。我的手机里有太多他的自拍照，清一色的"浅棕色脸庞"，还有眯缝的小眼睛和扬起的粗眉毛。

"你们都会上新闻吗？"他问。

"不，"赛文说，"没必要上新闻。"

我们可以回家，锁好门，像平常一样争抢电视机的遥控器，也可以去店里给爸爸帮忙。我们去了店里。

爸爸站在门口，看着一名记者和一名摄影师在路易斯先生的店铺前忙活。当然，塞卡尼一瞧见那台摄像机，就嚷嚷起来："哇，我想上电视！"

"闭嘴，"我说，"你不想上电视。"

"我想。你又不知道我在想什么！"

汽车刚刚停稳，塞卡尼就把我的座位向前推，害得我一下撞在了仪表板上，他跳下车，"爸爸，我想上电视！"

我揉着下巴，他这个大屁股的小鬼头早晚会把我害惨的。

爸爸抓住塞卡尼的肩头，"别激动，小家伙。你不会上电视的。"

"怎么了？"当我们下车时，赛文问道。

"有几个警察在街角被揍了。"爸爸说着，用一只胳膊搂住塞卡尼的胸膛，好让他安静下来。

"被揍了？"我说。

"嗯。灰色小子把那几个警察从巡逻警车里拽出来，拳打脚踢。"

"灰色小子"是勋爵枭王的代号。该死。

"我听说你们学校里发生的事情了，"爸爸说，"一切还好吗？"

"没事，"我故作轻松地说，"我们都很好。"

路易斯先生调整着身上的衣服，伸出一只手摸了摸自己的圆蓬头。记者说了些什么，他开怀大笑，连肚子上的肥肉都在乱颤。

"这个蠢货要说什么？"爸爸有些纳闷儿。

"五秒后开始直播，"摄影师说，我的脑子里只有一个念头，那就是千万别让路易斯先生上电视直播，"四、三、二、一。"

"没错，乔，"记者说，"此刻我正跟塞德里克·路易斯先生在一起，他目睹了今天这起涉及警官的意外事件。路易斯先生，您能否将看到的情况都告诉我们呢？"

"他明明啥都没看见，"爸爸对我们说，"他一直待在自己的店里，是我告诉他发生了什么！"

"当然可以，"路易斯先生说，"那几个臭小子把警官们从车里拽出来。警官们什么都没做，只是坐在那儿被打得像丧家犬一样，都没还手。太荒唐了！明白吗？太他妈的荒唐了！"

肯定会有人把路易斯先生的采访做成表情包，他神情夸张，仿佛是个滑稽的傻子，却丝毫不自知。

"您觉得这是否是对卡里尔·哈里斯案件的报复行为？"记者发问。

"绝对的！真是太愚蠢了。多年来，这伙暴徒一直对花园高地实施恐怖统治，现在又来发什么疯？怎么，就因为不是他们自己杀了他吗？总统和政府官员都在寻找恐怖分子，但我现在立马就能说出一个名字，叫他们赶紧来抓。"

"别这样，路易斯先生，"爸爸祈祷着，"别啊。"

他还是开口了，"他的名字是金，眼下就住在花园高地。他很可能是这座城市里最大的毒贩，统治着一个叫'勋爵枭王'的黑帮组织。要是你们想抓人，就来抓他。反正骚扰那些警察的也绝对是他手下的小弟。我们已经受够了！成天游行、游行，怎么没人去抗议他？"

爸爸捂住了塞卡尼的耳朵。一连串咒骂的词语紧随其后，如果被塞卡尼听到了，那么每个词都会变成他那脏话罐[1]里的一美元。"糟了，"爸爸咬牙切齿地说，"糟了、糟了、糟了。这个蠢货——"

"他告密了。"赛文说。

"还是在电视直播上。"我补充道。

爸爸还是在喃喃地说："糟了、糟了、糟了。"

"您认为今天市长宣布的宵禁令会阻止这类事件的发生吗？"记者问路易斯先生。

我看向爸爸，"什么宵禁令？"

他把双手从塞卡尼的耳朵上移开，"花园高地的所有商铺必须在九点以前关门。十点后，任何人都不许上街。家家户户要按时熄灯，就像监狱一样。"

"爸爸，那你今晚会待在家里了吗？"塞卡尼问。

爸爸微微一笑，将他搂到身边，"是啊，小家伙。等你做完家庭作业以后，我可以陪你玩《疯狂橄榄球》[2]。"

记者结束了采访。爸爸一直等到她和摄影师离开，然后走向路易斯先生。"你疯了吗？"他问。

"什么？就因为我说了实话？"路易斯先生说。

"老兄，你不能在电视直播上那样告密。这下你死定了，你自己心里也清楚，不是吗？"

"我才不怕那个黑鬼！"路易斯先生故意大声说，好让人人都能听

---

[1] 脏话罐（swear jar）：一种为阻止人们咒骂而设置的器具。每当有人说出一句脏话，身边的人就可以对其进行"罚款"，让说脏话的人往玻璃罐或者盒子里放钱。
[2]《疯狂橄榄球》（Madden NFL）：一款美式橄榄球的电子游戏。

到，"你怕他吗？"

"不，但我知道游戏规则。"

"我年纪这么大，已经玩不动游戏了！你也一样，不该跟他们瞎胡闹了！"

"路易斯先生，听着——"

"不，你给我听着，孩子。我在国外打过仗，回来以后又在这片土地上战斗过。看见没？"他卷起裤腿，露出一条裹在方格袜子中的假肢，"这是在战争中失去的。还有这个，"他把衬衫掀到腋下，一道细细的粉色伤疤从他的后背延伸到大肚子上，"这是几个白人小子砍的，就因为我从他们的喷泉里喝了两口水。"他放下衬衫，"我经历过许多可怕的事情，比那个什么枭王金要糟糕得多了。他还能怎么样？不过就是杀了我。如果死亡是我说实话的下场，那我义无反顾。"

"你没明白。"爸爸说。

"我明白。呃，我真是太明白了。你在这儿到处宣传，说你已经不再是黑帮成员了，说你试图改变现状，可结果呢，还是遵循那些'不许告密'的狗屁规则。而且，你还把同样的东西也教给了你的孩子们，不是吗？你实在是太蠢了，竟然没有意识到金依然在控制着你这个傻子。"

"我蠢？你在电视直播上告密，还说我蠢？"

熟悉的呼啸声传来，令我们突然警觉起来。

噢，天哪。

一辆巡逻警车闪着灯开过街道，在爸爸和路易斯先生的身旁停了下来。

两名警官下了车，一名是白人，一名是黑人。他们的手在腰间的枪支旁徘徊。

不、不、不。

"这里出什么事了吗？"黑人问，径直看向爸爸。他跟爸爸一样是光头，但看起来年纪更大、个头更高、身形更壮。

"没有，先生，警官。"爸爸说，原本抄在牛仔裤口袋里的双手现在垂放于身体两侧，清晰可见。

"确定？"年轻的白人问，"似乎有点不对头。"

"我们只是在聊天罢了，警官。"路易斯先生说，口气比几分钟前要轻柔许多。他的双手也放在身体两侧。他的父母肯定也在他十二岁的时候告诉过他要如何面对警察。

"在我看来，这名年轻人好像在骚扰你，先生。"黑人警察说，依然目不转睛地盯着爸爸。他甚至还没有正眼看过路易斯先生。不知道是因为路易斯先生没有穿着印有"黑人态度"的T恤，还是因为他的胳膊上没有布满瘟神，或者因为他没有穿着松松垮垮的牛仔裤、没有戴着帽檐朝后的鸭舌帽。

"你带身份证了吗？"黑人警察问爸爸。

"先生，我正要回自己的店铺——"

"我说，你有没有带身份证？"

我的双手在颤抖。早饭、午饭，所有食物都在我的胃里搅动，随时准备从喉咙里吐出来。他们要把爸爸从我身边夺走了。

"怎么了？"

我转身，看到鲁宾先生的侄子蒂姆朝我们走来。人们纷纷在对面的人行道上驻足张望。

"现在我要拿我的身份证，"爸爸说，"就在我裤子后面的口袋里。好吗？"

"爸爸——"我叫。

爸爸的眼睛依然盯着那名警官，"你们几个，都到店里去，听话，不会有事的。"

但我们都没有动。

爸爸的手缓缓地放进屁股后面的口袋里，我的目光从他的手转移到警察的手，看他们是否要掏枪。

爸爸拿出自己的钱包，那是我在父亲节给他买的小皮包，上面还有他名字首字母的浮雕。他把钱包给他们看。

"瞧，我的身份证就在这儿。"

他的声音听起来从未这么弱小。

黑人警官拿过钱包，打开它。"噢，"他说，"麦弗里克·卡特。"

他跟搭档交换了一个眼神。

两人都看向我。

我的心脏停止了跳动。

他们意识到我就是那名证人了。

警局里肯定有一份列出我父母姓名的文件，或者是那两名警探说漏了嘴，结果局里的所有人都知道我们的名字了，又或者他们不知用什么办法，从卡洛斯舅舅那儿得到了消息。我不知道原因，但总之事已至此。如果爸爸有什么意外的话……

黑人警官看着他，"趴在地上，双手放在背后。"

"可是——"

"面朝下，趴在地上！"他大叫，"抓紧！"

爸爸望向我们，他的表情中充满了歉意，显然不愿意让我们看到这一切。

他单膝跪地，面朝下趴低身体，双手放在背后，十指相扣。

刚才那个摄影师去哪儿了？为什么不把这个画面放到新闻上播出？

"等等，警官，"路易斯先生说，"我和他真的只是在聊天。"

"先生，进屋吧。"白人警察告诉他。

"但是他什么都没做！"赛文说。

"孩子，进屋！"黑人警察说。

"不，他是我父亲，而且——"

"赛文！"爸爸喊道。

尽管他趴在水泥地上，但他的声音里依然有某种不容置疑的权威，令赛文不再争辩。

黑人警官对爸爸进行搜身，他的搭档环顾着旁观者。现在，周围的人已经很多了。伊薇特女士和她的几位客人站在店门口，客人们的肩膀上都搭着毛巾。一辆车停在了街道上。

"大家都回去做生意吧，不要多管闲事。"白人警察说。

"不，先生，"蒂姆说，"这就是我们的事。"

黑人警察在搜身的时候一直用膝盖抵着爸爸的后背。他对爸爸从头到脚搜了一次、两次、三次，就像 115 对卡里尔所做的那样。一无所获。

"拉里。"白人警察说。

名叫"拉里"的黑人警察抬眼望向他，然后又看向聚集在周围的人群。

拉里把膝盖从爸爸的后背上挪开，站起身来。"起来吧。"他说。

爸爸慢慢地站了起来。

拉里扫了我一眼，酸水在我的嘴里阵阵翻涌。他转向爸爸，说："记住，我会盯紧你的。"

爸爸的下巴绷得很紧。

两名警察驱车而去，停在街道上的那辆车也开走了，围观者都接着去忙各自的事情了。有人高喊道："没事的，麦弗里克。"

爸爸望着天空，眨了眨眼，我不想哭的时候也会这么做。他攥紧拳头，又松开拳头。

路易斯先生碰了碰他的后背，"来吧，孩子。"

他领着爸爸朝我们走来，却与我们擦肩而过，走进杂货店。蒂姆紧随其后。

"他们为什么要这样对待爸爸？"塞卡尼轻轻地问。他眼含泪水，看向我和赛文。

赛文用一只胳膊搂住他，"我不知道，小家伙。"

我知道。

我走进杂货店。

德文特手拿扫帚，靠在收银机旁，身上穿着一条丑陋的绿围裙。以前我和赛文在店里干活的时候，爸爸总想逼我们穿上。

我的胸口忽然一阵抽痛。卡里尔也曾经穿过。

德文特正在跟提着一篮子杂货的肯尼娅交谈，当门铃在我身后响起时，他们俩都朝我看了过来。

"喂，出什么事了？"德文特问。

"刚才外面那是警察吗？"肯尼娅说。

从我的位置可以看到路易斯先生和蒂姆正站在爸爸的办公室门口，爸爸肯定在里面。

"嗯。"我应了一声，径直朝店铺后部走去。肯尼娅和德文特跟着我，问东问西，我却没有时间回答。

办公室的地板上散落着许多纸张，爸爸趴在桌子上，后背随着每一下沉重的呼吸而起伏。

他一拳砸向桌子，"操！"

爸爸曾经告诉过我，每个黑人都拥有祖先遗传下来的愤怒，这是源于他们无法阻止奴隶主伤害自己的家人。爸爸还说，最危险的时刻，莫过于那种愤怒被激活的时候。

"发泄出来吧，孩子。"路易斯先生对他说。

"让那些蠢猪统统见鬼去吧，"蒂姆说，"老兄，他们之所以这样，就是因为他们知道思妲尔的事情。"

等等。什么？

爸爸回过头来，他的眼睛红肿而潮湿，仿佛刚才一直在哭泣似的，"蒂姆，你在说什么？"

"有个黑帮小子在出事那天晚上瞧见你、丽莎和你们的女儿从救护车里出来，"蒂姆说，"谣言在社区里传得沸沸扬扬，人们都觉得她就是新闻上说的那个目击证人。"

噢。

天哪。

"思妲尔,去给肯尼娅结账,"爸爸说,"文特,把地板扫完。"

整片社区的人都知道了。

在给肯尼娅结账的过程中,我的胃里始终拧作一团。如果整片社区的人都知道了,那么过不了多久,花园高地之外的人也会知道。到时候该怎么办?

"你把那个刷了两回。"肯尼娅说。

"啊?"

"牛奶。你把牛奶的条形码刷了两回,思妲尔。"

"噢。"

我将牛奶塞进袋子里,删掉了价格单上多余的一盒。今晚,肯尼娅很可能要给她自己和丽瑞克做饭,这种情况时有发生。我把她其余的东西都结完账,收下她的钱,给她找好零钱。

她盯了我一秒钟,然后说:"当时你真的跟他在一起吗?"

我的喉咙哽咽了,"这很重要吗?"

"很重要。你干吗一直保密?就好像你在隐瞒什么一样。"

"别那样说。"

"事实如此。不是吗?"

我叹了一口气,"肯尼娅,别说了。你不明白,好吗?"

肯尼娅交叉双臂,"需要明白什么?"

"许多!"我忍不住大喊起来,"我不能到处跟人们说这件事。"

"为什么不能?"

"因为!你没看到当警察知道我是证人之后,他们是怎么对待我爸爸的。"

"所以你就被警察吓到了,不敢替卡里尔说话了?我还以为你很在乎他呢。"

"我确实很在乎他。"我对他的在乎程度,她根本无法想象,"我已经跟警察谈过了，肯尼娅。但是什么结果都没有。我还应该怎么做？"

"上电视之类的，我不知道，"她说，"告诉所有人那天晚上到底发生了什么。大家根本就不了解从卡里尔的角度来看，这件事是怎样的。难道你就让他们对他随便说三道四——"

"等等——他们做什么，我怎么管得着？"

"你也听到他们怎么在新闻上说他的了，管他叫暴徒什么的，你明明知道那不是卡里尔。要我说，如果他是你那所私立学校里的朋友，你肯定会屁颠屁颠地跑到电视上去维护他了。"

"你来真的？"

"废话，"她说，"你因为那群傲慢的白人孩子而抛弃了他，你自己心里清楚。有朝一日，如果我出事了，你很可能也会因为我哥而抛弃我！"

"不会的！"

"你确定吗？"

我不确定。

肯尼娅摇了摇头，"你知道最糟的是什么吗？如果现在是要维护你，那么我认识的卡里尔会立马跑到电视上，把一切都原原本本地告诉所有人。而你却不能为他做同样的事情。"

这番话犹如一记响亮的耳光，毫不留情地迎面扇来。虽然令人痛苦，但却是无可辩驳的事实。

肯尼娅拿起自己的购物袋，"思妲尔，我只是想说，如果我能改变我爸妈在家里的状况，我一定会努力。你现在有机会改变我们的整片社区，却不敢吭声，像个胆小鬼一样。"

肯尼娅走了。没过多久，蒂姆和路易斯也离开了。蒂姆出门的时候，对我举起了表示黑人权利的拳头。然而，我不配得到这个手势的赞扬。

我朝爸爸的办公室走去。赛文站在门口，爸爸坐在桌子上，塞卡尼在他身旁，一边听爸爸讲话，一边点头，但模样却很忧伤。我想起了当年爸爸妈妈跟我谈话时的情景。看来，爸爸还是决定，不等到塞卡尼十二岁，就把那番告诫说出来了。

爸爸看到了我，"赛文，你去照看收银机，顺便带上塞卡尼一起，他差不多该学一下怎么结账了。"

"噢，老爸！"塞卡尼呻吟道。其实，他不乐意也是情有可原，因为对店铺了解得越多，就越是得待在店里帮忙。

爸爸拍了拍身旁的空桌面，我跳上去，与他并肩而坐。他的办公室不大，只够放得下一张桌子和一个文件柜。墙上挂满了镶嵌在相框中的照片，比如他和妈妈结婚那天站在政府大楼前的照片，妈妈怀着我，肚子圆鼓鼓的，还有许多我和哥哥弟弟小时候的照片，再看这一张，是七年前爸妈带我们去百货商场拍的全家福。照片中的人都穿着清一色的棒球服、松松垮垮的牛仔裤和伐木靴，看上去很俗气。

"你还好吗？"爸爸问。

"你呢？"

"会好的。"他说，"我只是不愿意让你和你的兄弟看到这些破事儿。"

"他们之所以那么做，全是因为我。"

"不，宝贝。他们还不知道我是你爸爸的时候，就已经开始找碴了。"

"但是我让情况变得更糟了，"我盯着自己的乔丹球鞋，前后摇摆双脚，"肯尼娅说我不敢吭声，是个胆小鬼。"

"她不是有意这么说的。她最近经历了许多事，金每天晚上都把伊艾莎丢来抛去，就像对待破布做的玩具娃娃一样。"

"可她说得对。"我的声音变得沙哑起来，感觉快要哭出来了，"我就是个胆小鬼。在看到他们对你所做的事情之后，我什么都不敢说了。"

"嘿，"爸爸抬起我的下巴，让我看向他，"别上当，这正是他们想要达到的目的。如果你不愿意说，那没问题，但千万不要因为害怕他们而不敢开口。还记得吗？我跟你说过，要敬畏的是谁？"

"只敬畏上帝，还有你和妈妈。尤其是当妈妈发火的时候。"

他窃笑起来，"是啊。除此之外，你不必害怕任何人或任何事。瞧这个，"他卷起衬衫衣袖，露出上臂的文身，那是我的婴儿照，"底下写着的是什么？"

"为之生，为之死。"我说，不用看也知道。从小到大，我已经看过无数遍了。

"没错。你和你的兄弟值得我赴汤蹈火，我会全力以赴地保护你。"他亲吻了我的前额，"只要你准备好了，就大胆地开口。宝贝，我永远都是你最坚强的后盾。"

第十二章

当那个庞然大物从门前经过时，我正在哄砖块进屋。

我盯着它缓缓地爬过马路，半天才反应过来，大喊道："爸爸！"

他停下手中拔杂草的活儿，从菜椒地里抬起头来，"不会吧？"

眼前的场景仿佛电视新闻上讲述中东战争的画面。那是一辆坦克，有两辆悍马[1]那么大，前面闪耀的蓝白光芒将整个街道照耀得如同白昼一样。在坦克的顶部坐着一名军官，身穿迷彩背心，头戴钢盔，手中握着一杆直指前方的步枪。

一个震耳欲聋的声音从装甲车上传来："违反宵禁者，一经发现，统统拘捕。"

爸爸又拔起几根杂草，"简直是胡闹。"

我在砖块面前摇晃着一根腊肠，它紧紧跟随，一路跑进了厨房。它心满意足地在自己的老位置上坐下，狼吞虎咽地啃着腊肠和其他的食物。

---

[1] 悍马（Hummer）：美国通用汽车公司已注销的一个汽车品牌，该品牌曾因生产越野车而闻名。

只要爸爸在家，砖块就不会表现得紧张不安。

其实，我们都跟砖块一样。爸爸在家，就意味着妈妈无须整晚熬夜，塞卡尼也不会一直发抖，赛文更不必装作房子里的男主人。而我，就可以睡得更踏实一些了。

爸爸走进屋来，拍掉手上的土块，"那些玫瑰都快枯死了。砖块，给我老实交代，你是不是在我的玫瑰上撒尿了？"

砖块猛然仰起头来，直勾勾地盯着爸爸的眼睛，但最终还是怯怯地低下了头。

"最好别让我逮到，"爸爸说，"否则让你吃不了兜着走。"

砖块把眼睛也垂了下去。

我从料理台上抓起一张纸巾，又从纸盒里拿走一片比萨。这差不多是我今晚的第四片比萨了。妈妈从高速公路另一边的萨尔比萨店买了整整两大块，因为老板是意大利人，所以店里的比萨是薄饼，而且还铺满了比萨草[1]，吃起来非常美味。

"你做完家庭作业了吗？"爸爸问。

"嗯。"我扯了个谎。

他在厨房的水槽里洗着手，"这周有考试吗？"

"周五考三角学。"

"你复习了吗？"

"嗯。"又撒了一个谎。

"好。"他从冰箱里拿出葡萄，"你还留着以前的笔记本电脑吗？就是在我们给你买那台贵得要命的水果电脑之前用过的笔记本？"

我笑了，"那叫苹果笔记本电脑，爸爸。"

"那玩意儿的价格绝对不止一个苹果。反正你还留着旧电脑吧？"

"嗯。"

---

[1] 比萨草：一种略带苦味和辛辣味的绿色草叶。

"好，把它给赛文，让他检查一下，看看还能不能用。我想让德文特用那台笔记本。"

"为什么？"

"家里的账单是你付的吗？"

"不是。"

"那就照我说的做。"

他几乎总是用这种方式来结束跟我的争辩，我应该订一份便宜的杂志，然后说："对啊，我也给一份账单掏钱呢，怎么着？"不过，就算那样，也还是没用。

吃完比萨后，我径直朝自己的房间走去。爸爸已经去了他和妈妈的卧室，他们的电视机开着，两人都趴在床上，她用笔记本电脑打字，把自己的腿搭在他的腿上。不知为何，这幅画面显得十分可爱。有时候，我就这样看着他们，会突然萌生一个念头，希望自己有朝一日也能过上这样的生活。

"你还在为德文特的事情跟我生气吗？"爸爸问她。她没有回答，依然盯着笔记本电脑。他皱起鼻子，凑到她面前，"你还在生我的气吗？嗯？你还在生我的气吗？"

她开怀大笑，轻轻地推了他一把，"闪开，坏蛋。好啦，我不生你的气了。给我一颗葡萄吧。"

他咧着嘴笑了，喂给她一颗葡萄。这下我可受不了了，屋里的气氛瞬间从可爱变为肉麻。没错，他们是我的父母，但他们也是我心目中最完美的情侣。真的。

爸爸在一旁看着她摆弄笔记本电脑，每当她吃完葡萄，他就再喂给她一颗。她很可能正在把最近新拍的家庭照片传到脸书[1]上，给外地的亲戚朋友看。在眼前这种情况下，她能说些什么呢？"塞卡尼看到警察

---

[1] 脸书（Facebook）：美国著名的社交网络服务网站，于 2004 年 2 月 4 日上线。

骚扰他爸爸了，不过他在学校还算顺利。#骄傲的妈妈[1]。"或者"思妲尔亲眼看到好朋友死了，请为她祈祷，不过这孩子成绩挺好，又登上学生光荣榜了。#愿上帝保佑。"或者"坦克在外面碾压着街道，不过到目前为止，赛文已经收到六所大学的录取通知书了。#他要成功了。"

我走进自己的房间。两台笔记本电脑都摆在乱七八糟的书桌上。在旧的笔记本电脑旁边，有一双爸爸的特大号乔丹球鞋，泛黄的鞋底冲着台灯，一层保鲜膜包裹着除垢剂和牙膏的混合物，我打算用它来清洁球鞋。看着泛黄的鞋底又一次变得晶莹而鲜明，会令人感到心满意足，就像把鼻尖黑头里的脏东西都挤出来一样。特别爽。

我刚才对爸爸撒谎说家庭作业已经做完了，其实我一直都处于"汤博乐休息时间"。也就是说，在过去的两个小时里，我一直在汤博乐上忙活，根本就没动笔写作业。我开了一个新博客——我所认识的卡里尔。上面没有我的名字，只有卡里尔的照片。在第一张照片里，他还是一个顶着圆蓬头的十三岁男孩儿。当时，卡洛斯舅舅带我们俩去了一座大农场，说是要让我们"体验乡村生活"，画面中的卡里尔警惕地盯着身边的一匹马。我记得他说："如果这家伙动一下，我就要赶紧逃跑！"

在汤博乐上，我给这张照片添加了描述："我所认识的卡里尔是害怕动物的。"我在标签里写上了他的名字。有一个人点赞，并且转发了照片。不久，人们一个接一个地点赞、转发。

于是，我便上传了更多的照片，比如我们四岁时在浴缸里洗澡的照片。泡沫太多，只露出了我们俩的上半身，而且我还没看镜头。罗莎莉女士坐在浴缸旁边，朝我们微笑，而卡里尔也对她报以灿烂的笑容。我写道："我所认识的卡里尔非常喜欢泡泡浴，也十分热爱他的外婆。"

---

[1]#骄傲的妈妈：这种形式表示"#"后面的内容是标签（Tag），即日志、图片或影音文件的关键字。在社交网站上，经常会有一些流行的标签来表明常见或热门的话题，使用这些标签，可以吸引关注类似话题的用户，也方便对不同内容进行归类。

在短短两小时内，有上百个人点赞并转发了这些照片。我知道这跟肯尼娅说的上新闻澄清真相是不一样的，但我希望这样做能有一些效果。至少，对我是一种安慰。

其他人也写了有关卡里尔的帖子，上传了他的画像和新闻中展示的照片。我觉得自己几乎转发了每一条。

值得一提的是，还有人发出了一段图派克以前的视频剪辑。好吧，图派克的视频剪辑其实都是以前的。他的大腿上坐着一个小孩子，他戴着一顶帽檐朝后的鸭舌帽，现在看来也显得很酷。他解释了"暴徒生涯"的意思，就跟卡里尔说过的一样——"你们给予孩子们的仇恨早晚会干翻所有人"。因为当着小孩子的面，所以派克避开了咒骂的脏话，没有明确地说出"干翻"这个词，而是把字母拼了出来。当初，卡里尔告诉我这句话的意思时，我还是半懂不懂，如今我已经彻底明白了。

我抓起那台旧的笔记本电脑，忽然，放在桌上的手机振动起来。早些时候，妈妈把手机还给了我——哈利路亚，感谢您，黑耶稣。她说只是为了防止学校里再发生什么状况。我并不在乎原因，只要拿回来就行了。我满心希望这是肯尼娅的短信，刚才我把新的汤博乐链接发给了她。我觉得她应该愿意看到这个博客，毕竟是她逼我这样做的。

不过，发信人却是克里斯。他跟赛文学坏了，短信里全都是大写字母：

天哪！

这一集《新鲜王子》里面

威尔的爸爸不肯带他走

这个混蛋又回来把他丢下了

现在他跟费尔舅舅闹翻了

我的眼睛里好像进沙子了

可以理解。这绝对是《新鲜王子妙事多》史上最伤感的一集。我回复克里斯：

别太难过:(还有，你的眼睛里没有进沙子，你只是在哭，亲爱的。

他回复道：

骗人！

我说：

你不用骗人，克雷格。你不用骗人。[1]

他回答：

不会吧？你用《星期五》中的台词来对付我？

看九十年代的电影也是我们俩的共同爱好。我说：

对啊 :)

他回复：

再见，费莉西亚！[2]

我带着笔记本电脑朝赛文的房间走去，手里还拿着手机，免得克里斯又为了《新鲜王子》而黯然神伤。在走廊里，我隐隐约约地听到一首雷鬼[3]音乐，紧接着便传来肯德里克·拉马尔[4]谈论伪君子的说唱声。赛文坐在下铺，脚边有一台开着的电脑。他低着头，脏辫松散地垂了下来，在脸颊前面形成一道帷幕。德文特盘腿坐在地板上，跟随歌曲的节奏摇晃着他那圆蓬头。

一张史蒂夫·乔布斯[5]的僵尸版画像从墙上向下俯瞰着，周围还挂着许多漫画中的超级英雄和《星球大战》[6]里的人物。下铺的床上有一

---

[1] "你不用骗人"几句：出自 1995 年的美国黑人喜剧电影《星期五》（*Friday*），该电影讲述了无业游民克雷格·琼斯和斯莫基在 16 个小时中发生的故事。

[2] "再见"句：同样出自《星期五》，是克雷格对邻居费莉西亚说的一句话。

[3] 雷鬼（reggae）：一种流行于 20 世纪 60 年代的黑人音乐，带有牙买加的音乐风格。

[4] 肯德里克·拉马尔（Kendrick Lamar, 1987— ）：美国黑人说唱歌手、唱作人。

[5] 史蒂夫·乔布斯（Steve Jobs, 1955—2011）：美国著名企业家、商人、发明家和产品设计师，曾是苹果公司的合作创始人、董事长和首席执行官，也担任过皮克斯动画工作室的首席执行官。

[6]《星球大战》（*Star Wars*）：美国著名系列科幻电影。

条斯莱特林 [1] 的被子，我发誓早晚要把它偷走。我和赛文是反向哈利·波特迷——我们是先喜欢电影，后看原著的。当我们还住在雪松果园的时候，妈妈在一家二手店里花一美元买下了第一部哈利·波特电影。我和赛文都嚷嚷着说自己是斯莱特林的学生，因为几乎所有斯莱特林的学生都很有钱。如果你是一个住在救济房里、家中只有一个卧室的孩子，那么有钱就是人生最大的梦想了。

赛文从面前的电脑上取下一个银色的匣子，仔细检查了一番，"这玩意儿还不算太旧。"

"你在做什么呢？"我问。

"大达让我帮他修电脑，需要换新光驱，以前这个光驱在他刻录盗版盘的时候烧坏了。"

我哥哥是花园高地的民间技术员。从遵纪守法的老太太，到胆大包天的罪犯，人人都肯掏钱请他帮忙修电脑、修手机。他也因此赚了不少。

一个黑色的垃圾袋靠在双层床的床脚边，袋口露出了几件衣服。有人把这个垃圾袋从栅栏上方扔进我们家的前院，我和赛文、塞卡尼从店里回家时发现了它。起初，我们还以为这大概是给德文特的，可是赛文看了看，却认出里面的每一样东西都属于他，本来都在他妈妈的房子里。

他给伊艾莎打电话，她说要把他赶出家门，是金叫她这么做的。

"赛文，别太难过——"

"没关系，思妲尔。"

"但她不应该——"

"我说了，没关系。"他抬头看向我，"好吗？别再提这件事了。"

"好吧。"我说，这时，我的手机振动了。我把笔记本电脑递给德文特，查看手机。依然不是肯尼娅的回复，而是玛雅的短信。

你生我们的气了吗？

---

[1] 斯莱特林（Slytherin）：哈利·波特系列作品中霍格沃茨魔法学校的四个学院之一。

"这是干吗？"德文特盯着那台笔记本电脑问。

"爸爸想给你，但他说要让赛文先检查一下好不好用。"我告诉他，同时回复玛雅。

你觉得呢？

"他给我这个干吗？"德文特问。

"也许他想看看你会不会用吧。"我跟德文特说。

"我知道怎么用电脑！"德文特说着，愤愤地打了赛文一拳，因为他正在一旁窃笑。

我的手机振动了三次，玛雅回复了。

肯定生气了。

咱们三个能谈谈吗？

最近有些怪怪的。

典型的玛雅作风。如果我和海丽有分歧的话，她总是努力调和。不过，她得知道，这回跟往常不一样，并不是三言两语就能解决问题的。我回复她：

好。等我去舅舅家的时候联系你。

远处传来一连串快速的枪响，我不禁打了一个寒战。

"该死的机关枪，"爸爸说，"那帮蠢货把这里搞得像伊朗似的。"

"爸爸，不许咒骂！"塞卡尼在小房间里大喊。

"抱歉，我会往脏话罐里放一块钱的。"

"两块！你还骂了机关枪。"

"行，两块就两块。思妲尔，到厨房里来一下。"

厨房里，妈妈正在拘谨地打着电话，"是的，女士。我们的目标一致。"她看向我，"我女儿来了，能否请您稍等一下呢？"她捂住话筒，"是地方检察官，她希望这周能跟你谈一谈。"

这实在出乎我的意料，"噢……"

"嗯，"妈妈说，"听着，宝贝，如果你不想——"

"我可以。"我看了一眼爸爸,他点了点头,"我能行。"

"噢,"她看了看我,又看了看爸爸,最后又望向我,"好吧,只要你确定就行。不过,我觉得咱们还是应该先见见奥芙拉女士,说不定可以接受她的提议,让她做你的法律代表。"

"对,"爸爸说,"我才不相信那些在地检署[1]工作的人呢。"

"那么,咱们明天去见她,这周晚些时候再见检察官,怎么样?"妈妈问。

我抓起一片比萨咬了一口,这会儿已经凉了,不过冷比萨才最好吃,"这么说,可以两天不上学喽?"

"不行,你必须得好好上学。"她说,"还有,你吃比萨的时候有没有吃蔬菜沙拉?"

"比萨上面有蔬菜呀,这些小青椒块不都是嘛。"

"那么小,根本不能算数。"

"怎么不算数。如果婴儿能算人类的话,那小青椒块当然也算蔬菜啦。"

"你那套歪理在我这儿可行不通。好吧,那咱们就这么定了,明天见奥芙拉女士,周三见检察官,怎么样?"

"都挺好,除了必须得上学之外。"

妈妈拿开捂住话筒的手,"抱歉,让您久等了,我们可以在周三上午过去。"

"还有,让你的市长小伙伴和警察局局长把那几辆该死的坦克从我们的社区里弄走,"爸爸大声说,妈妈抬手要拍他,可是他已经溜到走廊上去了,"口口声声地说大家要热爱和平,可结果呢,把这里搞得像他妈的战争地带一样。"

"两块钱,爸爸!"塞卡尼说。

---

[1] 地检署(DA's office):在美国,指地方检察官的办公室。

等到妈妈挂断电话以后，我说："少上一天学又没什么关系，我不想再看到他们假惺惺地搞抗议了。"要是雷米打算拿卡里尔当借口，折腾一个星期不上课，我一点都不会惊讶，"我只是需要休息两天，仅此而已。"妈妈扬起眉毛，"好吧，一天半，行吗？"

她深深地吸了一口气，然后缓缓呼气，"再说吧，但是别告诉你的兄弟，听到了吗？"

基本上，她这样说，那就是委婉地答应了。剩下的事情我能处理好。

埃尔德里奇牧师在布道的时候曾经说过："信仰不只是相信，而是要朝着那股信念采取切实的行动。"所以，当周二早晨闹钟响起的时候，凭借着坚定的信仰，我没有起床，因为我相信妈妈不会逼我去上学的。

果不其然，用埃尔德里奇牧师的话来说，哈利路亚，上帝显灵了。妈妈没有让我起来。我躺在床上，听着其他人准备出门的声音。塞卡尼嚷嚷着告诉妈妈我还没有起床。

"别替她操心，"她说，"管好你自己就行了。"

小房间里的电视机播放着晨间新闻，妈妈哼着小曲儿在房子里忙活着。提到卡里尔和115的时候，音量被调低了许多，直到一条政治报道出现才重新恢复正常。

手机在枕头底下振动，我拿出来看了看，肯尼娅终于就新汤博乐的事情给我发短信了。她害我等了数个小时，结果只说了三个字：

还不错

我不禁翻了个白眼，这差不多就是她所能给予我的最高称赞了。我回复她：

我也爱你

她呢？

我知道

她真是太小气了。我在心中暗暗怀疑，昨晚她之所以没有回复我的短信，很可能是因为她家里的事情。爸爸说金现在依然经常殴打伊艾莎，有时候还会对肯尼娅和丽瑞克动手。肯尼娅很倔强，不愿意谈论这些，所以我主动问道：

一切还好吗？

老样子，她回复道。

简单明了，显然不愿多说。我无可奈何，只好提醒她：

如果你需要我，随叫随到。

她的回复呢？

最好是。

看到没？她就是个小气鬼。

不去上学也有个坏处：心里总会惦记着，如果去了的话，此刻正在做什么？八点钟，我想到自己本该和克里斯一起上历史课，这是周二的第一堂课。于是我给他发了一条短信。

我今天不去学校了。

两分钟后，他回复了。

你生病了吗？需要我亲亲你，让你好起来吗？眨眼 眨眼

他真的打上了"眨眼 眨眼"这几个字，而不是用两个眨眼的表情。不得不承认，我笑了。我回答他：

万一我得的是传染病呢？

他说：

没关系，没关系，那我也会亲亲你。眨眼 眨眼。

我问：

这又是一句歌词？

不到一分钟，他就快速回复了：

你觉得是就是啦。爱你，新鲜公主。

我愣住了。"爱"这个词让我猝不及防，就像另一支队伍里的球员在你准备带球上篮的时候将球一把夺走。虽然一切都发生在转瞬之间，

178

但你可能要花上整整一周的时间来思考对方是如何偷袭的。

没错，克里斯说"爱你"时的感觉就是这样，只是我不会浪费一周的时间来思考这件事而已。如果可以的话，我真想用沉默作为回答。时间一分一秒地流逝，我好像必须得说点儿什么。

可是说什么呢？

他没有在"爱你"之前加上"我"，这句话就变得非常随意了。真的，"爱你"和"我爱你"是非常不同的。相同的队伍，不同的球员。"爱你"不如"我爱你"那样积极进取和郑重其事。当然，"爱你"也有效果，但不会是干净利落的扣篮，而更像是一次还算不错的跳投。

两分钟过去了，我必须得说点儿什么。

爱你。

这两个字就像我还没学过的西班牙单词一样陌生，但好笑的是，用起来却显得如此轻松自如。

我收到了一个眨眼的表情作为回复。

"正义至上"的办公地点设在玉兰大道上塔可钟[1]的旧址，位于洗车店和现金预支处之间。以前，每到周五，爸爸就会带我和赛文去那家塔可钟，给我们买九十九美分的玉米卷、肉桂麻花和一杯汽水。那时，他刚从监狱里出来，没多少钱，总是看着我们吃东西，自己却什么都不吃。有时候，他会拜托店里的经理，也就是妈妈的闺蜜之一，帮忙照看我们俩，他则跑到隔壁的现金预支处去办事。长大以后，我发现礼物并不是"凭空出现"的，这才意识到爸爸总是在我们过生日或者圣诞节的时候去隔壁取钱。

妈妈按响门铃，奥芙拉女士打开门，让我们进去了。

"不好意思，"说着，她锁上了门，"今天只有我自己在这儿，所

---

[1] 塔可钟（Taco Bell）：美国连锁快餐店，售卖墨西哥食物。

以就没敞着门。"

"噢，"妈妈说，"你的同事呢？"

"有一些在花园高中举行圆桌讨论会，其他人在卡里尔被杀害的康乃馨街上游行。"

听到奥芙拉女士如此轻易地说出"卡里尔被杀害"一句，感觉很奇怪。她既没有回避，也没有犹豫。

这家曾经的饭店里如今基本都是隔板低矮的格子间，墙上挂的海报几乎跟赛文房间里的数量一样多，但却是爸爸喜欢的那种类型，比如马尔科姆·艾克斯端着一杆步枪站在窗边，休伊·牛顿在监狱里高举着争取黑人权利的拳头，还有黑豹党人举办集会和给孩子们分发早餐的照片。

奥芙拉女士领我们来到她的格子间，旁边就是以前的外卖窗口。有趣的是，她的办公桌上还有一个塔可钟的杯子。"谢谢你们来找我，"她说，"卡特夫人，接到你的电话时，我真的非常高兴。"

"别客气，叫我丽莎就行。你们在这个地方工作多久了？"

"差不多有两年了。不瞒你说，偶尔还会有一些爱开玩笑的人在这扇窗户外停下车，跟我说要买玉米粉圆饼呢。"

我们笑了。这时，门铃又响了。

"可能是我的丈夫，"妈妈说，"他刚才还在路上。"

奥芙拉女士前去应门，不久，爸爸的声音便在办公室里回响起来。他跟着奥芙拉女士进屋，从旁边的格子间里抓了一把椅子，放在奥芙拉女士的办公区域和走廊之间。她的格子间实在太小了。

"抱歉，我迟到了。没办法，我得先把德文特安顿在路易斯先生那里。"

"路易斯先生？"我问。

"是啊。因为我要来这儿，所以就让他收留德文特在店里帮忙。再说，路易斯先生也需要有人陪着，居然敢在电视直播上告密，唉。"

"你是说那位在采访中谈到勋爵枭王的绅士吗？"奥芙拉女士问。

"对，就是他，"爸爸说，"他开的理发店就在我的杂货店隔壁。"

"哇！那段采访现在可火了，之前我看到在网络上已经有将近一百万的点击量了。"

我就知道，路易斯先生肯定会成为网络红人。

"像他那样坦率直言，需要很大的勇气。思姐尔，我在卡里尔的葬礼上所说的话句句都是肺腑之言。你能跟警方说明实情，真的非常勇敢。"

"我不觉得勇敢，"马尔科姆·艾克斯正在墙上看着我，我不能撒谎，"我并没有像路易斯先生一样在电视上开口。"

"那不要紧，"奥芙拉女士说，"看起来，路易斯先生似乎是在愤怒和失望的驱使下才公开发言的，但是在卡里尔的案子中，我还是希望你能以一种更为谨慎、理性的方式发表意见。"她看向妈妈，"你说地方检察官昨天打电话来了，是吗？"

"对，他们想明天跟思姐尔见面。"

"果然如此。这件案子已经被移交给地检署，而他们打算让大陪审团[1]介入。"

"什么是大陪审团？"我问。

"就是一个有权决定是否对克鲁斯警官提出控告的陪审团。"

"思姐尔必须在这个大陪审团面前作证吗？"爸爸问。

奥芙拉女士点了点头，"这跟普通的庭审有所不同。到时候不会有法官或辩护律师在场，将由地方检察官对思姐尔提问。"

"可是，如果我无法回答所有问题，那该怎么办？"

"什么意思？"奥芙拉女士说。

"我——比如车里有没有枪之类的。新闻上说当时车里可能有枪，仿佛这样就能改变一切似的。说实话，我真的不知道车里有没有枪。"

---

[1] 大陪审团（grand jury）：美国的大陪审团通常由 16 到 23 名公民组成，有权实施官方程序并调查潜在的犯罪行为，决定是否提出刑事控告。

奥芙拉女士打开办公桌上的一份文件夹，抽出一页纸，推到我面前。那是一张照片，画面中是卡里尔在车里用过的黑色发刷。

"这就是所谓的枪，"奥芙拉女士解释道，"克鲁斯警官声称自己看到这个东西放在车门的置物槽里，他以为卡里尔要去拿它。发刷的把手足够粗，也足够黑，令他认为这是一把手枪。"

"而且卡里尔的肤色也足够黑。"爸爸补充道。

一把发刷。

就因为一把见鬼的发刷，卡里尔死了。

奥芙拉女士将照片收回文件夹里，"不知克鲁斯警官的父亲会在今晚的采访中如何谈论此事，应该很有意思。"

等等。"采访？"我问。

妈妈在椅子里不安地动了一下，"呃……那名警官的父亲有一个电视采访，将在今晚播出。"

我看了看她，又看了看爸爸，"你们都知道，却没人告诉我？"

"因为没必要说，宝贝。"爸爸说。

我望向奥芙拉女士，"所以，他爸爸可以在全世界面前为儿子辩解，而我却没法为自己和卡里尔说话？他会让每个人都认为115才是受害者的。"

"不一定，"奥芙拉女士说，"有时候，这种采访也会产生事与愿违的负面作用。再说，归根结底，民众的观点并不能起到决定性的作用，大陪审团才是关键。如果他们看到了足够的证据——他们也应该会看到足够的证据——那么克鲁斯警官一定会被控告并接受审判的。"

"如果。"我重复道。

屋里陷入了一阵尴尬的沉默之中。115的父亲是他的发言人，而我则是卡里尔的发言人。人们要想了解故事的另一面，只能是由我站出来进行说明。

我透过外卖窗口，望着隔壁的洗车店。水就像瀑布般从水管中流出，在阳光下映射出一道彩虹，就像六年前一样，下一秒，子弹就夺走了娜塔莎的生命。

我转向奥芙拉女士，"十岁的时候，我亲眼看到另一个好朋友在一次飞车射击中被杀害。"

有意思的是，现在我也能轻易地说出"被杀害"了。

"噢。"奥芙拉女士颓然靠在椅背上，"我不知——我很难过，思妲尔。"

我低下头，盯着自己那笨拙摆弄的手指，泪水盈满眼眶，"我一直试图忘记，却依然记得清清楚楚。那可怕的枪响，还有娜塔莎脸上的表情。他们没有抓住开枪的人。我猜，也许是这件案子不够重要吧。但其实是重要的。她很重要。"我抬头看向奥芙拉女士，但是泪水模糊了我的视线，"我想让每个人都知道，卡里尔也是很重要的。"

奥芙拉女士频繁地眨眼，"当然，我——"她清了清嗓子，"我非常愿意做你的律师，思妲尔。实际上，我打算免费为你提供帮助。"

妈妈点了点头，她的眼中也噙满了泪水。

"我会尽己所能地确保大家听到你的声音，思妲尔。因为就像卡里尔和娜塔莎很重要一样，你和你的声音也同样很重要。我可以先为你争取一次电视采访，"她看向我的父母，"如果你们同意的话。"

"只要他们别暴露她的身份就可以。"爸爸说。

"没问题，"她说，"我们一定会保护她的隐私。"

爸爸那边传来了轻微的振动声，他掏出手机，按下接听键。电话另一端的人在大喊大叫，但我听不清内容。"喂，冷静下来，文特。再说一遍，什么？"对方的回答令爸爸一下子站起身来，"我马上来，你打急救电话了吗？"

"怎么了？"妈妈说。

他示意我们跟上，"你在那儿陪着他，好吗？我们这就动身。"

第十三章

　　路易斯先生的左眼肿得都睁不开了，脸颊上有一道狰狞的伤口，鲜血滴在衬衫上，但他坚决不肯去医院。

　　爸爸的办公室成了临时诊所，妈妈在爸爸的帮助下照料路易斯先生。我靠在门口旁观，德文特站得更远，退到了店铺里。

　　"他们出动了五个人才把我撂倒，"路易斯先生说，"五个人！对付一个小老头。厉害吧？"

　　"你还能活着，真是够厉害的。"我说。对于勋爵枭王来说，对告密者的回报不只是一顿教训，而是一片坟墓。

　　妈妈让路易斯先生的脑袋偏向一旁，检查了一下他脸上的伤，"她说得对，你很走运，路易斯先生。连缝针都不用。"

　　"这道口子是金亲自动手干的，"他说，"一直等到其他人把我撂倒，他才敢进来。这个混蛋，长得就跟黑人版的米其林轮胎先生[1]一样。"

　　我扑哧一声笑了。

―――――――――――

[1] 米其林轮胎先生（Michelin Man）：法国米其林轮胎公司的标志。

"这一点都不好玩，"爸爸说，"我早就说过，他们肯定会来找你麻烦的。"

"我也说过，我不怕！要是他们就这点儿能耐，那根本没什么了不起的！"

"不，不止如此，"爸爸说，"他们很可能会杀了你！"

"他们想杀的才不是我呢！"他朝我伸出一根肥乎乎的手指，但目光却盯着我身后的德文特，"你还是多替他操心吧！他们进来之前，我让他藏起来了，但是金说自己知道你在帮这个孩子，如果金找到他，就会把他杀了。"

德文特踉跄着倒退了一步，眼睛瞪得老大。

我发誓，在短短两秒钟之内，爸爸就一把捏住了德文特的脖子，将他抵在冰柜上，"你究竟做了什么？"

德文特踢来踢去，扭动着身体，想要摆脱爸爸的双手。

"爸爸，住手！"

"闭嘴！"他目不转睛地怒视着德文特，"我把你带到我的家里，可你却不肯坦白地说出你躲躲藏藏的原因？要不是你捅了篓子，金绝对不会要杀了你，说，你到底做了什么？"

"麦、弗、里、克！"妈妈一字一顿地喊着爸爸的名字，"放开他。你掐着他的脖子，他还怎么解释！"

爸爸松开手，德文特弯下腰，大口大口地喘息着。"别再碰我！"他说。

"否则怎样？"爸爸讥讽道，"行了，说吧。"

"老兄，你瞧，其实没什么了不起的。金只是小题大做罢了。"

不是吧？还不肯说实话？"你到底做了什么？"我问。

德文特滑落在地，试图稳住呼吸。在几秒钟内，他快速地眨着眼睛，五官皱作一团。突然，他像个孩子一样号啕大哭。

我不知道该如何是好，于是便在他面前席地而坐。当卡里尔为了他妈妈而这样哭泣的时候，我会捧起他的脸庞。

我捧起德文特的脸庞，说："没事的。"

我这样做总是对卡里尔奏效，显然对德文特也有一定的效果。他忍住泪水，说："我从金那儿偷了大约五千块钱。"

"该死！"爸爸抱怨道，"臭小子，你搞什么？"

"我必须让我的家人离开这里！本来，我打算收拾那些杀死戴尔文的家伙，可是这样做会招惹花园信徒。我肯定就活不成了，但我不想让妈妈和姐妹们也卷入其中。所以，我就给她们买了车票，让她们到外地去避难。"

"所以我们才打不通你妈妈的电话。"妈妈反应过来。

泪水滑落到他的唇边，"反正，妈妈也不想让我去找她。她说我会把她们都害死的。在离开之前，她就已经把我赶出家门了。"他看向爸爸，"大麦弗，对不起。当初我就应该对你坦白。其实，我早就改变主意，不想找那些家伙报仇了，可现在金想要我的命。求求你，只要别把我交给他，我什么都愿意做。求求你了！"

"他敢！"路易斯先生一瘸一拐地走出爸爸的办公室，"你必须得帮帮这孩子，麦弗里克！"

爸爸盯着天花板，仿佛想咒骂上帝。

"爸爸。"我恳求道。

"行了！跟我来，文特。"

"大麦弗，"他啜泣着，"对不起，求求你——"

"我不会把你交给金的，但是我们得让你尽快离开这里。必须抓紧时间。"

四十分钟后，妈妈开车带着我，跟在爸爸和德文特的车后面，停在了卡洛斯舅舅家的车道上。

我很惊讶，爸爸居然认识到这里的路线，要知道，他从不跟我们一起来。从不。无论是节假日还是过生日，他都不会来。我估计，他是不愿意跟唠叨的外婆打交道。

在我和妈妈下车的同时，爸爸和德文特也跳下了车。

"这就是你要带他来的地方？"妈妈说，"我哥哥家？"

"嗯。"爸爸随口应了一声，仿佛没什么大不了的。

卡洛斯舅舅从车库里走出来，用帕姆舅妈的干净毛巾擦拭着手上的机油。奇怪，他不应该在家啊。现在是上班时间，而且他从来都不会请假的。他擦完了手，但指关节依然是黑乎乎的。

德文特在阳光下眯起眼睛，诧异地四处张望着，仿佛我们把他带到了另一个星球上似的，"我靠，大麦弗。咱们在哪儿啊这是？"

"咱们这是在哪儿？"卡洛斯舅舅纠正道，伸出手来，"我是卡洛斯，你一定就是德文特了吧。"

德文特呆呆地盯着他的手，丝毫不懂得见面的礼节，"你怎么知道我的名字？"

卡洛斯舅舅尴尬地垂下手，"麦弗里克给我讲了你的情况。我们讨论过，打算让你来这里。"

"噢！"妈妈冷笑了一声，"麦弗里克讨论过要让他来这里。"她眯起眼睛看向爸爸，"真没想到，你居然还认识来儿的路，麦弗里克。"

爸爸的鼻孔张大了，"咱们一会儿再聊。"

"来吧，"卡洛斯舅舅说，"我带你去看看你的房间。"

德文特盯着眼前的房子，瞪大了眼睛，"你是干什么的，怎么会有一栋这样的房子？"

"好啦，别多管闲事。"我说。

卡洛斯舅舅笑了起来，"没关系，思妲尔。我的妻子是一名外科医生，而我是一名警探。"

德文特突然僵住了，他转向爸爸，"老兄，你搞什么？你把我带来见条子？"

"好好说话，"爸爸说，"我这是带你来见一个愿意保护你的人。"

"可他是个条子啊！要是被帮里的兄弟发现了，他们会认为我告密的。"

"如果你要躲着他们，那他们就不是你的兄弟，"我插言道，"再说，卡洛斯舅舅不会要求你告密的。"

"她说得对。"卡洛斯舅舅说，"麦弗里克是真心想要让你离开花园高地。"

妈妈嗤之以鼻，响亮地冷哼了一声。

"当他跟我们说明情况以后，我们就想帮忙。"卡洛斯舅舅继续说，"而且听起来你也需要我们的帮助。"

德文特叹了一口气，"老兄，这可不妙。"

"听着，我正在停职中，"卡洛斯舅舅说，"你不必担心我会从你这里套什么话。"

"停职？"我问。怪不得他会在工作时间待在车库中忙活，"他们为什么要让你停职呢？"

他的目光从我身上转向妈妈，她可能以为我没看到，赶紧快速地摇了摇头。"别担心，小丫头，"说着，他用双臂搂住我，"正好我也需要放个假。"

这实在是太明显了。他们之所以让他停职，都是因为我。

外婆在门口迎接了我们。我就知道，她刚才肯定一直透过窗户向外张望，从我们一到这里就开始观察。她把一条胳膊抱在胸前，用另一只手抽着烟，朝天花板上吐了一口烟雾，目不转睛地盯着德文特，"他是谁？"

"德文特，"卡洛斯舅舅说，"他要跟我们住在一起。"

"什么叫他要跟我们住在一起？"

"就是字面上的意思。他在花园高地惹了点小麻烦，需要在这里避避风头。"

她嗤之以鼻，我一下子就知道妈妈是跟谁学的了，"小麻烦，嗯？说实话，小子，"她压低声音，露出怀疑的目光，"你是不是杀人了？"

188

"妈妈！"我妈妈嗔怪道。

"怎么了？我得问清楚，免得你们让我跟杀人犯睡在一个房子里，醒来就成了死人！"

这话说的……"真要是死了，就醒不过来了。"我说。

"臭丫头，你明白我的意思就行！"她从门口挪开脚步，"我会当着耶稣的面醒来，不管发生什么，都知道得一清二楚！"

"说得好像你能上天堂似的。"爸爸低声嘟囔。

卡洛斯舅舅领着德文特参观了一圈。他的房间跟我和赛文的房间加起来一样大，相比之下，他只有一个小背包，这似乎实在说不过去。而且，当我们走进厨房的时候，卡洛斯舅舅还让他把那个背包也上交。

"住在这里有一些规矩。"卡洛斯舅舅说，"第一，遵守规矩。第二——"他从德文特的背包里拽出一把格洛克手枪，"杜绝武器和毒品。"

"你不会也把这玩意儿带进我家了吧，文特？"爸爸问。

"废话，金说不定会悬赏要我的脑袋呢，我他妈的当然得带着枪防身了。"

"第三，"卡洛斯舅舅提高声音，"不许咒骂。我有一个八岁的儿子和一个三岁的女儿，他们用不着听那些脏话。"

因为他们已经从外婆那里听得够多了，艾娃最近喜欢的生词就是"该死！"

"第四，"卡洛斯舅舅说，"去上学。"

"老兄，"德文特呻吟道，"我已经告诉过大麦弗了，我没法再回花园高中了。"

"我们知道，"爸爸说，"一旦我们跟你妈妈取得联系，就让你申请网络课程。丽莎的妈妈是一名退休教师，她可以辅导你，帮你通过考试。"

"没门儿！"外婆说。我不知道她此刻在哪里，但我并不惊讶她一直在听着我们说话。

"妈妈，别多管闲事！"卡洛斯舅舅说。

"别他妈的帮我揽活儿！"

"不要骂人。"他说。

"有本事再说一遍试试。"

卡洛斯舅舅的脸庞和脖子都变得通红。

门铃响了。

"卡洛斯，赶紧开门去。"外婆说，依然只闻其声不见其人。

他撇了撇嘴，起身去应门。当他要往回走的时候，我听到他正在跟某个人说话。对方笑了起来，我认得那个笑声，因为它让我也不禁发笑。

"瞧瞧谁来了。"卡洛斯舅舅说。

克里斯站在他身后，身着白色的威廉姆森马球衫和卡其色短裤，脚上是一双黑红相间的乔丹12代球鞋，跟迈克尔·乔丹本人在97年决赛期间患上流感时穿的一样。哎呀，不知为何，这双鞋让克里斯显得更帅气了。或许，我是迷恋乔丹球鞋吧。

"嗨。"他微微一笑，没有露出牙齿。

"嗨。"我报以微笑。

我忘了爸爸在场，完全没有意识到自己可能要面临大麻烦了。不过，这种状况只维持了短短十秒钟，因为爸爸很快便开口发问，"你是谁？"

克里斯对爸爸伸出手，"我是克里斯托弗，先生。很高兴见到您。"

爸爸上下打量了他两回，"你认识我女儿？"

"是的，"克里斯依然伸着手，用目光征求我的意见，"我们都在威廉姆森上学？"

我点了点头，这个答案听起来不错。

爸爸交叉起双臂，"喂，到底是不是同学啊？你这口气听起来好像不怎么确定嘛。"

妈妈拥抱了克里斯一下，爸爸摆出一副苦瓜脸。"亲爱的，最近怎么样？"她问。

190

"很好。我无意打扰，只是看到了您的车，而且思妲尔今天没来上学，所以我想过来看看她。"

"没事，"妈妈说，"代我向你爸妈问好，他们最近怎么样？"

"等等，"爸爸说，"你们好像都跟这小子很熟啊，"爸爸转向我，"我怎么从来没听说过他？"

为卡里尔挺身而出需要很大的勇气，就像我终究要告诉凶巴巴的黑人爸爸我有一个白人男朋友的这种勇气一样。如果我无法在爸爸面前承认克里斯的身份，那我还怎么替卡里尔说话呢？

爸爸总是告诉我，不要因为任何人而保持缄默。那么，自然也包括他了。

于是我说："他是我的男朋友？"

"男朋友？"爸爸重复道。

"对呀，她的男朋友！"外婆又从看不见的地方嚷嚷着，"嘿，亲爱的克里斯。"

克里斯环顾四周，面带困惑，"呃，嘿，蒙哥马利女士。"

起初，外婆凭借大师级的窥探能力，成为家里第一个发现克里斯身份的人。她告诉我："去吧，宝贝，谈一场黑白交融的恋爱吧！"接着还给我讲述了她自己经历过的"黑白交融"的浪漫故事，其实我根本不想听。

"思妲尔，搞什么？"爸爸说，"你在跟一个白人小子约会？"

"麦弗里克！"妈妈厉声制止。

"冷静点儿，麦弗里克，"卡洛斯舅舅说，"他是个好孩子，而且对思妲尔也很好。这才是最重要的，不是吗？"

"你早就知道了？"爸爸说。他看着我，我分不清他的眼中是愤怒还是失落，"他知道，而我却一无所知？"

当你有两个爸爸的时候，就会出现这种情况。其中一个注定要受到伤害，而你则注定会为此感到难受。

"咱们到外面去，"妈妈坚决地说，"赶紧。"

爸爸狠狠地瞪了克里斯一眼，然后便跟在妈妈身后，朝露台走去。玻璃门很厚，但我依然能听到她在冲他大喊大叫。

"来吧，德文特，"卡洛斯舅舅说，"带你去看看地下室和洗衣房。"

德文特煞有介事地打量着克里斯。"男朋友，"他说，笑嘻嘻地看向我，"我早就应该想到你会找个白人男朋友了。"

说完，他便跟卡洛斯舅舅一起离开了。这话是什么意思？

"抱歉，"我对克里斯说，"我爸爸不该像刚才那样发脾气。"

"还不算太糟，他没要我的命就不错了。"

确实。我动身去拿饮料，同时示意他先在料理台边坐下。

"在你舅舅身边的那个家伙是谁？"他问。

帕姆舅妈的厨房里没有一瓶汽水，只有果汁、矿泉水和苏打水。不过，我敢打赌，外婆肯定在房间里藏了雪碧和可乐。"德文特。"说着我抓起两盒苹果汁，"他在勋爵枭王那儿惹上了一点帮派麻烦，爸爸带他来跟卡洛斯舅舅住在一起。"

"他为什么那样看着我？"

"接受现实吧，麦弗里克。他是白人！"妈妈在露台上怒吼，"白人、白人、白人！"

克里斯涨红了脸。越来越红，越来越红。

我递给他一盒果汁，"这就是为什么德文特会那样看着你，因为你是白人。"

"哦？"他语调上扬地说，"这又是那种我理解不了的黑人玩意儿吗？"

"好吧，亲爱的，说真的，要是换作别人讲这种话，我早就把他瞪出内伤了。"

"什么话？黑人玩意儿？"

"对。"

"不就是黑人玩意儿吗？"

"不完全是，"我说，"这种事情并非只有黑人才会在意，你明白吗？道理也许不同，但结果是一样的。比如，你的父母对咱们俩约会的事情没有意见吗？"

"说不上有意见，"克里斯说，"但我们的确为此交谈过。"

"所以，这并非只是黑人玩意儿，对吧？"

"也是。"

坐在料理台旁，我听着他讲述学校里的事情。今天没有人再溜出教室了，因为有警察在校园里守着，应对突发状况。

"海丽和玛雅向我问起你，"他说，"我告诉她们你生病了。"

"她们完全可以自己给我发短信。"

"我觉得她们对昨天的事情都感到很内疚。尤其是海丽，典型的白人内疚。"他眨了眨眼睛。

我不禁开怀大笑。我的白人男朋友居然在谈论白人内疚。

这时，露台上传来了妈妈的高喊："你可真行啊，坚持要把别人家的孩子弄出花园高地，却想让咱们的孩子待在地狱里不要动弹！"

"难道你想让他们待在这虚假的世界里吗？"爸爸说。

"如果说这就是虚假，亲爱的，那我宁可不要那种真实。我受够了！孩子们在这里上学，我带他们来这里的教堂，他们的朋友也都在这里。我们有能力搬家，可你偏偏想要守着那堆烂摊子！"

"至少花园高地的人不会像对待狗屎一样对待我们的孩子。"

"他们已经那样了！走着瞧，等金找到德文特以后，你以为他会找谁的麻烦呢？是我们！"

"我告诉过你，我会处理的。"爸爸说道，"我们绝不搬家，这件事没有商量的余地。"

"噢，是吗？"

"没错。"

克里斯勉强微笑了一下，"真尴尬。"

我的脸颊变得滚烫，幸好皮肤是棕色的，不至于看出来，"是啊，真尴尬。"

他拉起我的手，用自己的指尖依次轻触我的指尖。我们手指交缠，让亲密相依的胳膊在彼此之间轻轻摇晃。

爸爸走进屋里，在身后摔上玻璃门。他径直望向我们紧扣的十指，克里斯没有松手，不愧是我的男朋友。

"思妲尔，咱们以后再谈。"爸爸扬长而去。

"如果这是一部爱情片的话，"克里斯说，"那你就是佐伊·索尔达娜[1]，而我则是艾什顿·库奇[2]。"

"啊？"

他啜饮了一口果汁，"几周前，我感冒在家休息的时候看了一部老电影，叫《猜猜我是谁》[3]。佐伊·索尔达娜跟艾什顿·库奇约会，但她爸爸不愿意她去见一个白人小子。你瞧，就和咱俩的情况一模一样。"

"只可惜现实并不好玩。"我说。

"可以让现实变得好玩啊。"

"怎么可能？不过，没想到你居然会看爱情片，这倒是挺好玩的。"

"喂！"他喊道，"那部电影很搞笑的，与其说是爱情片，还不如说是喜剧片。伯尼·迈克演女主角的爸爸，这家伙特别幽默，简直是喜剧之王。要我说，就因为有他在，这部电影也不能叫爱情片。"

"好吧，你知道伯尼·迈克，还知道他是喜剧之王，这两点可以给

---

[1] 佐伊·索尔达娜（Zoe Saldana，1978— ）：美国黑人女演员、舞蹈家。

[2] 艾什顿·库奇（Ashton Kutcher，1978— ）：美国白人男演员、投资家。

[3]《猜猜我是谁》（Guess Who）：又译为《男生女生黑白配》，是 2005 年上映的美国喜剧电影，由佐伊·索尔达娜、艾什顿·库奇和美国黑人演员伯尼·迈克（Bernie Mac，1957—2008）主演，讲述了一个黑人女孩儿和一个白人男孩儿的浪漫故事。

你加分——"

"人人都应该知道这些吧。"

"没错，不过你还是没法给自己开脱，那依然是爱情片。放心吧，我不会告诉别人的。"

我凑上前去亲他的脸颊，但他却偏过脑袋，让我只能吻上他的嘴唇。没过多久，我们俩便在舅舅的厨房里缠绵起来。

"咳咳！"有人清了清嗓子，我和克里斯赶紧分开了。

刚才我还以为所谓尴尬，就是让男朋友听到我的父母吵架。结果并不是。所谓尴尬，其实是让妈妈撞见我跟克里斯卿卿我我。而且这还不是第一次。

"你们俩是不是该让对方喘口气啊？"她说。

克里斯的脸红到了脖子根，"我得走了。"

他匆匆跟妈妈道别，然后便离开了。

妈妈挑起眉毛看向我，"你有没有按时吃避孕药？"

"妈妈！"

"回答我的问题！有吗？"

"有——"我拖长声音抱怨着，把脸埋在料理台的桌面上。

"你上回生理期是什么时候？"

不、是、吧。我抬起头来，假惺惺地露出一个微笑，"妈妈，我保证，我们之间真的没什么。"

"你们俩实在是胆大包天。你爸就在外面的车道上，你们还敢在这里吻得天昏地暗、激情四射。你不了解麦弗里克是什么样的人吗？"

"咱们今晚要待在这里吗？"

这个问题令她猝不及防，"你为什么会这么想？"

"因为你和爸爸——"

"有点意见不同，仅此而已。"

"整片小区的居民都听见你们俩吵架了。"而且之前他们也在夜里发生过一次争吵。

"思妲尔，我们没事，你不用担心。你爸爸只是……在履行一个父亲的职责。"

屋外，有人在狂按汽车喇叭。

妈妈翻了个白眼，"说到你爸，我估计这位摔门先生需要我把车挪走，好让他离开。"她摇了摇头，朝前门走去。

我把克里斯喝剩下的果汁盒扔了，开始在橱柜里搜寻。帕姆舅妈也许对饮料很挑剔，但是总会买许多好吃的零食，而我的胃已经在大声抗议了。我找出一些全麦饼干，在上面涂满厚厚的花生酱。

太美味了。

德文特走进厨房，"真不敢相信，你居然跟一个白人约会。"他坐在我身边，顺手偷走一块饼干，"那小子就是个白人黑鬼[1]。"

"你说什么？"我满嘴花生酱，含糊地说，"他才不是白人黑鬼。"

"拜托！那伙计穿着乔丹球鞋哎！白人小子都穿匡威[2]和范斯[3]，不会穿乔丹的，除非要假装黑人。"

不是吧？"我错了，头一回知道鞋子还能决定一个人的种族。"

果然，这下他就没法反驳了。"话说回来，你到底看上他什么了？说真的，在花园高地，有那么多男生愿意立马跟你约会，可你却只喜欢贾斯汀·比伯[4]？"

我指着他的脸，"不许这么叫他。还有，哪儿来的那么多男生？在花园高地，根本就没有人关注我，几乎没有几个人知道我叫什么名字。哼，

---

[1] 白人黑鬼（wigga）：指处处模仿黑人文化的白人青年。
[2] 匡威（Converse）：美国著名的休闲鞋品牌，创立于1908年。
[3] 范斯（Vans）：美国著名的休闲鞋品牌，生产鞋子、T恤、袜子、帽子、背包等，创立于1966年。
[4] 贾斯汀·比伯（Justin Bieber, 1994— ）：加拿大白人唱作人，因年纪不大、外貌俊朗，常被人戏称为"奶油小生"。

196

就连你都说我是'在那家杂货店里干活的大麦弗的女儿'。"

"那是因为你都不出来玩儿啊,"他说,"我从来没在派对上见过你,一次都没有。"

我想都没想就脱口而出,"你是说那种有人中枪的派对吗?不去也罢。"话音刚落,我就发觉说得不对了,"噢,天哪,对不起。我不该这么说的。"

他盯着料理台的桌面,"没事,别紧张。"

我们默默地咬着全麦饼干。

"呃……"我努力打破这可怕的沉寂,"卡洛斯舅舅和帕姆舅妈都很好,我觉得你会喜欢这里的。"

他没说话,又吃了一块饼干。

"有时候,他们也挺烦人,但总归还是很亲切的。他们肯定会好好照顾你的。我了解帕姆舅妈,她会把你当成自己的孩子,像对待艾娃和丹尼尔一样上心。卡洛斯舅舅可能会比较严厉,不过,只要你守规矩,就会没事的。"

"卡里尔经常谈起你。"德文特说。

"啊?"

"你说没有人认识你,但卡里尔谈起过你。那时候,我并不知道你是'在那家杂货店里干活的大麦弗的女儿',我不知道那就是你,"他说,"我只知道他提到过自己的朋友思姐尔,他说你是世界上最棒的姑娘。"

花生酱噎在喉咙里,但这并不是我用力吞咽的唯一理由,"你怎么会认识……噢,对了,你们俩都是勋爵枭王。"

我对上帝发誓,每当想到卡里尔陷入了那种生活,就仿佛又一次目睹他的死亡。是的,重要的是卡里尔本身,而不是他做过什么,但我没法撒谎说自己不介意或不失望。在我的心目中,他不应该是这样的。

德文特说:"思姐尔,卡里尔并不是勋爵枭王。"

"但是在葬礼上,金在他身上放了那块头巾——"

"金之所以这么做，是为了保全自己的面子，"德文特说，"他想让卡里尔入伙，但卡里尔不同意。后来，一个警察杀了他，所以弟兄们都为他打抱不平。金不愿承认卡里尔拒绝过他，于是便故意让大家都认为卡里尔已经加入了勋爵枭王。"

"等等，"我问，"你怎么知道他拒绝了金？"

"是卡里尔亲口告诉我的。当时，我们正在花园里等生意。"

"所以你们俩一起贩毒？"

"嗯，替金干活。"

"噢。"

"他并不想贩毒，思妲尔，"德文特说，"没有人愿意干这种烂差事。但是，卡里尔别无选择。"

"他有。"我声音沙哑地说。

"不，他没有。听着，他妈妈从金那儿偷了东西，金想要她的命。卡里尔知道以后便开始通过贩毒来还债。"

"什么？"

"没错。这就是他贩毒的唯一原因，为了救妈妈。"

难以置信。

但是，却又顺理成章。这就是卡里尔的典型作风。无论他的妈妈做了什么，他都依然是她的骑士，依然会保护她，绝无二话。

身为他的朋友，我居然跟别人一样，把他想得那么坏。这比直接否定他还要糟糕千倍万倍。

"不要生他的气。"德文特说。恍惚间，我仿佛听到卡里尔也在说着同样的话，让我不要生他的气。

"我没有——"我叹了一口气，"对，我是有点生气。我只是讨厌人们在不了解一切的情况下就管他叫暴徒什么的。就像你刚才说的，他并不是黑帮成员，如果大家都知道他为何贩毒的话，那么——"

"他们就不会觉得他是个跟我一样的暴徒了？"

噢，坏了。"我不是这个意思……"

"没事。"他说，"我明白。也许我的确是个暴徒，我也不知道。我只是做了我必须做的事情。对于我和戴尔文来说，勋爵枭王的帮派就是最接近家庭的存在了。"

"但是你有妈妈，"我说，"还有姐妹——"

"她们没法像勋爵枭王一样照顾我们，"他说，"一直以来，都是我和戴尔文在照顾她们。跟勋爵枭王在一起，就有一大帮人在身后挺我们，无论发生什么。勋爵枭王给我们买衣服、给我们妈妈买不起的东西，而且他们总是确保我们能有饭吃。"他盯着料理台，"天天照顾别人，偶尔换换口味，被别人照顾一下，那感觉真的很好。"

"噢。"我知道这个回答很差劲，但我实在不知道该说什么了。

"就像我刚才说的，没有人喜欢贩毒，"他说，"我讨厌毒品，真的。但是我也不愿意见到自己的妈妈和姐妹饿肚子，你有过这种体会吗？"

"没有。"我从来都没有过这种体会，在爸妈的庇护下，我一直衣食无忧。

"那你真的很走运。"他说，"其实，他们那样谈论卡里尔，我也觉得很难过。他真的是个很好的哥们儿，但愿有朝一日，大家能够明白真相。"

"嗯。"我轻声回答。

德文特、卡里尔，他们都觉得自己别无选择。如果换作是我，恐怕也无法找到更好的出路吧。

或许，我也会成为一名暴徒。

"我要出去走走，"说着，我站起身来，觉得思绪十分混乱，"剩下的饼干和花生酱都留给你了。"

我离开了。不知道自己要去哪里，心中一片茫然。

第十四章

最终，我在玛雅家的房子前停下了脚步。说实话，在卡洛斯舅舅住的社区里，这就是我所能去到的最远的地方了。如果再往前走，所有房子就都长得一模一样，我肯定会迷路的。

现在恰逢白天和黑夜交接的古怪时刻，天空就像在熊熊燃烧一样，成群结队的蚊子正在外面觅食。杨家灯火通明，耀眼夺目。这栋房子很大，就算我们全家都搬进去跟他们同住，那空间也依然绰绰有余。圆形的车道上停着一辆蓝色的英菲尼迪[1]跑车，保险杠被撞瘪了。没办法，海丽的开车技术实在太差。

说实话，看到她们俩在没有我的时候也会一起玩，确实有点难受。可是，如果你住的地方离朋友很远，那么这种情况也是在所难免的。我不能生气。也许嫉妒，但无法生气。

不过，那件抗议的事情却令我非常恼火，以至于按捺不住内心的愤怒，便冲上去按响了门铃。再说，我答应过玛雅要三个人一起谈谈的。行，

[1] 英菲尼迪（Infiniti）：日本尼桑汽车公司的一个奢侈汽车品牌。

那我们就谈谈吧。

杨夫人前来应门，脖子上挂着蓝牙耳机。

"思姐尔！"她笑容满面地拥抱了我，"见到你真开心。最近怎么样？"

"挺好的。"我说。她将我迎进屋里，大声告诉玛雅我来了。门厅里飘满了杨夫人做的海鲜千层面的香味。

"希望没有打扰您。"我说。

"当然没有，亲爱的。玛雅在楼上呢，海丽也在。要是你能留下来吃晚饭，那就太好啦……不，乔治，我没在跟你说话，"她冲着耳机说，然后用口型告诉我，"我的助理。"接着无奈地翻了翻白眼。

我微微一笑，脱掉耐克球鞋。在杨家的房子里，脱鞋既是中国人的习俗，也是因为杨夫人想让客人感到舒适自在。

玛雅跑下楼梯，穿着几乎垂到脚踝上的特大号 T 恤和篮球短裤。"思姐尔！"

在她到达一楼之后，有一个尴尬的瞬间，她的胳膊向外伸出，仿佛想要拥抱我，可是却又迟疑着开始放低双手。无论如何，我主动拥抱了她。毕竟，已经很久没有好好地跟玛雅拥抱一下了。她的发丝间洋溢着柑橘的香甜，她的拥抱亲切而温暖。

玛雅带我来到她的卧室里。天花板上挂着白色的圣诞节小灯，有一个摆满了电动游戏光盘的架子，屋里到处都是《探险活宝》[1] 的纪念品。海丽窝在一张豆袋椅里，专心致志地操控着屏幕上的篮球运动员。

"海丽，看看谁来了。"玛雅说。

海丽抬头扫了我一眼，"嗨。"

"嗨。"

尴尬至极。

---

[1]《探险活宝》（*Adventure Time*）：美国电视系列动画片。

　　我从一个空的雪碧罐和一袋玉米片上跨过去，坐在了另一张豆袋椅里。玛雅关上房门，门后贴着一张旧式海报，画面中的迈克尔·乔丹正做出著名的空中飞人姿势。

　　玛雅趴到床上，抓起地板上的游戏控制器，"思妲尔，一起玩吗？"

　　"嗯，好。"

　　她把第三个控制器递给我，我们开始了一场新游戏——我们三个对抗电脑控制的球队。这很像我们在现实中打比赛的情形，同样充满了节奏、技巧和化学反应，但是屋里的尴尬越来越浓重，实在令人无法忽视。

　　她们俩一直不停地看我，而我则目不转睛地盯着屏幕。当海丽控制的球员投出一个三分球时，游戏里的动画观众欢呼起来。"好球。"我说。

　　"行了，废话少说。"海丽抓起电视遥控器，关掉游戏，屏幕上的内容变成了一部刑侦剧，"你为什么对我们俩发火？"

　　"你为什么要参加抗议？"既然她想废话少说，那就直入正题好了。

　　"因为，"她理所当然地说，"我觉得这没什么大不了的，思妲尔。你说了，你并不认识他。"

　　"认不认识有什么区别吗？"

　　"抗议不好吗？"

　　"如果只是为了逃课，那确实不好。"

　　"所以即便其他人都这么做了，你还是想让我们道歉，是吗？"海丽问。

　　"其他人都做了，不代表这件事就是正确的。"

　　唉，我说话的口气真像妈妈。

　　"停！"玛雅说，"海丽，如果思妲尔想让咱们道歉的话，那没问题，咱们可以道歉。思妲尔，抗议的事情我很抱歉。利用一桩悲剧来逃课是很愚蠢的。"

我们俩看向海丽。她靠在椅背上，交叉着双臂，"我又没有做错，才不会道歉。倒是她，应该为上周指责我是种族主义者的事情而道歉吧。"

"哇，真了不起。"我说。海丽最烦人的一点就是她可以扭转争辩的局面，把自己变成受害者。她特别擅长这种伎俩。以前，我总是会上当，可如今呢？

"我不会为自己的感受而道歉，"我说，"我不在乎你的意图是什么，海丽。在我听来，那句有关炸鸡的评论就是带有种族歧视。"

"行啊，"她说，"就像我觉得抗议没有问题一样。既然我不会为自己的感受而道歉，你也不会为你的感受而道歉，那咱们还是看电视吧。"

"好。"我说。

玛雅闷哼了一声，仿佛恨不得掐死我们俩，"就这样？要是你们都这么固执，那随便吧。"

玛雅开始切换频道。海丽显得坐立不安，她试图用眼角的余光看我，可是又不想让我看出来，所以一直在转移视线。但无论如何，我都不为所动。没错，我原本以为自己是来跟她们交谈的，可其实还是想要一句道歉。

我看着电视。唱歌比赛、真人秀、115、舞蹈表演——等一下。

"往回倒，往回倒。"我告诉玛雅。

她切换频道，当他又一次出现时，我说："就是这个！"

虽然我已经在脑海中无数次地勾勒过他的模样，但又一次亲眼看到的感觉跟凭空想象是截然不同的。我的记忆非常准确——他的嘴唇上方有一道窄窄的锯齿状伤疤，脸颊和脖子上布满了雀斑。

我觉得恶心反胃、毛骨悚然，想要赶紧从115面前逃跑。我的本能根本就不觉得那只是一张电视上的照片。他戴着一条银色的十字架项链，仿佛在说耶稣认可了他的所作所为。我敢肯定，我跟他信仰的耶稣绝对不是同一个。

一个老年版的 115 出现在了屏幕上，但这个男人的嘴唇上方没有伤疤，而且脖子上有更多的雀斑，一头白发中掺杂着几缕棕色的发丝。

"当时，我的儿子担心自己性命难保，"他说，"他只想回家，回到妻子和孩子们的身边。"

屏幕上闪过许多照片。115 搂着一个打了马赛克的女人微笑。他和两个打了马赛克的孩子一起钓鱼。还有他跟一条笑嘻嘻的金毛猎犬的合影，跟打了马赛克的牧师和执事的合影。最后是他身穿警服的照片。

"布莱恩·克鲁斯警官已从警十六年。"画外音说，屏幕上展示了他作为警察的更多照片。他担任警察的年限跟卡里尔的岁数一样长，我忽然想，是否有某种可怕的命运决定了卡里尔生来就是要被这个男人杀害？

"其中，大多数时间都是在花园高地执勤，"画外音继续说道，"那是一片因为黑帮和毒贩而臭名昭著的社区。"

镜头中出现了我的社区、我的家，我呆呆地僵住了。他们似乎刻意挑选了最糟糕的影像——吸毒的瘾君子在街头游荡，雪松果园住宅区破败不堪，黑帮成员展示着他们的团伙标志，人行道上躺着盖了白布单的尸体。卢克斯夫人和她精心烤制的蛋糕呢？路易斯先生和他独家设计的发型呢？鲁宾先生呢？诊所呢？我的家人呢？

我呢？

我感到海丽和玛雅的目光在注视着我，但我无法看向她们。

"我的儿子喜欢在那片社区里工作，"115 的父亲声称，"他一直都想改善当地的生活。"

真是好笑。以前，奴隶主也觉得自己在改善黑人的生活，将他们从"野蛮的非洲方式"中解救出来。如今时代不同了，说辞却都是一样的。但愿像他们那样的人不要再自以为是地认定像我这样的人需要被拯救。

老年版 115 滔滔不绝地讲述着自家儿子在枪击事件之前的生活，说他是个好孩子，从来都不惹麻烦，一向乐于助人。听起来跟卡里尔很像。但是，接下来，他又谈到了一些 115 做过但卡里尔永远都无法做到的事情，比如上大学，比如结婚，比如拥有属于自己的家庭。

主持人问及那天晚上的情形。

"显而易见，布莱恩之所以让那孩子停车，是因为他发现有尾灯损坏和超速的情况。"

卡里尔没有超速。

"他告诉我：'爸爸，我刚刚让他停下来，就有一种糟糕的预感。'"老年版 115 说。

"为什么？"主持人问。

"布莱恩说，那孩子和他的朋友立即就开始咒骂——"

我们从头到尾都没有咒骂。

"而且，他们还一直互相交换眼神，仿佛在谋划着什么。布莱恩说他觉得很恐惧，因为如果他们联手，完全可以把他撂倒。"

那时候反倒是我怕得要命，根本就没法撂倒任何人。他说得好像我们是超人一样，其实我们只是孩子而已。

"虽然我的儿子非常害怕，但他依然要履行职责，"他说，"那天晚上他所做的一切都是在履行自己应尽的职责。"

"有报道说，在事件发生时，卡里尔·哈里斯并没有武器，"主持人说，"您的儿子有没有告诉过您，他为什么会决定开枪射击？"

"布莱恩说，当时他正背对着那孩子，忽然听到那孩子说：'老子今天让你吃不了兜着走。'"

不、不、不！卡里尔明明在问我是否还好。

"布莱恩转过身去，看到车门里有东西，他以为那是一把枪——"

那是一把发刷。

他的嘴唇颤抖起来。我的身体摇晃起来。他捂住嘴，抑制住啜泣声。

我捂住嘴，抑制住呕吐感。

"布莱恩是个好孩子，"他流着眼泪说，"他只是想回家跟亲人团聚，可是人们却硬把他说成恶魔。"

回家，那才是我和卡里尔想要的。现在是你硬把我们说成恶魔！

我无法呼吸，仿佛淹没在强忍的泪水中，就要窒息。我不会哭泣，不会让 115 和他的父亲得逞。今晚，他们也冲我开枪了，而且不止一次。无形的枪林弹雨杀死了我内心的一部分。只可惜，他们没有想到，死去的正是我那迟疑着不敢开口的懦弱。

"这件事发生以后，您儿子的生活有何改变吗？"主持人问。

"说实话，我们全家人的生活都如堕地狱，"他的父亲宣称，"布莱恩平时人缘很好，可现在都不敢到公共场合去了，就连买牛奶这种小事都得担惊受怕。有许多人威胁他的生命，威胁我们家里人的生命。他的妻子不得不辞去工作，他甚至还遭到同事的攻击。"

"肢体上的攻击还是语言上的攻击？"主持人问。

"都有。"他说。

我大为震惊，想起了卡洛斯舅舅那指关节上的瘀青。

"太可怕了，"海丽说，"这家人真可怜。"

她看着老年版的 115，脸上露出本该属于布伦达和罗莎莉女士的同情。

我眨了几次眼睛，"什么？"

"这个人的儿子失去了一切，就因为他试图履行职责和保护自己。他的生命也是很重要的，你明白吗？"

此时此刻，我再也无法忍受了。我不行了。得赶紧起身离开，否则我会说一些愚蠢的话或做一些鲁莽的事，比如揍她一拳。

"我得……对，我得走了。"我勉强说出这句话，然后便径直朝门口走去，但玛雅却拽住了我的羊毛衫。

"喂，喂。你们俩还没和好呢。"她说。

"玛雅，"我尽量冷静地说，"让我走吧，我没法跟她说话。你没

206

听到她刚才说什么吗？"

"你怎么回事？"海丽问，"我说他的生命也很重要，有错吗？"

"他的生命总是更重要！"我的声音嘶哑不堪，喉咙发紧，"这就是问题所在！"

"思妲尔！思妲尔！"玛雅说着，努力与我的眼睛对视。我看向她，"怎么了？你最近就像《凤凰社》[1]里的哈利一样，经常发火。"

"多谢！"海丽说，"可算有人说句公道话了。这几周，她一直表现得像个泼妇一样，却还要指责我。"

"你说什么？"

敲门声传来。"姑娘们，没事吧？"杨夫人问。

"没事，妈妈。玩游戏呢。"玛雅看着我，压低声音，"拜托，先坐下吧，好吗？"

我坐到她的床上。电视里，广告取代了老年版115，填补了我们制造的空白。

我突然开口，"你为什么不再关注我的汤博乐了？"

海丽转向我，"什么？"

"你对我的汤博乐取消关注了。为什么？"

她扫了一眼玛雅——动作迅速，但我还是注意到了——然后回答："我不知道你在说什么。"

"别废话，海丽。好几个月之前，你就对我取消关注了。为什么？"

她没说话。

我吞咽了一下，"是因为那张埃米特·提尔的照片吗？"

"噢，天哪，"说着，她站起身来，"你还有完没完？我不会继续待在这里让你指责我了，思妲尔——"

<hr>

[1]《凤凰社》（*Order of the Phoenix*）：指哈利·波特系列作品的第五本《哈利·波特与凤凰社》（*Harry Potter and the Order of the Phoenix*）。

"你不再给我发短信了，"我说，"那张照片让你觉得不舒服。"

"你听到她的话了吗？"海丽对玛雅说，"又来了，说我是种族主义者。"

"我没那么说。我只是在提问题，给你举例子。"

"你是在暗示！"

"我甚至都没有提'种族'二字。"

沉默在我们俩之间蔓延。

海丽摇了摇头，抿起嘴唇，"真是难以置信。"她从玛雅的床上抓起自己的外套，朝门口走去。她停下脚步，依然背对着我，"思妲尔，你真的想知道我为什么对你取消关注吗？因为我他妈的不认识现在的你了。"

她摔门而去。

电视上，新闻节目又回来了，录像资料中展示了全国各地的抗议游行，不只是在花园高地。但愿他们没有利用卡里尔的死亡来逃课或翘班。

突然，玛雅说："那不是原因。"

她盯着紧闭的房门，肩膀有点僵硬。

"啊？"我说。

"她在撒谎。"玛雅说，"那不是她对你取消关注的原因。她说过，她不想在自己的主页上看到那些垃圾。"

我明白了，"就是那张埃米特·提尔的照片，对吗？"

"不。用她的话来说，是所有的'黑人玩意儿'：请愿书、黑豹党照片、讲述那四个在教堂里被杀害的小女孩儿的帖子，马库斯·加维[1]的资料，还有那篇两个黑豹党人被政府射杀的文章。"

---

[1] 马库斯·加维（Marcus Garvey，1887—1940）：活跃于牙买加和美国的黑人民族主义者，提倡外地非裔黑人返回非洲，创建统一的黑人国家。

"弗雷德·汉普顿[1]和鲍比·赫顿[2]。"我说。

"对，就是他们。"

哇，她居然一直都留心关注。"你为什么没有告诉我？"

她盯着地板上毛茸茸的芬兰地毯，"我希望她会在你发现之前改变心意。不过，我早该知道那是不可能的。她已经不是第一次说这种过分的话了。"

"什么意思？"

玛雅艰难地吞咽了一口，"你还记得吗？有一次，她问我们家的人是否在感恩节吃猫。"

"什么？什么时候？"

她的眼睛变得湿润了，"高一。第一学期。爱德华夫人的生物课。感恩节假期刚刚结束，上课之前，咱们正在讨论感恩节都做了什么。我告诉你们，爷爷奶奶来看我，那是他们第一次过感恩节。海丽就问我们是否吃猫了，因为我们是中国人。"

天哪。我开始绞尽脑汁地回忆。高一距离初中没过多久，我很有可能会说一些极度愚蠢的话或者做一些极度荒唐的事。我小心翼翼地问："当时我怎么说的？"

"什么都没说。你脸上的表情就像是不敢相信她居然说了这种话。她哈哈大笑，说那是个玩笑。我笑了，然后你也笑了。"玛雅频繁地眨着眼睛，"我之所以笑，只是因为我觉得自己应该笑。可是，在那周剩下的时间里，我一直都非常难受。"

"噢。"

---

[1] 弗雷德·汉普顿（Fred Hampton，1948—1969）：美国激进主义者和革命者，曾担任黑豹党伊利诺斯州分部主席，黑豹党全国副主席，于1969年被美国芝加哥警局的警官杀害。

[2] 鲍比·赫顿（Bobby Hutton，1950—1968）：美国人，黑豹党的第一名成员，于1968年被美国奥克兰市警局的警官杀害。

"嗯。"

我现在也非常难受。我无法相信自己居然任由海丽说了那么过分的话。或者，她一直都是这样开玩笑的吗？我是否一直都笑了？是否就因为我觉得自己必须得笑？

这就是问题所在。我们放任别人胡说八道，他们说得越来越多，最后他们就觉得无所谓了，我们也就习以为常了。如果在应该开口的时候却保持沉默，那还要声音干什么？

"玛雅？"我说。

"嗯？"

"下一次，咱们不能再让她随随便便说这种话了，好吗？"

她露出微笑，"少数派联盟？"

"哼，没错。"我说。我们笑了。

"好，就这么说定了。"

玩过一场篮球电子游戏之后（玛雅输惨了），我端着一盘锡纸包裹的海鲜千层面朝卡洛斯舅舅的房子走去。杨夫人从来不会让我空手而归，我也从来不会拒绝食物。

人行道旁立着一排钢铁铸成的路灯，越过几栋房子，我看到卡洛斯舅舅摸黑坐在自家门前的台阶上。他正在仰头喝着什么，走近以后，我才发现那是一瓶喜力[1]。

我把盘子放在台阶上，在他身边坐下。

"你不会是去了你那个小男友家吧。"他说。

天哪。在他眼里，克里斯总是"小男友"，其实他们俩的个头差不多一样高。"没有，我去了玛雅家。"我向前伸展双腿，张嘴打了个哈欠，真是漫长的一天，"我真不敢相信，你居然在喝酒。"我一边打着哈欠，

---

[1] 喜力（Heineken）：荷兰喜力酿酒公司生产的一种啤酒。

一边含含糊糊地说。

"我没有喝酒。这只是啤酒而已。"

"这话是外婆说的?"

他瞥了我一眼,"思妲尔。"

"卡洛斯舅舅。"我也坚决地说。

我们俩大眼瞪小眼,谁都不甘示弱。

他放下啤酒。事情是这样的——外婆是个酒鬼,虽然现在不像过去那么严重了,但是只要喝上一瓶烈酒,她就会变得判若两人。我听说过她以前发酒疯的故事。她会把一切怒火都发在妈妈和卡洛斯舅舅身上,因为他们的爸爸抛弃了她,回到正牌妻子和孩子的身边了。她会把他们锁在屋外,咒骂他们,等等。

所以,不行。对于卡洛斯舅舅来说,啤酒不只是啤酒而已。他一向都反对饮酒。

"抱歉,"他说,"心情不好。"

"你看到那场采访了,是吗?"我问。

"嗯,我原本希望你不会看到。"

"我看到了。妈妈有没有——"

"噢,她也看到了。还有帕姆和你外婆,都看到了。我这辈子从来没有在一个房间里面对这么多火冒三丈的女人。"他看着我,"你还好吗?"

我耸了耸肩。没错,我也很生气,但实际上呢?"我早就料到他爸爸会把他说成受害者了。"

"我也是。"他用手掌托着腮,胳膊肘撑在膝盖上。门阶上还不算太暗,我能清楚地看到他手上的瘀青。

"那个……"我拍了拍膝盖,"停职,是吗?"

他看向我,仿佛在努力猜测着我的意图,"怎么了?"

沉默。

"卡洛斯舅舅,你跟他打架了吗?"

他坐直身体，"不，我只是跟他讨论了一下。"

"你是说，你的拳头跟他的眼睛讨论了一下吧。他是说了什么关于我的话吗？"

"当时他用枪指着你，单凭这一点就足够了。"

他的声音里有一种陌生的尖锐。虽然不合时宜，但我还是捧腹大笑起来。

"哪里好笑？"他喊道。

"卡洛斯舅舅，你居然打人了！"

"喂，我也是从花园高地出来的人，好吗？我会打架，我还能把人撂倒。"

我已经开始高声起哄了。

"这不好笑！"他说，"我不应该那么冲动，这是非常不专业的行为。这下我算是给你当反面教材了。"

"是啊，拳王阿里[1]。"

我依然在笑，他也忍不住露出了笑容。

"嘘。"他说。

我们的笑声逐渐消失，周围一片寂静。没什么可做的，只能抬头仰望夜空和群星。今晚的星星很多。如果在家里，我很可能会因为其他事情而忽略这璀璨星光。有时候，真的很难相信花园高地和河谷山庄都在同一片天空下。

"你还记得我以前告诉过你的话吗？"卡洛斯舅舅说。

我靠近他，"不是我以星星命名，而是星星以我命名。其实你就是哄我高兴，对吧？"

他咯咯地笑了，"不，我是想让你知道你有多么特别。"

"无论是否特别，你都不应该为了我而承担失去工作的风险。我知道，你热爱这份工作。"

---

[1] 拳王阿里：指穆罕默德·阿里（Muhammad Ali, 1942—2016），美国职业拳击手、激进主义者。

"但是我更爱你。小丫头，你才是我成为警察的唯一理由。因为我爱你，也爱着那片社区里的所有人。"

"我知道，所以我才不想让你失去这份工作。我们需要像你这样的人。"

"我这样的人，"他干笑了一声，"听到那个人这样说你和卡里尔，我非常生气。但是这也让我想起了那天晚上在你父母的厨房里，我自己评论卡里尔的话。"

"什么话？"

"我知道你当时在偷听，思妲尔。别装小白兔了。"

我窃笑起来，没想到卡洛斯舅舅还会用"小白兔"这种词，"你是指你说卡里尔是毒贩子的话吗？"

他点了点头。"就算他真的贩毒，我也不该那样说。我认识这孩子，看着他跟你一起长大。他本身的生存要比他所做的任何坏的决定更重要，"他说，"我痛恨自己也人云亦云，竟然想要为他的死亡找借口开脱。归根结底，身为一名警察，绝不能因为对方打开车门就杀人。如果真的那样做了，就不配当警察。"

泪水涌上眼眶。听到我的父母和奥芙拉女士这样讲，或者看到人们为此而游行抗议，真的很好。然而，如果这番话是从我的警察舅舅嘴里说出来的呢？尽管会让人觉得更加心痛，但同时也令我如释重负。

"我对布莱恩就是这么讲的，"他看着自己的指关节，"在我打了他以后。我对局长也讲了。实际上，我觉得自己喊的声音特别大，估计局里的每个人应该都听到了。但是，这依然不能抵消我的过错。我对不起卡里尔。"

"不，你没有——"

"我有。"他说，"我了解他，也了解他家里的情况。在他不来找你之后，他不仅从我的视野中消失了，而且还从我的心里消失了。这一点，我没有借口能够开脱。"

我也没有借口能开脱。"我觉得咱们都有同样的感受，"我喃喃地说，"这也是爸爸决定帮助德文特的原因之一。"

"嗯，"他说，"我也是。"

我又一次望向夜空中的星星。爸爸说他之所以给我取名叫"思姐尔"，是因为在黑暗中，我就是他的光明。如今，身处黑暗之中，我也多么需要一点光明啊。

"还有，如果换作是我，我绝不会杀了卡里尔，"卡洛斯舅舅说，"我知道的不多，但是这一点我很确定。"

眼睛隐隐刺痛，喉咙发紧，转眼之间我就变成了一个号啕大哭的小姑娘。我依偎在卡洛斯舅舅身旁，希望泪水能代替我讲出难以言说的一切的一切。

第十五章

瞧见那堆碰都没碰的薄饼，妈妈发问了，"好吧，贪吃侠。你怎么了？"

我们正坐在薄饼屋[1]的一张餐桌旁。清晨时分，饭店里空荡荡的，除了我们，只有一群大腹便便、胡子拉碴的卡车司机挤在卡座里。由于他们的到来，点唱机里放起了乡村音乐。

我用叉子戳着面前的薄饼，"不怎么饿。"

此话半真半假。我的情感仿佛刚刚经历了一场宿醉：电视采访、卡洛斯舅舅、海丽、卡里尔、德文特、我的父母。

妈妈、塞卡尼和我是一起在卡洛斯舅舅家过的夜。我知道，这主要不是为了躲避暴乱，而是因为妈妈在生爸爸的气。其实，新闻上说，昨晚是花园高地第一个相对和平的夜晚。只有抗议，没有暴乱。不过，警察还是对人群使用了催泪弹。

反正，只要我提起父母的争吵，妈妈就会告诫我，"别插手大人的事情。"也许你会认为，他们的争吵有我的原因，所以是我的事情，但

---

[1] 薄饼屋（IHOP）：美国家庭连锁餐厅，专门卖早餐食品。

并非如此。

"我不知道谁会相信你不饿，"妈妈说，"你总是那么贪吃。"

我翻着白眼打了个哈欠。她一大早便叫我起床，说要带我去薄饼屋吃饭，就像以前一样，只有我们两个，趁着塞卡尼还没有跳出来捣乱。他在卡洛斯舅舅家有一套备用的校服，可以跟丹尼尔一起去上学。我只有几条运动裤和一件印有德雷克的 T 恤，不适合穿着去地检署。我必须得回家换身衣服。

"谢谢你带我来这儿。"我说。虽然心情很糟，但我欠她一句感激的话。

"没事，宝贝。咱们俩很久没一起出来吃饭了。某人觉得我不好，可我觉得自己依然很酷，所以得证明一下。"她从热气腾腾的咖啡杯里啜饮了一口，"你是在担心跟检察官见面的事情吗？"

"那倒没有。"尽管我的确注意到距离九点半的会面只剩下三个半小时了。

"是不是因为昨天的狗屁采访？那个混蛋。"

又开始了，"妈妈——"

"哼，该死的家伙，把自家老爹弄到电视上去扯谎，没一句真话，"她说，"谁会相信一个大人害怕两个孩子？"

大家在网络上都是这么说的。黑人推特一直在谴责克鲁斯警官的爸爸，嘲讽他演技这么好，应该改名叫汤姆·克鲁斯[1]。汤博乐上的情况也一样。我知道，肯定有人相信他——比如海丽——但是奥芙拉女士说得对，这次采访产生了事与愿违的负面作用。许多人虽然跟我或卡里尔素未谋面，却都在为我们打抱不平。

所以，虽然这场采访令我感到烦恼，但并没有太过郁闷。

---

[1] 汤姆·克鲁斯（Tom Cuise，1962— ）：美国白人男演员，曾被三次提名奥斯卡金像奖，并三次荣获金球奖。

"也不完全是因为采访，"我说，"还有其他事情。"

"比如？"

"卡里尔，"我说，"德文特跟我说了关于他的一些事情，我感到很内疚。"

"什么事情？"她说。

"他贩毒的理由。他是想替布伦达女士向金还债。"

妈妈瞪大了眼睛，"什么？"

"是啊。而且，他并不是勋爵枭王。卡里尔拒绝了金，金为了保全面子而撒了谎。"

妈妈摇了摇头，"为什么我一点都不惊讶，金确实能干出这种破事儿。"

我盯着自己的薄饼，"我早就应该想到，应该更了解卡里尔。"

"宝贝，你没办法了解。"她说。

"这就是问题所在。如果我能帮助他的话，那——"

"也没法阻止他。卡里尔几乎跟你一样固执。我知道你很在乎他，你们的感情甚至超越了友谊，但是你不能把这一切都怪到自己身上。"

我抬头看向她，"什么叫'超越了友谊'？"

"别装傻，思姐尔。你们俩彼此喜欢了那么久。"

"你也觉得他喜欢我？"

"天哪！"妈妈翻了个白眼，"在咱俩之间，我是年老的那一个——"

"你说自己老了。"

"年纪比较大的那一个，"她纠正道，迅速地瞪了我一眼，"我看得清清楚楚。你怎么会毫无知觉呢？"

"不知道。他总是谈论其他姑娘，而不是我。这感觉很奇怪。我以为自己已经淡忘这份迷恋了，但有时候我也很茫然。"

妈妈用指尖沿着咖啡杯边缘画圈。"贪吃侠，"她叹了一口气，"宝贝，听我说，你现在很伤心，明白吗？这会放大你的感情，让你体会到已经消失许久的感受。退一步讲，就算你依然喜欢卡里尔，也没什么不对的。"

"就算我正在跟克里斯交往，也没关系吗？"

"对啊。你才十六岁，可以喜欢不止一个人。"

"所以你是说我可以脚踏两只船吗？"

"你这孩子！"她指着我，"别让我在桌子底下踹你。我是说别太苛求自己。只要你愿意，可以为卡里尔伤心，可以思念他，思念过去的一切，尽情发泄自己的感受。但是就像我曾经跟你说过的一样，不要停止生活。明白吗？"

"好吧。"

"嗯，已经解决两个问题了，"她说，"还有什么事让你烦心？"

还有什么事不让我烦心？我感到头痛欲裂，不堪重负。也许，情感上的宿醉跟酒精作用下的宿醉差不多吧。

"海丽。"我说。

她大声地喝了一口咖啡，"那个臭丫头又干什么了？"

她又开始了。"妈妈，你从来都不喜欢她。"

"不，我从来都不喜欢你成天跟着她，就好像你自己没法思考一样。这是有差别的。"

"我哪有——"

"别狡辩！还记得当初你求我买架子鼓，为什么要那样做，思姐尔？"

"海丽想组一个乐队，但是我也觉得这主意不错啊。"

"等等。你不是告诉过我，你想在这个所谓的'乐队'里弹吉他，但是海丽却说你应该打鼓吗？"

"是，不过——"

"说实话，在那群乔纳斯小子里头，"她问，"你最喜欢哪一个？"

"乔。"

"那是谁说你应该扮演那个卷发的？"

"是海丽，但尼克也很棒啊。再说了，这都是初中的陈年往事了——"

"啊哈！去年你求我让你把头发染成紫色，为什么，思妲尔？"

"因为我想——"

"不，到底为什么，思妲尔？"她说，"真正的原因是什么？"

糟糕，这里面好像确实有一种固定的模式。"因为海丽想让我、她和玛雅都有一样颜色的头发。"

"一点都没错。宝贝，我爱你，但你总是把自己想要的放在一旁，反而按照那个臭丫头的意愿去做事情。所以，没办法，我就是不喜欢她。"

我无话可说，"明白了。"

"那就好。理解是沟通的第一步。那么，这回她又干什么了？"

"昨天我们吵架了，"我说，"其实，最近这段时间，我们的关系一直都很怪。她不再给我发短信，而且还在汤博乐上取消了对我的关注。"

妈妈把叉子伸到我的盘子里，拿走了一块薄饼，"说起来，汤博乐到底是什么？跟脸书一样吗？"

"喂，你可不许注册汤博乐。爸爸妈妈都不行。你们已经彻底占领了脸书，总得给我们留点地盘吧。"

"你还没在脸书上通过我的好友申请呢。"

"我知道。"

"我需要《糖果传奇》[1] 的生命值。"

"所以我才不想通过你的申请。"

她凶巴巴地瞪了我一眼，但我不在乎，有些事情坚决不能答应。

"所以，她在那个什么汤博乐上取消了对你的关注，"妈妈说。你瞧，

---

[1]《糖果传奇》（*Candy Crush*）：一款免费的消除类益智游戏，最初于 2012 年在脸书上发行，脸书好友可以互相赠送生命值。

她确实没法玩这种流行的社交网站，"就这样？"

"不是。她还说了一些愚蠢的话，做了一些愚蠢的事。"我揉了揉眼睛，起得太早了，"我都开始怀疑，我们俩怎么会成为朋友的。"

"好吧，贪吃侠——"她又从我的盘子里拿走一块薄饼，"你必须判断，这段关系是否值得挽回。把好事列一个单子，坏事列一个单子。如果其中一个超过了另一个，那么你就知道该怎么做了。相信我，目前来看，这个办法屡试不爽。"

"当伊艾莎怀孕以后，你也是这样对待爸爸的吗？"我问，"因为说实话，换作是我，肯定会一脚踹在他的肋骨上。只是打个比方，没有冒犯的意思。"

"没事。很多人觉得我是个傻瓜，居然会回到你爸爸身边。唉，就算到了今天，他们可能还会在背后说我愚蠢。要是被你外婆知道这件事的话，她肯定会气得中风。不过，实际上，她才是我跟你爸爸待在一起的真正原因。"

"那时候，外婆不是讨厌爸爸吗？"其实我觉得外婆现在依然讨厌爸爸。

妈妈的眼睛里蒙上了一层忧伤，但她却对我微微一笑，"在我成长的过程中，你外婆总是会在喝醉后说一些伤人的话、做一些伤人的事，第二天早上起来又会道歉。很小的时候，我就知道人们都会犯错，而你必须要判断他们的错误与你对他们的爱相比，孰轻孰重。"

她深深地吸了一口气，"赛文并不是错误，我非常爱他，但是麦弗里克的行为是错误的。然而，他的优点和我们的爱比那个错误更重要。"

"就算要跟疯狂的伊艾莎扯上关系，也没事吗？"我问。

妈妈咯咯地笑了，"是啊，疯狂的、麻烦的、讨厌的伊艾莎。虽然情况有所不同，但是如果好大于坏，那么就让海丽留在你的生命中吧，宝贝。"

这的确是个问题。过去有许多好事。乔纳斯兄弟、《歌舞青春》、共同承担的悲伤。这份友谊建立在回忆之上，可现在我们还有什么呢？

"如果好不大于坏，那该怎么办？"我问。

"那就让她去吧。"妈妈说，"如果你把她留在自己的生命中，而她却继续做坏事，那就让她去吧。我对你保证，要是当初你爸爸再做那种混账事，我肯定会立马嫁给伊德瑞斯·艾尔巴[1]，然后说：'麦弗里克是谁？'"

我大笑起来。

"好了，快吃吧，"说着，她把自己的叉子递给我，"趁着我还没有替你把所有薄饼都消灭。"

我已经习惯了在花园高地看到烟雾缭绕的景象，因此，当我们回去的时候，空气里干干净净，反而显得不可思议。后半夜肆虐的一场暴风雨令清晨变得十分沉闷，但我们可以开着车窗在街上行驶。暴乱的确停止了，然而身边经过的坦克还是跟改装汽车一样多。

不过，烟雾却透过前门从家里飘了出来。

"麦弗里克！"妈妈大喊，我们赶紧冲向厨房。

爸爸正在朝水槽里的一柄平底锅泼水，平底锅发出响亮的嘶嘶声，冒起一团白雾。无论他烧糊的东西是什么，肯定都糊得挺严重。

"谢天谢地！"餐桌旁的赛文举起双手，"总算有会做饭的人了。"

"闭嘴。"爸爸说。

妈妈拿起平底锅，研究着无法辨认的残留物，"这是什么？鸡蛋？"

"很高兴看到你们还认识回家的路。"说罢，他便径直从我身边走过，既没有看我一眼，也没有说一句早安。难道他还在为克里斯的事情生气吗？

妈妈抓起一把叉子，用力戳着粘在平底锅上的焦黑食物，"赛文，

[1] 伊德瑞斯·艾尔巴（Idris Elba, 1972— ）：英国黑人演员、音乐家。

你想吃点早饭吗？"

他看着她，"呃。不了。顺便说一句，这个平底锅是无辜的，妈妈。"

"说得对，"她说，但是依然在戳来戳去，"说真的，我可以给你做点吃的。鸡蛋、培根。"她望向走廊，高喊起来，"猪肉培根！猪肉！猪！什么都行！"

看来，好大于坏那一招也不管用了。我和赛文面面相觑。我们很讨厌他们吵架，因为我们总是夹在他们的战争中间，动弹不得。损失最惨重的要数我们的胃口。如果妈妈生气，不肯做饭，那我们就只能吃爸爸的黑暗料理，比如放上番茄酱和热狗的意大利面。

"我在学校里吃一点就行。"赛文亲了亲她的脸颊，"不过，还是谢啦。"出门之前，他跟我击拳告别，这是赛文祝福我好运的方式。

爸爸戴着一顶帽檐朝后的鸭舌帽回来了，他抓起自己的车钥匙和一根香蕉。

"我们必须在九点半到达地检署。"妈妈说，"你来吗？"

"噢，卡洛斯不能去？你们有什么秘密和事情，不是都跟他讲吗？"

"我告诉你，麦弗里克——"

"我会去的。"说完，他便离开了。

妈妈又戳了戳平底锅。

地方检察官亲自领我们来到一间会议室。她叫凯伦·门罗，是一名中年白人女性，声称自己理解我所经历的一切。

奥芙拉女士已经和地检署的一些工作人员等在会议室了。门罗女士发表了一段长篇大论，说她想为卡里尔伸张正义，并且过了这么久才跟我们见面而道歉。

"确切地说，是十二天，"爸爸指出，"要我说，实在太久了。"

门罗女士看起来有点尴尬。

她解释了大陪审团的运作程序，然后询问了那天晚上发生的事情。

我告诉她的话基本跟告诉警方的话一样，只是她并未提出任何有关卡里尔的愚蠢问题。不过，当我描述开枪的次数、子弹如何击中卡里尔的背部，还有他脸上的表情时——

胃部不停地翻涌，胆汁在嘴里汇聚，我张口欲吐。妈妈一跃而起，抓过一个垃圾桶，迅速放在我面前，及时地接住了呕吐物。

我哭泣、呕吐。哭泣、呕吐。什么都做不了。

检察官递给我一瓶苏打水，说："今天先到此为止，亲爱的，谢谢你。"

爸爸扶着我上了妈妈的车，走廊里的人纷纷驻足旁观。看到我那满是泪水和鼻涕的脸庞，他们肯定都明白了我就是目击者，说不定还给我起了一个新名字——可怜的人儿。比如，"噢，那个可怜的人儿啊。"这让一切变得更糟糕了。

我钻进车里，躲开众人怜悯的视线，把脑袋靠在窗户上，觉得非常难受。

妈妈在家里的杂货店前停下车，爸爸的车就停在我们后面。他跳下车，来到妈妈的驾驶座旁，她放下车窗。

"我要去一趟学校，"她告诉他，"跟老师说明情况。她能跟你待在一起吗？"

"好，没问题。她可以在办公室里休息。"

这就是哭泣和呕吐带来的另一个后果——大家会谈论你，替你做计划，仿佛你不在场似的。可怜的人儿显然是听不见的。

"你确定？"妈妈问他，"或者需要我带她去卡洛斯家吗？"

爸爸叹了一口气，"丽莎——"

"麦弗里克，我一点都不在乎你有什么问题，但是拜托你，陪着女儿，行吗？"

爸爸绕到副驾驶座旁，打开车门，"来吧，宝贝。"

我下了车，像个摔破膝盖的孩子一样抽泣着。爸爸将我揽在胸前，抚摸着我的后背，亲吻着我的头发。妈妈驾车离开了。

"别怕，宝贝，有我在。"他说。

所有的哭泣、呕吐都变得毫无意义。爸爸跟我在一起。

我们走进杂货店。爸爸打开店里的灯，但是没有挪动橱窗上的歇业标牌。他去了一下办公室，然后回来抬起我的下巴。

"张嘴，"他说。我张开嘴，他的脸庞皱作一团，"哎哟。看来得给你用上一整瓶漱口水才行。这个味儿都能把死人熏活了。"

我笑了，眼里还含着泪水。你瞧，爸爸就是这么好玩儿。

他抬手擦了擦我的脸，掌心像砂纸一样粗糙，但是我已经习惯了。他捧着我的脸庞，我微微一笑。"这才是我的宝贝，"他说，"你会没事的。"

我恢复了正常状态，顶嘴说："现在我又成你的宝贝啦？之前可不像。"

"少来！"他走向药品货架，"说话口气跟你妈妈一模一样。"

"不过是说说而已嘛。今天你特别凶。"

他拿着一瓶李施德林[1]回来了，"给。趁你还没用呼吸把我店里的货物都害死前，赶紧漱漱口。"

"就像你早上把鸡蛋害死那样？"

"喂，那道菜叫作黑鸡蛋，你们都不懂。"

"没人能懂。"

在洗手间里漱过几次口以后，嘴里的呕吐物沼泽便清理一空了。爸爸坐在店里的木头长凳上等我。年纪较大、行动不便的顾客总是会坐在那里，由爸爸、赛文或我帮他们拿商品。

爸爸拍了拍身旁的位置。

我坐了下来，"你要开门做生意了吗？"

"再过一会儿。你看中那个白人小子的哪一点了？"

---

[1] 李施德林（Listerine）：美国漱口水品牌。

　　见鬼，没想到他会单刀直入。"他不仅很可爱——"我说，爸爸发出呕吐的声音，"而且聪明、风趣，非常关心我。"

　　"你讨厌黑人男孩儿？"

　　"不是。我有过几个黑人男朋友。"三个。四年级一个，虽然严格来讲并不能算数，初中还有两个，其实也不能算数，因为初中生根本就不懂谈恋爱。或者说什么都不懂。

　　"什么？"他说，"我怎么一个都不知道。"

　　"因为我知道你肯定会发疯，给他们来一拳什么的。"

　　"这主意倒是不赖。"

　　"老爸！"我拍了一下他的胳膊，他大笑起来。

　　"卡洛斯知道他们吗？"他问。

　　"不，要是被他知道了，肯定会调查他们的背景或者把他们抓起来。那可不行。"

　　"那你为什么把那个白人小子告诉了他？"

　　"我没告诉他，"我说，"是他自己发现的。克里斯跟他住在同一条街上，很难隐瞒。说真的，爸爸，我听到过你是怎么谈论跨种族情侣的，但我不想让你这样说我和克里斯。"

　　"克里斯，"他嘲讽道，"这是什么烂大街的名字？"

　　他真小气。"既然你说起来了，那我也想问问你。爸爸，你讨厌白人吗？"

　　"那倒不是。"

　　"那倒不是？"

　　"喂，这是实话。我只是觉得，姑娘们约会的男孩子通常会像她们的爸爸，我承认，当我看到那个白人——克里斯的时候，"他纠正道，我笑了，"我很担忧，觉得自己让你讨厌黑人了，或者是没有树立一个黑人男人的好榜样。这让我觉得有点儿不知所措。"

　　我把脑袋枕在他的肩膀上，"不，爸爸。你树立的并不是黑人男的好榜样，而是男人的好榜样。当当当当，我厉害吧！"

"当当当当，真厉害。"他打趣道，然后亲了亲我的头顶，"我的宝贝。"

一辆灰色宝马突然停在杂货店前。

爸爸用胳膊肘轻轻地碰了我一下，"来吧。"

他拉着我走向办公室，把我推进去。在爸爸当着我的面关门之前，我瞥见金从那辆宝马车上下来了。

我颤抖着双手，将办公室门打开一条缝。

爸爸挡在杂货店的入口处，右手滑向腰间。他的枪藏在那里。

三个勋爵枭王跳出宝马车，但是爸爸大声说："不行。如果你想聊，那就单独聊。"

金朝那几个小弟点了点头，他们便守在车旁。

爸爸朝旁边迈了一步，让出门口，金大摇大摆地走了进来。虽然不愿承认，但是我真的不知道爸爸对上金究竟是否有胜算。爸爸不瘦，也不矮，但是跟个高六英尺[1]、满身肌肉的金比起来，还是显得很渺小。不过，这样想简直等同于亵渎神明。

"他在哪儿？"金问。

"谁在哪儿？"

"你知道是谁。文特。"

"我怎么会知道？"爸爸说。

"他之前在这里干活，不是吗？"

"干了一两天吧，没错。今天我没见过他。"

金走上前来，用雪茄指着爸爸，胖乎乎的后脑勺上闪烁着一层汗珠。"你在撒谎。"

"我为什么要撒谎？"

"我为你做了那么多，"金说，"你就是这样回报我的吗？他在哪儿，

---

[1] 六英尺：约为 1.83 米。1 英尺约等于 0.3 米。

大麦弗？"

"我不知道。"

"他在哪儿？"金咆哮道。

"我说了不知道！几天前，他跟我借几百块钱，我告诉他必须要在店里干活才行。于是他就留下打工了。我像个傻子一样，好心地把工钱都提前付了。本来他今天应该来干活的，可是却没出现。就是这样。"

"他从我这儿偷了五千块，为什么还需要跟你借钱？"

"我怎么知道。"爸爸说。

"要是我发现你撒谎的话——"

"我才没工夫跟你瞎折腾。我自己的麻烦就够多了。"

"噢，是啊。我知道你的麻烦是什么。"金的脸上浮现出一丝笑意，"我听说小星星就是新闻上提到的那个目击证人。但愿她懂得在该闭嘴的时候能够守口如瓶。"

"你他妈的什么意思？"

"这类案子总是很有趣，"金说，"他们会使劲儿挖掘信息，努力研究那个死了的人，而非开枪的人，好让谋杀显得合情合理。现在，他们已经在议论纷纷，说卡里尔贩毒了。这就意味着跟他贩毒这件事相关的人可能会有麻烦。所以，某些人在跟检察官谈话的时候，可得小心点儿，别胡说八道，以免惹祸上身。"

"不，"爸爸说，"依我看，那些跟贩毒相关的人才应该小心点儿，别胡说八道，更不要轻举妄动。"

在剑拔弩张的几秒钟里，爸爸和金目不转睛地瞪着彼此。爸爸的右手一直放在腰上，仿佛已经粘在那里了。

金转身离开，用力摔上店门，铰链都差点儿断了，门铃疯狂地叮当作响。他带领三个小弟上了自己的宝马车，伴随着一声尖啸，扬长而去，将真相甩在身后。

如果我敢告密，他肯定会杀了我的。

爸爸一屁股坐在老年人的长凳上，垂下肩膀，深深地吸了一口气。

我们早早打烊，在鲁宾饭店买了晚饭。

在回家的短暂路途中，我留意着每一辆跟在我们身后的汽车，尤其是灰色的。

"我不会让他伤害你的。"爸爸说。

我知道，但依然提心吊胆。

当我们到家的时候，妈妈正在用力拍打牛排。先是平底锅，现在又是生肉，厨房里的东西没有一样是安全的。

爸爸举起袋子给她看，"亲爱的，我买了晚饭。"

她不理不睬，继续拍打牛排。

我们全家人围坐在厨房的餐桌旁，这是卡特家族史上最安静的一顿晚饭。爸爸妈妈不说话。赛文不说话。我肯定是不会说话的，也不想吃饭。经历了地检署的灾难和金的威胁以后，面前的肋排和烘豆看起来都令人恶心。塞卡尼坐立不安，仿佛忍不住要详细讲述今天在学校里发生的大小事情。不过，我估计他能看出来大家都没心情听。砖块在角落里狼吞虎咽地啃着排骨。

饭后，妈妈把我们的盘子和餐具收了起来，"好了，孩子们，去写作业吧。不用担心，思姐尔，老师把你的作业给我了。"

我为什么会担心这个？"谢谢。"

她动手拿爸爸的盘子，但是他碰了碰她的胳膊，"不，我来吧。"

他从她手中接过所有的盘子，放进水槽里，打开水龙头。

"麦弗里克，你不用做这些。"

他往水槽里挤了一大堆洗洁精。他总是这样，"没事。你明天早上几点去诊所？"

"明天休息。我有一场工作面试要参加。"

爸爸转过来，"又一场？"

又一场？

"嗯。还是马卡姆纪念医院。"

"帕姆舅妈工作的地方。"我说。

"对。她爸爸在董事会工作，向医院推荐了我，应聘的职位是儿科护士长。其实已经面试过一次了，这一回，他们想让我去见见几个高层人员。"

"亲爱的，太棒了。"爸爸说，"那就是说，你快要得到这份工作了，对吗？"

"但愿吧，"她说，"我和帕姆都不太确定。"

"为什么你们没告诉我们？"赛文问。

"因为不关你们的事。"爸爸说。

"而且，我们不想让你们期望太高，"妈妈补充道，"这个职位的竞争很激烈。"

"年薪多少？"赛文直接问。

"比我眼下在诊所里赚得多。六位数。"

"六位？"我和赛文不约而同地说。

"妈妈要成为百万富翁啦！"塞卡尼喊道。

我敢发誓，他什么都不懂。"六位数是十万，塞卡尼。"我说。

"噢，反正很多啦。"

"几点面试？"爸爸问。

"十一点。"

"好。"他转回身去，开始擦盘子，"咱们还可以在面试之前看几栋房子。"

妈妈抬手捂住胸口，后退了一步，"什么？"

他看了看我，然后望向她，"亲爱的，我打算把咱们家搬出花园高地。说话算话。"

这个主意就像四分球一样疯狂。住在花园高地以外的地方？好吧，要不是爸爸亲口说出来，我是绝对不会相信的。爸爸从来不讲虚话。看来，金的威胁还是让他感到紧张了。

他用力摩擦着今天早上被妈妈戳来戳去的那个平底锅。

她把平底锅从他手里拿过来，放在一旁，然后抓起他的手，"别管这个了。"

"我说了，没事，要不我洗盘子也行。"

"盘子也别管了。"

她拉着他走进卧室，关上了门。

突然，他们房间里的电视声音大作，音响里乔德西的歌曲放得震耳欲聋。要是妈妈再怀上一个，我就彻底完蛋了。完蛋。

"哎哟，天哪，"赛文也心知肚明，"都这么大年纪了，也不害臊。"

"害臊什么？"塞卡尼问。

"没什么。"我和赛文异口同声地说。

"你觉得爸爸是认真的吗？"我问赛文，"咱们要搬家了？"

他用手指在发根处扭曲着一根脏辫，我觉得他应该没有意识到自己的动作，"听起来你们确实要搬家了。要是妈妈得到那份工作，就更有可能了。"

"你们？"我说，"你不会要独自留在花园高地吧。"

"我的意思是，我会去探望你们，但是我没法离开我的妈妈和妹妹们，思姐尔。你明白的。"

"你妈妈都把你赶出家门了，"塞卡尼说，"你还想怎么样，傻瓜？"

"你管谁叫傻瓜呢？"赛文把手掌塞到腋窝底下，然后放在塞卡尼的脸上摩擦。上一回他对我这么做的时候，我才九岁，结果我俩打了一架。最后，他的嘴唇破了，我也痛得哇哇大叫。

"反正你不会永远待在你妈妈的房子里，"我说，"你很快就要去上大学了，哈利路亚，感谢黑耶稣。"

赛文挑起眉毛，"你也想尝尝腋窝手掌的滋味吗？我要上社区学院，这样就可以待在妈妈的房子里，照看妹妹们了。"

　　我感到有点心酸。不只她们，我也是她的妹妹。"房子，"我重复道，"你从来都不说那是家。"

　　"哪有。"他说。

　　"明明就有。"

　　"没有。"

　　"闭上你的臭嘴。"我结束争辩。

　　"噢！"塞卡尼举起手来，"给我一块钱！"

　　"呸，才不要呢！"我说，"你那个该死的脏话罐对我没用。"

　　"三块！"

　　"行，好吧。我会给你一张三块钱的纸币。"

　　"我从来没见过三块钱的纸币。"他说。

　　"那就对了。你也不会看到我的三块钱。"

第二部分

☆ 五周以后

第十六章

奥芙拉女士安排我今天接受一个全国新闻节目的采访，距离下周一在大陪审团面前作证还有正好一个星期。

节目组派出的豪华轿车在六点左右就来了。我们全家人都跟我一起去。我觉得他们应该不会采访我的哥哥和弟弟，但是赛文想陪在我身边加油打气，塞卡尼宣称自己也要这么做，但其实他只是满心盼着能被周围的摄像机"发现"，好在电视上露个脸。

我的父母把一切都告诉他了。尽管他平时很烦人，但是当他送给我一张写着"别难过"的手工卡片时，感觉还是很温馨的。只可惜打开以后就不像样了。里面画着我在卡里尔身旁哭泣的场面，我还长着恶魔的犄角。塞卡尼说他只是想画得"真实一些"。小混蛋。

我们一起出门，上了豪华轿车。有几个邻居在自家的门廊上或院子里好奇地张望。妈妈让我们每个人，包括爸爸在内，都穿得仿佛要去圣殿教堂做礼拜似的——虽不至于像复活节[1]的着装那么正式，但是也不

---

[1] 复活节（Easter）：又称复活礼拜日，是庆祝耶稣起死回生的节日。

像去"多元化"教堂时那么随意。她说，不能让那些新闻工作者觉得我们是"贫民"。

因此，当我们走向那辆轿车的时候，她一直在喋喋不休地唠叨，"等我们到了以后，不要到处乱碰，只有当别人问话的时候才回答。要说'是的，女士'和'是的，先生'，或者'不，女士'和'不，先生'。都听明白了吗？"

"是的，女士。"我们三个齐声回答。

"你好，思妲尔。"一个邻居高声喊道。如今，在这片社区里，每天都能听到这样的声音。消息已经在花园高地传遍了，说我就是目击证人。"你好"不再仅仅是一句问候的话，人们想用这种简单的方式让我知道，他们都在背后支持着我。

不过，最棒的部分是什么呢？是大家总是叫我"思妲尔"，从来没有人说"你好，在那家杂货店里干活的大麦弗的女儿"。

我们坐着豪华轿车离开了。我用指关节敲击膝盖，望着社区在窗外闪过。我已经跟警探和检察官都交谈过，下周就要面对大陪审团了。我来回地讲述着那天晚上发生的事情，以至于在梦中都能原原本本地复述出来。但是，这一回，全世界都将看到真相。

我的手机在上衣口袋里振动。克里斯发来了几条短信。

妈妈问你的舞会礼服是什么颜色的。

裁缝需要尽快知道。

噢，糟了。周六要举行高三和高四的舞会，我还没买礼服呢。眼下有这么多关于卡里尔的事情要解决，我不确定自己是否要去。妈妈说我需要放松一下，我说不去，她就瞪我。

所以，我还是得去参加这场该死的舞会。妈妈的独裁作风真不讨人喜欢。于是，我便给克里斯发短信：

呃……淡蓝色？

他回复道：

你还没有礼服？

时间还早，我写道，最近很忙。

这是实话。每天放学以后，奥芙拉女士都会跟我一起为这次采访做准备。如果结束得早，我就会留在"正义至上"帮忙。接接电话、发发传单，干一些需要我做的杂活。有时候，我会偷听他们的工作会议，他们在会上讨论警局改革的理念和在社区里宣传要抗议不要暴乱的重要性。

我问过戴维斯博士，"正义至上"能否在威廉姆森举办一场像在花园高中举办过的那种圆桌讨论会，可是他说他觉得没有必要。

克里斯回复了我的短信：

好吧，既然你这么说。

对了，文特在我家吃晚饭。

我要在疯狂橄榄球上打赢他。

不过我得让他别再叫我比伯。

虽然德文特说克里斯是"白人黑鬼"，但最近他去克里斯家的次数比我还多。克里斯邀请他去家里玩《疯狂橄榄球》，结果两人一下子开始称兄道弟了。对于德文特来说，克里斯收藏的那一大堆电子游戏完全可以弥补他的肤色问题。

我说德文特为了电子游戏连立场都不要了，他叫我闭嘴。不过，我们俩都知道，这只是开玩笑而已。

我们来到市中心的一家高档酒店。在大门口的遮阳棚底下，有一个身穿连帽衫的白人正在等待。他用胳膊夹着一块写字板，手里端着一杯星巴克咖啡。

虽然如此，他还是想方设法地打开了豪华轿车的车门，在我们下车时跟我们一一握手，"我叫约翰，是节目制作人，很高兴见到你们。"他又跟我握了一次手，"让我猜猜，你就是思姐尔吧。"

"是的，先生。"

"谢谢你能勇敢地站出来。"

又是这个词，勇敢。勇敢的人不会双腿发抖。勇敢的人不会恶心想吐。勇敢的人不会一想起那天晚上就得提醒自己该如何呼吸。假如勇敢是一种身体状况，那么每个人对我的诊断都错了。

约翰领着我们七拐八拐，走了不少路，幸好我穿的是平底鞋。他一直滔滔不绝地谈论着这场采访有多么重要，他们是多么希望能让真相公之于众。这番话对我的"勇敢"实在是毫无帮助，反而让我更加紧张了。

他带我们来到酒店的庭院中，几个摄影师和其他工作人员正在布置场景。在一片混乱的中央，主持人戴安娜·凯瑞正在化妆。

亲眼看到她本人在现实里出现，而不是电视机上的一堆像素点，这感觉还是非常奇妙的。小时候，每当我在外婆家过夜的时候，她都会让我穿着她的长睡裙睡觉，做至少五分钟的睡前祈祷，还得看戴安娜·凯瑞的新闻报道，好让我能够"了解世界"。

"嗨！"凯瑞女士瞧见我们，脸上立马露出微笑，朝这里快步走来。我要对化妆师表示敬意，因为她一直跟在凯瑞女士身边，继续工作，显得特别专业。凯瑞女士跟我们依次握手，"我是戴安娜，很高兴见到你们。你肯定就是思妲尔了，"她对我说，"别紧张，这只是咱们俩之间的一场谈话而已。"

当她说话的时候，周围一直有人在拍照。是哦，只是一场普通的谈话而已。

"思妲尔，我们打算拍一下你跟戴安娜在庭院里边走边聊的画面，"约翰说，"然后咱们就上楼，到套房里去，进行你跟戴安娜之间的交谈，然后是你、戴安娜和奥芙拉女士之间的交谈，最后是你跟你父母之间的交谈。就是这样。"

节目组的一个工作人员给我戴上话筒，约翰向我简要介绍了一下边走边聊的大致流程。"只是个过渡画面，"他说，"非常简单。"

简单个屁。第一次，我走得太快了。第二次，我走得像参加葬礼一样，而且还没法回答凯瑞女士的问题。我从未发现边走边聊对协调性的要求竟然这么高。

等到终于拍摄成功以后,我们便搭乘电梯来到顶层。约翰领我们走进一间可以俯瞰市中心的巨大套房,说真的,看起来就像豪华顶层公寓一样。有十几个人正在布置摄像机和灯光。奥芙拉女士穿着一件印有卡里尔照片的衬衫和一条裙子,约翰说他们已经准备就绪,就等我了。

我坐在凯瑞女士对面的双人小沙发上。不知为何,我从来都无法优雅地交叠双腿,所以只好就这么呆呆地坐着,感到手足无措。他们检查了我的话筒,凯瑞女士让我放松一下。很快,摄像机便开始工作了。

“如今,世界各地有成千上万的人都已经听说过卡里尔·哈里斯这个名字,”她说,“关于他是谁,大家都有着自己不同的看法。对你来说,他是谁?”

非常重要的人,也许连他自己都没有意识到。“我最好的朋友之一,”我说,“我们还是小宝宝的时候,就彼此认识了。如果他在这里的话,肯定会指出,他比我大五个月两周零三天。”说到这里,我们俩都笑了,“但这就是卡里尔——曾经的卡里尔。”

唉,纠正自己真叫人心痛。

“他喜欢开玩笑。即便生活艰难,他也能从中找到光明。而且,他……”我的声音变得沙哑起来。

我知道这么说很俗套,但我真的感觉他就在这里。他爱管闲事,肯定会跳出来,监督我有没有说他的坏话。说不定还会管我叫他的头号粉丝,或者别的什么只有卡里尔才能想出来的烦人头衔。

我想他。

“他很宽容。”我说,“我知道,有人说他是个暴徒,但是只要你认识他,就会明白事实并非如此。他不是天使,但也绝不是坏人。他……”我耸了耸肩,“他只是个孩子。”

她点了点头,“他只是个孩子。”

“只是个孩子。”

"你如何看待人们关注他不太好的方面？"她问，"比如他有可能贩毒。"

奥芙拉女士曾经说过，我要用自己的声音来战斗。

于是，我开战了。

"我很反感，"我说，"如果人们知道他为什么贩毒，就不会那样说了。"

凯瑞女士坐直了身体，"他为什么贩毒呢？"

我朝奥芙拉女士的方向扫了一眼，她摇了摇头。在我们之前的准备会议中，她建议我不要谈论卡里尔贩毒的细节。她说民众不必知道这一点。

紧接着，我又望向摄像机，突然意识到几天之后，将会有成千上万的观众看到这次采访。也许金就是其中之一。尽管他的威胁仍在耳畔，但是却不如肯尼娅那天在杂货店里说的话更加响亮。

如果换作卡里尔，他一定会维护我。我也应该维护他。

所以，我要出拳了。

"卡里尔的妈妈吸毒，"我告诉凯瑞女士，"认识卡里尔的人都知道，这件事令他多么烦恼，而且他有多么痛恨毒品。他之所以贩毒，完全是为了把妈妈从这片社区最大的毒贩和黑帮首领手中解救出来。"

奥芙拉女士重重地叹了一口气，我的父母瞪大了眼睛。

这是间接告密，但依然是告密。任何对花园高地有所了解的人都会知道我说的是谁。呸，只要看过路易斯先生的采访，就能明白。

可是，既然金想在社区里到处散播谎言，说卡里尔是他的小弟，那我就要让全世界都知道，卡里尔是被迫替他贩毒的。"他妈妈的生命受到了威胁，"我说，"这就是他贩毒的唯一原因。而且，他并不是黑帮成员——"

"他不是？"

"没错，女士。他从来都不想陷入那种生活。但是，我觉得——"不知为何，我想起了德文特，"我不明白，为何大家都把焦点放在这些

事情上，弄得好像如果他是毒贩和黑帮成员的话，那么他被杀害也没有
关系了。"

我悄悄地撒下了鱼钩。

"你是指新闻媒体吗？"她问。

"是的，女士。他们似乎总是在谈论他也许说过什么，也许做过什么，
也许没做过什么。一个死人总不能因为自己的遇害而遭到指控吧？"

这句话一出口，我就知道大鱼上钩了。

凯瑞女士询问我那天晚上发生的事情。我不能讲述太多细节——奥
芙拉女士叮嘱过——但是我告诉她，我们服从了 115 的一切命令，而且
根本没有像他父亲说的那样咒骂他。我告诉她，我是多么害怕，卡里尔
又是多么担心我，甚至打开车门问我是否还好。

"所以，他并没有口头威胁克鲁斯警官的生命？"她提问。

"没有，女士。他的原话是：'思妲尔，你还好吗？'这是他生前
的最后一句话，然后——"

我痛哭起来，描述了那几声枪响和卡里尔最后一次望向我的模样，
以及我是如何在街道上抱着他，看着他的眼睛失去光泽。我告诉凯瑞女士，
115 后来还用枪指着我。

"他用枪指着你？"她问。

"是的，女士。他用枪指着我，直到其他警官赶来为止。"

在摄像机后面，妈妈抬手捂住了嘴，爸爸的眼睛里闪烁着愤怒的火
花，奥芙拉女士显得非常震惊。

又一条大鱼上钩了。

你瞧，这一部分我只告诉过卡洛斯舅舅。

凯瑞女士递给我一张纸巾，等待我恢复平静。"这件事有没有令你
害怕警察？"最终，她问道。

"我不知道，"我诚实地说，"我舅舅也是一名警察，我知道并非
所有警察都是坏人，而且他们都冒着生命危险在履行职责，所以我总是

为舅舅提心吊胆。可是，我厌倦了他们先入为主的做法，尤其是面对黑人的时候。"

"你希望有更多的警察在面对黑人的时候不要先入为主？"她阐释性地询问。

"对。这一切之所以会发生，都是因为他——"我无法说出他的名字——"先入为主地假设我们不怀好意。因为我们是黑人，因为我们住在那片社区里。可我们只是两个孩子而已，我们规规矩矩，并不想惹麻烦。他的先入为主已经害死了卡里尔，而且很有可能也会害死我。"

这一脚狠狠地踹在了敌人的肋骨上。

"如果克鲁斯警官坐在这里，"凯瑞女士说，"你想对他说什么？"

我眨了几次眼睛，嘴里泛起酸水，但是我努力地吞咽着。我绝不会让自己因为想到那个人而哭泣或呕吐。

如果他坐在这里，就算是黑耶稣也没法让我原谅他。我大概会狠狠地揍他一拳。

但是，奥芙拉女士说过，这场采访就是我的战场。在战斗的时候，你要将自己置之度外，不要管你伤害的是谁，也不要在乎你是否会受伤。

于是，我又一次挥拳，朝着 115 正面出击了。

"我会问他，是否后悔没有朝我开枪。"

第十七章

昨天，我的采访在戴安娜·凯瑞的《周五晚间特别新闻》中播出了。今天早上，制作人约翰打来电话，说这是他们电视台史上收视率最高的采访之一。

约翰还说，刚播完就有一位不愿公开姓名的百万富翁提出要为我支付大学学费。我觉得是奥普拉[1]，不过这只是我一厢情愿罢了，因为我一直都想象着她是我的仙女教母，有朝一日会来到我家，大声宣布："我要送你一辆车！"

电视台已经收到了一大堆支持我的电子邮件。虽然我还没有看到这些邮件，但是却从肯尼娅的短信里收获了最棒的回应。

说得好，这还差不多。

不过，别让名声冲昏了头。

这场采访席卷了互联网。当我今天上午查看的时候，人们仍然在议

---

[1] 奥普拉（Oprah）：指奥普拉·温弗瑞（Oprah Winfrey，1954— ），美国著名的黑人脱口秀主持人、女演员、制作人、慈善家。

论纷纷。黑人推特和汤博乐都在挺我，但也有些混蛋想让我去死。

金也不怎么高兴。肯尼娅告诉我，他对于我间接告密的做法非常恼火。

周六的各大新闻节目都讨论了这次采访，详细剖析我说的话，仿佛我是国家总统一样。有一家电视台愤慨地说我"蔑视警方"。我不知道他们是如何从采访中得出这个结论的，我又没像"黑人态度"[1]那样高喊"干翻警察"之类的口号。我只是说，我会问那个人是否后悔没有朝我开枪。

我不在乎，反正我不会为了自己的感受而道歉。至于别人，爱说什么就说什么吧。

不过，今天是周六，所以我正坐在一辆劳斯莱斯[2]里，和一个基本不跟我说话的男朋友一起去参加舞会。克里斯显然对自己的手机更感兴趣。

"你看起来很棒。"我告诉他，事实也的确如此。他穿着黑色的无尾礼服，内搭的淡蓝色背心和领结跟我穿的抹胸长裙十分相配。他穿着黑色皮革的查克·泰勒[3]，而我则穿着银色亮片的查克·泰勒。家里的独裁者，也就是妈妈，给我买了这身服饰。她的品位一向很高。

克里斯说："谢谢，你也是。"但是语气非常机械，仿佛他只是说了自己应该说的话，而不是自己想说的话。况且，他怎么会知道我看起来是什么样呢？从他在卡洛斯舅舅家接上我开始，就几乎没看过我一眼。

我完全不知道他这是怎么了。据我所知，最近我们俩之间的关系还不错啊。可是，现在他却无缘无故地闹脾气、不说话。我真想让司机把我送回卡洛斯舅舅家，但是我穿得这么漂亮，实在不舍得就这样回去。

---

[1] 黑人态度（N.W.A.）：美国的一个黑人嘻哈音乐团体，对警察深恶痛绝。

[2] 劳斯莱斯（Rolls-Royce）：世界顶级超豪华轿车，劳斯莱斯汽车公司现为德国宝马汽车公司旗下的一个子公司。

[3] 查克·泰勒（Chuck Taylors）：指匡威生产的查克·泰勒系列休闲鞋。

乡间俱乐部前的小路两旁亮满了蓝色的灯光，还立着一道道金色气球扎成的拱门。在众多的豪华轿车中，只有这一辆劳斯莱斯，因此当我们停在入口处时，大家自然是纷纷驻足围观。

司机为我们打开车门。沉默先生率先下车，转身扶我出来。我们班同学高声起哄、欢呼，嘴里还吹着口哨。克里斯用胳膊揽住我的腰身，我们对着镜头微笑、拍照，仿佛一切都好。然后，克里斯牵着我的手，一言不发地陪我走进屋里。

音乐声震耳欲聋，枝形吊灯和闪烁的派对灯光点亮了舞厅。举办者将舞会的主题定为"午夜巴黎"，因此屋里有一个圣诞节彩灯拼成的硕大的埃菲尔铁塔。看起来，威廉姆森所有高三和高四的学生差不多都在舞池里了。

我要说明一下。花园高地的派对和威廉姆森的派对截然不同。在大达的派对上，人们会跳流行的嘻哈舞、电臀舞。在学校的舞会上，我真的不知道有些人在做什么。他们蹦来蹦去，挥舞拳头，努力摇晃屁股。倒也不赖，只是不同罢了。非常不同。

奇怪的是，我在大达的派对上会犹犹豫豫，在这里却能毫不迟疑地跳舞。就像我之前说过的，在威廉姆森，我本身就很酷，因为我是黑人。我可以跑到舞池里跳一段自己编的愚蠢动作，大家肯定会认为那是最新的舞蹈。白人总是觉得所有黑人都是流行文化方面的专家。不过，我绝对不会在花园高地的派对上干这种事。在那里，一旦出过一次洋相，你就彻底完蛋了。整片社区的人都会知道，而且总是念念不忘。

在花园高地，我通过旁观学会了如何装帅扮酷。在威廉姆森，我便把学到的技巧拿出来显摆一下。其实我并没有那么酷，但是这些白人孩子却觉得我很棒，这在高中生活里是非常重要的。

我开口询问克里斯想不想跳舞，但是他却松开了我的手，径直朝篮球队的男生们走去。

我到底为什么要来参加这场舞会？

"思妲尔！"有人喊道。我朝四周看了半天，终于发现玛雅正在一张餐桌旁朝我挥手。

"姐们儿！"等我走过去以后，她说，"你看起来太美了！克里斯看到你的时候肯定乐疯了。"

没有。他倒是差点儿把我逼疯了。"谢啦。"说完，我把她从头到脚打量了一番。她穿着粉红色的及膝抹胸裙，一双闪闪发光的银色细高跟鞋让她高出了大约五英寸[1]。这么高的跟，我真是太佩服她了。我自己一向都不喜欢穿高跟鞋，"不过，要说今晚有谁看起来特别漂亮，那绝对是你。美丽动人啊，小矮人。"

"别那样叫我，尤其这个外号还是那个女版神秘人给我起的。"

见鬼，她居然把海丽当成了大反派伏地魔。"玛雅，其实你不用为了我跟她闹僵。"

"明明是她先不跟咱们说话的，记得吗？"

自从在玛雅家发生了那件事以后，海丽一直在采取冷战策略。呸，就因为我指出了你的问题，所以我就错了，就该遭受冷落吗？没门，她别想用这种伎俩来骗取我的内疚。而且，玛雅对海丽承认，是她告诉我海丽在汤博乐上对我取消关注的原因，结果海丽也不跟玛雅说话了，还宣称除非我们俩道歉，否则她是不会跟我们交谈的。我们两个从未像这样对她进行反击，她显然很不适应。

无所谓。她和克里斯可以组一个俱乐部，我看干脆就叫"有钱小屁孩的冷战联盟"。

我的确有点小情绪，但我不想让玛雅也卷入其中，"玛雅，对不起——"

"不用道歉，"她说，"不知道有没有跟你说过，我向她提起当初那句感恩节吃猫的话了，就在我把汤博乐的事情告诉她之后。"

"真的吗？"

---

[1] 五英寸：约为 12.7 厘米。1 英寸约等于 2.54 厘米。

"没错。她告诉我别小题大做，忘了就好。"玛雅摇了摇头，"我还在生自己的气，一开始就不应该放任她说那种话。"

"是啊，我也在生自己的气。"

我们沉默了。

玛雅用胳膊肘轻轻地碰了碰我，"嘿，咱们少数派要紧密地团结在一起，没忘吧？"

我咯咯地笑了，"当然，当然。瑞恩在哪儿呢？"

"去拿吃的了。悄悄告诉你，今晚他看起来挺帅的。你家那小子呢？"

"不知道。"我说，而且此刻也不在乎。

好朋友之间最棒的是什么？那就是他们能看出来你何时不想说话，而他们也不会逼问。玛雅挽住我的胳膊，"来吧，我打扮成这样，可不是为了傻站着的。"

我们走进舞池，跟大家一起蹦蹦跳跳、挥舞双手。玛雅干脆脱掉了高跟鞋，赤脚上阵。杰丝、布丽特，还有篮球队的其他几个姑娘也加入进来，我们围成一圈。当我的表嫂碧昂斯的音乐响起时，我们都玩疯了。（我觉得自己肯定跟杰斯[1]有某种血缘关系,连姓氏都一样,肯定跑不了。）

我们跟着表嫂碧昂斯一起放声高歌，直到嗓子沙哑为止。我和玛雅非常投入。也许我失去了卡里尔、娜塔莎，甚至海丽，但我还有玛雅。有她足矣。

六首歌以后，我们勾肩搭背地回到了餐桌旁。我拿着玛雅的一只鞋，另一只挂在她的手腕上晃悠。

"你以前见过沃伦先生跳机械舞吗？"玛雅笑着问。

"怎么可能？我从来都不知道他还有这个天赋。"

忽然，玛雅收起笑容，快速地朝周围扫了一圈。"别抬头，朝左边看。"

---

[1] 杰斯（Jay-Z）：本名肖恩·科里·卡特（Shawn Corey Carter，1969—），美国黑人饶舌歌手，是著名女歌手碧昂斯的丈夫。

她低声说。

"怎么了？看什么？"

"朝左边看，"她从牙缝里挤出这句话，"快。"

海丽和卢克手挽着手出现在门口，正对着拍照的镜头摆姿势。连我都觉得无可挑剔——她穿着金色和白色相间的裙子，他穿着白色的无尾礼服，两人站在一起显得非常般配。虽然我们有争执，但这不代表我不能赞美她。我甚至觉得很高兴，过了这么久，她终于和卢克走到一起了。

海丽和卢克朝我们的方向走来，但是却从我们身旁径直穿过，她的肩膀距离我的肩膀只有几英寸。她恶狠狠地瞪了我们一眼。这个臭丫头。我很可能也瞪回去了。有时候，我会在不自觉的情况下表露出内心的不满。

"没错，这就对了，"玛雅冲着海丽的后背说，"别停下，赶紧夹着尾巴溜走吧。"

天哪，玛雅的火气来得有点太快了。"咱们去拿点喝的吧，"说完，我拽着她一起，"趁你还没惹上麻烦。"

我们拿了几杯夏威夷鸡尾酒，回到餐桌旁跟瑞恩会合。他正在狼吞虎咽地吃着小三明治和肉丸子，食物碎屑纷纷掉在无尾礼服上。"你们刚才去哪儿了？"他问。

"跳舞去了，"说着，玛雅从他的盘子里拿了一只虾，"你不会一直在吃东西吧？"

"没有，我都快饿死了。"他冲我点了点头，"你好啊，黑人女友。"

我们经常会拿"班上仅有的两个黑人孩子应该在一起"的事情开玩笑。"你好啊，黑人男友。"说着，我也从他的盘子里拿走一只虾。

没想到，克里斯居然记起了自己还有个一起来的舞伴，朝我们的餐桌走来，"你想拍照吗？"

他的语调依然非常机械。假如愤怒的等级是从一到十的话，那我现在已经达到五十了。"不了，谢谢，"我对他说，"我不会跟不想和我在一起的人拍照。”

他叹了一口气，“你为什么非要咄咄逼人？”

“我？是你在冷落我。”

“行了，思姐尔！你到底要不要拍那个该死的照片？”

“愤怒温度计”瞬间爆炸了。砰。炸成碎片。“不要。要拍你自己拍。”

我气冲冲地转身离开，没有理会玛雅在背后叫我的声音。克里斯跟着我，试图抓住我的胳膊，但是我甩开了，继续往前走。屋外，夜幕已经降临，但是我一下就找到了停在车道旁的劳斯莱斯。司机不在，否则我会叫他立马送我回家。我坐到后座上，锁好车门。

克里斯敲了敲车窗。“思姐尔，拜托。”他把双手拢成望远镜状，贴在有色玻璃上向里张望，“咱们能谈一谈吗？”

“噢，现在你又想跟我说话了？”

“你才是那个不跟我说话的人！”他低下头，用前额抵着车窗，“你为什么不告诉我你就是他们口中的目击证人？”

他问得很温柔，但这个问题却像一记重拳，狠狠地打在我身上。

他知道了。

我打开车门，往里移动了一下。克里斯爬进来，坐在我身旁。

“你怎么知道的？”我问。

“那场采访。我跟爸妈一起看了。”

“可是他们没有把我的脸放出来。”

“我熟悉你的声音，思姐尔。他们还播放了你跟那个女主持人一起走路的背影，我经常目送你离开，知道你从后面看起来是什么样子，而且……我这话是不是有点像变态？”

“所以，你是通过我的屁股认出我来的？”

“我……嗯。”他脸红了，“但是不止如此。这样一来，一切都讲得通了，比如在提到抗议游行和卡里尔的时候，你为何会那么烦恼。并不是说这些事情本身不会令人烦恼，只是——”他叹了一口气，“我很沮丧，思姐尔。我现在才知道，原来你就是那名目击证人，对吗？"

我点了点头。

"宝贝，你应该告诉我的。你为什么要把这样的事情瞒着我呢？"

我歪了歪脑袋，"哇。我亲眼看到有人被杀害了，而你却表现得像个小屁孩一样，就因为我没告诉你？"

"我不是那个意思。"

"事实如此，"我说，"今晚你跟我说了不到两句话，就因为我没把人生中最糟糕的一段经历告诉你。你见过别人死去吗？"

"没有。"

"我见过两次。"

"可我都不知道！"他说，"我是你的男朋友，对此却一无所知。"他看着我，眼睛里闪烁着受伤的情绪，就像几周前我突然抽出手离开时一样，"你把自己的一部分人生藏了起来，思姐尔。我们已经在一起一年了，但你从来没提起过卡里尔，你说他是你最好的朋友，你也没有提起过另一个在你面前死去的人。你不信任我，所以不告诉我。"

我呼吸急促，"我——不是这样的。"

"真的吗？"他说，"那是怎样的？我们算什么？只是聊聊《新鲜王子》，打打闹闹吗？"

"不。"我的嘴唇在颤抖，声音变得很小，"我……我没法在这里袒露自己的另一面，克里斯。"

"为什么？"

"因为，"我用嘶哑的声音说，"人们会利用这一点来针对我。要么说我是可怜的思姐尔，眼看着自己的朋友在飞车射击中被害，要么说我是需要救助的思姐尔，住在破破烂烂的贫民窟。老师们的反应就是这样。"

"好，我明白你不在学校里跟大家说的原因，"他说，"但我不是他们。我永远都不会利用这一点来针对你。你曾经告诉过我，在威廉姆森，只有面对我的时候，你才能做自己，但实际上，你还是不信任我。"

我快要哭了。"你说得对，"我说，"我不信任你。我不想让你把我当成从贫民窟里出来的女孩儿。"

"你都没有给我机会来证明你是错的。我想陪着你，支持你。让我走进你的世界吧。"——

天啊。做两种截然不同的人实在是太累了。我教会了自己用两种不同的声音说话，只在特定的人面前说特定的事情。我把这种技巧掌握得非常熟练。虽然我说过，跟克里斯在一起的时候不必选择做哪一个思姐尔，但也许我没有意识到，自己还是设定了一个界限。在内心深处，我始终觉得自己无法生活在他这种人的身边。

我不能哭，我不能哭，我不能哭。

"好吗？"他说。

终于，坚硬的外壳彻底瓦解了，一切都开始喷涌而出。

"当我另一个朋友死去的时候，我十岁，"我说，盯着自己指甲上的彩绘，"她也十岁。"

"她叫什么名字？"他问。

"娜塔莎。那是一场飞车射击。爸爸妈妈之所以让我和哥哥弟弟来威廉姆森上学，其中一个原因就是娜塔莎的意外。他们没有别的办法，只能用这种方式来尽量保护我们。为了让我们上这所学校，他们要拼命工作。"

克里斯一言不发。我也不需要他说话。

我颤抖着吸了一口气，抬头看向周围。"你不知道，我坐在这辆车里是多么疯狂的事情，"我说，"哈，劳斯莱斯。我以前住在只有一间卧室的救济房里。我跟哥哥和弟弟共用一个房间，而爸爸妈妈则睡在折叠沙发上。"

往昔生活的点点滴滴突然变得历历在目。"那栋楼里总是飘着烟味儿，"我说，"爸爸抽烟，楼上的邻居和隔壁的邻居也抽烟。我经常会哮喘病发作，非常难受。我们家的柜子里只有罐头食品，因为老鼠和蟑螂太多了。夏天总是太热，冬天总是太冷，我们在屋里屋外都得穿着大衣。

"有时候，爸爸会卖掉食品救济券[1]，来给我们买衣服，"我说，"有很长一段时间，他都找不到工作，因为他是一名前科犯。当他被那家杂货店雇用的时候，曾经带我们去了塔可钟，让我们尽情地点自己想吃的东西。当时，我觉得那就是世界上最棒的事情，几乎比我们搬出救济房还要令人开心。"

克里斯微微一笑，"塔可钟确实很赞。"

"是啊。"我又一次看向自己的双手，"他让卡里尔跟我们一起去塔可钟。虽然家里生活艰难，但卡里尔就像是我们的资助对象。人人都知道，他妈妈是个瘾君子。"

我感到泪水在眼眶中打转。唉，我讨厌这样。"那时候，我们非常亲密。他是我的初恋，也是我为之献出初吻的人。在他死前的那段日子里，我们走得不那么近了。其实，我已经有好几个月没见过他……"我哭了起来，"他独自承受了许多痛苦，而我却不在他的身边，我觉得好难受。"

克里斯用拇指擦去我的眼泪，"别责怪自己，这不是你的错。"

"不，这就是我的错。"我说，"我本可以阻止他贩毒的，那样人们就不会管他叫暴徒了。对不起，我没有告诉你。我想过要说，但是知道我当时在那辆车里的人都表现得好像我是玻璃做的一样。你对待我的态度很正常。你就是我的正常世界。"

我现在的样子肯定很丑。克里斯拉起我的手，把我拽过去，跨坐在他的大腿上。我把脸埋在他的肩头，哭得像个孩子一样。他的无尾礼服

[1] 食品救济券（food stamp）：美国政府发给贫民的食品券，可以在商店或仓库里兑换食物。

湿了，我的妆容花了。一团糟。

"对不起，"他抚摸着我的后背，"今晚，我真是个混蛋。"

"没错。但你是我的混蛋[1]。"

"这么说，一直以来，我都是在目送自己离开？"

我看着他，用力打了一下他的胳膊。他笑了，听到他的笑声，我也忍不住笑了起来，"你明知道我是什么意思！真的，你就是我的正常世界，这才是最重要的。"

"这才是最重要的。"他露出微笑。

我捧起他的脸，吻上他的唇。克里斯的嘴唇柔软而完美，有淡淡的夏威夷鸡尾酒的水果香。

克里斯咬住我的下嘴唇，轻轻地向后一拽。他用额头抵住我的额头，看着我，"我爱你。"

这一回，"我"出现了。我的回答也变得很容易，"我也爱你。"

车窗外传来两声响亮的敲击，我们吓了一跳。赛文把脸贴在玻璃上，"你俩最好什么都没做！"

打破浪漫气氛的最快方式是什么？让你的哥哥露面。

"赛文，别打扰他们，"蕾拉在他身后抱怨，"咱们不是说好要去跳舞吗？"

"等等。我得确保他没有占我妹妹的便宜。"

"如果你再这么无理取闹，我保证你是一点便宜都占不到！"她说。

"我不在乎。思妲尔，下车。我没跟你开玩笑！"

克里斯靠在我赤裸的肩膀上笑了，"你爸爸是不是让他盯着你啊？"

我就知道爸爸会这样……"估计是。"

---

[1] 混蛋（ass）：在英文中，"混蛋（ass）"这个词还有"屁股"的意思，因此克里斯在后文中开了个玩笑，故意把"你是我的混蛋"理解成了"你是我的屁股"，所以他说一直以来都是在目送自己离开。

他亲吻我的肩头，嘴唇在那里多停留了几秒，"咱们和好啦？"

我在他的嘴唇上啄了一下，"和好啦。"

"好，那咱们去跳舞吧。"

我们下了车。赛文冲我们大喊大叫，责备我们居然敢偷偷开溜，还威胁说要告诉爸爸。蕾拉拽着他朝屋里走去，进门之前他还在嚷嚷，"要是九个月后她生出个小克里斯来，我就让你吃不了兜着走，混蛋！"

这也太荒唐了。太、荒、唐、了。

屋里的音乐依然震耳欲聋，当克里斯把嘻哈舞跳成哈哈舞的时候，我强忍住笑意。玛雅和瑞恩也来到舞池找我们，他们盯着克里斯的动作，摆出一副"什么玩意儿"的表情。我耸了耸肩，装作若无其事的样子。

在一首歌快要结束的时候，克里斯凑到我耳边说："我马上回来。"

他消失在人群中。我没有多想，但一分钟后，他的声音便从音响里传了出来。我抬起头，发现他跟打碟师[1] 一起站在台上。

"嘿，大家好，"他说，"刚才我跟女朋友吵架了。"

噢，天哪，他正在对所有人讲我们的事情。我低头盯着自己脚上的鞋，抬手捂住脸。

"我想在这里唱一首歌，属于我们的歌，来告诉你我是多么爱你、多么在乎你，新鲜公主。"

一群女生不禁感叹："哇！"篮球队的男生也在一旁欢呼起哄。我心里想着，千万别让他唱歌。拜托。然而，那熟悉的节奏还是响起来了：嘣嚓……嘣嚓、嘣嚓、嘣嚓。

"接下来的这个故事，讲述了我的生活为何天翻地覆。"克里斯唱道，"我想花上一分钟，坐在这里告诉你，我是怎样成了贝莱尔镇上的王子。"

我的脸上露出了大大的微笑。我们的歌。我跟着他一起唱，很快，

---

[1] 打碟师（DJ）：又译为"唱片骑师"，指负责将已录制好的不同音乐混合在一起的人，通常在夜店或舞厅工作。

几乎所有人都加入了进来，就连老师也不例外。最后，我的欢呼声比任何人都更加响亮。

克里斯下台回来，我们大笑、拥抱、亲吻。然后我们跳舞、自拍，恨不得占据全世界社交网站的主页。等到舞会结束以后，我们跟玛雅、瑞恩、杰丝和其他几个朋友一起去薄饼屋，车里空间不够，所以每个人的大腿上都坐了一个人。在薄饼屋，我们吃了许多薄饼，跟着点唱机里的歌曲跳舞。我没有想起卡里尔，也没有想起娜塔莎。

这是我生命中最美好的夜晚之一。

第十八章

周日，爸爸妈妈带我和哥哥弟弟出门。

起初，看起来像是到卡洛斯舅舅家的一次普通拜访，但后来我们却径直穿过了他住的社区。大约五分钟后，一块红砖垒砌的指示牌出现在面前，周围环绕着五颜六色的花丛，上面写着"欢迎来到溪泉瀑布"。

崭新的街道旁排列着一栋栋单层的砖瓦小屋。黑人孩子、白人孩子，各种肤色的孩子在人行道上和院子里玩耍。透过敞开的车库大门，能看到里面堆放的杂物，院子里随意摆放着自行车和滑板车。没有人担心自己的东西会在大白天被偷走。

我想起了卡洛斯舅舅的社区，然而还是有所不同。第一，这片社区没有大门，所以他们并没有把任何人关在外面或里面，可是人们显然觉得很安全。第二，这里的房子更小，看起来也更温馨。说实话，最重要的是，跟卡洛斯舅舅的社区相比，这里有更多看起来跟我们相似的黑人。

爸爸把车停在道路尽头一栋棕色砖墙的房子跟前。灌木丛和矮树装点着院子，一条鹅卵石铺就的小路直通前门。

"来吧，大家伙。"爸爸说。

我们跳下车，边伸懒腰边打哈欠。四十五分钟的车程真不是闹着玩的。一个胖乎乎的黑人男子站在隔壁的车道上冲我们挥手致意，我们也挥手作为回应，然后便跟着爸爸妈妈走上了石子小路。透过前门的玻璃，整栋房子显得空空荡荡。

"这是谁家的房子？"赛文问。

爸爸打开门锁，"希望会成为咱们家的。"

进屋以后，我们便站在起居室里。油漆和抛光的实木地板散发出浓重的气味。两条走廊，一边一条，从起居室向里延伸。厨房挨着起居室，有白色的橱柜、大理石台面和不锈钢炉灶。

"我们想先带你们来看看，"妈妈说，"你们可以到处参观一下。"

说实话，我不敢动弹。"这是咱们家的房子？"

"就像我刚才说的，希望如此，"爸爸回答道，"我们正在等银行批准房屋贷款。"

"咱们能买得起吗？"赛文问。

妈妈挑起眉毛，"能。"

"但是首付之类的东西怎么办——"

"赛文！"我不满地说。他总是爱操心别人的事情。

"一切都考虑好了，"爸爸说，"我们会把花园高地的房子租出去，这样就可以分担每个月的还款。再加上……"他看向妈妈，脸上露出狡猾的笑容，我不得不承认，这个表情还有点可爱。

"我得到那份马卡姆的护士长工作了，"她微笑着说，"两周后开始上班。"

"真的吗？"我问，赛文借口道："哇。"同时，塞卡尼大叫起来："妈妈发财了！"

"宝贝，没人发财，"爸爸说，"别激动。"

"不过这份工作的确有帮助，"妈妈说，"帮助很大。"

"爸爸，你愿意跟我们一起住在这里，和虚假的人做邻居吗？"塞卡尼问。

"塞卡尼，这话你是从哪儿听来的？"妈妈说。

"呃，爸爸总是这么说呀。这里的人都是虚假的，花园高地的人才是真实的。"

"没错，他确实说过。"赛文说。

我点头，"成天说。"

妈妈交叉双臂，"麦弗里克，你是不是得解释一下？"

"我没有说过那么多次吧——"

"明明就有。"我们三个异口同声地说。

"好吧，是有不少。可能我以前说得并不是百分百正确——"

妈妈故意咳嗽了一声，流露出掩饰不住的笑意。

爸爸瞪着她，"但我后来意识到，真实与否跟住在哪里并没有太大的关系。我所能做的最真实的事情就是保护我的家庭，而这就意味着要离开花园高地。"

"还有呢？"妈妈问道，仿佛爸爸正在全班面前接受老师的提问。

"还有，住在郊区不会让你们比住在贫民区更远离黑人文化。"

"谢啦。"她满意地微笑着说。

"好了，现在你们要参观一下吗？"爸爸问。

赛文犹豫了一下，见他犹豫，塞卡尼也迟迟不动。我才不管那么多呢，我要先选房间。"卧室在哪儿？"

妈妈指向左边的走廊。估计赛文和塞卡尼明白我为何会这么问了，我们三个交换了一下眼神。

突然，我们一起朝那条走廊冲去。赛文一马当先，眼看我就要失去良机，但是我一巴掌拍在他那骨瘦如柴的屁股上，将他拨到一旁。

"妈妈，她推我！"他哀号道。

我打败赛文，来到第一个房间。这里比我现在的卧室要大，但还是不如我想要的宽敞。赛文到达第二个房间，环顾了一圈，我估计他并不满意。也就是说，第三个房间应该是最大的，那个房间在走廊尽头。

我和赛文争先恐后地朝第三个房间跑去，那场面就像哈利·波特和塞德里克·迪戈里[1]争夺火焰杯一样。我抓住赛文的衬衣，用力拉扯，直到把他拽回来为止。我超过了他，率先打开了房门。

可惜这间屋比第一间还小。

"这里归我啦！"塞卡尼喊道。他站在第一个房间的门口摇着屁股跳舞，原来那才是三个房间中最大的一间。

我和赛文用剪刀石头布来决定第二大的房间归谁所有，赛文总是出石头或布，所以我轻轻松松就赢了。

爸爸去买午饭了，妈妈带我们参观房子剩下的部分。我和哥哥弟弟又得共用一个洗手间，不过塞卡尼终于学会了瞄准的礼节和脸红的艺术，所以我觉得应该还好。主卧在另一条走廊上。还有一间洗衣房、没有装修完的地下室和能够停放两辆车的车库。妈妈说我们可以买一个带轮子的篮球架，平时收在车库里，偶尔推到门前的空地上打球。后院围着一道木头栅栏，有足够的空间留给爸爸的花园和砖块。

"砖块可以跟着一起来，对吗？"我问。

"当然，我们不会丢下他的。"

爸爸带回来了汉堡和薯条，我们坐在厨房的地板上吃了起来。这里非常安静，有时会听到狗叫，但嘈杂的音乐和可怕的枪响呢？完全没有。

"那么，我们就打算在几周内完成交易了，"妈妈说，"但因为现在是学期末，我们会等到你们放暑假后再搬家。"

"因为搬家可不是闹着玩的。"爸爸补充道。

"希望我们可以在你离家上大学之前把一切都安顿好，"妈妈说，

---

[1] 塞德里克·迪戈里（Cedric Diggory）：哈利·波特系列作品中的人物，在第四本《哈利·波特与火焰杯》（*Harry Potter and the Goblet of Fire*）中，跟主人公哈利·波特一起参加三强争霸赛，两人在最后一个比赛环节曾奋力抢夺代表胜利的火焰杯。

"而且这样也可以让你有机会布置自己的房间，以后放假好回来住。"

塞卡尼嘬了一口奶昔，满嘴泡沫地嚷嚷着："赛文说他不去上大学了。"

爸爸说："什么？"

赛文对塞卡尼怒目而视，"我没说不去上大学了，我说的是不到外地去上大学了。我会去上社区学院的，这样我就可以留在肯尼娅和丽瑞克身边了。"

"呸，绝对不行。"爸爸说。

"你这是开玩笑吧。"妈妈说。

社区学院是位于花园高地边缘的一所大专学校，大家都管它叫花园高地升级版，因为有许多花园高地的年轻人在那儿上学，把所有冲突和恶习都照搬过去，搞得整个学院乌烟瘴气。

"他们有工程专业。"赛文争辩道。

"但是他们没法像你申请的那些学校一样提供各种宝贵的机会，"妈妈说，"你知道自己会错过什么吗？奖学金、实习——"

"还有终于能过上自由生活的机会。"我补充道，吸了一口自己的奶昔。

"谁问你了？"赛文说。

"你妈。"

这一招很低级，我知道，但是这句话自然而然就冒了出来。赛文朝我弹了一根薯条，我眼疾手快地挡住，正要冲他竖起中指，可妈妈却大声呵斥起来，"你敢！"我只好讪讪地收回手指。

"听着，你不用为你的妹妹们负责，"爸爸说，"但我要对你负责。我绝对不会让你放弃这么宝贵的机会，去做那两个白痴大人应该做的事情。"

"一块钱，爸爸。"塞卡尼说。

"我很高兴你愿意照顾肯尼娅和丽瑞克，"爸爸对赛文说，"但是你能做的事情有限。你可以任意选择自己想去的大学，肯定都能成功。但是你的选择必须是因为你愿意，而不是因为你想替别人承担责任。听明白了吗？"

"嗯。"赛文说。

爸爸用胳膊搂住赛文的脖子，将他拉到跟前，亲了亲他的太阳穴，"我爱你，我会永远支持你的。"

午饭后，我们聚集在起居室里，手拉着手，低下头。

"黑耶稣，感谢您的保佑，"爸爸说，"即便在我们不是很想搬家的时候——"

妈妈清了清嗓子。

"好吧，在我不是很想搬家的时候，"爸爸纠正道，"您还是把一切问题都解决了。感谢您让丽莎得到了新工作。请继续帮助她，当她在空闲时间回诊所帮忙的时候，请您与她同在。请帮助塞卡尼通过期末考试。感谢您让赛文做了我没能做到的事情——拿到高中毕业证书，请引领他选择一所大学，让他知道您在保护着肯尼娅和丽瑞克。

"主啊，明天对我的宝贝女儿来说是一个重要的日子，她将要在大陪审团面前作证。请给予她平静和勇气。尽管我想恳求您让这件事有一个圆满的结果，但是我知道您已经有了打算。我只向您恳求一些仁慈，上帝。仅此而已。请您怜悯花园高地，怜悯卡里尔的家人，怜悯思妲尔。请帮助我们度过这一切。我以您的宝贵之名真诚祈祷——"

"等等。"妈妈说。

我忍不住睁开一只眼睛偷看，爸爸也是一样。妈妈从来都没有打断过祈祷。

"呃，亲爱的，"爸爸道，"我正要说结束语。"

"我还有别的要补充。主啊，请保佑我的妈妈，感谢您让她拿出退休金，帮我们交上这栋房子的首付。请帮助我们把地下室变成一个套间，好让她能时常来这里住一阵子。"

"不行，上帝。"爸爸说。

"行，上帝。"妈妈说。

"不行，上帝。"

"行。"

"不行，阿门！"

我们到家的时候，正赶上季后赛直播。

在我们家，篮球赛季就是一场恶战。我完全是勒布朗[1]的球迷。迈阿密[2]、克利夫兰[3]，不管哪支球队都无所谓，我一心追随他。爸爸还没抛弃湖人队，不过他也喜欢勒布朗。赛文支持马刺队[4]。妈妈是个仇恨派，秉承"除了勒布朗谁都行"的原则，而塞卡尼则是个"谁赢谁老大"的伪球迷。

今晚是克利夫兰对芝加哥公牛队，家里的战线同样划分明确——我跟爸爸对赛文和妈妈。赛文也被拐上了"除了勒布朗谁都行"的贼船。

我换上自己的勒布朗运动衫。每次我要是不穿它，勒布朗效力的球队就会输。真的，我没撒谎。而且，这件衣服还不能洗。我的上一件运动衫在总决赛[5]前被妈妈给洗了，结果迈阿密就输给了马刺队。我觉得

---

[1] 勒布朗（LeBron）：指勒布朗·詹姆斯（LeBron James, 1984— ），美国职业篮球运动员，2003 至 2010 年间效力于克利夫兰骑士队，2010 至 2014 年间效力于迈阿密热火队，2014 年至今重又效力于克利夫兰骑士队。

[2] 迈阿密（Miami）：指迈阿密热火队（Miami Heat），是一支美国职业篮球队，属于佛罗里达州迈阿密，是美国男子职业篮球联盟（NBA）的成员。

[3] 克利夫兰（Cleveland）：指克利夫兰骑士队（Cleveland Cavaliers），是一支美国职业篮球队，属于俄亥俄州克利夫兰，是美国男子职业篮球联盟（NBA）的成员。

[4] 马刺队（Spurs）：指圣安东尼奥马刺队（San Antonio Spurs），是一支美国职业篮球队，属于德克萨斯州圣安东尼奥，是美国男子职业篮球联盟（NBA）的成员。

[5] 总决赛：指的应该是 2013—2014 赛季的总决赛，圣安东尼奥马刺队以 4 比 1 战胜了迈阿密热火队。

她肯定是故意的。

我在小房间的沙发前找好自己的幸运位置席地而坐。赛文走了进来，从我旁边跨过，把赤裸的脚丫子凑到我面前。我抬手就是一巴掌，"把你的臭脚从我脸上拿开。"

"等着瞧，看看一会儿谁还有心情开玩笑。做好迎接惨败的准备了吗？"

"你是在说你自己吧！"

妈妈站在门口向里张望，"贪吃侠，你要冰激凌吗？"

我不满地瞪了她一眼。她明知道我不能在比赛期间吃奶制品。奶制品会令我胀气，而且胀的都是坏运气。

她咧着嘴笑了，"圣代怎么样？满满的巧克力碎屑，甜甜的草莓酱，奶油冰激凌哟。"

我捂住耳朵，"啦啦啦啦啦，走开，勒布朗反对者。啦啦啦啦啦，我什么都听不见。"

就像我说的，篮球赛季就是一场恶战，全家人都有狡猾的策略。

妈妈拿着一个大碗回来了，一勺一勺地往嘴里塞着冰激凌。她坐在沙发上，把大碗伸到我面前，"贪吃侠，你确定不来点儿吗？这可是你最喜欢的蛋奶口味。太好吃啦！"

一定要忍住，我告诉自己。见鬼，那冰激凌看起来实在太诱人了。草莓酱闪闪发光，最上面有一大块生奶油。我闭上眼睛，"我更想要冠军。"

"冠军是没门了，所以你还是放宽心，好好吃点冰激凌吧。"

"哈！"赛文在一旁帮腔。

"这屋里是什么味道？"爸爸问。

他选择了躺椅，那是他的幸运位置。塞卡尼冲进来，坐在我后面，把赤裸的小脚搭在我的肩头。我不介意。他还是个孩子，脚不臭。

"我正在问贪吃侠要不要圣代，"妈妈说，"亲爱的，你也来点儿吗？"

"见鬼，不要。你知道我在比赛期间是不吃奶制品的。"

看到没？这可是非常严肃的事情。

"你和赛文就准备迎接克利夫兰的扫荡吧，"爸爸说，"我是说，虽然不会像科比[1]那么神，但肯定也非常精彩。"

"阿门！"我赞同道，除了科比那句话之外。

"得了吧，"妈妈对他说，"你总是选一些弱队。先是湖人——"

"喂，三连冠的队伍可不是弱队。再说了，我没有总是选弱队，"他咧嘴一笑，"我看中了你们队，不是吗？"

妈妈翻了个白眼，但是也咧着嘴笑了。尽管我不愿承认，但是此刻他们俩确实挺可爱的。"是啊，"她说，"你就选对了那一回。"

"嗯，"爸爸说，"你们的妈妈以前在圣玛丽篮球队，她们跟我们学校，也就是花园高中举办过一场比赛。"

"而且我们打得她们毫无还手之力，"妈妈说着，从勺子上把冰激凌舔下来，"要我说，那群小丫头根本不行。"

"总之，在姑娘们的比赛结束以后，我去那里找几个哥们儿，"爸爸边说边看着妈妈，眼神中充满爱意，我在一旁瞧着，都觉得不好意思，"我到得很早，结果见到了世界上最美的姑娘，她正在球场上奔跑。"

"告诉他们你干了什么。"妈妈说，尽管我们都已经知道了。

"哎呀，我不过就是——"

"不行，不行，告诉他们你干了什么。"她说。

"我就是试图吸引你的注意力嘛。"

"啊哈！"妈妈站起身来，把手中的碗递给我，站到电视机前面，"当时，你在球场边就这样。"说着，她摆出靠向一侧的姿势，抓住裤裆，舔着嘴唇。我们捧腹大笑。我仿佛亲眼看到爸爸那样做了。

"还是在比赛的时候！"她说，"跟个变态一样站在那儿，直勾勾

[1] 科比（Kobe）：指科比·布莱恩特（Kobe Bryant，1978— ），已退役的美国职业篮球运动员，在二十年的篮球生涯中，一直效力于洛杉矶湖人队。

地盯着我。"

"可你注意到我了,"爸爸说,"对吧?"

"因为你看起来像个傻子!然后,中场休息时,我坐在长凳上,他在我身后,说什么——"她压低声音——"哎!哎,小矮子。你叫什么名字?你在球场上看起来不错啊。能给我你的电话号码吗?"

"啧啧,老爸,你没戏。"赛文说。

"我有戏!"爸爸争辩道。

"你那天晚上得到她的电话号码了吗?"赛文说。

"我的意思是,我一直努力——"

"你得到电话号码了吗?"我重复赛文的问题。

"没有。"他承认道,我们一边大笑一边起哄,"随便了,你们爱怎么说就怎么说,反正我最后还是有做对的地方。"

"嗯,"妈妈也承认道,用手指梳理着我的头发,"没错。"

当克利夫兰对芝加哥的比赛进行到第二节[1]时,我们都冲着电视机大吼大叫。勒布朗夺球,我跳起身来,投球!进了!

"看到没有!"我对妈妈和赛文高喊,"看到没有!"

爸爸跟我击掌,然后拍着手说:"这就对了!"

妈妈和赛文没说话,默默地翻着白眼。

我摆出"赛时坐姿"——膝盖向上,弯起双腿,右臂从头顶越过,抓住左耳朵,嘴里还含着左手的大拇指。别笑,这个办法特别管用。克利夫兰队干脆利落地展开进攻与防守。"加油,骑士队!"

玻璃破碎的声音传来。紧接着,砰、砰、砰、砰。枪声震耳欲聋。

"趴下!"爸爸大喊。

我已经趴下了,塞卡尼趴在我身边,妈妈压在上边,用胳膊搂住我

---

[1] 第二节(second quarter):一场 NBA 比赛分四节,每节 12 分钟。

们。爸爸朝房子前部跑去，他的脚步声伴随着铰链的吱呀声，前门打开了。汽车轮胎与路面摩擦，发出一声尖啸。

"狗娘养的——"枪声打断了爸爸的话。

我的心跳停止了。刹那间，我仿佛看到了一个没有爸爸的世界，看起来就像是人间地狱。

但是他的脚步声又匆匆地回来了，"你们都没事吧？"

我身上的重量消失了，妈妈直起腰来，说自己没事，塞卡尼说他也没事，赛文跟着应了一声。

爸爸握着他的格洛克手枪。"我朝那群蠢货开枪了，"他说，沉重地呼吸着，"好像打中了一个轮胎。我以前从来没见过那辆车。"

"他们朝房子开枪了？"妈妈问。

"对，有几颗子弹透过前窗射了进来，"他说，"他们还扔了东西，就落在起居室里。"

我径直朝房子前部走去。

"思妲尔！回来！"妈妈大喊。

我实在太好奇、太固执了，并没有理会妈妈。在起居室里，我看到妈妈最心爱的那套沙发上满是玻璃碎片，一块砖头静静地躺在地板中央。

妈妈给卡洛斯舅舅打了电话，半小时之内，他就赶到了我们家。

爸爸一直在小房间里来回踱步，始终没有放下手中的格洛克手枪。赛文领着塞卡尼上床睡觉，妈妈搂着我坐在电视机前的沙发上，坚决不肯松手。

有几个邻居闻声前来探望，比如珀尔夫人和琼斯女士，隔壁的查尔斯先生也拿着自己的武器迅速跑了过来。但是，没有人看到究竟是谁干的。

无论是谁，显然是冲着我来的。

我感到恶心难受，就像是小时候吃过冰激凌以后在炎炎烈日下玩了太久一样。罗莎莉女士说，那是因为高温把胃里化掉的冰激凌"烧开了"，再吃点清凉的东西就会好的。现在，任何清凉的东西都无法解决问题。

"你报警了吗？"卡洛斯舅舅问。

"当然没有！"爸爸说，"我怎么知道不是警察干的？"

"麦弗里克，你还是应该报警，"卡洛斯舅舅说，"这件事需要被记录在案，而且他们还可以派人来守卫房子。"

"噢，我已经找人来守卫房子了，这一点不劳你费心。我找的绝对不是那种表面上是警察、暗地里动手脚的卑鄙小人。"

"这很有可能是勋爵枭王干的！"卡洛斯舅舅说，"你不是说金为了采访的事情对思妲尔做过隐晦的口头威胁吗？"

"我明天不去了。"我说，但是没人搭理我。

"偏偏在她要去给大陪审团作证的前一晚，有人跑出来想恐吓我们，这他妈的绝对不是巧合，"爸爸说，"这种狗屁事情只有你们警察才干得出来。"

"要是你知道有多少警察希望这件案子得到公正处理，肯定会非常惊讶的，"卡洛斯舅舅说，"当然，这就是典型的麦弗里克作风。在你心目中，所有警察都是坏警察。"

"我明天不去了。"我重复道。

"我不会说所有警察都是坏警察，但是我也不会傻乎乎地以为警察里头没有干这种肮脏勾当的败类。该死的，之前他们还让我面朝下趴在人行道上，为什么？就因为他们乐意！"

"警察和勋爵枭王都有可能，"妈妈说，"争论是谁干的对我们毫无用处，现在最重要的是确保思妲尔明天的安全——"

"我说，我不去了！"我喊道。

他们终于听到了，我的胃里就像装着一壶煮开的沸水。"对，有可能是勋爵枭王，但如果是警察，那该怎么办？"我看向爸爸，想起几周前在杂货店前发生的事情，"当时，我以为他们要杀了你，"我的声音变得非常嘶哑，"都是因为我。"

他跪在我面前，将那把格洛克手枪放在我的脚边，然后抬起我的下巴，"'十点纲领'第一点是什么？说出来。"

我和哥哥弟弟从小就背诵黑豹党的"十点纲领"，就像其他孩子学习"效忠誓言[1]"一样。

"'我们想要自由，'"我说，"'我们想要力量，去改变黑人和被压迫者的命运。'"

"再说一遍。"

"'我们想要自由，我们想要力量，去改变黑人和被压迫者的命运。'"

"第七点。"

"'我们想要立即终止警方暴行，'"我说，"'终止对黑人、其他肤色人种和被压迫人民的杀害。'"

"再说一遍。"

"'我们想要立即终止警方暴行，终止对黑人、其他肤色人种和被压迫人民的杀害。'"

"马尔科姆说我们的目标是什么？"

我和赛文在十三岁的时候都背诵过马尔科姆·艾克斯的语录，塞卡尼还没到年纪。

"'采取一切必要的手段，'"我说，"'追求完整的自由、正义和平等。'"

"再说一遍。"

"'采取一切必要的手段，追求完整的自由、正义和平等。'"

---

[1] 效忠誓言（Pledge of Allegiance）：指"美利坚合众国效忠誓言"（The Pledge of Allegiance of the United States），是对美国国旗和美利坚合众国表示效忠的一段誓言，最初于1887年由乔治·鲍尔奇上校（Colonel George Balch, 1821—1908）创作，后来在1892年被佛朗西斯·贝拉米（Francis Bellamy, 1855—1931）修订，并于1942年正式被国会采纳为誓言。其官方名称"效忠誓言"于1945年启用，现在的版本是在1954年的国旗纪念日上最终确定的。

"那你为什么要保持沉默？"爸爸问。

因为"十点纲领"对黑豹党没有用。休伊·牛顿被一枪爆头，政府把黑豹党人一个接一个地消灭了。采取一切必要手段没有拯救马尔科姆的生命，并且他很可能是被自己的同胞所害。纸上的目标总是比现实更美好，而现实是，我也许无法在明天早上活着到达法院。

"咚咚"，响亮的敲门声吓了我们一跳。

爸爸握住格洛克手枪，站起身来，前去应门。我听到他跟某人打招呼、击掌。然后，有一个男人的声音传来，"你知道我们一向都是挺你的，大麦弗。"

爸爸领着几个宽肩阔背的大块头回来了，他们都穿着灰色和黑色的衣服。不过，那种灰色比金和他的小弟们穿的灰色服饰要浅一些，只有熟悉内情的人才能注意到其中的差别。他们是另一帮勋爵枭王。

"这是古恩，"爸爸指着其中最矮的一个人说，他扎着马尾辫，站在众人前面，"今晚和明天，他和他的兄弟们将会保护我们。"

卡洛斯舅舅交叉双臂，严厉地看着那群勋爵枭王，"眼下的情况有可能就是勋爵枭王造成的，而你却还让勋爵枭王来守卫这栋房子？"

"他们跟金不是一伙的，"爸爸说，"他们是雪松勋爵枭王。"

见鬼，那他们跟花园信徒差不多。在黑帮的世界里，即便代表色相似，只要派别不同，就有可能冲突不断。雪松勋爵枭王一直都在跟金的西侧勋爵枭王明争暗斗，这种情况已经持续好久了。

"大麦弗，需要我们先撤吗？"古恩问。

"不用，别理他，"爸爸说，"你们该怎么办就怎么办。"

"行，放心吧。"说完，古恩跟爸爸轻轻击拳，然后便带着小弟们朝外面走去。

"这是在开玩笑吗？"卡洛斯舅舅咆哮道，"你该不会真的以为几个黑帮混混就能提供足够的保护吧？"

"他们训练有素，不是吗？"爸爸说。

"荒唐!"卡洛斯舅舅看向妈妈,"听着,只要他们别跟来,明天我会陪你们一起去法院。"

"白痴,"爸爸说,"你连自己的侄女都保护不了,一心只想着维护形象,害怕其他警察以为你跟黑帮混在一起。"

"噢,麦弗里克,你真要这样?"卡洛斯舅舅说。

"卡洛斯,冷静点儿。"

"不,丽莎。我要把话说清楚。他说的侄女,是不是在他进监狱的时候交给我照顾的那个侄女?嗯?是不是因为他替所谓的兄弟扛罪,结果第一天上学只能由我送去的那个侄女?是不是在哭着喊爸爸的时候,被我抱在怀里的那个侄女?"

他的声音很大,妈妈站在他面前,阻止他靠近爸爸。

"麦弗里克,你想怎么骂我都行,但是你绝对不能说我不关心我的侄女和侄子们!是的,没错,侄子们!赛文也是一样!在你蹲监狱期间——"

"卡洛斯。"妈妈说。

"不,他需要知道这个。在你蹲监狱期间,每当你那个狗屁情妇把赛文丢给丽莎,然后连续消失几个星期的时候,是我来帮助丽莎渡过难关。是我!我给他们买衣服、买吃的,还提供住的地方。我他妈的就是个汤姆舅舅[1]!呸,没错,我确实不想跟罪犯待在一起,但是你绝对不能说我不关心这些孩子!"

爸爸抿起嘴唇,沉默不语。

卡洛斯舅舅从咖啡桌上抓起车钥匙,在我的额头上轻轻地亲了两下,然后便转身离开了。前门"砰"的一声关上了。

---

[1] 汤姆舅舅(Uncle Tom):此处利用了"汤姆叔叔"的典故,出自美国女作家哈里耶特·比彻·斯托(Harriet Beecher Stowe,1811—1896)的小说《汤姆叔叔的小屋》。"汤姆叔叔"常用来指过于逆来顺受的人。

第十九章

培根肉的香味和众人的说话声唤醒了我。

我眨了眨眼睛，以适应耀眼的霓虹蓝墙壁。又躺了几分钟，我才想起来，今天是去见大陪审团的日子。

我会令卡里尔失望，还是会为他伸张正义，检验的时刻终于来到了。

我穿上拖鞋，朝那些不熟悉的声音走去。赛文和塞卡尼此刻已经在学校里了，而且他们的声音也没有那么低沉。本来，我应该担心被陌生人看到自己穿睡衣的样子，但是幸好我总是穿着背心和篮球短裤睡觉，没什么好看的。

厨房里全是人，只剩下站着的空间了。一群打着领带、身穿黑裤子和白衬衫的家伙正坐在餐桌旁或靠着墙壁，狼吞虎咽地吃着东西。他们的脸上和手上有许多文身。有几个人朝我简单地点了点头，张开塞满食物的大嘴，含糊地嘟囔着"早上好"。

原来是雪松勋爵枭王。见鬼，他们打扮得真体面！

妈妈和帕姆舅妈在炉子前忙活着，一个个盛满培根和鸡蛋的平底锅嘶嘶作响，蓝色的火焰在底下跳跃。外婆在旁边唠唠叨叨地倒着果汁和咖啡。

妈妈头也不回地说："早安，贪吃侠。你的早饭在微波炉里。来帮我把这些饼干拿出去。"

她和帕姆舅妈走到炉子的另一头，搅拌鸡蛋，翻动培根。我抓起一张纸巾，打开烤箱。黄油饼干的香味和一股热浪迎面而来。我垫着纸巾拿起烤盘，但还是觉得很烫，坚持不了多久。

"这边，小姑娘。"古恩在餐桌旁说。

我很高兴可以放下它。不到两分钟，所有饼干就都被一扫而空。我赶紧从微波炉里拿走那个盖着纸巾的盘子，免得这群勋爵枭王连我的早饭都不放过。

"思妲尔，还有那两个盘子，也一起拿上，"帕姆舅妈说，"给你爸爸和舅舅送到屋外去。"

卡洛斯舅舅也在？我回答帕姆舅妈："遵命，长官。"然后把他们俩的盘子摞在我的盘子上，抓起一瓶辣酱和几把叉子，转身离开。出门时，正听到外婆开口讲述"想当年，在剧院里的那些日子"。

屋外阳光灿烂，相比之下，我房间里的墙壁显得黯然失色。我眯起眼睛，用目光四处寻找爸爸和卡洛斯舅舅。爸爸那辆塔荷的后车盖打开了，他们俩正坐在后面。

我的拖鞋在水泥地上摩擦，听起来就像扫帚扫地的声音。爸爸朝周围看了一下，"我的宝贝来啦。"

我递给他和卡洛斯舅舅一人一个盘子，爸爸在我的脸颊上亲了一下。"睡得好吗？"他问。

"还行吧。"

卡洛斯舅舅把他的手枪从两人之间拿走，拍了拍空出来的位置，"过来陪我们坐一会儿吧。"

我跳上车。我们掀开盖在盘子上的纸巾，露出了满满一大堆饼干、培根和鸡蛋。

"我觉得这一盘是你的，麦弗里克，"卡洛斯舅舅说，"有火鸡培根。"

"谢了，伙计。"爸爸说。他们交换了盘子。

我往自己的鸡蛋上倒了一些辣酱，然后把瓶子递给爸爸。卡洛斯舅舅也伸出了手。

爸爸笑着将辣酱瓶传给他，"我还以为你这么讲究的人不会往鸡蛋上倒辣酱呢。"

"你知道我就是在这栋房子里长大的，对吧？"他在鸡蛋上倒满了辣酱，然后放下瓶子，舔掉沾在手指上的酱汁，"不过，别告诉帕姆我把这些都吃了。她总是在一旁监督着，不许我吃得口味太重。"

"你不说，我不说。"爸爸回答。他们俩击拳表示达成协议。

一觉醒来，我觉得自己仿佛到了另一个星球，或者闯入了平行空间。"你们俩怎么突然和好了？"

"我们聊了一下，"爸爸说，"没问题了。"

"对，"卡洛斯舅舅说，"有些事情比鸡毛蒜皮的计较更重要。"

我很想知道他们具体聊了些什么，但是既然他们不说，那就算了。反正，只要他们和好了，我就开心。不过，说实话，眼下我也没心情管那么多细节。

"你和帕姆舅妈都来了，那德文特在哪儿？"我问卡洛斯舅舅。

"难得在家待着，没有去跟你的小男友打游戏。"

"为什么你总是管克里斯叫'小男友'？"我问，"他一点都不小。"

"你最好是在说他的身高。"爸爸搭腔。

"阿门。"卡洛斯舅舅补充道，然后他们俩又一次击拳。

这下可好，他们还找到了共同的抱怨点——克里斯。真受不了。

今天早上，我们家住的这条街上基本都很安静。平常也是这样，冲突与骚乱总是来自不住在这儿的人们。隔着两栋房子，林恩夫人和卡萝尔女士正在林恩夫人家的院子里交谈，很可能又是在说闲话。如果你不想让一个消息像流感一样在花园高地传开，那就千万不要告诉她们俩当中的任何一个。街对面，珀尔夫人正在自己的花坛里干活，四十盎司在一旁帮忙。大家都这样叫他，因为他总是要讨钱"去酒铺买上四十盎司^[1]"。他那破破烂烂的手推车和全部家当都放在珀尔女士家的车道上，底下垫着一大袋护根物^[2]。看起来，他似乎是个园艺高手。珀尔夫人说了句什么，他大笑起来，估计隔着两条街都能听到他的笑声。

"真不敢相信那个傻瓜还活着，"卡洛斯舅舅说，"我还以为他早就喝酒喝死了呢。"

"谁？四十盎司？"我问。

"是啊！我小时候他就在这附近晃悠了。"

"他才不会死呢，"爸爸说，"他成天说自己这条老命全靠酒精维持了。"

"卢克斯夫人还住在街角吗？"卡洛斯舅舅问。

"对，"我答道，"而且她还在做着世界上最好吃的红丝绒蛋糕。"

"哇！我告诉过帕姆，我还没吃过哪个红丝绒蛋糕能跟卢克斯夫人做的一样好吃。嗯……"他打了个响指，"那个修车的男人怎么样了？以前也住在街角。"

"华盛顿先生，"爸爸说，"还是经常对汽车踹来踹去，而且依然比周围的修车店干得更好。现在他儿子也开始帮忙修车了。"

"小约翰？"卡洛斯舅舅问，"就是那个原本打篮球但是后来吸毒的小子吗？"

"对，"爸爸说，"他现在已经戒了。"

"哎，"卡洛斯舅舅摆弄着盘子里红彤彤的鸡蛋，"有时候，我真的很怀念住在这里的时光。"

---

[1] 四十盎司（Forty Oounce）：在美国方言中，指一瓶酒。1盎司约等于29毫升。
[2] 护根物（mulch）指覆盖于土壤表面的一些物质，如枯树叶、小树枝、肥料等，其目的是为了保持水分、消灭杂草或改善土壤。

272

　　我静静地看着四十盎司给珀尔夫人帮忙。住在这里的人们拥有的不多，但是他们会尽可能地帮助彼此，就像一个奇奇怪怪、功能失调的大家庭，但无论如何，依然是一个家庭。直到最近，我才对此深有感触。

　　"思妲尔！"外婆站在前门喊道。大概隔着两条街都能听到她的叫嚷，就像能听到四十盎司的笑声一样，"你妈妈说动作快点，你得赶紧准备了。嘿，珀尔！"

　　珀尔夫人抬手罩住眼睛，朝我们望过来，"嘿，阿黛尔！好久不见，最近怎么样？"

　　"还凑合吧，姐们儿。你的花坛看起来真不错！等会儿我要过去摘几朵天堂鸟[1]。"

　　"行。"

　　"阿黛尔，你不跟我打声招呼吗？"四十盎司问。当他说话时，整个句子都连在一起，仿佛是一个很长的单词。

　　"呸，才不呢，你个老蠢货。"说完，外婆就"砰"的一声关门进屋了。

　　爸爸、卡洛斯舅舅和我不禁开怀大笑。

　　卡洛斯舅舅开车带着我和爸爸妈妈，他还找来了一个不值班的警察同事，此刻就坐在副驾驶座上。雪松勋爵枭王分乘两辆车，跟在后面。外婆和帕姆舅妈也开车跟着我们。

　　但是，这么多人却没有一个能陪我走进大陪审团室，我只能独自面对。

　　从花园高地到市中心需要十五分钟，路上总有正在盖新大楼的建筑工地。花园高地的街角有扮酷装帅的少年，而市中心的人们都穿着笔挺的西装，站在十字路口等信号灯。不知他们是否听到过从我住的社区里传来的枪声。

_____

[1] 天堂鸟（bird of paradise）：又名鹤望兰，因其花朵形似鹤鸟展翅而得名。

当拐上法院所在的街道时，我忽然产生了一种似曾相识的奇怪感觉。恍惚间，我仿佛回到了三岁，卡洛斯舅舅开车带着妈妈、赛文和我去法院。路上，妈妈一直在哭，如果爸爸在就好了，他总是有办法让妈妈不掉眼泪。我和赛文拉着妈妈的手，走进一间法庭。几个警察将爸爸带出来，他穿着橘黄色的连衣裤[1]。他没法拥抱我们，因为他戴着手铐。我告诉他，我喜欢他身上的连衣裤。橘黄色是我最喜欢的颜色。可是，他非常严肃地看着我，说："你永远都不许穿这个，听到了吗？"

在那之后，我只记得法官说了句什么，妈妈便伤心地啜泣起来。爸爸说他爱我们，然后就被警察拽走了。整整三年，我都十分痛恨法院，因为它从我们身边夺走了爸爸。

如今，再看到法院，我的心里毫无波澜。各种各样的新闻直播车停在法院对面，警戒线将他们跟其他人分隔开来。我现在才知道，人们为什么会说"媒体马戏团[2]"。看起来真像是在城里搭起来的马戏团舞台。

两条窄窄的车道横在法院和闹哄哄的媒体之间，但车道两侧就像是两个世界一样。有几百个人静静地跪在法院的草坪上，穿着牧师服的男男女女站在人群前面，低着头。

为了避开记者和摄像机，卡洛斯舅舅驾车拐上了法院旁边的街道。我们从后门进去，古恩和另一名勋爵枭王也快步赶了上来，他们一左一右将我夹在中间，在过安检时毫不犹豫地接受了警卫的搜身。

另一名警卫带领我们穿过法院。越往里走，过道上的人就越少。奥芙拉女士正等在一扇大门旁，门上的黄铜牌写着"大陪审团室"。

她跟我拥抱，问道："准备好了吗？"

这一次，我准备好了，"是的，女士。"

---

[1] 橘黄色的连衣裤（orange jumpsuit）：指监狱囚服。

[2] 媒体马戏团（media circus）：英文俗语，意指媒体过于关注、过度报道的新闻事件。

"我会一直守在门外，"她说，"如果需要咨询我，你有权随时向大陪审团提出要求。"她看向我身边的人，"抱歉，按照规定，只有思姐尔的父母可以在直播室里观看现场情况。"

卡洛斯舅舅和帕姆舅妈拥抱了我，外婆跟我握手，同时拍了拍我的肩膀。古恩和他的小弟冲我点了点头，然后便跟他们一起离开了。

妈妈的眼睛里噙满泪水。她紧紧地拥抱了我，直到这一刻，我才发现自己已经比她高出一两英寸了。她亲遍了我的脸颊，又一次拥抱我，"我为你骄傲，宝贝。你真勇敢。"

我讨厌这个词，"我不勇敢。"

"你很勇敢。"她放开手，将我脸上的一缕散发拨到耳后。我说不清她的目光里有什么，但是那眼神仿佛比我更了解自己，它包围着我，让我从里到外都暖洋洋的。"思姐尔，勇敢并非指不害怕，"她说，"而是意味着虽然害怕却依然前进。你现在就是。"

她稍稍踮起脚尖，亲吻了一下我的额头，好像这样就能让她的话变成现实了。对我来说，的确如此。

爸爸伸开双臂，抱住我们两个，"加油，宝贝丫头。"

大陪审团室的门嘎吱嘎吱地敞开了，检察官门罗女士探头向外张望，"如果你准备好了，可以随时开始。"

虽然我独自走进大陪审团室，但爸爸妈妈也在以另外一种方式陪伴着我。

这个房间没有窗户，四面墙壁都镶嵌着木板。大约有二十个男男女女围坐在一张U形会议桌旁，有些人穿着黑色衣服，有些人则不是。当门罗女士把我带向他们面前那张安着话筒的桌子时，他们的目光一直追随着我们。

门罗女士的一名同事让我宣誓，我对着《圣经》承诺一定会实话实说。在心里，我也默默地对卡里尔做出了同样的承诺。

门罗女士在房间后面说，"能否请你向大陪审团做一下自我介绍？"

我靠近话筒，清了清嗓子，"我的名字——"我的说话声听起来就像是个五岁的小女孩儿。我坐直身体，又试了一次，"我的名字叫思妲尔·卡特。我今年十六岁。"

"那个话筒只是在录音，并不会放大你的声音，"门罗女士说，"在进行谈话的时候，我们需要你大声说话，让在座的所有人都能听到，可以吗？"

"是——"我的嘴唇扫过话筒。太近了。我往后退了退，再次开口，"是的，女士。"

"好。你是自愿来到这里的，对吗？"

"是的，女士。"

"你有一名律师，爱普瑞尔·奥芙拉女士，对吗？"她说。

"是的，女士。"

"你明白自己有权咨询她，对吗？"

"是的，女士。"

"你明白自己并未受到任何刑事指控，对吗？"

胡说。自从卡里尔死了以后，我和他一直都在受审，"是的，女士。"

"今天，我们想听你用自己的话来描述一下发生在卡里尔·哈里斯身上的事情，好吗？"

我看着陪审员，读不懂他们脸上的表情，也无法判断他们是否真的想听我说话。但愿是吧。"好的，女士。"

"那么，既然一切都清楚了，那就来谈谈卡里尔吧。你跟他曾经是朋友，对吗？"

我点了点头，但是门罗女士说："请做出口头回答。"

我凑近话筒说："是的，女士。"

见鬼，我又忘了陪审团没法通过话筒听到我的声音，这玩意儿只是用来录音的。真不知道我为何会这么紧张。

"你跟卡里尔认识多久了？"

还是同样的故事，又要从头来一遍。我成了一个机器人，不停地复述我是如何在三岁就认识了卡里尔、我们是怎样一起长大的、他是什么样的人。

等我讲完以后，门罗女士说："好。我们要讨论枪击案发生当晚的具体细节，你觉得可以吗？"

胆怯占据了我内心的绝大部分，高声叫喊着"不"，想要蜷缩在角落里，假装一切都没有发生过。可是，外面有那么多人为我祈祷，爸爸妈妈正在看着我，卡里尔需要我。

我坐直身体，让小小的勇敢替自己开口说话，"是的，女士。"

第三部分

☆ 八周以后

第二十章

三个小时。我在大陪审团室里待了整整三个小时。门罗女士问了我各种各样的问题。卡里尔被子弹射中的时候面朝什么方向？他从哪里拿出了驾照和行车证？克鲁斯警官是怎样把他弄下车的？克鲁斯警官看起来愤怒吗？他说了什么？

她想要知道所有细节，我尽己所能地回答了她。

自从我跟大陪审团谈过以后，已经过去两个星期了。现在，我们正等待他们的判决，这感觉就像在等待彗星撞地球一样。你知道它会来，只是不确定会在何时撞向何处。在此期间，你什么都不能做，只能继续生活。

于是，我们便这样生活着。

今天太阳很大，可是我们刚刚驶入威廉姆森的停车场，瓢泼大雨就倾盆而下。外婆说，下太阳雨的时候，魔鬼正在打他的妻子。而且，今天还是十三号，星期五，也就是外婆口中的"魔鬼之日"。她很可能正躲在家里，就像到了世界末日一样。

我和赛文下了车，一路狂奔进学校。中庭里跟往常一样熙熙攘攘，人们三三两两地聊天或玩闹。这一学年快要结束了，大家都游手好闲、无所事事。白人孩子在无聊的时候总是瞎胡闹。很抱歉，但事实如此。昨天，一名高二的学生骑着自行车冲下台阶，一头扎进了看门人的垃圾桶里。这个傻子不仅被学校勒令停学，自己还摔了个脑震荡。真是太愚蠢了。

我动了一下脚趾头。好不容易穿一回查克鞋，就碰上老天下雨。还好鞋子没湿，真是奇迹。

"你还好吗？"赛文问，我怀疑他的问题和淋雨无关。自从我们得知金依然对我间接告密的事情非常生气以后，他的保护欲就变得特别强。我听到卡洛斯舅舅告诉爸爸，这件事又给了警方一个密切监视金的理由。

除非金先动手，否则赛文会一直为我提心吊胆。不过，金目前还没有任何动作。所以，赛文时时刻刻都保持警惕，就连在威廉姆森也是一样。

"嗯，"我告诉他，"我没事。"

"那就好。"

他跟我轻轻击拳告别，然后便走向储物柜。

我也径直朝自己的储物柜走去。海丽和玛雅正在玛雅的储物柜旁交谈。实际上，基本都是玛雅在说话，海丽只是交叉双臂，频频翻着白眼。她看到我在走廊这头，脸上露出了洋洋得意的表情。

"正好，"当我走近以后，她说，"骗子来了。"

"你说什么？"她怎么一上来就胡说八道。

"你为何不告诉玛雅，你是怎样对我们撒谎的？"

"什么？"

海丽递给我两张照片。一张是卡里尔的近照，爸爸称之为"暴徒照"。那是他们在新闻上放出来的一张照片，海丽从网上下载，把它打印了出来。画面中，卡里尔面带傻笑，抓着一大把现金，同时比画出一个横着的剪刀手。

另一张是卡里尔十二岁时的照片。我之所以知道，是因为十二岁的我也在其中。当时，爸爸妈妈给我在市里的一家激光射击游乐场举办生日派对，卡里尔站在我的一边，大口大口地往嘴里塞着草莓蛋糕，而海丽站在我的另一边，跟我一起对着镜头微笑。

"我就觉得他看起来很眼熟，"海丽沾沾自喜地说，"他就是你认识的那个卡里尔，对不对？"

我盯着面前的两个卡里尔。照片能展示的东西太有限了。对于有的人来说，那张暴徒照让他看起来就像个暴徒一样。但是我却看到了一个因为终于赚到钱而喜笑颜开的少年，不管这笔钱来自哪里。至于那张生日派对的照片呢？我记得当时卡里尔吃了太多的蛋糕和比萨，结果生病了。那时候，他的外婆还没有工作，他们家经常吃不饱饭。

我把照片还给海丽，"对，我认识他。那又怎么样？"

"你不觉得你欠我们一个解释吗？"她说，"你也欠我一个道歉。"

"呃，什么？"

"你完全就是故意跟我吵架，因为你对发生在他身上的事情觉得烦恼，"她说，"你甚至还指责我是种族主义者。"

"但是你确实说了种族歧视的话，也做了种族歧视的事情。所以……"玛雅耸了耸肩，"玛雅有没有撒谎根本不重要。"

少数派联盟开始行动了。

"所以，自从我在汤博乐上取消了对她的关注，因为我不想在自己的主页上再看到那个被肢解的孩子的其他照片——"

"他的名字叫埃米特·提尔。"玛雅说。

"随便他叫什么。所以，因为我不想看到那种恶心的东西，我就是种族主义者了？"

"不，"玛雅说，"你在这件事上所说的话是种族歧视的。还有，你的感恩节玩笑也绝对是种族歧视的。"

"噢，我的天哪，你还在为那件事生气？"海丽说，"这都过去多久了！"

"别表现得若无其事，"我说，"你还没有道歉呢。"

"我不会道歉的，因为那只是个玩笑而已！"她喊道，"没法说明我是种族主义者。欲加之罪，何患无辞！接下来呢？你是不是还想让我为我的祖先是奴隶主或者其他什么荒唐的事情而道歉？"

"混蛋——"我深深地吸了一口气。周围有太多人在围观了，我不能冲着她变成"暴躁的黑人姑娘"，"你的玩笑很伤人，"我竭力平静地说，"如果你有哪怕一丁点儿在乎玛雅，你就会道歉，或者至少会试着去理解这句话为什么会伤害她。"

"她自己对高中一年级的玩笑耿耿于怀，又不是我的错！你对卡里尔身上发生的事情难以放下，也不是我的错！"

"所以我就应该对他被杀害的事情'释怀'吗？"

"对，赶紧释怀吧！反正他早晚都会死于非命。"

"你不是认真的吧？"玛雅说。

"他是个毒贩子，还在黑帮里混，"海丽说，"最终肯定会有人杀了他的。"

"释怀？"我重复道。

她交叉双臂，歪着脖子，"对啊，怎么了？我不是这么说的吗？我看，那个警察说不定还帮了大家一个忙，这世上少一个毒贩子——"

我推开玛雅，一拳打在海丽脸上。很痛，但感觉很爽。

海丽捂住脸颊，瞪着眼睛张着嘴，呆呆地愣了好几秒钟。

"贱人！"她尖叫着，径直冲过来，像姑娘们平时打架一样抓住我的头发。不过，我的马尾辫不是假发，她拽不掉的。

我用拳头打海丽，她在我的头上又扇又挠。我把她推开，她一下跌坐在地。她的裙子飘了起来，粉红色的内裤露在众人面前。我们周围爆发出一阵笑声，有人掏出了手机。

我不再是威廉姆森版的思姐尔或花园高地版的思姐尔。我是愤怒的思妲尔。

我对海丽拳脚相加，嘴里不停地咒骂着。人们聚集在我们周围，欢呼着"打啊！打啊！"还有一个傻瓜高喊"拳王思妲尔！"

见鬼，这下我肯定出名了。

有人抓住我的胳膊，我转过身去，面前站着海丽的哥哥雷米。

"你这个发疯的贱——"

他还没说完"贱人"这个词，一抹甩着脏辫的身影就朝我们冲了过来，用力推了雷米一把。

"别碰我妹妹！"赛文说。

然后，他俩就开打了。赛文毫不留情，用几记漂亮的勾拳和直拳打得雷米屁滚尿流。以前，爸爸经常在放学后带我们俩去拳击馆锻炼。

两名保安匆匆赶到，校长戴维斯博士朝我们大步走来。

一小时后，我坐在了妈妈的车里。赛文开着自己那辆野马跟在后面。

尽管威廉姆森对打架斗殴采取零容忍政策，但我们四个都只是被停学三天。海丽和雷米的爸爸是威廉姆森董事会的成员，他认为这件事情非常可恶，令人十分震惊。他说我和赛文应该被开除，因为是我们"先挑衅的"，而且赛文也不许领毕业证。戴维斯博士告诉他，"考虑到眼下的情况——"说着，他直直地看向我，"停学就足够了。"

原来，他知道我当时跟卡里尔在一起。

"这正是他们认为你们会做的事情，"妈妈说，"两个来自花园高地的孩子表现成这样，没有任何好处！"

"他们"应该是大写的"他们"。在这个世界上，有"他们"，也有"我们"。有时候，"他们"看起来跟"我们"并没什么两样，但他们却意识不到"他们"其实就是"我们"。

"但是她胡说八道，说卡里尔该——"

"我不在乎她说了什么，就算她说是她自己朝卡里尔开枪的也无所谓。思姐尔，嘴长在别人身上，人们想怎么说就怎么说，什么样的话都会有。但这不代表你就要打人。有时候，你要左耳进，右耳出，别放在心上，置身事外就好。"

"你是说置身事外，然后像卡里尔那样被人开枪打死吗？"

她叹了一口气，"宝贝，我能理解——"

"不，你不理解！"我说，"没人能理解！是我亲眼看到子弹撕裂他的身体。是我坐在街边陪他咽下最后一口气。是我必须听着人们把他的遇害说得无足轻重，仿佛他该死似的。但是他不该死，我也没有做错任何事，为什么要我经历这一切！"

医学网站上说这是悲伤的一个阶段——愤怒。但是我怀疑自己可能永远无法到达其他阶段了，仅仅这一个阶段就已经把我碾成了千万碎片。每当我变得完整，开始恢复正常时，总会有新的事情发生，将我再次撕裂，迫使我从头再来。

雨停了。魔鬼不再打他的妻子了，可我却在打仪表板，一次又一次出拳，麻木得感受不到冲击的疼痛。我想就这样麻木下去，对一切疼痛都无知无觉。

"发泄出来，贪吃侠，"妈妈抚摸着我的后背，"全都发泄出来吧。"

我拉起马球衫的衣领捂住嘴，用力尖叫，直到嗓音沙哑。就算还能发出声音，我也没有力气了。我放声大哭，为卡里尔，为娜塔莎，甚至为海丽，因为我刚刚也永远地失去了她。

当我们拐上自家住的街道时，我的脸上全是泪水和鼻涕。终于麻木了。

一辆灰色的皮卡和一辆绿色的克莱斯勒300[1]停在爸爸的车后面，占据了整条车道。妈妈和赛文只好把车停到房子前面。

---

[1] 克莱斯勒300（Chrysler 300）：指意大利菲亚特克莱斯勒汽车公司生产的一种轿车。

"麦弗里克这是要干吗？"妈妈说，她看向我，"你觉得好点儿了吗？"

我点了点头。不然，我还能有什么选择？

她倾身过来，在我的太阳穴上亲了一下，"咱们会一起渡过难关的，我保证。"

我们下了车。我百分之百确定，车道上的那两辆车分别属于勋爵枭王和花园信徒。在花园高地，不能随便开灰色或绿色的车，否则就相当于宣布自己加入了其中一个帮派。我以为进屋时会听到大吼大叫的咒骂声，但结果只听到爸爸说："这没有意义，伙计。真的，毫无意义。"

厨房里只剩下站着的位置了，我们甚至都进不去，因为有几个家伙守在门口。一半人的服饰上有绿色，是花园信徒。另一半人的服饰上有浅灰色，是雪松勋爵枭王。餐桌旁，鲁宾先生的侄子蒂姆坐在爸爸身后。以前我从来没有发现他的胳膊上文着"花园信徒"的潦草字体。

"我们不知道大陪审团到底什么时候会做出判决，"爸爸说，"但要是他们决定不起诉，你们得告诉兄弟们，别把这片社区烧毁了。"

"那你想让他们做什么？"坐在桌边的一位花园信徒说，"大家已经厌倦这些狗屁了，麦弗。"

"说真的，"勋爵枭王的古恩说，他也坐在桌边。他的发辫上缠绕着我小时候用过的那种皮筋，"我们无能为力。"

"瞎说，"蒂姆说，"我们能有所作为。"

"首先，我们可以达成一致，终止暴乱，对吗？"爸爸说。

大家纷纷点头称是。

"然后，我们要确保以后不再发生这种暴乱。跟这些孩子谈一谈，改变他们的想法。没错，他们很生气，我们都很生气，但是烧毁我们的社区根本于事无补。"

"我们？"那名坐在桌边的花园信徒说，"老兄，你说过你要搬家了。"

"搬到郊区去，"古恩嘲讽道，"你也打算买辆小面包车慢慢悠悠地上路吗，麦弗？"

他们都笑了起来。

但是爸爸没笑，"我要搬家了，那又怎么样？我在这里还有一家商店，我依然关心这里发生的事情。如果整片社区都被烧毁了，谁会从中获益？反正不是我们。"

"以后，我们要更加有组织、有纪律，"蒂姆说，"比如，让咱们的兄弟姐妹知道，他们不能破坏黑人的店铺，否则对大家都没有好处。"

"说实话，"爸爸说，"我知道，我和蒂姆已经退出帮派了，有些事情我们无权指手画脚。可我认为，还是应该先把地盘之争放在一边，眼下的情况比街头的小打小闹更重要。而且，这些明争暗斗还会让警察觉得他们可以为所欲为。"

"对，这一点我同意。"古恩说。

"你们大家必须想办法联合起来，"爸爸说，"为了花园高地。他们最不希望看到的就是咱们团结一致。好吗？"

爸爸分别跟古恩和那名花园信徒击掌，然后古恩和那名花园信徒又互相击掌。

"哇。"赛文说。

两个帮派在同一间屋里结成联盟，这本身就是了不起的大事，再加上背后的促成者是我爸爸，简直太疯狂了。

他这才注意到我们站在门口，"你们怎么在这儿？"

妈妈走进厨房，环顾四周，"孩子们被停学了。"

"停学？"爸爸说，"为什么？"

赛文把自己手机递给他。

"不会吧，已经被传到网上去了？"我说。

"是啊，有人在视频标签里写了我的名字。"

爸爸点击屏幕，我听到海丽在说卡里尔的坏话，然后是一记响亮的耳光。

有几个帮派成员越过爸爸的肩头围观，其中一个说："哎哟，小姑娘，身手不错啊。"

"你这个发疯的贱——"雷米在手机上说，紧接着是一顿拳打脚踢和高声哀号。

"快看我儿子！"爸爸说，"快看他！"

"没想到这个小书呆子还挺有你当年的风采。"一个勋爵枭王开玩笑说。

妈妈清了清嗓子，爸爸赶紧停止了播放。

"好了，各位，"他说，突然之间变得很严肃，"我要处理一些家庭事务，咱们明天再见。"

蒂姆和所有帮派成员鱼贯而出，屋外传来汽车引擎发动的声音。依然没有枪响，也没有争执。就算他们忽然手拉着手开始唱黑帮版的福音歌曲，我都不会惊讶了。

"把他们都叫到这里来，还能保证房子完好无损，你是怎么做到的？"妈妈问。

"我自有办法。"

妈妈在他的嘴唇上亲了一下，"当然。我的男人最棒了。"

"嗯哼，"他回吻她，"你的男人。"

赛文清了清嗓子，"我们还站在这儿呢。"

"喂，你可不能抱怨，"爸爸说，"要是你没有打架，自然就不用看到这些了。"她伸手捏了一下我的脸颊，"你还好吗？"

眼睛里的湿气还没有完全消失，我面无表情地嘟囔着，"嗯。"

爸爸把我拉到他的大腿上，用胳膊搂住我，交替着亲吻和轻捏我的脸颊，用非常低沉的声音一遍又一遍地说："你怎么啦？嗯？你怎么啦？"

我忍不住咯咯地笑了起来。

爸爸在我的脸上响亮地亲了一口，然后让我站起身来，"我就知道能让你笑出来。说说吧，究竟发生什么事了？"

"你看过视频了。海丽胡说八道，所以我打了她，就这么简单。"

"真不愧是你的孩子，麦弗里克，"妈妈说，"因为不喜欢别人说的话就要出手打人。"

"我？不对吧，亲爱的。这完全是你的作风嘛。"他看向赛文，"你又为什么打架？"

"那家伙要对我妹妹动手，"赛文说，"我可不会让他得逞。"

虽然赛文成天惦记着要保护肯尼娅和丽瑞克，但其实他也在替我遮风挡雨，这感觉真好。

爸爸又放了一遍视频，海丽在开头说："反正他早晚都会死于非命。"

"天哪，"妈妈说，"这个臭丫头真敢说。"

"她就是个被家里宠坏的孩子，什么都不知道，满嘴胡言乱语。"爸爸说。

"所以我们的惩罚是什么？"赛文问。

"去做作业。"妈妈说。

"就这样？"

"你们还得在停学期间去店里给爸爸帮忙。"她从后面抱住爸爸，"怎么样，亲爱的？"

他亲了亲她的胳膊，"我觉得不错。"

将爸爸妈妈的话翻译一下，其实是这样的：

妈妈：你们的所作所为是不对的，但如果换作是我，很可能也会这么做。你呢，亲爱的？

爸爸：太对了，我也是。

我爱他们。

第四部分

☆ 十周以后

第二十一章

大陪审团那边还是没有消息，所以我们依然这样生活着。

今天是周六，我们全家趁着阵亡将士纪念日[1]到卡洛斯舅舅家烧烤，顺便为赛文举办一场派对，庆祝他的生日和顺利毕业。明天他就十八岁了，而昨天他正式成了一名高中毕业生。当戴维斯博士把高中毕业证书颁给赛文时，爸爸破天荒地流下了眼泪，以前我从未见他那样哭过。

后院里充满了烤肉的香味。天气很热，赛文的朋友们都在泳池里玩水。塞卡尼和丹尼尔穿着运动短裤来回奔跑，趁着人们不留神的时候，把他们推进游泳池。杰丝中招了。她哈哈大笑，威胁说一会儿要逮住这两个小子。他们还在我和肯尼娅身上试了一下，结果却被踹得屁股开花，再也不敢对我们俩下手了。

但是，德文特悄悄绕到我们身后，把我推下泳池。当我落水时，肯

---

[1] 阵亡将士纪念日（Memorial Day）：美国的法定假日，用以纪念那些在国家武装部队中牺牲的军人。

尼娅惊叫了一声。我刚编好的辫子湿透了，乔丹球鞋也未能幸免。虽然我只是穿着滑板短裤和吊带背心，但这身衣服是新的，而且很好看。我之所以穿上它们，是为了让人观赏的，不是为了下水游泳的。

我钻出水面，大口大口地呼吸着空气。

"思姐尔，你还好吗？"肯尼娅喊道，她已经跑到了距离泳池五英尺的地方。

"你不打算帮忙拉我上去吗？"我说。

"才不要呢，那肯定会弄湿我的衣服。我看你自己能行。"

塞卡尼和丹尼尔在一旁为德文特鼓掌欢呼，仿佛他是仅次于蜘蛛侠的超级英雄。哼，这两个臭小子。我迅速爬出泳池。

"啊哦。"德文特说，他们三个赶紧分头朝不同的方向逃跑。肯尼娅去抓德文特，我则追赶塞卡尼，因为血本该浓于那点泳池之水啊。

"妈妈！"他尖叫道。

我抓住了他的短裤，将裤腰使劲儿往上提，几乎拽到脖子的位置。他发出一声凄厉的惨叫。我突然松手，他摔倒在草地上，背后的裤腰依然很高，从正面看，他就像是穿了一条三角裤似的。活该，这是他应得的惩罚。

肯尼娅把德文特带到我面前，将他的双臂反剪在背后，好像他被逮捕了一样。"快道歉。"她说。

"不！"肯尼娅用力拉扯他的胳膊，"好，好，我错了！"

她松开手，"这还差不多。"

德文特抚摸着自己的胳膊，脸上露出得意的笑容，"暴力女。"

"浑小子。"她也不甘示弱。

他对她吐舌头，说："得了吧，白痴！"

不管你信不信，对于他俩来说，这就是打情骂俏了。我几乎忘记了德文特正在躲避她的爸爸，他们也表现得仿佛早已将这件事抛诸脑后。

德文特给我拿了一条毛巾，我伸手夺过来，擦干脸上的水，跟肯尼娅一起朝泳池边的那排躺椅走去。德文特和肯尼娅坐在了同一张躺椅上。

艾娃拿着洋娃娃和梳子蹦蹦跳跳地走了过来，我自然而然地以为她会把手里的东西塞给我，没想到她却递给了德文特。

"给！"说完，她又蹦蹦跳跳地离开了。

更神奇的是，德文特居然开始动手给洋娃娃梳头发！我和肯尼娅一脸震惊地盯着他。

"怎么了？"他说。

我们俩爆发出一阵大笑。

"艾娃把你训练得不错啊！"我说。

"拜托，"他呻吟道，"她很可爱，好吗？我没法拒绝她。"他给洋娃娃编辫子，瘦长的手指动得飞快，令人眼花缭乱，"我妹妹也经常对我这样。"

当他提到她们的时候，声音总会变得非常低落。"你收到过她们或者你妈妈的消息吗？"我问。

"嗯，大约一周前吧。她们住在我表哥家里，那个地方很偏僻。妈妈一直非常担心，因为不知道我是否平安无事。她为发脾气和抛下我的事情道歉，还说想让我搬去跟她们住在一起。"

肯尼娅皱起眉头，"你要去吗？"

"我不知道。卡洛斯先生和帕姆夫人说我可以跟他们一起住到高中毕业，我妈妈说她没有意见，只要我能远离麻烦就行。"他端详着自己的手艺，洋娃娃有了一头漂亮的法式辫子，"我得考虑一下。其实，我还挺喜欢这里的。"

音响里传来了"胡椒盐姐妹[1]"的《加把劲儿》。爸爸不该放它，

---

[1] 胡椒盐姐妹（Salt-N-Pepa）：一个美国嘻哈音乐组合，由谢丽尔·詹姆斯（Cheryl James，1966— ）、桑德拉·丹顿（Sandra Denton，1966— ）和戴德拉·罗珀（Deidra Roper，1971— ）组成。

这首歌仅次于那首老歌《撅起屁股》[1]。每当它响起的时候，妈妈都会彻底失去理智。真的，你只要说一句"现金唱片录制，风靡 1999 年及 2000 年"[2]，她会立刻变得疯狂起来。

她和帕姆舅妈一起跟着"胡椒盐姐妹"高喊"嘿！"并且跳起了从前的舞步。我喜欢九十年代的电视剧和电影，但是我不想看到妈妈和舅妈重新演绎那十年的舞蹈。赛文和他的朋友们围过来，为她们欢呼起哄。

赛文的声音最响亮，"跳起来，妈妈！跳起来，帕姆舅妈！"

爸爸跳到圈子中央，站在妈妈身后，把两只手放在后脑勺上，晃动着屁股。

赛文把爸爸从妈妈身边推开，说："不要！你别来掺和！"爸爸绕过他，跳着舞回到了妈妈身后。

"哎哟，"肯尼娅笑了起来，"这太夸张啦。"

德文特面带微笑地看着他们，"思妲尔，你说得对。你的舅舅和舅妈都不错，外婆也挺酷的。"

"谁？你说的肯定不是我的外婆。"

"没错，就是她。她发现我会打牌。有一天，她辅导完我的功课之后，就跟我打了一局扑克牌。她说这是课外加分项。从那以后，我们俩关系就很好啦。"

我就知道外婆肯定干不出什么正经事。

克里斯和玛雅走进院门，我变得紧张不安。按理说，我早该习惯花园高地和威廉姆森这两个世界的碰撞了，可我还是不知道在这种情况下，自己应该做哪一个思妲尔。我可以讲俚语，但是不能讲得太多，我可以

---

[1]《撅起屁股》（*Back That Thang Up*）：美国黑人嘻哈音乐家泰瑞乌斯·格雷（Terius Gray，1977— ，艺名 Juvenile，即"少年"）的歌曲。

[2] 出自《撅起屁股》的前奏部分。

有些看法，但是看法也不能太多，免得变成"没有礼貌的黑人姑娘"。我必须注意自己的说话内容和说话方式，却又不能太像白人。

见鬼，这样子真累。

克里斯和他的"新哥们儿"德文特击掌打招呼，然后亲了一下我的脸颊。我和玛雅做了一套我们之间的握手动作，德文特朝她点头示意。几周前，他们俩曾经见过一面。

玛雅跟我一起坐在泳池旁的躺椅上，克里斯把自己的大屁股挤到中间，将我们俩都往旁边推了一点。

玛雅恶狠狠地瞪着他，"克里斯，你来真的？"

"嘿，这是我的女朋友，我得坐在她身边。"

"不对吧？好闺蜜永远比臭男人更重要。"

我和肯尼娅窃笑起来，德文特说："见鬼。"

我内心的紧张不安稍微消退了一点。

"这么说，你是克里斯？"肯尼娅问。她在我的社交网页上见过克里斯的照片。

"对，你是肯尼娅？"他也在我的社交网页上见过肯尼娅的照片。

"没错。"肯尼娅看向我，用口型说，他不错嘛！那还用说，我早就知道了。

肯尼娅和玛雅看着彼此。她们俩的上一次交集发生在将近一年以前，那天是我美好的十六岁生日。不过，也许那称不上是交集。当时，海丽和玛雅坐在一张桌子边，肯尼娅和卡里尔跟赛文坐在另一张桌子边。她们没有说过话。

"玛雅，对吗？"肯尼娅说。

玛雅点头，"没错。"

肯尼娅努了努嘴，"你的鞋子很好看。"

"谢谢，"说着，玛雅自己低头瞧了一眼。那是耐克的气垫跑鞋 95 系列，"这是一双跑鞋，但是我从来不穿着它们跑步。"

"我也是，"肯尼娅说，"实际上，在我认识的人里面，只有我哥才会穿着它们跑步。"

玛雅笑了。

好，目前为止一切顺利，没什么可担心的。

直到肯尼娅开口问："那个金发丫头呢？"

克里斯扑哧一声笑了出来，玛雅睁大了眼睛。

"肯尼娅，那不是她的名字。"我说。

"但你知道我说的是谁，不是吗？"

"是啊！"玛雅说，"她很可能正躲在某个地方舔伤口呢，毕竟被思妲尔揍了一顿。"

"什么？"肯尼娅喊道，"思妲尔，你怎么没告诉我！"

"那差不多是两周前的事情了，"我说，"没什么好说的，我只是打了她。"

"只是打了她？"玛雅说，"你可把她打惨了。"

克里斯和德文特哈哈大笑。

"等等，等等，"肯尼娅说，"到底发生了什么？"

于是，我给她简单地讲了一遍，没有过多地考虑措辞和表达，只是平淡地叙述而已。倒是玛雅，在一旁添油加醋，把事态描绘得比实际还严重，肯尼娅听得津津有味。我们告诉她赛文是如何打倒雷米的，肯尼娅满脸放光，说："我哥哥可不是闹着玩的。"就好像他只是她一个人的哥哥，不过无所谓了。玛雅甚至还把感恩节吃猫的事情告诉了她。

"我跟思妲尔说，我们少数派应该团结起来。"玛雅说。

"太对了，"肯尼娅说，"白人永远都在抱团。"

"呃……"克里斯脸红了，"我觉得有点尴尬。"

"嘘，你会习惯的。"我说。

玛雅和肯尼娅捧腹大笑。

我的两个世界刚刚产生了碰撞，但令人惊讶的是，一切都依然安好。

音响里的歌曲已经变成了《摇摆》[1]。妈妈跑过来，拉我起身，"快来，贪吃侠。"

我恨不得让双脚在草地上牢牢扎根，"妈妈，不要！"

"来嘛，宝贝。还有你们几个，一起来！"她朝我的朋友们喊道。

大家在临时变成舞池的草地上排好队，妈妈把我拽到前面。"教教他们怎么跳，宝贝，"她说，"给他们瞧瞧！"

我故意站着不动。管她是不是独裁者，她不能逼我跳舞。肯尼娅和玛雅跟着她起哄，怂恿我赶紧跳起来。没想到她们居然会联合起来对付我。

见鬼，我还没意识到，自己的身体就已经开始摇摆了。而且我还不知不觉地嘟起了嘴，连表情都做到位了，根本无法抵挡音乐的诱惑。

我把舞步动作告诉克里斯，他跟着我说的跳了起来。他的尝试让我觉得很高兴。外婆也晃动着肩膀加入进来，跳的却不是摇摆舞，不过我怀疑她根本就不在乎。

《丘比特洗牌》[2]响起，我的家人在前排带领大家跳舞。有时候我们会分不清左右，笑得前仰后合。撇开尴尬的舞步和乱套的动作不谈，我的家人还是挺棒的。

跳完摇摆舞和洗牌舞后，肚子饿得咕咕直叫，于是我便离开人群去找吃的。大家正在跳"摩托洗牌"，这是一种全新的洗牌舞，来参加我们派对的大部分客人都跳得乱七八糟。

厨房的料理台上放满了铝制托盘。我拿起一个盘子，堆上排骨、鸡翅和煮玉米，还挖了一大勺烘豆。我不吃土豆沙拉，里面有那么多蛋黄酱，简直就是魔鬼用来折磨人的食物。虽然妈妈做了不少，但我是坚决不会

[1]《摇摆》（*Wobble*）：美国黑人说唱歌手维克托·格里米·奥乌苏（Victor Grimmy Owusu, 1987— ）的歌曲。
[2]《丘比特洗牌》（*Cupid Shuffle*）：美国黑人歌手布莱森·伯纳德（Bryson Bernard，1982— ，艺名 Cupid，即"丘比特"）的歌曲。

碰的。

我不想到屋外去，免得飞虫来跟我抢吃的。我坐在餐厅的饭桌旁，准备大快朵颐。

可是，电话响了。

所有人都在外面，只有我能接电话。我把一个鸡翅塞进嘴里，"喂？"我在对方的耳边嘎吱嘎吱地咬着鸡肉。没礼貌吗？的确。我很饿吗？当然。

"喂，您好，我是大门口的保安。伊艾莎·罗宾逊要求拜访您的住宅。"

我立刻停止了咀嚼。伊艾莎没有参加赛文的毕业典礼，尽管她收到了邀请，那么她为什么要到一个没有邀请她的派对上来露面呢？她是怎么知道的？赛文没有告诉她，肯尼娅也发过誓不会告诉她，出门前还对自己的爸爸妈妈撒谎，只说今天是跟几个朋友出来玩。

我拿着电话到屋外去找爸爸。见鬼，我实在是不知道该怎么办了。我出来的时机恰到好处，正赶上他正在尝试着跳流行的嘻哈舞，可惜却失败了。我冲他喊了两遍，他才停止那歪七扭八的动作，朝我走来。

他咧着嘴笑了，"你以前不知道老爸有这么厉害吧？"

"我现在也还是不知道。给，"我递给他电话，"是社区保安。伊艾莎在大门口。"

他的笑容立马消失了，他塞住一个耳朵，把电话听筒放到另一个耳朵旁边，"喂？"

保安说了几句话，爸爸招手示意赛文到露台上来，"请等一下。"他捂住话筒，"你妈妈在大门口，她要见你。"

赛文的眉毛拧在了一起，"他怎么知道咱们在这儿的？"

"你外婆跟她在一起。你是不是邀请外婆了？"

"对，但是没邀请伊艾莎。"

"听着，孩子，如果你想让她来坐坐，那没问题，"爸爸说，"我可以让德文特先到屋里躲一下，免得被她瞧见。你打算怎么办？"

"老爸，你能不能告诉她——"

"不，孩子。那是你妈妈，你自己处理。"

赛文咬着嘴唇，沉默了片刻，最后叹了一口气，"好吧。"

伊艾莎把车停在房子前面。我跟着赛文、肯尼娅和爸爸妈妈来到车道上。赛文总是在我身后支持我，我觉得他也需要我的支持。

赛文让肯尼娅跟我们待在一起，然后便径直朝伊艾莎的粉色宝马车走去。

丽瑞克跳下车，"哥哥！"她跑向他，带有球形装饰的皮筋在她的头发上晃动。我不喜欢往脑袋上戴这些东西，万一其中一个玻璃球打在脸上，可就麻烦了。丽瑞克扑进赛文的怀里，他抱着她转圈。

说实话，看到赛文跟其他妹妹在一起的时候，我总是有点嫉妒。这毫无意义，我知道。但是他们有同一个妈妈，这使得兄妹之间的关系非比寻常，仿佛有一条更加坚固的纽带在维系着彼此。

但是，我绝对不会用妈妈来换伊艾莎的。没门。

赛文背着丽瑞克，单手拥抱了他的外婆。

伊艾莎下了车。波波头[1] 替代了先前垂到屁股上的印度假发。她甚至都没有把开车时拱到大腿上的短裙拽下去。或许，那不是拱上去的，而是本来就这样。

没门。绝对不会用妈妈来换任何人。

"你要举办派对，却不邀请我，是吗，赛文？"伊艾莎问，"而且还是生日派对？老娘才是那个生你的人！"

赛文环顾四周，至少有一个卡洛斯舅舅的邻居正在张望，"别在这儿闹。"

"呸，这儿怎么了？我必须得从我妈妈那儿得到消息，因为我自己的儿子不耐烦邀请我。"她对肯尼娅怒目而视，"还有这个臭丫头，居

---

[1] 波波头（bob haircut）：一种女式短发，通常是剪到与下巴齐平的位置。

然对我撒谎！看我不打烂你的屁股！"

肯尼娅畏缩着，仿佛伊艾莎已经打了她，"妈妈——"

"别怪肯尼娅，"赛文说着，放下了丽瑞克，"是我让她不要告诉你的，伊艾莎。"

"伊艾莎？"她重复道，冲着他的脸大吼，"你以为自己在跟谁说话？"

接下来发生的事情就像是把一瓶汽水晃得太厉害了。表面上看不出什么，可是一旦打开，就会爆炸。

"这就是为什么我没有邀请你！"赛文喊道，"就是现在！此刻！你根本就不知道该如何说话做事！"

"噢，所以我让你丢人了吗，赛文？"

"说得太对了！我以你为耻！"

"好了！"爸爸说着，站到他们之间，把一只手放在赛文胸口，"赛文，冷静下来。"

"不，老爸！让我告诉她，我之所以没有邀请她，是因为我不想跟我的朋友们解释，说我的继母并不像他们想的那样是我的妈妈，我也从来没有在威廉姆森纠正过任何有这种想法的人。见鬼，反正她从来都不关心我的事情，所以我何必费那个力气？昨天你甚至都没有来参加我的毕业典礼！"

"赛文，"肯尼娅恳求道，"别说了。"

"不，肯尼娅！"他说着，双眼直直地盯着他们俩共同的妈妈，"我要告诉她，我觉得她丝毫不在乎我的生日，你猜怎么着？她从来都没在乎过！'你没邀请我，你没邀请我。'"他模仿道，"呸，说得对，我没邀请你，我他妈的为什么要邀请你？"

伊艾莎眨了几次眼睛，开口时的声音就像破碎的玻璃一样，"我为你做了那么多，你就这样对我。"

"你为我做了那么多？做了什么？把我赶出家门吗？一有机会就去选择男人，抛弃我吗？还记得我试图阻止金打你的时候吗，伊艾莎？结果你对谁发火了？"

"赛文。"爸爸说。

"我！你对我发火了！说我害得他离开了。这就是你所说的'为我'做的事情吗？那个女人，"他朝我妈妈伸出胳膊，"做了你应该做的一切，甚至更多。你怎么敢站在这里，心安理得地把功劳揽到自己身上呢！我做错了什么？我只是爱你，"他的声音沙哑了，"仅此而已。可你连一丁点儿爱都给不了我。"

音乐声停止了，有几个脑袋越过后院栅栏向屋前张望。

蕾拉靠近赛文，挽起他的胳膊。他默不作声，听凭她把自己带进屋里。伊艾莎踩着高跟鞋转身，朝宝马车走去。

"伊艾莎，等等。"爸爸说。

"没什么好等的，"她用力打开车门，"这下你高兴了吧，麦弗里克？你和你娶的那个骗子终于让我的儿子跟我反目成仇了。你们就等着吧，那丫头在电视上告发了金，金一定会好好收拾你们的。"

我的胃里一阵抽搐。

"告诉他，要是他愿意，尽管来试试，咱们走着瞧！"爸爸说。

从流言蜚语中听说有人打算"收拾你"是一回事，但是从真正知情的人那里听说，又是截然不同的另一回事了。

但是我现在还来不及担心金的事情，我得去找我哥哥。

肯尼娅跟我一起动身，我们俩在楼梯底层发现了赛文。他哭得像个孩子一样，蕾拉枕着他的肩膀。

看到他这样哭……我也想哭。"赛文？"

他抬起红肿的眼睛，我从来没见过自己的哥哥这副模样。

妈妈进屋了。蕾拉从台阶上站起身来，妈妈走过去坐了下来。

"过来，宝贝。"她说，他们拥抱在一起。

爸爸碰了碰我和肯尼娅的肩膀，"你们出去吧。"

肯尼娅的五官皱在一起，仿佛快要哭出来了。我握住她的胳膊，将她带到厨房。她坐在料理台旁，把脸埋在手里。我爬上高脚凳，一言不发。有时候，没必要说话。

过了几分钟，她说："我为爸爸发怒的事情跟你道歉，对不起。"

这真是有史以来最尴尬的情况——我朋友的爸爸很可能想杀了我，"这不是你的错。"我喃喃地说。

"我理解哥哥为什么不邀请妈妈，但是……"她的声音变得十分嘶哑，"她的日子也不好过，思妲尔。因为爸爸。"肯尼娅抬起手臂擦了擦脸，"我希望她能离开他。"

"也许她是害怕，所以不敢离开他？"我说，"你看我，之前我害怕替卡里尔说话，结果你冲我发火了。"

"我没有发火。"

"明明就有。"

"相信我，没有。等我以后发火的时候，你就知道了。"

"好吧。总之，我明白这不太一样，可是……"天哪，我从没想过会说这种话，"我觉得我能理解伊艾莎。有时候，单凭自己，很难站出来。很有可能，她也需要别人推一把。"

"所以你想让我冲她发火吗？真不敢相信，你居然认为我那是在冲你发火。真是个敏感的臭丫头。"

我张大了嘴，"臭丫头？这回我就不跟你计较了，下次再这么说，我可饶不了你。不，我不是说你需要冲她发火，那太傻了。只是……"我叹了一口气，"唉，我不知道该怎么办。"

"我也是。"

我们沉默了。

肯尼娅又擦了擦脸，"我没事，"她站起身来，"我没事。"

"你确定？"

"确定！别再问啦。来吧，咱们到后院去，让他们别再谈论我哥哥了。你也知道，他们肯定在议论纷纷。"

她径直朝门口走去，但是我说："我们的哥哥。"

肯尼娅转过身来，"什么？"

"我们的哥哥。他也是我的哥哥。"

我发誓，我说这句话的口气并不刻薄，甚至不带有任何情绪。然而，她没有回答。甚至都没有说一句"好吧"。我倒不是期待她会突然说："当然，他是咱们的哥哥。真抱歉，我总是表现得好像他不是你的哥哥一样。"但我还是希望她能有点儿反应。

肯尼娅一言不发地出去了。

赛文和伊艾莎在不知不觉间按下了派对的暂停键。音乐声消失了，赛文的朋友们站在后院里低声交谈。

克里斯和玛雅朝我走来。"赛文还好吗？"玛雅问。

"谁把音乐关了？"我问。克里斯耸了耸肩。

我从露台的桌子上拿起爸爸的音乐播放器，它连接着音响设备。我浏览播放列表，找到了一首肯德里克·拉马尔的歌，在卡里尔死后，赛文曾经给我放过这首歌。肯德里克唱着，一切都会好起来的。赛文说过，这句歌词是唱给我们两个听的。

我按下播放键，希望他能听到，也希望肯尼娅能听到。

歌曲放到一半，赛文和蕾拉出来了。他的眼睛依然红肿，但是已经没有泪水了。他冲我微微一笑，轻轻地点了点头。我也报以微笑。

妈妈领着爸爸来到外面。他们俩都戴着尖顶生日帽，爸爸手里拿着一个巨大的蛋糕，上面插满了点燃的蜡烛。

"祝你生日快乐！"他们唱道，妈妈伴随节奏摇晃着肩膀，"祝你生日快乐！生日快乐！"

赛文咧着嘴笑了。我调低了音乐声。

爸爸把蛋糕放在露台的桌子上，大家都靠过来，将赛文和蛋糕围在中间。我们家的肯尼娅、德文特和蕾拉——基本上，就是所有黑人——

唱起了史蒂夫·旺达[1] 的《生日快乐》。玛雅好像知道这首歌，但是赛文的许多朋友都一脸茫然，克里斯也是。有时候，这些文化差异真的很大。

外婆拖拖拉拉地唱了好久，而且还唱出了原曲没有的高音。妈妈告诉她："蜡烛都快烧完了，老妈！"

外婆总是这样，像在舞台上表演戏剧一样夸张。

赛文弯下腰，准备吹蜡烛，可是爸爸说："等等！孩子，你得等我说几句话再吹蜡烛。"

"哎哟，老爸！"

"他不能再指挥你了，赛文，"塞卡尼在一旁尖声说，"你现在已经是成年人啦！"

爸爸目光犀利地把塞卡尼上下打量了一番，"臭小子——"他转向赛文，"孩子，我为你骄傲。就像我告诉过你的，我从来没拿到过毕业证书，有许多年轻的兄弟们也没有拿到。在我们的家乡，还有很多人都活不到十八岁。有人活到了，却活得一塌糊涂。但你不是。你会成功的，毫无疑问。我从来都相信。

"我给孩子们起的名字都是有意义的。'塞卡尼'的意思是欢喜。"

我嗤之以鼻，塞卡尼斜了我一眼。

"我给你的妹妹起名叫'思妲尔'，因为对于我来说，她就是黑暗中的光明。赛文是七[2]，一个神圣的数字，一个完美的数字。我并非说你是完美的，没有人是完美的，但你是上帝给予我的完美礼物。我爱你，孩子。生日快乐，毕业快乐。"

爸爸深情地搂住赛文的脖子，赛文的笑容更加灿烂了，"我也爱你，老爸。"

---

[1] 史蒂夫·旺达（Stevie Wonder，1950— ）：美国黑人音乐家、唱作人、唱片制作人，精通多种乐器。

[2] 七：赛文（Seven）的名字，首字母小写就是英文数字七。二者发音完全相同。

　　这个蛋糕是卢克斯夫人做的红丝绒蛋糕，大家一直喋喋不休地夸赞它有多么多么好吃。卡洛斯舅舅狼吞虎咽地吃掉了至少三块。之后，众人又继续跳舞、玩闹，后院里充满了欢声笑语。总而言之，我们度过了美好的一天。

　　可是，好日子不会永远持续下去。

第五部分

☆ 十三周以后

第二十二章

在我们新的社区里，只要简单地告诉父母"我想去散散步"，就可以出门了。

我们刚跟奥芙拉女士通过电话，她说几个小时之内，大陪审团就会宣判了。她认为只有陪审员才知道判决结果，但是我却有一种不祥的预感，觉得自己其实已经知道了。这类案件的判决永远都是一样的。

我走在路上，双手抄在无袖帽衫的口袋里。有几个孩子骑着自行车和滑板车从旁边飞速而过，险些把我撞到。他们肯定不会担心大陪审团的判决，更不会像家里那些孩子们一样匆匆地赶回屋里等待最终的结果。

家。

上周末，我们开始搬进新房子。如今，五天过去了，这里还是不像一个家。也许因为满地都是尚未拆封的纸箱，抑或因为不熟悉名字的陌生街道。而且，这里太安静了。没有四十盎司和他那吱呀作响的手推车，也没有珀尔女士站在街对面高声打招呼。

我需要正常的世界。

我给克里斯发短信，大约十分钟后，他便开着他爸爸的奔驰车来接我了。

布莱恩特家的房子旁边有一间附属的独立小屋，专门给管家住。即便在他们居住的那条街道上，如此奢侈的构造也是独一无二的。布莱恩特先生有八辆车，大部分都是昂贵的古董车，他还有一个大车库，能把这些车全都停进去。

克里斯把车停在了两个空车位中的一个上。

"你爸妈出去了？"我问。

"对。到乡村俱乐部约会去啦。"

克里斯家的多数房间都显得太华丽，不像是生活的地方。到处都是雕塑、油画和水晶枝形吊灯，与其说是家，还不如说是一栋博物馆。克里斯的三楼套房看起来还正常一些，皮沙发前面有平板电视和电子游戏机，地板刷成了篮球场的模样，墙壁上挂着一个真正的篮筐，他可以在屋里打篮球。

他的加州国王尺寸大床 [1] 非常罕见，在遇到他之前，我从来不知道还有比国王尺寸更大的床。我脱掉脚上的伐木靴，从他的床头柜上抓起遥控器，躺在床上，打开了电视。

克里斯脱掉查克鞋，坐在书桌旁，桌子上放着一块电子鼓垫 [2]，一个键盘，还有连接笔记本电脑的唱片机。"听听这个。"说完，他开始播放一段打击乐。

我用胳膊肘撑起脑袋，随着节奏点头。这段曲子里有一种老派音乐的感觉，像是德瑞 [3] 和史努比 [4] 的风格，"不错。"

---

[1] 加州国王尺寸（California King-size）：宽约为183cm，长约为213cm。国王尺寸的宽约为193cm，长约为203cm。

[2] 电子鼓垫（drum pad）：一种供鼓手安静地练习或录音的设备。在电子鼓垫上击打不会发出声音，而是将声波录入电脑等电子设备，需要戴上耳机才能听到。

[3] 德瑞（Dre）：指美国黑人说唱歌手、唱片制作人德瑞博士（Dr. Dre, 1965— ），本名安德烈·罗梅勒·杨（Andre Romelle Young）。

[4] 史努比（Snoop）：指美国黑人说唱歌手、男演员史努比狗（Snoop Dogg, 1971— ），本名科多扎尔·凯尔文·布罗德斯（Codozar Calvin Broadus）。

"谢啦。不过我觉得应该去掉一些低音。"他转过身去,开始忙活着编曲。

我玩弄着被子上的一根线头,"你觉得他们会起诉那个警察吗?"

"你觉得呢?"

"不会。"

克里斯把椅子转过来。我侧身躺着,眼睛里盈满了泪水。他爬上床,躺在我身边,与我面对面。

克里斯抵住我的额头,"对不起。"

"你又没做什么。"

"但是我觉得我应该代表所有白人向你道歉。"

"你不用这样。"

"但是我想这样。"

身处于巨大的房子里,躺在加州国王尺寸的大床上,我终于开始正视一切。其实在内心深处,我早就明白了,但直到这一刻,残酷的现实才变得不容忽视。"咱们不应该在一起。"我说。

"为什么?"

"我家在花园高地的老房子都能整个儿地被装进你这间房子里。"

"所以呢?"

"我爸爸曾经是一个黑帮成员。"

"我爸还赌博呢。"

"我从小在救济房里长大。"

"我从小也在一片屋顶下长大。"

我叹了一口气,打算翻身背对着他。

他抓住我的肩膀,让我无法动弹,"别再想这些事情了,思妲尔。"

"你有没有发现人们是怎么看我们的?"

"什么人?"

"其他人,"我说,"他们总要花点功夫才能意识到,咱们俩是一对。"

"谁在乎这个？"

"我。"

"为什么？"

"因为你应该跟海丽在一起。"

他皱起眉头，向后缩了一下脖子，"我为什么要那样做？"

"当然不一定非得是海丽，就是……你也知道。金发。有钱。白人。"

"我更喜欢：美丽、优秀、思妲尔、"

他不明白，但是我不想再说了。我只想深深地陷入他的怀抱中，把陪审团的判决彻底抛在脑后。我亲吻他那一如既往完美的嘴唇，他也回吻我。很快，我们就开始爱抚、缠绵，仿佛世界上只剩下彼此。

但是，这还不够。我的手顺着他的胸膛向下游走，开始拽他的牛仔裤拉链。

他抓住我的手，"喂，你在做什么？"

"你觉得呢？"

他试图与我对视，"思妲尔，我很想，但是——"

"我知道你想，现在就是最好的机会。"我沿着他的脖子亲吻每一点小雀斑，"这里没有别人，只有咱们俩。"

"但是我们不能，"他的声音绷紧了，"现在不能。"

"为什么？"我把手伸进他的内裤里。

"因为你现在心情不好。"

我停住了。

他看着我，我看着他。我的视线模糊了。克里斯伸开双臂，将我抱紧。我把脸埋在他的衬衫上，闻到了一股肥皂和"老香料"的味道。他的心跳声比所有的打击乐都更加动听。这就是我的正常世界，实实在在。

克里斯将下巴放在我的头顶上，"思妲尔……"

我在他的怀里放声大哭。

手机在大腿上振动，吵醒了我。克里斯的房间里几乎一片漆黑，只有红色的天空透过窗户闪耀着一点亮光。他搂着我，睡得很香，仿佛他一直以来都是这样睡觉的。

手机又一次振动起来。我从克里斯的胳膊中钻出来，赤着脚下了床。我把手机从口袋里掏出来，屏幕上是赛文的照片。

我努力让自己的声音显得清醒一些，"喂？"

"你在哪儿？"赛文咆哮道。

"判决宣布了吗？"

"没有。回答我的问题。"

"克里斯家。"

赛文咬牙切齿，"我就知道。德文特在那儿吗？"

"不在，怎么了？"

"卡洛斯舅舅说他先前偷偷溜出去了，从那以后就没有人见过他。"

我的胃拧作一团，"什么？"

"没错，已经过去好久了。要是你不跟男朋友鬼混的话，早就知道这件事了。"

"你真的打算让我现在觉得内疚吗？"

他叹了一口气，"我知道你经历了很多事情，心里不好受。可是，思妲尔，你不能就这样突然消失。妈妈正在找你，她担心得快要发疯了。爸爸还得去保护商店，以免……唉，你也知道。"

我回到克里斯身边，摇晃着他的肩膀，"你来接我们，"我告诉赛文，"我们帮你找德文特。"

我给妈妈发了一条短信，让她知道我在哪儿、要去哪儿，还有我没事，叫她不要担心。我不敢给她打电话，怕她冲我发火。

赛文把车停在车道上时，手里正打着电话，脸上的表情就像是有人快要死了一样。

"肯尼娅，冷静下来，"他说，"到底怎么了？"赛文听着，样子显得越发惊恐。然后，他突然说，"我马上来。"接着把手机扔到后座上，"是德文特。"

"喂，等等，"我拉住车门，他正在发动引擎，"出什么事了？"

"我不知道。克里斯，你送思妲尔回家——"

"让你一个人去花园高地？"呸，说话不如行动。我直接爬进了副驾驶座。

"我也去。"克里斯说。我往前调了一下自己的座位，他爬进后座。

不知是幸运还是不幸，赛文没时间争辩。我们立刻启程了。

赛文将通往花园高地的四十五分钟车程缩减到三十分钟。一路上，我一直恳求上帝保佑德文特平安无事。

当我们下高速公路的时候，太阳已经完全消失了。我拼命抑制住想让赛文调头的冲动。这是克里斯第一次去我住的社区。

但是，我必须相信他。他希望能走进我的世界，而这是他所能接触到的最深处。

在雪松果园的救济房住宅区，墙壁上和院子里报废的破车上都布满了涂鸦。在诊所的黑耶稣画像下面，野草正透过人行道的裂缝向外生长。我们经过的每一条马路上都散落着垃圾，有两个毒贩正在街角大声争吵。到处都是早该送进废品厂的陈旧汽车，一栋栋房子又老又小。

不管克里斯在心里怎么想，他都没有说出口。

赛文把车停在伊艾莎的房子前面。墙皮正在脱落，窗户上没有百叶窗或窗帘布，而是挂着床单。院子里，伊艾莎的粉色宝马和金的灰色宝马摆成了字母"L"的形状。由于长年在这里停车，草地上的草早就没有了，看上去光秃秃的。一辆辆改造过轮圈的灰色汽车停在车道上和马路旁。

赛文关掉引擎，"肯尼娅说他们都在后院，我去应该没事，你们俩在这儿等着。"

通过那些车来判断，一个赛文要面对大约五十个勋爵枭王。我不在乎金是否在生我的气，我不能让哥哥一个人进去，"我跟你一起。"

"不行。"

"我说了，我跟你一起。"

"思妲尔，我没有时间——"

我交叉双臂，"你试试吧，看能不能让我留下来。"

他不能，他也不会。

赛文叹了一口气，"好吧，克里斯，你留下。"

"不！我才不要一个人待在这儿。"

我们都下了车。音乐从后院里传来，时不时地还伴随着几声叫喊和大笑。门前的电线杆上用鞋带挂着一双灰色的高帮运动鞋，知情人看一眼就能明白，这里有毒品出售。

赛文三步并作两步，一把打开前门，"肯尼娅！"

跟外面比起来，屋里就像是五星级酒店一样富丽堂皇。起居室里有一个硕大的水晶枝形吊灯，还有崭新的皮革家具。平板电视占据了整整一面墙，热带鱼在另一面墙边的大鱼缸里游来游去。处处都在诠释着何为"暴发户"。

"肯尼娅！"赛文又喊了一声，沿着走廊向里跑。

站在前门的位置，一眼就能看到后门。有许多勋爵枭王搂着女人在后院里跳舞。金抽着雪茄，舒舒服服地坐在正中央的高背椅里，那是他的宝座。伊艾莎端着一个杯子，坐在椅子的扶手上，随着音乐晃动肩膀。幸亏后门上装着黑色纱网，我能看到外面，但是他们却看不到里面。

肯尼娅从一间卧室探出头来，向走廊里张望，"在这里。"

德文特蜷缩着身体躺在一张国王尺寸大床的床脚下，一只眼睛周围满是瘀伤，从鼻子和嘴里流出来的鲜血染红了毛茸茸的白色地毯，旁边还放着一条毛巾，但是他没有碰。他呻吟着，紧紧地捂住身体一侧。

赛文看向克里斯，"帮我把他扶起来。"

克里斯脸色苍白，"也许我们应该报警——"

"克里斯，伙计，快点儿！"

克里斯慢慢地蹭过去，他们俩扶着德文特，让他靠在床脚上坐起来。他的鼻子肿了，上嘴唇有一道伤口。

克里斯把毛巾递给他，"老兄，究竟发生了什么事？"

"落到金的手里，还能有什么事？他们揍了我一顿。"

"我拦不住他们，"肯尼娅说，她的鼻音很重，听起来就像刚刚哭过一样，"对不起，德文特。"

"这不是你的错，肯尼娅，"德文特说，"你还好吗？"

她吸了吸鼻子，抬手擦掉鼻涕，"我没事。他只是推了我一下。"

赛文的眼里闪过怒火，"谁推了你？"

"她想阻止他们打我，"德文特说，"金生气了，就把她推出去——"

赛文朝门口走去。我抓住他的胳膊，让双脚牢牢地扎根在地毯上，想要拉住他，然而最终他却连我也一起拖走了。肯尼娅抓住了他的另一条胳膊。在这一刻，他是我们的哥哥，不只是我的，或者她的。

"赛文，别去。"我说。他试图挣脱，但是我和肯尼娅抓得很紧，坚决不肯松手，"出了这个门，你就死定了。"

他的下巴变得非常僵硬，肩膀也绷紧了。他眯起眼睛，望向门口。

"放。手。"他说。

"赛文，我没事，我保证。"肯尼娅说，"思妲尔说得对。咱们得趁现在赶紧把文特弄走，那群人打算天一黑就杀了他。"

"他对你动手了，"赛文咆哮道，"我说过我绝不会再让这种事情发生。"

"我们知道，"我说，"但是求求你，别出去。"

说实话，我很希望能有个人把金痛揍一顿，但那个人不能是赛文。绝对不行。我已经失去了那么多，不能连他也失去，否则我将再也无法过上正常的生活了。

他停住脚步，默默地抽出胳膊。我理解他的沮丧，就好像那是我自己的感受一样。

后门吱吱呀呀地开了，然后又"砰"的一声关上了。

糟糕。

我们僵在原地。脚步声在地板上"咚咚"作响，越来越近。伊艾莎出现在门口。

没有人说话。

她盯着我们，端起一个红色的塑料杯轻轻地啜饮。她的嘴唇微微嘟起，享受着开口前的甜蜜时光，仿佛在欣赏我们的恐惧。

她咀嚼着冰块，看向克里斯，说："你们带到我家来的这个白人小子是谁？"

伊艾莎得意扬扬地笑着，瞥了我一眼，"我敢打赌，他是你的，对不对？当你去上白人的学校时，就会发生这种事。"她靠在门框上，又一次将杯子举到唇边，腕上的金手镯叮当作响，"我真想瞧瞧，你把这小子带回家的那天，麦弗里克的脸上是什么表情。真见鬼，我很惊讶赛文居然找了个黑人女孩儿。"

听到自己的名字，赛文忽然醒悟过来，"你能帮我们吗？"

"帮你们？"她大笑着重复道，"帮什么？救德文特？我看起来像是会帮他的样子吗？"

"妈妈——"

"现在我又成妈妈了？"她说，"之前不是还叫我'伊艾莎'吗？是不是啊，赛文？听着，宝贝，你不懂是怎么回事，让妈妈来给你解释解释，好吗？德文特偷了金的钱，就应当被打屁股。你瞧，事实如此吧。做好心理准备，任何帮他的人就相当于在要求同样的待遇，"她看向我，"间接告密也是一样。"

她只要大喊一声，让金过来……

她的眼睛扫向后门，空气中的音乐和笑声变得越来越响亮，"我告诉你们，"她转向我们，"你们最好赶紧把德文特从我的卧室里弄走。在我的地毯上流血是怎么回事？而且还胆敢用我的毛巾？不对，干脆把他和那个告密的臭丫头都从我的房子里弄走得了。"

赛文说："什么？"

"你聋了吗？"她看着赛文，"我说，把他们从我的房子里弄走。还有，带上你的妹妹们一起。"

"带她们做什么？"赛文说。

"因为是我说的！把她们带到你外婆家或者别的什么地方，我不在乎。让她们赶紧从我面前消失，老娘还要回去继续开派对呢。"见我们没有人动弹，她说，"快走！"

"我去找丽瑞克。"肯尼娅说完，便离开了。

克里斯和赛文一人抓着德文特的一只手，搀扶他起身。在这个过程中，德文特一直皱着眉头，不停地咒骂。他刚一站定，就弯下腰，捂住身体的一侧，不过接着又慢慢地直起腰来，呼吸越来越平稳。他点了点头，"我没事，只是很痛。"

"快，"伊艾莎说，"见鬼，我在一边看着都觉得烦。"

赛文用愤怒的目光表达了没有说出口的话语。

德文特坚称自己能走，但是赛文和克里斯还是把肩膀借给他作支撑。肯尼娅已经背着丽瑞克等在前门了，我替大家打开门，望向后院。

糟糕。金正要从他的宝座上起身。

伊艾莎走出后门，趁他还未完全站起来，就到了他的面前。她扶住他的肩膀，让他坐回去，凑到他的耳边窃窃私语。他大笑起来，靠在椅子上。她转过身来，背对着他，开始跳舞。他拍了拍她的屁股，她朝我望过来。

我怀疑她根本看不到我，而且我觉得她想看的也不是我。他们已经上车了。

突然，我明白了。

"思姐尔，快来。"赛文喊道。

我跳下门阶，赛文把座位往前调，让我和克里斯爬进后座，跟他的妹妹们坐在一起。等我们都上来以后，他便立刻驱车离开了。

"我们得带你去医院，文特。"他说。

德文特用那条毛巾压着鼻子，看了看渗透在上面的血迹。"不必啦，我会没事的。"他说，仿佛这样快速地检查一番就等于医生的诊断一样，"伊艾莎肯帮忙，咱们太走运了。真的。"

赛文嗤之以鼻，"她不是在帮咱们。看到有人可能会流血致死，她更担心自己的地毯和派对。"

我的哥哥很聪明，可惜聪明反被聪明误。他被自己的妈妈伤害了太多次，所以当她真的做对了某些事情的时候，他却视而不见了。"赛文，她确实帮了我们。"我说，"你仔细想想，她为什么要让你把妹妹们也带走呢？"

"因为她不想被人打扰。她一向如此。"

"不。她知道，当金发现德文特逃跑之后，一定会大发雷霆，"我说，"如果肯尼娅不在，丽瑞克不在，你觉得他的怒气会撒在谁身上？"

他没有说话。

然后，"糟糕。"

汽车突然停了下来，我们集体前倾，紧接着又倒向一旁——赛文在调头。他猛踩油门，一栋栋模糊的房子从我们身边飞逝而过。

"赛文，不！"肯尼娅说，"我们不能回去！"

"我应该保护她！"

"不，不对！"我说，"她应该保护你，而这就是她正在做的事情。"

汽车慢慢减速，最后在距离伊艾莎家只有几栋房子的位置停了下来。

"如果他——"赛文艰难地吞咽了一口，"如果她——他会杀了她的。"

"他不会的，"肯尼娅说，"他们都在一起这么久了，就让她自己处理吧，赛文。"

广播里正在播放一首图派克的歌曲，填补了车里的沉默。他在歌词里提到我们应该开始做出改变。卡里尔说得对，派克总是能抓住要害。

"好吧。"赛文说着，又一次调头，"好吧。"

歌曲的音量越来越小，渐渐消失了。"这里是全国最热门的电台——热曲105，"主持人说，"有一条消息要告诉刚刚打开收音机的听众们。关于卡里尔·哈里斯死亡一案，大陪审团已经决定，对布莱恩·克鲁斯警官不予起诉。我们的哀思和祈祷与哈里斯家族同在。如果您在外面，请务必注意安全。"

第二十三章

在前往赛文外婆家的路上，车里一片沉默。

我说了实话，做了该做的一切，却还是不够。卡里尔的死亡是如此可怕，却依然不足以认定有人因此犯罪。

见鬼，那他的人生呢？他曾经是一个活生生的人，有血有肉，能走路、能说话。他曾经有家庭、有朋友、有梦想。然而这一切却丝毫都不重要。到头来，他只不过是个死有余辜的暴徒而已。

汽车喇叭在我们周围响起，司机们将判决结果传达给社区里的其他居民。一群跟我们年纪相仿的孩子们站在车顶上高喊："为卡里尔伸张正义！"

赛文驱车绕到一旁，停在了他外婆家的车道上。一开始，他只是静静地坐着。突然，他一拳打在方向盘上，"操！"

德文特摇了摇头，"这全是狗屎。"

"操！"赛文用嘶哑的声音咒骂着，他捂住眼睛，前后摇晃，"操，操，操！"

我也想哭，但是不能。

"我不明白，"克里斯说，"他杀了卡里尔，应该进监狱才对。"

"他们永远都不会进监狱的。"肯尼娅喃喃地说。

赛文迅速地抹了一把脸，"去他妈的。思姐尔，不管你想做什么，我都陪你。你想烧东西，咱们就烧东西。全听你的。"

"老兄，你疯了吧？"克里斯说。

赛文扭过头来，"你不懂，那就闭嘴。思姐尔，你想做什么？"

什么都行。一切都好、尖叫、哭泣、呕吐、打人、烧东西、扔东西。

他们给予我仇恨，现在我想干翻所有人，尽管我不知道该如何才能做到。

"我只想做点什么，"我说，"抗议、暴乱，我不在乎——"

"暴乱？"克里斯重复道。

"没错！"德文特跟我击拳，"我也是这么想的！"

"思姐尔，你好好考虑一下，"克里斯说，"那没法解决任何问题。"

"说话也没法解决任何问题！"我厉声说，"我说出了真相，做对了所有事情，却没有任何改变。我收到死亡威胁，警察骚扰我的家人，有人朝我住的房子开枪，等等。这一切到底为了什么？为了卡里尔永远都无法得到的正义吗？他们根本就不在乎我们，那好吧，我也不在乎了。"

"可是——"

"克里斯，我不需要你的同意，"我感到喉咙发紧，"但请你试着理解我的感受，好吗？"

他闭上嘴，又张开嘴，如此反复好几次。最终一言不发。

赛文下了车，把座位往前调，"来吧，丽瑞克。肯尼娅，你要待在这里，还是跟我们一起？"

"待在这里，"肯尼娅说，她的眼中还有残余的泪水，"万一妈妈来了，也好有个照应。"

赛文重重地点了点头，"说得对。她肯定需要帮忙。"

丽瑞克从肯尼娅的大腿上爬下来，跑向门前的小径。肯尼娅犹豫了一下，回头望向我。"我很难过，思姐尔，"她说，"这一切实在太不公平了。"

她跟着丽瑞克朝前门走去，他们的外婆打开门，让她们进屋了。

赛文回到驾驶座上，"克里斯，你想让我送你回家吗？"

"我要留下，"克里斯点了点头，仿佛在下定决心，"对，我要留下。"

"你确定吗？"德文特问，"这片社区肯定会变得一团糟。"

"确定，"他看着我，"我想让所有人都知道，那个判决是狗屁。"

他把手背平摊在座位上，我把自己的手放在他的掌心里。

赛文发动引擎，倒出车道，"到推特上看一下，现在哪里热闹。"

"我来，"德文特掏出手机，"大家都去了玉兰大道。那里刚刚发生了许多——"他皱起眉头，抓住身体一侧。

"你还好吗，文特？"克里斯问。

德文特直起腰来，"没事。我刚进帮派的时候，被人揍得比现在还惨。"

"他们究竟是怎么抓到你的？"我问。

"对啊，卡洛斯舅舅说你出门了，"赛文说，"这一趟走得挺远啊。"

"伙计，"德文特抱怨道，"我想去看看戴尔文，好吗？所以就搭公车到了墓地。我讨厌把他一个人留在花园高地。我只是不想让他太孤独，假如你们能明白的话。"

我努力不去想卡里尔。如今，罗莎莉女士和卡梅伦跟着塔米女士去了纽约，而我也要离开了。卡里尔将被独自一人留在花园高地。"我明白。"

德文特用毛巾捂着鼻子和嘴唇，出血量已经慢慢减少了，"我还没坐上回程的公交车，金的小弟就把我抓住了。我以为这回肯定死定了。真的。"

"我很高兴你还活着，"克里斯说，"让我有机会可以在《疯狂橄榄球》上打赢你。"

德文特得意扬扬地笑了，"那是绝对不可能的，白人小子。"

一辆辆汽车在玉兰大道上开来开去，仿佛现在是周六上午，扮酷装帅的小伙子们又开车上路炫耀了。音乐震天响，喇叭嘟嘟叫，有的人把身体探出车窗，有的人站在汽车的引擎盖上。两旁的人行道被堵得水泄不通，透过薄雾能看到远处有火苗正在吞噬着天空。

我让赛文把车停在"正义至上"的门口。每扇窗户都钉着木条，上面用喷漆写着"黑人所有"的字样。奥芙拉女士说过，如果大陪审团决定不起诉，他们会在整个城市领导抗议游行。

我们沿着人行道前进，只是走路而已，并没有具体要去的地方。没想到会如此拥挤，差不多半个社区的人都来到这里了。我戴上兜帽，低着头。无论大陪审团做出什么判决，我依然是"当时跟卡里尔在一起的思姐尔"，今晚我不想被人看到，只想跟大家一起喊出自己的声音。

有几个人看向克里斯，脸上的表情仿佛在说"那个白人小子在这里做什么"。他把双手抄进口袋里。

"看来我在这里很显眼啊。"他说。

"你确定要留下吗？"我问。

"这有点像你跟赛文在威廉姆森的情况，对吧？"

"非常像。"赛文说。

"那我能应付得来。"

人群太过密集。为了更清楚地看到周围发生的一切，我们爬到了一个公交车站的长凳上。围着灰色头巾的勋爵枭王和围着绿色头巾的花园信徒站在街道中央的一辆警车上，反复高喊着："为卡里尔伸张正义！"人们聚集在那辆车周围，用手机录像，朝窗户扔石头。

"去他妈的警察！"一个小伙子抓着棒球拍说，"没有任何理由就杀了他！"

他挥舞棒球拍，用力砸在驾驶座的车窗上，打碎了玻璃。

暴乱开始了。

勋爵枭王和花园信徒抬脚猛踹车前窗，有人高喊，"把这辆狗崽子的破车掀翻！"

黑帮成员跳了下来，人们在警车一侧排好队。我盯着车顶的灯光，想起当时它们是如何在我和卡里尔的身后闪烁，此刻，我亲眼看着它们在警车被掀翻时消失得无影无踪。

有人大叫，"当心了！"

一枚燃烧弹朝警车飞去。然后——轰！整辆车都着火了。

人群发出一阵欢呼声。

大家都说，痛苦喜爱有人做伴 [1]，我觉得愤怒也是一样。我并不是唯一一个愤怒的人，在我周围的每一个人都怒火中烧。他们不必在事发当时亲自坐在副驾驶座上。我的愤怒就是他们的愤怒，他们的愤怒就是我的愤怒。

一个车载音响正在播放着震耳欲聋的擦碟声，接着，冰块 [2] 说道："去他妈的警察，朝这里直接走过来，年轻的黑鬼知道有麻烦了，因为他的肤色太黑。"

不知道的人还以为这里正在举行演唱会，人们都跟着音乐一起说唱，跟着节奏一起跳动。德文特和赛文高声喊着歌词，克里斯轻轻点头，低声附和，每当冰块说"黑鬼"时，他都保持沉默。这是应该的。

当副歌响起时，众人集体呐喊"去他妈的警察"，那声音像惊雷一般在玉兰大道上回荡，也许能够直达天堂。

我也扯着嗓子嘶吼，内心却有一个声音在问："那当警察的卡洛斯舅舅呢？"不过，这跟他无关，跟正确履行职责的警察无关。这是在针对115，针对那些提出狗屁问题的警探，针对那些让爸爸趴在地上的警察。

---

[1] 痛苦喜爱有人做伴（misery loves company）：英文谚语，意思是痛苦的人希望其他人也痛苦，给他做伴一起痛苦。

[2] 冰块（Ice Cube）：本名奥谢·杰克逊（O'Shea Jackson，1969—），美国黑人说唱歌手、男演员，后来加入了嘻哈团体"黑人态度"。后面的引文部分出自"黑人态度"的歌曲《黑人态度》（N.W.A.）

去他妈的混蛋。

玻璃破碎的声音传来，我停止了说唱。

在一个街区之外，人们朝麦当劳和隔壁药店的窗户扔了石块和垃圾桶。

有一回，我哮喘病发作，情况非常严重，被送进了急诊室。直到凌晨三点，我和爸爸妈妈才离开医院，当时我们都饿坏了。我和妈妈在那家麦当劳买了汉堡吃起来，而爸爸则拿着处方到隔壁的药店里去给我买药。

药店的玻璃门彻底碎了。人们冲进去，最后抱回了满满一大堆东西。

"停下来！别这样！"我放声大喊，其他人也在说同样的话，但是抢掠者却对此充耳不闻，依然争前恐后地跑进药店。突然，一团橘黄色的火光从店里腾起，所有人都逃了出来。

"天啊。"克里斯说。

很快，这栋建筑就被熊熊烈焰包围了。

"太棒了！"德文特说，"烧啊！"

我想起了从怀亚特先生手里接过杂货店钥匙的那一天，爸爸脸上浮现的表情；想起了鲁宾先生和挂在饭店墙壁上的照片，那是他年复一年积累起来的宝贵回忆；想起了伊薇特女士每天早上打着哈欠走进自己的店铺；甚至还想起了屁股受伤的路易斯先生和他那一流的理发技术。

在下一个街区里，当铺的玻璃碎了。隔壁的美容用品店也未能幸免。

两家店铺都被火苗所吞噬，人们欢呼雀跃。一个新的战争口号响起：

屋顶着火了、着火了、着火了！我们不需要水，就让它烧毁吧！[1]

我的愤怒不亚于任何人，可这……这是不对的。我觉得不应该这样。

德文特跟他们一起高喊着新口号，我拽着他的胳膊往后拉了一下。

---

[1] 出自美国摇滚乐队"血性猎犬帮"（Bloodhound Gang）的歌曲《屋顶着火了》（*The Roof Is on Fire*）。

"干吗？"他说。

克里斯用胳膊肘碰了碰我，"伙计们……"

在几个街区之外，有一队防暴警察正沿着街道前进，后面紧跟着两辆灯光耀眼的坦克。

"这不是和平集会，"一名警官用扩音器说，"大家立即解散，否则将被逮捕。"

最初的战斗口号又一次响起了："去他妈的警察！去他妈的警察！"

人们开始朝那群警察扔石头和玻璃瓶。

"这下麻烦了。"赛文说。

"停止向执法人员投掷物品，"那名警官说，"立即离开街道，否则你们将被逮捕。"

石头和玻璃瓶依然在空中乱飞。

赛文跳下长凳。"快走，"他说，我和克里斯也爬了下来，"咱们得赶紧离开这儿。"

"去他妈的警察！去他妈的警察！"德文特继续嚷嚷。

"文特，伙计，快走！"赛文说。

"我不怕他们！去他妈的警察！"

伴随着"砰"的一声巨响，一个物体破空而来，落在街道中央，爆炸成一团火球。

"糟糕！"德文特说。

他跳下长凳，我们一路狂奔。大家在人行道上惊慌失措地逃窜，汽车在马路上飞快地行驶。从我们身后传来的动静就像庆祝独立纪念日[1]的烟花一样，砰、砰、砰，一声接着一声，连续不断。

空气中飘满了烟雾，玻璃破碎的声音此起彼伏。砰砰的巨响越来越

---

[1] 独立纪念日（Fourth of July）：美国联邦假日，纪念大陆会议于1776年7月4日正式通过《独立宣言》。

近，烟雾越来越浓。

火苗吞噬着现金预支处，不过"正义至上"还完好无损，另一边的洗车店也尚未遭殃，洗车店的墙上用喷漆写着"黑人所有"的字样。

我们跳进赛文的野马。他发动汽车，赶紧从塔可钟停车场的后方入口开出去，驶上了旁边的街道。

"刚才到底发生了什么？"他说。

克里斯瘫在座位上，"不知道，但我不想让它再发生一次了。"

"黑鬼厌倦了这些狗屁，"德文特气喘吁吁地说，"就像思妲尔说的，他们不在乎我们，我们也没什么好在乎的了。把这一切统统烧毁吧！"

"但是他们不住在这儿！"赛文说，"他们丝毫不关心这片社区的命运。"

"那我们该怎么办？"德文特大声说，"唱着福音歌曲，在街上和平游行吗？这他妈的根本就没用！除非大闹一场，否则他们是不会搭理我们的。"

"可那些都只是平凡的商家。"我说。

"他们就没错吗？"德文特问，"我妈妈以前在那家麦当劳工作，工钱少得可怜，几乎等于白干。还有那家当铺，骗过我们不知道多少次。呸，都烧掉才好，我连眼睛都不会眨一下。"

我懂。有一回，爸爸差点在当铺失去自己的结婚戒指。其实，他也曾威胁过，说要把那家当铺烧了。想想真是讽刺，现在它真的着火了。

可是，如果劫掠者决定对"黑人所有"的标志视而不见，那么他们最终也会攻击我们家的杂货店。"咱们得去帮爸爸。"

"什么？"赛文说。

"咱们得去帮爸爸保护商店！万一他们去抢劫怎么办？"

赛文抹了一把脸，"见鬼，你说得对。"

"不会有人对大麦弗下手的。"德文特说。

"你不明白，"我说，"人们很愤怒，德文特。他们现在根本就不去思考，只知道动手。"

终于，德文特点了点头，"好吧。咱们去帮大麦弗。"

"你们觉得他会同意我去帮忙吗？"克里斯问，"上回见面的时候，他好像不太喜欢我。"

"好像？"德文特重复道，"他直接对你摆出一副苦瓜脸。我当时在场，记得清清楚楚。"

赛文窃笑起来。我拍了德文特一下，"闭嘴。"

"干吗？这是事实。看到克里斯是白人，他都快气疯了。不过，你刚才居然跟着唱'黑人态度'的歌，说不定他会觉得你还不错。"

"怎么？白人小子知道'黑人态度'，你觉得很稀奇吗？"克里斯讥讽道。

"老弟，你不是白人。你只是浅肤色而已。"

"同意！"我说。

"等等，等等，"赛文提高嗓门，压过我们的笑声，"咱们得测试一下，看看他到底是不是黑人。克里斯，你吃不吃青豆煲？"

"才不呢，那玩意儿太恶心了。"

我们忍不住欢呼起来，"他是黑人！他是黑人！"

"等等，再来一题，"我说，"芝士通心粉是正餐还是配菜？"

"呃……"克里斯扫视着我们。

德文特开始模仿《危险边缘》[1]的背景音乐。

"亚历克斯[2]，如何用智慧来赢得百万财富？"赛文用旁白的声音说。

---

[1]《危险边缘》（*Jeopardy!*）：美国的一个智力问答竞赛节目。

[2] 亚历克斯（Alex）：指自1984年起担任《危险边缘》主持人的亚历克斯·特里贝克（Alex Trebek，1940—），与他合作的旁白者是约翰尼·吉尔伯特（Johnny Gilbert，1924—）。

最后，克里斯回答，"正餐。"

"哎哟！"我们几个呻吟起来。

"嘟嘟嘟，答题错误！"德文特补充道。

"伙计们，本来就是啊！仔细想想，里面有蛋白质、钙——"

"肉类才有蛋白质，"德文特说，"芝士没有。我真想见识见识能当正餐的通心粉。"

"但这差不多是最简易、最方便的伙食了，"克里斯说，"只要一盒，就能——"

"问题就在这儿，"我说，"真正的芝士通心粉不是从盒子里出来，而是从炉子里出来的，顶上还有一层冒泡的脆皮。"

"阿门。"赛文伸出拳头，我也抬起拳头跟他碰了一下。

"噢！"克里斯说，"你是说那种有面包屑的通心粉？"

"什么？"德文特喊道，赛文也嚷了起来，"面包屑？"

"不，"我答道，"我是说那种上面有碎芝士的。亲爱的，我们得带你找个传统的黑人饭店体验一下。"

"这个傻子居然说那是面包屑，"听上去，德文特仿佛被深深地冒犯了，"面包屑。"

汽车停了下来。前方有一个"道路封闭"的标志堵在马路上，旁边还停着一辆警车。

"见鬼，"赛文说着，开始倒车、调头，"只能另找一条路去店里了。"

"今晚，他们很可能在社区周围设置了很多路障。"我告诉他。

"去他妈的路障，"德文特依然愤愤不平，"我发誓，真是理解不了白人。把通心粉上的芝士当成面包屑，用嘴去亲宠物狗——"

"对待宠物狗的态度就好像那是自家孩子一样。"我补充道。

"没错！"德文特说，"故意去做一些有可能没命的事情，比如蹦极。"

"还管'塔吉特[1]'叫'塔街',仿佛这样就能让它显得更上档次似的。"赛文说。

"不是吧,"克里斯嘟囔道,"我妈妈就这么叫它。"

我和赛文哈哈大笑。

"对父母讲许多蠢话,"德文特继续说,"还有,在明显应该待在一起的情况下却分头行动。"

克里斯说:"啊?"

"亲爱的,拜托,"我说道,"白人总是想分头行动,结果都没有好下场。"

"不过,只有在恐怖电影里才那样吧。"他说。

"不!新闻上经常报道这种事情,"德文特说,"他们去爬山,分开行动,结果有人被熊咬死了。"

"汽车抛锚了,他们分头去找人帮忙,结果有人被连环车祸害死了。"赛文补充道。

"你们都听说过'人多力量大'吧?"德文特问,"真是这么回事儿。"

"好吧,"克里斯说,"既然你们都这么说白人了,那我能不能也问一个有关黑人的问题?"

车里一片沉默,我们三个齐刷刷地扭头看着他,包括赛文。汽车突然偏向一旁,擦着路边过去了。赛文低声咒骂,赶紧操纵方向盘,把车开回到路上。

"我觉得这样才公平嘛。"克里斯咕哝着。

"伙计们,他说得对,"我说,"他有权发问。"

"行,"赛文说,"问吧,克里斯。"

"好。为什么黑人要给自己的孩子起一些奇怪的名字?我是说,瞧

---

[1] 塔吉特(Target):美国第二大连锁百货商店。

瞧你们的名字，都不正常。"

"我的名字很正常，"德文特气鼓鼓地说，"不知道你在说什么。"

"老兄，你的名字取自'乔德西'里的一个成员。"赛文说。

"那你的名字还是个数字七呢！你中间的名字是什么？八吗？"

"总之，克里斯，"赛文说，"德文特有一点说得对。跟你的名字相比，他的名字或我们的名字有什么不正常的地方吗？'正常'是谁定义的？又要如何定义呢？如果我老爸在这儿，他肯定会说，你掉进了白人标准的陷阱里。"

克里斯的脖子和脸颊都红了，"我的意思不是——好吧，也许'正常'这个词用得不对。"

"确实不对。"我说。

"那么，应该用'罕见'这个词吧？"他问，"你们的名字都很罕见。"

"据我所知，这片社区里还有三个叫德文特的家伙。"德文特说。

"嗯。这是观念问题，黑人和白人的观念不同。"赛文说，"而且，白人认为是不寻常的那些名字，大多数在各种非洲语言中都有自己的含义。"

"其实，有些白人也会给自己的孩子起'罕见'的名字，"我说，"并非只是黑人如此。虽然他们的名字前面没有'德'或'拉'这样的字眼，但是依然不寻常呀。"

克里斯点了点头，"的确。"

"你为什么非得用'德'做例子？"德文特问。

我们再次停了下来。又一道路障。

"糟糕，"赛文抱怨道，"这下我得绕远路了，从东边过。"

"东边？"德文特说，"那是花园信徒的地盘！"

"上回大部分暴乱都发生在那里。"我提醒他们。

克里斯摇了摇头，"不行，那不能去。"

"今晚不会有人想着地盘之争的，"赛文说，"而且，只要我避开主要街道，咱们就不会有事的。"

枪声在附近响起，而且离得有点太近了，我们都吓了一跳，克里斯还喊出了声。

赛文咽了一口唾沫，"对，我们不会有事的。"

第二十四章

因为赛文说我们不会有事的，所以样样都不顺。

大多数东边的街道都被警方封住了，赛文花了好久才找到一条能走通的路。距离杂货店还有一半路程的时候，汽车发出咕噜咕噜的声音，速度慢了下来。

"拜托，"赛文说，他抚摸着仪表板，脚踩油门，"拜托，宝贝。"

他的宝贝仿佛在说"去你的"，接着便彻底停住了。

"见鬼！"赛文把脑袋放在方向盘上，"没油了。"

"你在开玩笑，对吗？"克里斯说。

"我倒希望这是玩笑，伙计。当我们离开你家的时候，油量就比较低了，但是我以为能再撑一会儿，我了解自己的车。"

"你显然什么都不了解。"我说。

此刻，我们旁边有几栋双联式房子，不知道这是条什么街，我对东边非常不熟悉。警笛在附近尖声呼啸，这里跟社区的其他地方一样烟雾缭绕。

"有一个加油站离这里不远，"赛文说，"克里斯，你能帮我推一下吗？"

"你是说，离开这辆车的保护，到后面去推它？"克里斯问。

"对，没错。不会有事的。"赛文跳下车。

"你刚才也是这么说的。"克里斯嘟囔着，但是也爬了出去。

德文特说："我也能推。"

"不，伙计。你需要休息，"赛文说，"坐着就行。思妲尔，你到驾驶座上去。"

这是他头一回让别人开他的"宝贝"。他让我用方向盘引导汽车朝正前方走，他自己在我身旁推，克里斯在副驾驶座那一侧，边推边回头张望。

警笛声越来越响，烟雾越来越浓。赛文和克里斯咳嗽起来，用衬衫捂住口鼻。一辆皮卡飞驰而过，车上载满了人和床垫。

我们到了一处下坡，赛文和克里斯跟着汽车一路小跑。

"减速，减速！"赛文喊道。我用脚在刹车板上一踩一放，如此反复。最后，汽车停在了坡底。

赛文隔着衬衫咳嗽，"等等，让我歇会儿。"

我挂上驻车挡。克里斯气喘吁吁地弯下腰。"我快要被烟熏死了。"他说。

赛文直起腰来，用嘴慢慢地吹气，"呸，如果离开这辆车，咱们还能快些赶到加油站。单靠我们两个人，没法把它推过去。"

说什么呢？我不是就坐在这儿吗？"我可以推。"

"我知道，思妲尔。就算你也来推，还是不如放弃它走得更快。唉，可我真不想把车扔在这里。"

"咱们分头行动怎么样？"克里斯说，"两个人留在这里，两个人去找汽油——这好像就是你们刚才说的白人的坏习惯，是吗？"

"没错。"我们几个异口同声地说。

"早就告诉过你了。"德文特说。

赛文交叉双手，放在头顶，"见鬼、见鬼、见鬼！咱们得扔下它了。"

我拔下赛文的钥匙，他从后备厢里拿出一个汽油桶，然后抚摸着汽车，对它轻声说了几句话。估计他说的是他爱它，而且保证一定会回来。天哪，真受不了。

我们四个用上衣捂住口鼻，沿着人行道前进。德文特一瘸一拐的，却发誓说自己没事。

远处有一个声音在说话，听不清楚内容，紧接着便传来一个轰隆隆的回应，像是人群在齐声高喊。

赛文和德文特走在前面，我和克里斯走在后面。克里斯的手垂在体侧，时不时地会碰到我的手。这是他想跟我牵手的小花招，我故意装作不知道。

"所以，这就是你以前住的地方吗？"他说。

我都忘了这是他第一次来花园高地了，"对。嗯……不过不是在社区的这一边，我住在西边。"

"西边哟！"赛文说，德文特趁机用两个剪刀手比画出字母"W[1]"，"最好的那一边！"

"绝对的！"德文特补充道。

我翻了个白眼。对于"你住在社区的哪一边"这个问题，人们总是表现得特别夸张。"你刚才看到咱们经过的公寓大楼了吗？那就是我小时候住过的救济房。"

克里斯点了点头，"就是咱们先前停车的那个地方吧——那是你爸爸以前带你和赛文去的塔可钟吗？"

"对。几年前，他们在靠近高速公路的地方新开了一家。"

"也许以后咱们可以一起去。"他说。

"老弟，"德文特插嘴道，"拜托，别告诉我你打算带女朋友去塔

---

[1]W："西（West）"的首字母。

可钟约会。塔可钟？你确定？”

赛文爆笑起来。

“不好意思，有人跟你们说话吗？”我问。

“喂，你是我的朋友，我这是在帮你，”德文特说，“你这个男朋友啊，没戏。”

“怎么没戏！”克里斯说，“我是在让我的女朋友知道，我愿意跟她去任何地方，无论在哪个社区都一样。只要有她在，我都很开心。”

他冲我微微一笑，我也报以微笑。

“切！说来说去还是塔可钟，”德文特说，“在那种地方约会一天，到了晚上拉肚子的时候，你们就知道什么叫塔可地狱了。”

现在，那个说话声变得稍微响亮了一些，但是仍然听不清楚。忽然，有一男一女从人行道上匆匆跑过，手里推着两辆购物车，里面装着平板电视。

“他们在趁火打劫呢。”德文特咯咯地笑了起来，但是紧接着却捂住了身体一侧。

“金踹了你，是不是？”赛文说，“用他那双伐木靴，对吗？”

德文特呼出一口气，点了点头。

“果然。有一回，他也踹了我妈妈，结果她的多根肋骨都折断了。”

一条被拴在院子里的罗特韦尔犬[1]拼命吠叫，挣扎着想要来追我们。我朝它用力跺脚，它尖叫一声，赶紧跳了回去。

“她不会有事的。”赛文说，仿佛在努力让自己相信，“没错，她会平安无事的。”

在一个街区之外，人们站在十字路口，正在围观另一条街道上发生的事情。

---

[1] 罗特韦尔犬（Rottweiler）：又名“罗威纳犬”，是一种大中型犬类，最初来自德国，经过训练可成为警犬。

"你们必须离开这条街道，"一个声音通过扩音器宣布，"你们正在非法阻塞交通。"

"发刷不是枪！发刷不是枪！"另一个声音从别的扩音器里传出来，人群跟着它呐喊。

我们来到十字路口。一辆红、绿、黄相间的校车停在右手边的街道上，车身写着"正义至上"。一大群人聚集在左手边的街道上，将黑色的发刷高举在空中。

抗议者在事发的康乃馨街上游行。

自从那天晚上之后，我再也没有回来过。这里就是卡里尔……我死死地盯着路面，人群消失了，我看到他躺在街道上。一切都历历在目，就像一部重演的恐怖片。他最后一次看着我，然后——

"发刷不是枪！"

那个声音将我一下拉回到现实中。

在人群前面，有一位留着拧发的女士站在一辆警车上，手里拿着扩音器。她转向我们，高高地举起争取黑人权利的拳头。卡里尔在她的T恤衫上微笑。

"思妲尔，那不是你的律师吗？"赛文问。

"对。"虽然我知道奥芙拉女士是激进运动组织的成员，但是很难把"律师"跟"拿着扩音器站在警车上的女人"联系在一起。

"立即解散！"警官重复道。人群密密麻麻，我看不到说话的警官在哪儿。

奥芙拉女士带领众人又一次高喊："发刷不是枪！发刷不是枪！"

这句口号很有感染力，在我们周围不断地回响。赛文、德文特和克里斯也加入了其中。

"发刷不是枪。"我喃喃地说。

卡里尔把发刷放进门槽里。

"发刷不是枪。"

他打开车门，问我是否还好。

然后，砰——

"发刷不是枪！"我大声嘶吼，高举拳头，眼里噙满了泪水。

"现在，我要请弗里曼姐妹上来，对今晚的不公正判决讲几句话。"奥芙拉女士说。

她把扩音器递给一位同样穿着卡里尔T恤的女士，然后便跳下了巡逻警车。人们纷纷让路，奥芙拉女士径直走向站在校车旁的另一位同事。经过十字路口时，她看到了我，停顿片刻才反应过来。

"思妲尔？"说着，她从人群中挤了过来，"你在这儿做什么？"

"我们……我……当他们宣布判决的时候，我想做点什么，所以就来到这片社区了。"

她看向灰头土脸的德文特，"噢，天哪！你被卷入暴乱了吗？"

德文特碰了碰自己的脸颊，"见鬼，我看上去有那么惨吗？"

"他的伤不是因为那个，"我告诉她，"但我们确实在玉兰大道遇上暴乱了。那里乱成一团，店铺都被洗劫一空。"

奥芙拉女士抿起嘴唇，"嗯，我们听说了。"

"我们离开的时候，'正义至上'还没事。"赛文说。

"就算有事也不要紧，"奥芙拉女士说，"木头和砖块是可以摧毁的，但一场运动是无法摧毁的。思妲尔，你妈妈知道你在这儿吗？"

"知道。"听起来连我自己都不相信。

"真的吗？"

"好吧，不知道。但是请你别告诉她。"

"我必须告诉她。"她说，"作为你的律师，我必须考虑你的最大利益。让你妈妈知道你在这儿才符合你的最大利益。"

不，她会杀了我的。"但你是我的律师，不是她的。难道不能把这当作客户保密的内容吗？"

"思妲尔——"

"求你了。之前大家举行抗议的时候，我一直都只是旁观和说话。现在我想做点有用的事情。"

"谁告诉你说话就没用？"她说，"说话比沉默更有效。还记得我告诉过你，你的声音是什么吗？"

"你说它是我最大的武器。"

"没错，那是我的真心话。"她盯着我看了一秒钟，然后叹了一口气，"今晚你想跟这个体制做斗争吗？"

我点了点头。

"那来吧。"

奥芙拉女士拉着我的手，领我穿过人群。

"解雇我。"她说。

"啊？"

"告诉我，你不想再让我做你的法律代表了。"

"我不想再让你做我的法律代表了？"我问。

"很好。从现在起，我不再是你的律师。所以，就算你的父母日后发现此事，我这样做的出发点也不是作为你的律师，而是作为一名抗议者。你看到十字路口附近的那辆校车了吗？"

"看到了。"

"如果那些警察有所行动，你就直接跑进车里，明白吗？"

"可是——"

她带我来到巡逻警车跟前，朝同事示意。那位女士爬下车，把扩音器递给奥芙拉女士，奥芙拉女士又将它传给我。

"利用你的武器。"她说。

她的另一位同事把我举起来，让我站在警车上。

大约十英尺以外的街道中央设置了一片追悼卡里尔的地方，有点燃的蜡烛、泰迪熊、镶嵌在相框里的照片和气球。这片圣地将抗议者和防暴警察分隔开来。虽然这里的警察不如玉兰大道上的多，但……他们依然是警察。

我转向人群，他们满怀期待地看着我。

手中的扩音器像枪一样沉重。有意思的是，奥芙拉女士刚刚说过，让我利用自己的武器。我非常艰难地举起扩音器，不知道该说什么。我把它凑到嘴边，按下按钮。

"我的——"扩音器发出震耳欲聋的噪音。

"别害怕！"有人喊道，"说吧！"

"你们必须立即离开这条街道。"那名警察说。

去他妈的。

"我的名字叫思姐尔，我就是那个目击证人，亲眼看到了发生在卡里尔身上的事，"我对着扩音器说，"那是不对的。"

人们纷纷说着"没错"和"阿门"。

"当时，我们没有做错任何事，但克鲁斯警官不仅先入为主地假设我们不怀好意，而且还毫无理由地把我们当成了罪犯。我看，克鲁斯警官才是罪犯。"

人群开始欢呼和鼓掌。奥芙拉女士鼓励我，"继续说！"

我感到勇气倍增。

我转向那群警察，"我受够了这一切！你们因为某些人就认为我们都是坏人，我们对你们的看法也是一样。如果你们不给我们一个改变想法的理由，我们会一直抗议下去。"

欢呼声变得更加响亮。说实话，这令我越来越激动了。我要用声音扣动扳机。

"每个人都想谈论卡里尔是怎么死的，"我说，"但问题不在于他是怎么死的，而在于他曾经活着。他的生命很重要。卡里尔曾经活着！"我又一次看向警察，"你们听到了吗？卡里尔曾经活着！"

"在我数到三之前，你们必须马上解散。"那名警官用扩音器说。

"卡里尔曾经活着！"我们喊道。

"一。"

"卡里尔曾经活着！"

"二。"

"卡里尔曾经活着！"

"三。"

"卡里尔曾经活着！"

装着催泪气体的铁罐从警察的方向朝我们飞来，落在巡逻警车旁边。

我跳下车，捡起铁罐。烟雾嗖嗖地从底部冒出，随时都有可能爆炸。

我用尽全力高声尖叫，希望卡里尔能听到，然后把铁罐朝那群警察扔了回去。它爆炸了，将他们笼罩在一团催泪气体中。

场面彻底失控了。

警察们踩踏着悼念卡里尔的圣地，有人抓住了我的胳膊。是奥芙拉女士。

"快到校车那儿去！"她说。

我跑到一半时，克里斯和赛文抓住了我。

"来！"赛文说，他们把我拽到身边。

我想告诉他们校车的事情，但周围爆炸不断，白色的烟雾吞没了我们。我的鼻子和喉咙灼热难耐，仿佛吞下了一团烈焰，眼睛也像是着了火一样。

某个东西从头上嗖嗖地飞过，紧接着在我们面前炸开。更多的烟雾弥漫出来。

"德文特！"克里斯声音嘶哑地喊道，环顾着四周，"德文特！"

我们在一盏忽明忽暗的路灯底下找到了他。他背靠路灯柱，拼命地咳嗽。赛文放开我，抓住了他的胳膊。

"见鬼！我的眼睛！我没法呼吸了。"

我们跑了起来。克里斯紧紧地抓住我的手，我也紧紧地回握住他的手。尖叫声和砰砰的巨响从四面八方传来。在浓重的烟雾里，我什么都看不到，就连"正义至上"的校车也毫无踪影。

"我跑不了，我的肋骨！"德文特说，"该死！"

"加油，伙计，"赛文拽着他，"别停下来！"

明亮的灯光透过烟雾照亮了街道，那是一辆车轮很大的灰色皮卡。它停在我们身边，车窗缓缓降下，我的心跳停止了，呆呆地等待着一名勋爵枭王把枪口伸出来。

是古恩，那个扎着马尾辫的雪松勋爵枭王。他从驾驶座上看着我们，口鼻上系着一条灰色的头巾。"快上车！"他说。

跟我们年纪相仿的两个男孩儿和一个女孩儿把我们拉上了皮卡后面的车斗，他们的脸上都系着白色的头巾。这就像是一个公开的邀请，其他人瞧见了，也纷纷爬进来，其中还有一个穿衬衣、打领带的白人和一个扛着摄影机的拉丁美洲人。奇怪的是，那个白人看起来很眼熟。古恩立即发动汽车上路了。

德文特躺在车斗里，捂住眼睛，痛苦地打着滚，"见鬼！见鬼！"

"布丽，给他点牛奶。"古恩的声音隔着后车窗传来。

牛奶？

"已经用完了，叔叔。"那个系着白色头巾的女孩儿说。

"该死！"古恩抱怨道，"坚持住，文特。"

我满脸都是眼泪和鼻涕，双眼被烧灼得快要麻木了。

卡车减速了。"把小家伙拉上来。"古恩说。

那两个系着头巾的男孩儿从街上抓住一个孩子的胳膊，将他拉起来，放进车斗里。那个孩子看起来约莫十三岁的模样，衬衫上满是烟灰，一直在上气不接下气地咳嗽。

我也开始了新一轮的咳嗽，吸进来的空气就像是刚被炭火烧过一样。那个穿衬衣、打领带的男人把自己的湿手帕递给了我。

"用这个会好一点，"他说，"放在鼻子上，透过它呼吸。"

湿手帕给了我一点新鲜空气。我把它传给克里斯，他用过以后传给身边的赛文，赛文用过以后又传给了其他人。

"正如你所见，吉姆，"那个男人看着摄像机说，"今晚有许多年轻人在这里抗议，既有黑人，也有白人。"

"我都成白人代表了，对吧？"克里斯对我低声说，紧接着便咳嗽起来。如果不是很难受的话，我肯定会哈哈大笑。

"而且，还有些人像这位绅士一样，在社区里四处查看，尽己所能地帮助大家。"那个白人说，"这位司机，请问你叫什么名字？"

拉丁美洲人把摄像机对准古恩。

"努恩亚。"古恩说。

"谢谢你让我们搭车，努恩亚。"

哇。我知道他为何这么眼熟了。他是一名全国新闻主播，叫布莱恩什么的。

"这位年轻的女士先前发表了一番强劲有力的演说，"他说着，摄像头对准了我，"请问你真的是那名目击证人吗？"

我点了点头，没有必要再隐瞒了。

"我们拍到了你刚才说的话，你还有什么要对我们的观众补充吗？"

"有。这一切毫无道理。"

我又开始咳嗽，他没再追问我。

等到完全睁开眼睛以后，我看见了社区现在的模样。更多的坦克，更多的防暴警察，更多的烟雾。商铺被洗劫抢掠，路灯统统熄灭，火焰在漆黑的夜幕中吞噬着一切。人们抱着大堆大堆的商品从沃尔玛里跑出来，就像从蚁窝里窜出来的蚂蚁。幸免于难的店铺都在窗户上钉了木条，用涂鸦写着"黑人所有"的字样。

终于，我们拐上了金盏花大道，尽管烈焰依然在肺里燃烧，但我还

342

是深深地吸了一口气。我们家的杂货店还完好无损，窗户上同样钉了木条，写着"黑人所有"的字样，仿佛这四个字就是避免灾祸的羔羊血[1]。整条街道非常安静。"佳酿酒铺"是唯一一家被砸碎玻璃的店铺，它没有烙上"黑人所有"的印记。

古恩把车停在我们家的杂货店前面。他跳下车，来到后面的车斗，帮助大家下车，"思姐尔，赛文，你们有店门的钥匙吗？"

我从口袋里找出赛文的钥匙，扔给古恩。他试了每一把钥匙，直到打开店门为止。"大家都进来吧。"他说。

包括记者和摄影师在内的所有人都走进杂货店，古恩和其中一个系着头巾的男孩儿把德文特抬进屋里。没有爸爸的踪影。

我趴在地板上，快速地眨着眼睛，眼里全是泪水，痛得火烧火燎。

古恩把德文特放在那个老年人的长凳上，然后赶紧朝冰柜跑去。

他拿着一桶牛奶冲回来，倒在德文特脸上。片刻之间，他的皮肤被牛奶染成了白色。德文特一边咳嗽，一边咒骂。古恩又倒了一些。

"停！"德文特说，"你快淹死我了。"

"但我敢说你的眼睛已经不疼了。"古恩答道。

我半跑半爬地来到冰柜前，自己拿了一桶牛奶倒在脸上。没过几秒钟，疼痛就大大地缓解了。

人们纷纷往脸上倒牛奶，而摄影师则在一旁拍下了这个场面。一位老太太直接抱着牛奶桶喝了起来。地板上淌满了牛奶，一个二十来岁的小伙子面朝下趴在牛奶里，然后又抬起头来大口大口地呼吸新鲜空气。

当人们恢复正常以后，便三三两两地离开了。古恩抱起一大箱牛奶，问："喂，我们能不能带上这个，免得街上有人需要？"

赛文点了点头，拿起一盒牛奶喝了一口。

---

[1] 羔羊血：根据圣经旧约《出埃及记》记载，耶和华曾对摩西和亚伦说，在居住的房屋上用羔羊血做标记，就可以免遭灾祸。

"谢啦，小伙子。如果我再见到你老爸，就告诉他你们在这儿。"

"你见过我们——"我咳嗽起来，赶紧喝了一口牛奶，平息肺里的火焰，"你见过我们的爸爸？"

"对，不久之前。他正在找你们。"

噢，糟糕。

"先生，"记者对古恩说，"我们能跟你一起吗？我想再看看社区的其他地方。"

"没问题，伙计。上车吧。"他转向摄像机，用手指摆出字母"K"和"L"，"雪松勋爵枭王！王中之王！"古恩抓住机会，在电视直播上秀起了黑帮标志。

他们都走了，只留下我们几个守着杂货店。赛文、克里斯和我蜷缩着膝盖躺在牛奶里，德文特的胳膊和腿从老年人长凳上悬下来，他正在咕咚咕咚地喝着牛奶。

赛文从口袋里掏出手机，"见鬼，我的手机坏了。思妲尔，你的呢？"

"还好。"我收到了太多的语音短信和文字短信，大部分都来自妈妈。

我从第一条语音短信开始播放。起初听起来还算正常，妈妈说："思妲尔宝贝，收到以后赶紧给我回电话，好吗？"

但是很快就变成了："思妲尔·阿玛拉，我知道你收到这些短信了。给我打电话。我没跟你开玩笑。"

接着进一步发展："听着，你太过分了。我和卡洛斯现在就出门，你最好向上帝祈祷，别让我们找到你！"

最后一条短信是几分钟前的，妈妈说："噢，所以你可以不回我电话，但却能领导抗议游行，是吧？妈妈告诉我她在电视直播上看到你发表演讲，还冲警察扔催泪弹！我发誓，如果你再不给我打电话，我就要了你的小命！"

"咱们有麻烦了，伙计，"德文特说，"大麻烦。"

赛文看了一眼手表，"见鬼，咱们已经出来四个小时了。"

"大麻烦。"德文特重复道。

"也许咱们四个可以逃到墨西哥去？"克里斯说。

我摇了摇头，"不够远，妈妈还是能找到。"

赛文捏着自己的脸，牛奶已经干了，形成一层薄膜，"好吧，咱们得给他们打电话。如果用办公室的座机打，妈妈就会在来电提醒上看到，也就知道咱们的确在店里，没有撒谎。这样还是有点帮助的，对吧？"

"太晚了，三小时前还有希望，现在什么都帮不上咱们了。"我说。

赛文站起来，把我和克里斯也拉了起来，然后又扶着德文特从长凳上起身，"来吧，一定要保证你们的声音听起来非常后悔，明白吗？"

我们朝爸爸的办公室走去。

前门吱吱呀呀地打开了，有什么东西"砰"的一声落在地板上。

我转过身去，那是一个玻璃瓶，包裹着燃烧的衣服——

轰！整个杂货店突然被明艳的橘黄色照亮了。一股热浪扑面而来，就像太阳落在地上一样。火苗吞噬着天花板，封锁了门口。

第二十五章

熊熊燃烧的大火席卷了整条过道。

"后门，"赛文被呛得喘不上气来，"去后门！"

克里斯和德文特跟着我们冲向爸爸办公室旁边的狭窄走廊，这里通往洗手间和卸货的后门。烟雾已经在走廊中弥漫开来。

赛文伸手推门，却纹丝不动。他和克里斯用肩膀猛撞，但门上的玻璃是防弹的，自然也防撞，他俩的努力无济于事。而且，就算打碎玻璃，外面也还有一层铁栅栏。

"思妲尔，我的钥匙。"赛文用嘶哑的声音说。

我摇了摇头。我已经把钥匙给了古恩，而古恩则把钥匙留在了前门上。

德文特咳嗽起来，在浓密的烟雾中，呼吸变得越来越困难，"伙计，咱们不能死在这儿。我不想死。"

"闭嘴！"克里斯说，"咱们不会死的。"

我抬起手臂，对着胳膊肘咳嗽，"爸爸可能有备用钥匙，"我的声音微弱，"在他的办公室里。"

我们沿着走廊跑回去，但办公室门也锁住了。

"操！"赛文大吼道。

路易斯先生一瘸一拐地走到街道中央，一手握着一根棒球拍。他环顾四周，仿佛在判断烟雾是从哪儿来的。窗户上钉着木条，除非透过前门的玻璃向里张望，否则他看不到店铺里的惨状。

"路易斯先生！"我竭尽所能地大声尖叫。

其他人也跟着喊了起来。烟雾压抑着我们的声音，烈焰在几步之外跳跃，但我觉得自己仿佛已经身处火海之中。

路易斯先生跛行着朝杂货店走来，眯起了眼睛。他透过前门的玻璃向里瞧，发现我们被大火堵在另一边，不由得瞪大了眼睛，"噢，天哪！"

他步履蹒跚地冲到街上，我从来没见过他跑得这么快，"救命！孩子们被困在这里了！救命！"

右边发出一声爆裂的巨响，火焰又烧毁了一个货架。

鲁宾先生的侄子蒂姆跑了过来，打开前门，但火势太旺了。

"去后门！"他冲我们喊。

蒂姆几乎跟我们同时到达。他拼命地拽门，就连玻璃都在摇晃。如果他一直用力，这扇门早晚会投降的，但我们没有那么多时间了。

屋外传来尖锐的刹车声。

片刻之后，爸爸跑向后门。

"当心。"他把蒂姆推开。

爸爸手忙脚乱地掏出一大串钥匙，在锁孔里试了好几把，嘴里喃喃地念叨着，"求您了，上帝。求您了。"

在浓重的烟雾里，我几乎看不到赛文、克里斯和德文特了，只能听到他们在我身边咳嗽、喘息。

咔嗒，把手转动了。后门一下打开，我们冲了出去。新鲜空气涌入我的肺里。

爸爸拉着我和赛文穿过后巷，绕过街角，朝马路对面的鲁宾饭店走去。蒂姆则拽着德文特和克里斯。他们让我们坐在了人行道上。

刹车声再次响起，妈妈大喊："噢，天哪！"

她跑了过来，卡洛斯舅舅紧随其后。她抓住我的肩膀，让我躺在人行道上。

"呼吸，宝贝，"她说，"呼吸。"

但是我必须要看着。我坐起身来。

不知为何，爸爸试图冲进店里，然而烈焰将他逼退了。蒂姆从他叔叔家的饭店里提了一桶水，跑进我们的杂货店，泼向火苗，但是也被迫跳了回来。

人们陆陆续续地走上街道，更多的水桶投入到灭火的战斗中。伊薇特女士从自己的美容店里搬来一桶水，蒂姆把它泼在大火上。火苗吞噬着屋顶，滚滚烟雾从隔壁理发店的窗户里冒了出来。

"我的店！"路易斯先生大喊。鲁宾先生拦着他，不让他跑过去，"我的店！"

爸爸站在街道中央，沉重地喘息着，显得十分无助。众人聚集在一起，捂着嘴惊愕地看着。

附近响起了隆隆的重低音，爸爸慢慢转过头去。

灰色的宝马车停在酒铺旁的十字路口，金靠在车上，其他的勋爵枭王或站在他身边，或坐在汽车的引擎盖上。他们边笑边指指点点。

金直勾勾地盯着爸爸，掏出打火机，点燃了一抹跳跃的火苗。

伊艾莎说过，因为我的间接告密，金一定会收拾我们的。也就是说，他会对付我们全家。

原来如此。

"你这个狗娘养的！"爸爸朝金走去，金的小弟们也走向爸爸。卡洛斯舅舅拦住了他。勋爵枭王们伸手掏枪，让爸爸放马过去。金哈哈大笑，仿佛在看一场喜剧表演。

"你觉得这很好玩吗？"爸爸喊道，"废物，永远都躲在这群小喽啰的身后！”

金不笑了。

“没错，我就这么说了！我不怕你！你没什么可怕的！居然想烧死几个孩子，你他妈的真是个懦夫！”

“噢，是你干的？”妈妈也朝金走去，卡洛斯舅舅只好腾出一只手来把她也拦住。

“他烧了麦弗里克的店铺！”路易斯先生对众人大声宣布，免得我们听不到，“金烧了麦弗里克的店铺！”

大家议论纷纷，眯起眼睛瞪着金。

当然，此时已是警车和消防车决定露面的时刻。我一点都不意外。因为在花园高地，情况一贯如此。

卡洛斯舅舅说服我的爸爸妈妈别再上前。金把雪茄举到唇边，眼睛里闪烁着得意的光芒。我想拿起路易斯先生的一个棒球拍，狠狠地打在金的脑袋上。

消防员开始工作，警察命令人群后退。金和他的小弟们显得非常愉快。见鬼，就好像警察在帮他们一样。

“你们得逮捕他们！”路易斯先生说，“他们就是放火的人！”

“这老头儿根本就不知道自己在说什么，”金说，“他的脑子被烟给熏坏啦。”

路易斯先生朝金扑去，一名警官不得不把他拉了回来，“我没疯！就是你干的！大家都知道！”

金的面孔扭曲了，“在大家面前撒谎，你可得小心点儿。”

爸爸回头扫了我一眼，脸上的表情是我从未见过的。他转向那位抓住路易斯先生的警官，说道：“他没有撒谎。确实是金干的，警官。”

天啊。

爸爸告密了。

“这是我的店铺，”他说，“我知道是他放的火。”

"你亲眼看到他动手了吗？"警察问。

没有。这就是问题所在。我们知道是金干的，但是如果没人看到……

"我看到了。"鲁宾先生说，"是他干的。"

"我也看到了。"蒂姆说。

"我也是。"伊薇特女士补充道。

人们指着金和他的小弟，重复着相同的话。所有人都在告密，那些狗屁规矩再也不管用了。

金伸手去开车门，但是几名警官却掏出枪，命令他和他的小弟趴在地上。

一辆救护车呼啸而来。妈妈把我们吸入烟雾的情况告诉了医务人员，我则把德文特的伤情偷偷地告诉了他们，此刻他眼圈发黑，也明显需要帮助。他们让我们四个坐在马路边上，给我们戴上了氧气面罩。我本来以为用不着，但是戴上以后才发现，原来自己已经忘记了新鲜空气有多么美妙。自从我今晚来到花园高地以后，就一直在烟雾中呼吸。

他们检查了德文特的肋骨。表面看起来皮肤发紫，他们说需要带他去拍 X 光片。德文特不想上救护车，于是妈妈便对医务人员保证，说她会亲自带他去医院的。

我枕着克里斯的肩膀，与他十指紧扣，我们俩的脸上都戴着氧气面罩。我没法撒谎，他的陪伴并未让今晚变得美好——说实话，这是非常糟糕的一个夜晚，谁都无法改变——但是，我们一起经历、共同面对，也就不那么痛苦了。

我的父母朝我们走来。爸爸抿起嘴唇，对妈妈说了句什么，她用胳膊肘碰了他一下，说："友好一点儿。"

妈妈坐在了克里斯和赛文中间。起初，爸爸在我和克里斯面前徘徊，仿佛想让我们给他腾出个位置。

"麦弗里克。"妈妈说。

"好吧，好吧。"他坐在了我的另一边。

我们看着消防员扑灭了大火，但是已经毫无意义，他们只救下了店铺的一层外壳。

爸爸叹了一口气，摩擦着自己的光头，"见鬼。"

我觉得很心痛。我们失去了一名家庭成员，真的。迄今为止，我的大部分人生都是在这家杂货店里度过的。我从克里斯的肩膀上抬起头，枕在爸爸的肩膀上。他搂住我，亲了亲我的头发，脸上露出得意扬扬的表情。真是个小气鬼。

"等一下，"他松开手，"你们之前到底去哪儿了？"

"这正是我想知道的，"妈妈说，"就好像没法回短信回电话似的！"

不是吧？我和赛文差点被大火烧死，可他们还因为我们没打电话而生气？我掀起面罩，"说来话长。"

"噢，我看也是。"妈妈说，"麦弗里克，咱们家出了一个小激进分子，冲警察扔催泪弹，都上新闻了。"

"是他们先朝我们扔的。"我解释道。

"哇！真的吗？"爸爸激动地说。妈妈瞪了他一眼，他赶紧调整语气，变得严厉了一些，"我是说，什么？你为什么要那样做？"

"我太生气了，"我在膝盖上交叉双臂，透过空隙盯着脚上的伐木靴，"那个判决是不公平的。"

爸爸再次搂住我，把脸颊靠在我的脑袋上，"是啊，"爸爸说，"确实不公平。"

"嘿，"妈妈示意我望向她，"也许这个判决是不对的，但并不是你的错。还记得我是怎么说的吗？有时候，有时候就算你把所有事情都做对了，结果也依然会出错——"

"但关键是，永远不要停止做对的事情。"我的视线又飘回到伐木靴上，"而且，卡里尔还是应该得到更好的结果。"

"嗯。"她的声音变得很低沉，"的确。"

爸爸越过我，看着我的男朋友，"那么……臭小子克里斯。"

赛文扑哧一声笑了，德文特也在一旁偷着乐。妈妈大声责备，"麦弗里克！"我也喊了起来，"爸爸！"

"至少这回不是叫我'白人小子'了。"克里斯说。

"没错，"爸爸说，"这是进步。如果你要跟我女儿约会，就必须慢慢赢得我的认可。"

"天哪，"妈妈翻了个白眼，"克里斯，亲爱的，你整晚都在这里吗？"

听到她说话的语气，我忍不住笑了起来。她基本上就相当于在问他："你知道自己在贫民窟里，对吗？"

"是的，女士。"克里斯说，"整晚都在。"

爸爸小声嘀咕着，"那你确实还算有种。"

我张大了嘴，妈妈怒吼："麦弗里克•卡特！"赛文和德文特哈哈大笑。

克里斯呢？他说："是的，先生。我觉得也是。"

"见鬼，好样的！"赛文说着，伸出胳膊，打算跟克里斯击拳，但是爸爸恶狠狠地瞪了他一眼，他赶紧把手缩了回去。

"好吧，臭小子克里斯，"爸爸说，"下周六到拳击馆来，我和你，就咱俩。"

克里斯赶紧掀起氧气面罩，"对不起，我不该——"

"别紧张，我不是要揍你，"爸爸说，"咱们去锻炼，彼此熟悉一下。你跟我女儿在一起已经有一段时间了，但我得好好认识认识你。在拳击馆里，可以了解一个男人的许多方面。"

"噢……"克里斯的肩膀放松了，"好的。"他又戴上了氧气罩。

爸爸咧着嘴笑了，显得有点狡猾。唉，我这个可怜的男朋友可有得受了。

警察把金和他的小弟们塞进警车，人群中爆发出一阵掌声和欢呼声。终于，今晚总算有一件值得庆贺的事情。

卡洛斯舅舅走了过来。他穿着背心短裤，看起来跟平时风格迥异，但依然有些警探的风采。自从他的同事们来到以后，他便开启了警察模

352

式，帮着他们忙前忙后。

卡洛斯舅舅坐在德文特身边的人行道上，发出一声老年人的闷哼。他抓住德文特的后颈，就像爸爸抓住赛文的后颈一样。我管这个动作叫"男人之间的拥抱"。

"很高兴你没事，孩子，"他说，"尽管你看起来就像被一辆卡车压过两次似的。"

"我出门的时候没有说一声，你不生气吗？"

"当然生气，其实我气坏了。但我更觉得高兴，因为你平安无事。至于我妈妈和帕姆，那就完全是另一回事了。我可没办法把你从他们俩的怒火中解救出来。"

"你要把我赶出去吗？"

"不，你被禁足了，可能这辈子剩下的时间都不许出门了，不过那只是因为我们爱你。"

德文特的脸上绽放出一个微笑。

卡洛斯舅舅拍了拍自己的膝盖，"那么……多亏了这些证人，我们应该能判金一个纵火罪。"

"噢，真的吗？"爸爸说。

"对。这是个好的开始，可惜罪名的严重程度不够。到这周末，他就能出来。"

然后继续回去干那套老勾当，而且这一次更有了要对付的明确目标。

"如果你们知道金的藏货地点，"德文特说，"能给他定罪吗？"

卡洛斯舅舅说，"大概吧。"

"如果有人同意告发他呢？"

卡洛斯舅舅扭头看着他，"你是说你愿意成为证人吗？"

"我是说……"德文特停顿了一下，"这样会帮到肯尼娅和她的妈妈、妹妹吗？"

"你是说如果金进监狱的话？"赛文说，"当然！能帮上大忙。"

"说实话，还会帮助整个社区。"爸爸说。

"我会得到保护吗？"德文特问卡洛斯舅舅。

"绝对没问题，我保证。"

"卡洛斯舅舅一向信守承诺。"我说。

德文特点了点头，"那我愿意成为证人。"

天哪。"你确定吗？"我问。

"嗯。见过你正面对抗那群警察的样子以后，我的想法也发生了改变。"他说，"而且，那位女士说过，我们的声音就是武器。我也应该利用自己的武器，对吗？"

"所以，你愿意成为告密者。"克里斯说。

"而且还是告发金。"赛文补充道。

德文特耸了耸肩，"他已经把我揍成这样了，不告个密，怎么对得起他呢？"

第二十六章

第二天上午十一点左右，我还在床上躺着。经过了人生中最漫长的一个夜晚，我必须严肃认真地重新认识一下自己的枕头。

妈妈打开我新房间里的灯——老天啊，这里的灯实在太多了。"思姐尔，你的同伙打电话来了。"她说。

"谁？"我嘟囔着。

"你的抗议同伙。妈妈说在电视上看到她递给你扩音器了，结果害得你陷入了危险之中。"

"但她不是故意要害我——"

"噢，我已经跟她聊过了，别担心。给，她想向你道歉。"

奥芙拉女士确实道了歉，既是因为把我推入险境，也是因为卡里尔的事情没有得到圆满的结果。不过，她说她为我感到骄傲。

她还说，她觉得我在领导激进主义运动方面大有前途。

妈妈拿走电话，我翻了个身，朝侧面躺着。图派克在一张海报里盯着我，脸上带着笑容，腹部的"暴徒生涯"文身看起来比照片的其他部分都更加醒目。这是我在新房间里放的第一样东西，就像是把卡里尔带来陪我一样。

他说过，"暴徒生涯"代表着"你们给予孩子们的仇恨早晚会干翻所有人"。昨晚，我们的所作所为都是出于愤怒，而残酷的现实却将我们反咬一口。现在，我们要想办法，不让那份仇恨干翻所有人。

我坐起身来，从床头柜上拿过手机。玛雅发了几条短信，她在新闻上看到我，觉得我的表现简直帅呆了。克里斯也发来几条短信，他被父母禁足了，不过他说这一切很值。确实，太值了。

还有一条短信，不是别人，正是海丽。只有短短的三个字：

对不起。

这不是我想要的。倒不是说我对她还有什么期待，我甚至都没想过还要跟她打交道。自从我们打架以后，这是她第一次跟我说话。我并非在抱怨，毕竟我也一直都当她不存在。但无论如何，我还是回复了。

对不起什么？

我不是小气。如果真的小气，就会说："我不认识这个号码，你是谁？"她该说对不起的地方太多了，几乎数都数不清。

那个判决，她说。

还有你对我生气。

最近我都变得不像自己了。

只想让一切回到从前。

她对这件案子有同情心，确实挺好。但是，因为我生气，所以她觉得对不起？这不等于为她的行为或她说过的那些话道歉。她只是因为我的反应而觉得抱歉罢了。

奇怪的是，我需要知道这一点。

就像我妈妈说的——如果好大于坏，我应该继续跟海丽做朋友。现在有一大堆坏处摆在面前，已经超负荷了。我不愿承认，在内心深处还怀着一点小小的希望，盼着海丽能认清自己的错误，可是她没有。她也许永远都不会懂。

那就这样吧，没事。唉，也许不是没事，因为这让她成了一个糟糕的人，但我已没有必要守在一旁等待她改变了。我可以放手了。我回复道：

再也没法回到从前了。

我按下发送键，等待信息送达，然后删除了对话。我把海丽的号码也从手机里删除了。

我伸着懒腰、打着哈欠来到走廊上。新房子的布局跟旧房子截然不同，但我觉得自己能适应。

爸爸正在厨房的料理台上修剪着几枝玫瑰，塞卡尼在他身旁狼吞虎咽地吃着三明治。砖块用后脚站立起来，把前爪放在塞卡尼的大腿上，直勾勾地盯着三明治，就像平时看松鼠的眼神一样。

妈妈拨动墙上的开关。一个令水槽里发出嗡嗡的声音，另一个则关上了灯，紧接着又打开了。

"开关太多，"她嘟哝着，发现了我，"噢，快瞧，麦弗里克，咱们的小革命家来啦。"

砖块朝我跑来，跳到我怀里，晃动着舌头。

"早啊。"我对它说，伸手在它的耳朵后面挠了两下。它跳到地上，又跑回去找塞卡尼和三明治了。

"帮帮忙，思妲尔，"赛文说，他正在一个纸箱里翻来翻去，箱子外壳上贴着我写的"厨房用品"，"下回具体一点儿，写清楚箱子里装的到底是什么厨房用品。为了找盘子，我都翻遍三个箱子了。"

我坐到料理台旁的高脚凳上，"大懒虫，不就找个盘子嘛。再说，吃完用纸巾擦擦就行了，别找啦！"

赛文眯起眼睛，"对了，爸爸，你猜我昨天是去哪儿接的思妲尔——"

"盘子在那个纸箱的最底下。"我说。

"这还差不多。"

我真想冲他竖起中指。

爸爸说："你最好不是去了那个男孩儿家。"

我挤出一个微笑，"当然不是。"

我不会放过赛文的。

爸爸龇着牙齿吸了一下，"好吧。"他继续修剪玫瑰。料理台上躺着整整一片花丛，看起来很干枯，有的花瓣都已经掉了。爸爸把花丛安置在一个陶土罐里，往根部倾倒泥土。

"它们会好起来吗？"我问。

"会的。有点损伤，但还活着。我打算做一些不同的尝试。种在新的土壤里，就像按下重启键一样。"

"思妲尔，"塞卡尼说，嘴里满是面包和肉，看起来真恶心，"你上报纸了。"

"不要在嘴里吃着东西的时候说话，孩子！"妈妈责备道。

爸爸朝料理台上的报纸点头示意，"没错，看看吧，小黑豹党。"

我在头版上。摄影师捕捉到了我扔催泪弹的画面，白色的烟雾从我手中的铁罐里向外冒。标题是"证人反击"。

妈妈用下巴抵住我的肩头，"今天上午，所有的新闻节目都在谈论你。你外婆每隔五分钟就打一次电话，让我们看新的频道。"她亲了亲我的脸颊，"下回可不能再让我这么担心了。"

"不会了。新闻上都说了什么？"

"说你很勇敢，"爸爸说，"不过，你还记得上次那家说你'蔑视警察'的电视台吗？他们非得抱怨一番不可，说你危害警察。"

"我对那些警察没有意见，只对那个催泪弹有意见，是他们先扔出来的。"

"我知道，宝贝。不用放在心上。让那整个电视台都见识一下——"

"一块钱，爸爸。"塞卡尼冲他咧着嘴笑了。

"玫瑰。让他们都见我的玫瑰去吧。"他往塞卡尼的鼻尖上抹了一块泥土，"我不会再让你拿走一块钱啦。"

"他知道。"赛文凶巴巴地瞪着塞卡尼。塞卡尼的眼神非常委屈，就像小狗一样，跟砖块装可怜的时候简直不相上下。

妈妈将下巴从我的肩膀上移开，"好了，这又是怎么回事？"

"没事。我只是告诉了塞卡尼，咱们现在要节约用钱。"

"他还说咱们有可能得回花园高地呢！"塞卡尼趁机告密，"是吗？"

"当然不是了，"妈妈说，"孩子们，不用担心，会有办法的。"

"没错，"爸爸说，"实在不行，我就去路边摆摊卖橘子，咱们一定能渡过难关的。"

"可是，现在离开，真的没关系吗？"我问，"我是说，整片社区都变得一团糟。如果我们就这样走了，不留下来帮忙重建，大家会怎样看待我们呢？"

从没想过我会说这种话，但是昨晚的经历让我开始从不同的角度考虑这一切、考虑自己、考虑花园高地。

"我们仍然可以帮忙重建。"爸爸说。

"对，我会在空闲时间到诊所加班。"妈妈说。

"我也会想办法翻新店铺。"爸爸说，"宝贝，不一定非得住在那里才能改变现状，只要有心就行，明白吗？"

"明白。"

妈妈在我的脸颊上亲了一下，抬手抚摸着我的头发，"瞧瞧你，突然之间开始关心社区了。麦弗里克，索赔代理人说什么时候来？"

爸爸闭上眼睛，捏了捏鼻梁，"几小时后。我都不想去看店铺现在的模样了。"

"没关系，爸爸，"塞卡尼说，嘴里塞满了三明治，"你不必自己去，我们会陪着你的。"

于是，我们全家一起去了。两辆警车封锁了花园高地的入口，爸爸给他们看了自己的身份证，解释我们要进去的原因。在整个交涉过程中，我一直都能保持平稳的呼吸。最终，他们让我们通过了。

见鬼，我知道他们为什么不让人们进来了。烟雾似乎打算在这里永远定居，街道上满是玻璃碎片和各种垃圾。我们经过了许多黑乎乎的废墟残骸，它们曾经都是一家家的店铺。

杂货店的模样令人不忍直视。焦黑的屋顶卷了起来，仿佛一阵微风就能把它掀翻。砖块和铁条保护着烧毁的废墟。

路易斯先生正在自家店铺门前打扫人行道。理发店的情况没有杂货店这么糟糕，但是一把扫帚和一个簸箕帮不上什么忙。

爸爸把车停在杂货店前，我们下了车。妈妈抓住爸爸的肩膀，轻轻抚摸着。

"思姐尔，"塞卡尼轻声说，回头看着我，"商店——"

他的眼里噙满了泪水，我的眼里也是一样。我揽住他的肩膀，把他搂到身边，"我明白。"

嘎吱嘎吱的声音渐渐靠近，有人正在用口哨吹一首曲子。四十盎司推着他的手推车从人行道上走来。虽然天气炎热，但他还是穿着自己的迷彩服外套。

走到杂货店门前时，他突然停住了，仿佛这才注意到眼前的景象。

"见鬼，麦弗里克，"四十盎司以自己特有的方式飞快地说着，每句话都像是一个完整的单词，"出什么事了？"

"老兄，你昨晚在哪儿？"爸爸说，"我的店被烧毁了。"

"我到高速公路另一边去了，没法待在这里。噢，不，我就知道那群蠢货会发疯的。你有保险吗？但愿你有。反正我有保险。"

"给什么买的保险？"我问，因为看起来他也没有多少财产啊。

"我的命！"他理所当然地说，"麦弗里克，你会重建店铺吧？"

"我不知道，老兄。我得想想。"

"你必须得重建，否则我们就没有商店了。其他人都要离开，再也不回来了。"

"我会想想的。"

"好吧。如果有任何需要，跟我说一声就行。"他推着手推车，继续沿着人行道往前走,但是却又一次突然停住了,"酒铺也没了?噢,不!"

我窃笑起来。这可真是四十盎司的典型作风。

路易斯先生拿着扫帚一瘸一拐地走过来,"那个傻子说得对。这里的居民需要一家商店,其他人都要走了。"

"我知道,"爸爸说,"只是——这很难,路易斯先生。"

"我明白,但是你能应付得来。我把昨晚发生的事情都告诉克拉伦斯了,"他说的是他的朋友怀亚特先生,也就是杂货店以前的店主,"他觉得你应该留下来。我们俩聊了聊,我觉得自己也该像他一样,找个沙滩坐着,看看美女。"

"你要把店铺关了?"赛文问。

"谁来给我理发?"塞卡尼补充道。

路易斯先生低头看着他,"那就不是我的问题了。麦弗里克,既然你的杂货店会成为这里唯一的商店,那么你在重建的时候就需要更多的空间。我想把自己的店铺给你。"

"什么?"妈妈惊叫道。

"喂,等等,路易斯先生。"爸爸说。

"有什么好等的。我有保险,会得到一大笔钱。我守着一家烧毁的店铺也做不了什么,你可以建一个漂亮的商店,让来买东西的人都感到骄傲。我只有一个要求,你得在那个牛伊什么玩意儿的人旁边挂几张金博士的照片。"

爸爸笑了,"休伊·牛顿。"

"对,就是他。我知道你们搬家了,而且也替你们高兴,但是这片街区仍然需要更多像你一样的人,就算你只是个开杂货店的。"

不久,保险公司的理赔员来了,爸爸带他去看店里剩下的东西。妈妈从车里拿出手套和垃圾袋,递给我和哥哥弟弟,让我们开始干活。许多人开车从街道上路过,不停地按着喇叭,大声喊着"抬起头来"或"我们支持你！"

有些人还亲自过来帮忙，比如卢克斯夫人和蒂姆。鲁宾先生给我们带来了几瓶冰水，因为这炎炎烈日可不是闹着玩的。我坐在马路边，满头大汗，筋疲力尽，累得快要趴下了。可是，距离大功告成好像还遥遥无期。

一道阴影笼罩下来，有个声音说："嗨。"

我遮住眼睛，抬起头来。肯尼娅穿着一件特大号T恤和一条篮球短裤，看起来像是赛文的衣服。

"嗨。"

她坐在了我身边，抱住膝盖，"我在电视上看到你了，"她说，"我确实让你站出来说话，可是，见鬼，思妲尔，你做得太过火了。"

"不过，大家也因此开始关注这件事了，对吧？"

"嗯。店铺的事情，对不起。我听说是我爸爸干的。"

"是啊。"没必要否认，"你妈妈怎么样了？"

肯尼娅把膝盖抱得更紧了，"爸爸打了她，最后她进医院了，在那儿待了整整一夜。有脑震荡，还有一大堆其他的伤，但是她会好起来的。之前我们去看她，结果警察来了，我们不得不离开。"

"真的吗？"

"嗯。他们突然到我们家来，想问她几个问题。现在我和丽瑞克只能待在外婆家。"

德文特也已经罢工了，"你没事吗？"

"其实我倒觉得松了一口气。挺没心没肺的，是吧？"

"没有。"

她挠了挠头上的一根辫子，带动着所有辫子都前后摇摆，"我很抱歉把赛文叫我的哥哥，而不是我们的哥哥，对不起。"

"噢。"我都差点忘了。在发生过这么多事情以后，那段小插曲已经显得微不足道了，"没关系。"

"我之所以管他叫我的哥哥，大概是因为……这样会让我觉得，他真的是我的哥哥。你明白吗？"

"呃，他就是你的哥哥呀，肯尼娅。说实话，我很嫉妒他总是那么想陪着你和丽瑞克。"

"那是因为他觉得自己必须这么做。"她说，"其实他想跟你们在一起。我是说，我能理解为什么，他跟爸爸从来都没法和睦相处。但我希望有时候他也能真心愿意做我的哥哥，而不是认为自己有义务做我的哥哥。他对我们感到羞耻。因为我妈妈和我爸爸。"

"不，他没有。"

"他有。你也对我感到羞耻。"

"我从来没这样说过。"

"你不用说出来，思姐尔，"她说，"你从来不邀请我跟你和那些女孩儿一起玩。当我去你家的时候，她们就不会去。仿佛你不想让她们知道我也是你的朋友。你对我、卡里尔，甚至整个花园高地都感到羞耻，你自己心里明白。"

我沉默了。如果我肯面对丑陋的事实，就会发现，她说得对。以前，我确实对花园高地和这里的一切感到羞耻。但现在看来，那是非常愚蠢的。我没法改变自己的出身，也没法改变自己的经历，那我为什么要对塑造我的这一切而感到羞耻呢？那不就相当于以自己为耻了吗？

不。我才不要。

"也许我以前是觉得羞耻，"我承认道，"但现在不会了。而且，赛文并没有对你、你的妈妈或丽瑞克感到羞耻。他爱你们，肯尼娅。就像我说的，他是我们的哥哥。不只是我自己一个人的。相信我，如果这意味着能把他从我屁股后面甩开，那我真是再开心不过了。"

"有时候他特别烦人，对吧？"

"没错，姐们儿。"

我们一起哈哈大笑。虽然失去了许多，但我也收获了不少。比如肯尼娅。

"嗯，没错，"她说，"咱们可以分享他。"

"抓紧时间，思姐尔，"妈妈喊道，她拍着手，仿佛这样就能让我动作快点儿。唉，她还是个典型的独裁者，"咱们还有活儿要干呢。肯尼娅，如果你愿意帮忙的话，我已经给你准备好垃圾袋和手套了。"

肯尼娅转向我，脸上的表情仿佛在说：不会吧？

"我也可以分享她，"我说，"实际上，请你赶紧把她带走吧。"

我们笑着站起身来，肯尼娅扫了一眼店铺的废墟。更多的邻居加入进来，帮忙打扫，他们排成一队，一个接一个地从商店门口把垃圾传到马路边的垃圾桶里。

"那么，你们现在有什么打算？"肯尼娅问，"我是指这家店铺。"

一辆车朝我们按喇叭，司机放声大喊，让我们知道他支持我们。

答案很简单。"我们会重建。"

从前，有一个褐色眼睛的男孩儿，笑起来时脸上会浮现出两个酒窝。我叫他"卡里尔"。世人叫他"暴徒"。

他曾经在这片土地上生活过，但时间并不长。我会在余生中一直记住他是如何死去的。

这是童话故事吗？不。但我会努力争取幸福的结局。

如果这一切仅仅事关我、卡里尔、那天晚上和那个警察，那么我很容易就会退缩。可是远远不止如此。这一切还事关赛文、塞卡尼、肯尼娅、德文特。

还有奥斯卡 [1]

艾亚娜 [2]

---

[1] 奥斯卡（Oscar）：指奥斯卡·格兰特（Oscar Grant，1986—2009），一名二十二岁的黑人男孩儿，在加利福尼亚州的奥克兰市被警察开枪打死。

[2] 艾亚娜（Aiyana）：指艾亚娜·琼斯（Aiyana Jones，2002—2010），一名七岁的黑人女孩儿，在底特律警局特别行动小组指挥发动的突袭期间中弹身亡。

特雷文[1]

雷吉亚[2]

迈克尔[3]

艾瑞克[4]

塔米尔[5]

约翰[6]

艾泽尔[7]

桑德拉[8]

弗雷迪[9]

---

[1] 特雷文（Trayvon）：指特雷文·马丁（Trayvon Martin，1995—2012），一名十七岁的黑人男孩儿，在佛罗里达州的桑福德市被社区联防组织的志愿者开枪打死。

[2] 雷吉亚（Rekia）：指雷吉亚·博伊德（Rekia Boyd，1991—2012），一名二十一岁的黑人男孩儿，在伊利诺伊斯州的芝加哥市被警察开枪打死。

[3] 迈克尔（Michael）：指迈克尔·布朗（Michael Brown，1996—2014）一名十八岁的黑人男孩儿，在密苏里州的弗格森市被警察开枪打死。

[4] 艾瑞克（Eric）：指艾瑞克·加纳（Eric Garner，1970—2014），一名四十三岁的黑人男子，在被纽约市警察局逮捕的过程中窒息而死。

[5] 塔米尔（Tamir）：指塔米尔·莱斯（Tamir Rice，2002—2014），一名十二岁的黑人男孩儿，在俄亥俄州的克利夫兰市被警察开枪打死。

[6] 约翰（John）：指约翰·克劳福德（John Crawford，1992—2014），一名二十二岁的黑人男孩儿，在俄亥俄州的比弗克里克市被警察开枪打死。

[7] 艾泽尔（Ezell）：指艾泽尔·福特（Ezell Ford，1989—2014），一名二十五岁的黑人男孩儿，在加利福尼亚州的洛杉矶市被警察开枪打死。

[8] 桑德拉（Sandra）：指桑德拉·布兰德（Sandra Bland，1987—2015），一名二十八岁的黑人女子，在一次交通管制中被捕，三日后被发现在德克萨斯州沃勒县的监狱里上吊身亡。

[9] 弗雷迪（Freddie）：指弗雷迪·格雷（Freddie Gray，1990—2015），一名二十五岁的黑人男孩儿，被巴尔的摩市警察局逮捕，在押送途中意外身亡。

埃尔顿 [1]

费兰多 [2]

甚至也包括 1955 年那个起初没人认识的小男孩儿——埃米特。

遗憾的是，还有更多。

但我觉得有朝一日，情况一定会发生改变。什么方式？我不知道。什么时候？我更不知道。为什么？因为总有人愿意奋斗。也许现在就轮到我了。

即便在花园高地，有时候仿佛觉得没有那么多值得为之奋斗的事物，但人们依然在努力。大家在醒悟，在呐喊，在游行，在请愿。他们没有忘记，而这才是最重要的。

卡里尔，我永远不会忘记。

我永远不会放弃。

我永远不会退缩。

我保证。

---

[1] 埃尔顿（Alton）：指埃尔顿·斯特林（Alton Sterling, 1979—2016），一名三十七岁的黑人男子，在路易斯安那州的巴吞鲁日市被警察开枪打死。

[2] 费兰多（Philando）：指费兰多·卡斯迪尔（Philando Castile, 1983—2016），一名三十二岁的黑人男子，在明尼苏达州的圣保罗市郊被警察开枪打死。当时，卡斯迪尔跟女友和四岁的女儿共乘一辆车，两名警察命令他停车，并要求他出示驾照和行车证。在卡斯迪尔伸手去拿身份证明的时候，其中一名警官对他连开七枪。

致　谢

　　致谢部分很像是说唱歌手的获奖感言，所以按照真正说唱歌手的做法，我首先要感谢救世主耶稣，您为我做了太多太多。感谢您安排众位朋友来到我的生命里，帮助我完成这本书，他们是：

　　布鲁克斯·谢尔曼，超级厉害的文稿代理人、好朋友，穿着 V 领衫的终极"暴徒"。从第一天开始，你就是我最大的支持者，经常还要充当心理医生，在必要的时候，还得以我的名义化身为"暴徒"。只有真正的"暴徒"，才能像你一样冷静处理十三家出版社的竞拍。你是最酷的，大写的"酷"。有你在身边，思妲尔很幸运，我更加幸运。

　　唐娜·布雷，当人们在字典里查询"了不起"的时候，你的照片应该出现在词条定义旁边。除此以外，还应该跟"天才"和"杰出"这两个词一起出现。在你的帮助下，这本书变得更加强劲有力。我有何德何能，竟然遇到了你这么优秀的编辑，不仅信任思妲尔和她的故事，而且还信任我。感谢你能看到这本书的闪光点。

　　本特文稿代理社的非凡团队，包括珍妮·本特、维多利亚·卡佩罗、查理·霍夫曼、约翰·鲍威尔和所有负责国际合作的文稿代理人，尤其是优秀的英国代理人莫莉·科尔·霍恩——琦琦·里昂[1]都比不上你。如果可以的话，我真想把全世界的焦糖蛋糕都送给你们，外加一百万句"谢谢你"。

"巴尔泽尔＋布雷/哈珀·柯林斯"的诸位朋友，感谢你们的辛勤工作和对这本书的热情。你们真的是一支梦之队。特别感谢亚历珊德拉·巴尔泽尔、维亚纳·斯尼卡尔奇、卡洛琳·孙、吉尔·阿麦克、贝瑟尼·雷斯、詹娜·斯坦普尔、艾莉森·多纳尔迪、奈莉·科兹曼、贝丝·布拉斯韦尔和帕蒂·罗萨迪。黛布拉·卡特赖特，感谢你的帮助。你真的让思妲尔和卡里尔变得更加富有生命力。

玛丽·潘德－柯普兰，世界上最棒的电影代理人，我要把自己的第一部作品和由衷的谢意献给你。南希·泰勒，世界上最棒的电影代理人助理，还有精英联合代理公司的全体成员。

克里斯蒂·加纳，感谢你常常成为黑夜中的光明，并且总是能看到我的故事（和我）身上的优点，即便它（和我）有时一团糟。你的友谊是天赐的礼物。

"双层夹心"小队：贝姬·阿尔伯塔利、斯蒂芬妮·斯洛玛和妮可·斯托恩。虽然你们三位女士对奥利奥的品位有点奇怪，但毫无疑问的是，我爱你们。能跟你们做朋友，是我的荣幸。

所有在背后支持我的兄弟姐妹们，尤其是萨拉·坎农、金装奥利奥共犯亚当·希尔维拉、莉安妮·厄尔克、海蒂·舒尔茨、杰西卡·克鲁斯、布拉德·麦克勒兰、丽塔·米德和摩西·布朗。

"图书多样化"组织的全体人员，尤其是沃尔特·迪恩·迈尔斯基金委员会。还有艾伦，对于儿童文学和我的人生来讲，你就是一块闪闪发光的宝石。

---

[1] 琦琦·里昂（Cookie Lyon）：美国音乐剧《嘻哈帝国》（*Empire*）中的虚构人物，是社交界女王。

图派克·夏库尔，我从未见过你，但是你的智慧和言语每天都在激励着我。无论你是在"暴徒圣殿[1]"里，还是藏在古巴的某处，我都希望这个故事能为你的思想正名。

我的贝翰文[2]大家族，尤其是罗杰·帕罗特博士、兰迪·史密斯博士、唐·修伯利博士、霍华德·巴尔"叔叔"、萝丝·玛丽·佛恩科利夫人、特雷西·福特博士和希拉·里昂斯女士。

乔·麦克斯韦尔，感谢你的指导和关爱。愿上帝保佑你。

最棒的伙伴、首批读者：米歇尔·赫尔斯、克里斯·欧文斯、拉娜·伍德·约翰逊、琳达·杰克逊、德德·奈斯比特、凯瑟琳·韦伯、S.C.、基-温·莫林、莫莉莎·梅尔卡多、布朗温、笛福、杰尼·夏普尔、马尔蒂·梅柏丽（也是第一批阅读本书的人之一）、杰夫·曾特纳，所有的推特粉丝，还有"潜水艇俱乐部""绝对写作"和"有色人种儿童文学"的全体成员。如果有我漏掉的名字，真的非常抱歉。我爱你们大家。

我的瓦坎达[3]姑娘们：卡姆琳·加勒特、L.L.麦克基尼和阿德里安娜·拉塞尔。你们是黑人姑娘的魔法化身。

朱恩·哈德威克，感谢你的洞察力和专业知识，感谢你的陪伴。你深深地激励了我。

克里斯蒂尔·罗斯沃特和洛拉·西尔维曼，谢谢你们支持我，支持这场运动。你们证明了一个简单的行为也可以引起改变！

"咖啡馆女王"小队：布伦达·德雷克、妮姬·罗伯蒂和金伯莉·切斯。在所有的朋友和家人中，是你们最早喜欢上了我的文字。谢谢你们。布伦达，我尤其要谢谢你，在写作社团中，你就是主心骨。

"勇敢发声"团伙（大家都说我们就是个小团伙）。继续奋斗，继

[1] 暴徒圣殿（Thugz Mansion）：图派克有一首同名歌曲。
[2] 贝翰文（Belhaven）：指美国贝翰文大学（Belhaven University）。
[3] 瓦坎达（Wakanda）：美洲印第安人认为的一种无所不在的神秘魔力。

续写作，继续前进。你们的声音非常重要。

"语言大师"的全体成员，你们最棒！

斯蒂芬妮·代盾和丽莎·洛佩斯，通过一个小小的举动，你们改变了十四岁安吉的人生，并且在某些方面拯救了她。谢谢你们。

克鲁达普主教和"新地平线"教会家族，感谢你们的祈祷、支持和关爱。

我的家人和所有我爱的人，尤其是海泽尔、卢莎莉和所有叔叔、婶婶、舅舅、舅妈、兄弟姐妹。尽管你们并非都是"血缘维系"的家人，但你们都是"真爱维系"的家人。如果我没有提到你的名字，绝不是故意的。总之，感谢大家。

查尔斯舅舅，谢谢你的那些五元钞票。但愿世人能读到你的文字，但愿你能读到我的文字。这一切都是为了你。

我的父亲，查尔斯·R.奥尔，每天我都能感到你的存在。我原谅你，我爱你。希望你能为我感到骄傲。

我最大的拥护者，我的妈妈，茉莉亚·托马斯：你是黑暗中最亮的光芒，是真正的"星星"。有你这样的妈妈，我非常幸运，希望我能成为像你一样的女人，哪怕只能做到你的一半也好。当马娅·安杰卢[1]博士在描述"杰出女人"的时候，她描述的就是你。谢谢你对我的爱。

在乔治城和全世界所有"花园高地"生活的孩子们：你们的声音很重要，你们的梦想很重要，你们的生命很重要。愿你们能成为在水泥地上盛放的娇艳玫瑰。

---

[1] 马娅·安杰卢（Maya Angelou, 1928—2014）：美国诗人、传记作家、人权激进主义者。

译后记

    2009 年元旦，在美国加利福尼亚州奥克兰市，警方接到报告，称一列来自旧金山的火车上发生了打架事件。于是，年仅 22 岁的非裔美国人奥斯卡·格兰特和其他几名乘客一起被扣留在站台上，警方强迫格兰特脸朝下趴在地上，一个名叫约翰尼斯·梅瑟尔的警察掏出手枪，从背后朝手无寸铁的格兰特开枪。次日，奥克兰市的高地医院宣布格兰特不治身亡。这起事件发生时，本书的作者安吉·托马斯正在上大学，学校里的白人同学对此议论纷纷，许多人认为格兰特有错在先，因此罪有应得、死不足惜。但是在托马斯所居住的社区里，大家都认识格兰特，每天都能见到格兰特。对于他们来说，"格兰特"不只是新闻上的一个名字，而是他们生命中的一个邻居和朋友。他们很难接受这样一个鲜活生命的轻易消失，托马斯为此写了一个短篇小说。后来又陆续出现了一些警察杀害黑人的事件，托马斯便对这篇小说进行扩展和丰富，最终写成了现在的这部优秀的长篇小说。

    小说的主人公思妲尔·卡特是一个十六岁的黑人女孩，在两个截然不同的世界之间穿梭，扮演着迥然相异的角色。花园高地是一片黑人社区，充斥着黑帮、毒品和枪支。威廉姆森是一所私立学校，学生们多数都来自富有的白人家庭。思妲尔竭力在两种模式之间切换，试图同时融入这两个世界。她不能随心所欲，必须根据不同的环境来调整和约束自己的言行。然而，表面的和谐只是假象。其实，在花园高地的同龄人眼中，她是一个上了白人贵族学校就忘记了自己出身的大小姐；而在威廉姆森的师生们眼中，她则是一个来自贫民窟的黑人姑娘，情绪敏感、经历可怜，有时还性格暴躁。当思妲尔目睹自己的黑人好友卡里尔在手无寸铁且听从指挥的情况下，被一名白人警察杀害以后，她的生活和心理情感发生了翻天覆地的变化，在两个世界之间来回转变的挣扎变得愈发困难，她刻意为自己塑造的两个形象也开始渐渐崩塌。实际上，本书的作者安吉·托马斯谈到，许多非裔美国人都有过类似的经历。托马斯本人就来自一片较为混乱和贫穷的黑人社区，后来进入了一所上流私立大学读书，为了不被白人同学称作"贫民窟的女孩儿"，她必须小心翼翼、如履薄冰，在面对冲突和歧视的时候选择隐忍，不能表露出自己真实的感情和想法。

　　显然，这部小说有着坚实的生活基础，有着强烈的现实意义。作者毫不避讳地展示了黑人社区的真实面貌，承认了黑人社区中存在的许多问题，包括黑帮争斗、毒品交易、治安混乱，等等。但托马斯并未停留在这些表象上，而是深入探讨了产生这些现象的背后的原因。在这样的环境中，黑人孩子无法接受良好的教育，走上社会以后也没有多少就业机会。于是，贫穷、失业、歧视，生活的种种压力迫使他们回到最初的社区，重复着上一代的生活。不仅许多黑人无奈地接受了这样的境况，而且白人世界也似乎觉得理所当然，从而对黑人产生许多难以改变的看法和偏见。如此周而复始，形成恶性循环。稍加思索就会明白，这样的状况如果不予改变，其影响所及绝不仅仅是黑人，而是必然祸及整个社会。正如本书多次引用说唱歌手图派克的一句话："你们给予孩子们的仇恨早晚会干翻所有人。"话糙理不糙，讲的就是这个道理。所谓"暴徒生涯"，也正是这样形成的。对此，卡里尔的理解是："我们在年轻时被社会所灌输的东西，最终会在我们长大成人后将社会反咬一口。"本书第十一章主人公所目睹的爸爸被警察搜身的屈辱场面，被描绘得惊心动魄，生动诠释了"你们给予的仇恨"，以及这些仇恨何以形成恶性循环，从而终将掀翻整个社会。这是一个不难理解的道理，但若非亲历其中，是很难有真切体会和认同的。

本书年轻的作者托马斯不仅对此感同身受，而且以强烈的社会责任感，对其进行了深入的剖析。一方面，她对现有的体制和偏见表示了强烈的抗议；另一方面，她也对黑人自身的行为有着真切的反思。比如，她不赞同暴力，多次在文中强调，声音才是最强大的武器。她支持井然有序的游行示威，反对丧失理智的暴乱行为。再如，她认为黑人内部不够团结，帮派和利益的争斗给黑人自身带来了许多伤害。这无论对于黑人境遇的改善还是整个社会的安宁都是极为不利的。书中还通过主人公思妲尔的好友海丽，探讨了白人对于黑人及其他肤色人种的歧视问题。海丽代表了许多白人，他们不认为自己是种族主义者，但却在不经意间流露出种族歧视的思维，讲着种族歧视的话语，开着种族歧视的玩笑。其实这才是最可怕的。当种族歧视变成一种习惯，人们便完全意识不到其中的问题以及自己给他人带来的伤害。实际上，归根结底，黑人问题不仅仅是黑人的问题，而是同我们生活的这个世界息息相关。正如书中第二十章所说："在这个世界上，有'他们'，也有'我们'。有时候，'他们'看起来跟'我们'并没什么两样，但他们却意识不到'他们'其实就是'我们'。"就像作者在第二十六章借助主人公之口所说："如果这一切仅仅事关我、卡里尔、那天晚上和那个警察，那么我很容易就会退缩。可是远远不止如此。这一切还事关赛文、塞卡尼、肯尼娅、德文特。……"总之，事关整个社会乃至整个世界。这也正是这部作品的深刻之处、意义所在。

这部小说文笔流畅，作者以极为生活化的细节呈现"我们的人生"，在看似琐粹平庸的生活流程中，在仿佛波澜不惊的生命河床下，处处都可能是捉摸不定的人生险滩和暗礁，处处都可能留下"你们给予的仇恨"。人当然不能生活于仇恨之中，正是为了改变这样的生活和命运，承载着整个黑人群体使命的主人公一家可以说颇为努力和用心，可是这显然不是一家人或几个人能够解决的问题。作为千千万万黑人的代表，主人公一家的命运不仅牵动整个黑人社会，更与我们的整个社会乃至全世界密不可分。所以，"我们"的人生既是黑人的人生，更是黑人、白人乃至各色人种的人生，是我们整个世界的人生，谁也无法置之度外。以此而言，这位年轻作者呈现给我们的，乃是一部厚重、深沉而富有力度的作品。

在笔者看来，这部小说最突出的艺术特点乃是朴实无华。作者几乎没有运用任何技巧性的小说写作手法，而是基本按照生活的本来面目，采取平铺直叙和娓娓而谈的白描笔法，就像与朋友聊家常一样，完成了这部二十多万字的作品。从小说写作的角度说，这或许是一次冒险，但就其所取得的成功而言，则是让人刮目相看的。如小说第三章对主人公爸爸的描写："他穿着湖人队的运动衫，里面没穿长袖，露出了胳膊上的文身。一张我自己的婴儿照正在冲我微笑，这张照片被永久地铭刻在他的手臂上，下面写着'为之生，为之死'。赛文和塞卡尼在他的另一条手臂上，下面也写着相同的字。最简单的话，最深沉的爱。"这番近于生活本真的描摹令人动容，所谓"最简单的话，最深沉的爱"，年轻作者的体会同样是简单而又深沉的。再如作者在第五章描写主人公与其男友的感情："我喜欢他现在看我的眼神，仿佛是看着他生命中最美好的存在之一。而他也是我生命中最美好的存在之一。"质朴的陈述,直白的叙说,没有什么海誓山盟,也没有什么惊世骇俗,但真挚纯洁的爱情令人向往。又如第九章描写主人公的妈妈对主人公叙述自己怀孕时的情景:"我戒烟、戒酒,每次孕检都按时去,遵照医生的嘱咐正确饮食,吃维生素片,整整九个月一直如此。哈,我甚至把耳机贴在肚子上,播放莫扎特的音乐。结果呢,你连一个月的钢琴课都没上完。"朴实真诚而又幽默风趣,可以说是每一位妈妈都有的感情和体验,也因而令人倍感亲切。书中自然也不乏浪漫的情怀,但作者仍然用白描的手法来叙说,如第十四章描绘主人公对黑人与白人生活状况的截然不同的感受,有这样一段:"我们的笑声逐渐消失,周围一片寂静。没什么可做的,只能抬头仰望夜空和群星。今晚的星星很多。如果在家里,我很可能会因为其他事情而忽略这璀璨星光。有时候,真的很难相信花园高地和河谷山庄都在同一片天空下。"对一个中学生来说,这样的感悟真切而诚恳,其中却又不乏年轻的浪漫和动人的理想。

实际上,这部小说写的生活多半是关于年轻人的,主要是一群中学生的生活,但却并不单调,并不乏味,而是多姿多彩,而且波澜起伏。应该说,这种多彩和起伏不仅仅是对中学生而言,即使对成年人也依然有着巨大的吸引力。作者虽然是一位年轻人,而且,从英文的角度说,作品的用词看起来也是较为简单的。但整部作品行文老练,张弛有度,显示出作者颇谙写作之道,作品则颇近生活之真,亦颇尽人生之理。我想,这应该就是生活本身的力量。"问渠那得清如许,为有源头活水来",尽管本书的作者尚无丰富的人生阅历,也难说已经是一位成熟的小说家,但其来自真实生活的这部作品却揭示了我们这个世界的一些重大问题,从而提供给我们诸多人生的有益思考。我们这个世界还很不完美,甚至还有很多的黑暗和不平,主人公最后说:"但我觉得有朝一日,情况一定会发生改变。什么方式?我不知道。什么时候?

我更不知道。为什么？因为总有人愿意奋斗。也许现在就轮到我了。"
这话出自书中的主人公之口，但毫无疑问也出自一个年轻的黑人小说作
者，她们是二而一的。我们有理由相信，当新一代年轻的黑人由衷说出"总
有人愿意奋斗""现在就轮到我了"的时候，这个世界所给予他们的一
定不只是"仇恨"，而是越来越多的爱，多姿多彩的世界也一定会更加
美好。

戚悦

2017 年 7 月

北大燕园—泉城济南